Een betoverende avond

Katie Fforde bij Boekerij:

Een nieuwe kans
Wilde tuinen
Reddende engel
Levenslessen
Stoute schoenen
Kunst en vliegwerk
Halsbrekende toeren
Praktisch perfect
Schoon schip
Trouwplannen
Liefdesbrieven
Een verleidelijk voorstel
Zomerliefde
De kers op de taart
Met de Franse slag
Vrij spel
Iets ouds en iets blauws
Een zomer aan zee
Een tuin vol bloemen
Het buitenhuis
Een nieuw leven
Een liefde in de lente
Een feestelijke dag
Een chateau in de Provence
Een betoverende avond

boekerij.nl

Katie Fforde

Een betoverende avond

Tijdens de eerste ontmoeting vliegen Meg en Justin elkaar meteen in de haren, maar de liefde heeft heel andere plannen

Vertaald door Hanneke van Soest

BOEKERIJ

Eerste druk januari 2024
Tweede druk februari 2024

ISBN 978-90-225-9863-4
ISBN 978-94-023-2232-3 (e-book)
NUR 302

Oorspronkelijke titel: *One Enchanted Evening*
Vertaling: Hanneke van Soest
Omslagontwerp: Johannes Wiebel | punchdesign
Omslagbeeld: © Shutterstock
Zetwerk: Mat-Zet b.v., Huizen

Voor Desmond, die na vijftig jaar nog steeds aan mijn zijde staat

1

Dorset, lente, 1966

Meg stond in haar eentje op een doodstil treinperron in het hart van Dorset. Het was even na tweeën en ze had het gevoel dat ze een andere wereld binnen was gestapt. Ze had alle tijd om de omgeving in zich op te nemen: de hangende bloemenmanden, de potten met dieprode tulpen, de blauwe druifjes, de rust. Het was ongebruikelijk warm voor de maand april, en de hitte hing trillend boven het perron.

In de verte kwam haar moeder Louise aangesneld. 'Het spijt me dat ik te laat ben, lieverd!' riep ze zodra ze binnen gehoorsafstand was. 'Wat fijn dat je zo snel kon komen. Ik was zo opgelucht toen je ja zei!' Ze omhelsde Meg, en ze gaven elkaar een stevige knuffel.

'Geen probleem, hoor,' zei Meg. 'Toen ik tegen mijn baas zei dat mijn moeder me nodig had, accepteerde hij mijn ontslag en mocht ik meteen vertrekken.'

'Laat me naar je kijken. Ik heb je zo lang niet gezien! Wat zit je haar leuk.'

Meg woelde door haar donkerbruine lokken. 'Ik moet het anders nodig laten bijknippen. Maar dit kapsel kost zo veel tijd! De kapper zei dat ik de pony en de uiteinden van mijn haar met plakband op zijn plek moet houden als het nat is, maar daar heb ik geen zin in. Daarom krult het nu alle kanten op.'

'Het staat je goed. En de jurk die je aanhebt ook. Door de kleur lijken je ogen nog groener. Hij is wel een beetje kort.'

'Kort? Hij komt tot net boven mijn knieën, niet tot halverwege mijn bovenbenen.'

Meg bezat niet veel jurken. Ze bracht het grootste deel van de tijd in een koksbuis en geruite broek in de keuken door, of in een zwarte jurk met schort wanneer ze serveerwerk deed. In haar vrije tijd droeg ze meestal een broek, maar omdat het zo warm was had ze ervoor gekozen in een jurk te reizen.

'Hij staat je beeldig, hoor,' reageerde Louise, hoewel ze niet overtuigd klonk. 'Maar we lopen hier in Dorset een beetje achter. Swingend Londen is zo ver weg. Het enige wat hier swingt zijn de bladeren aan de bomen.'

Meg lachte. Gelukkig had haar moeder haar gevoel voor humor niet verloren, ondanks de zorgen die ze zich maakte over het werk dat haar dochter tegenwoordig deed. 'Ik heb mijn werkkleding meegenomen. Ik wil de paarden geen angst aanjagen met mijn moderne fratsen.'

'We hebben hier vooral koeien,' grapte Louise terwijl ze Megs koffer overnam. 'Heb je een goede reis gehad? Het laatste stukje is prachtig, hè? En heb je honger? Ik kan iets voor je klaarmaken als we thuis zijn, maar dan moeten we wel opschieten.'

'Niet echt. Ik heb in de trein een paar boterhammen gegeten, en ik had nog wat restjes van een feestje van gisteravond.'

Meg liep achter haar moeder aan, die in een behoorlijk tempo naar de parkeerplaats liep waar slechts twee auto's geparkeerd stonden. Bij een lichtblauwe Mini Traveller bleef Louise staan. 'Deze is van ons.'

'O, mam! Een Mini,' riep Meg uit. 'Wat een flitsende auto. Die zou helemaal in stijl zijn voor King's Road.'

'Ja, hè? Andrew, de beheerder en zoon van de eigenaar van het hotel, heeft hem voor me gekocht. Puur om praktische redenen natuurlijk.' Louise lachte. 'O, ik ben zo blij je weer te zien. Ik was bang dat ik onze chef-kok zou vermoorden, of hij mij. Nou ja, de boel gaat toch naar de verdommenis.'

'En ik ben blij dat ik een excuus had om mijn baan op te zeggen,' bekende Meg. 'Ik ben het zat om etentjes voor rijke bankiers te bereiden. Dit is de perfecte baan als voorbereiding op mijn werk bij mijn Franse werkgever.'

'Wat ontzettend leuk dat je dat hebt weten te regelen. In de Provence toch? Dan kom je dus in de buurt van Alexandra te wonen?'

'Ja. Antoine, haar man, een graaf...'

'Dat ben ik echt niet vergeten!'

'... heeft na hun bruiloft een goed woordje voor me gedaan. Het wordt hard werken en ik krijg er niet voor betaald, maar het is zo leerzaam dat het zeker de moeite waard is.'

'Krijg je er niet voor betaald?' vroeg Louise verontwaardigd.

'Nee. Het is een soort stage, dus dat krijg ik ervoor terug. Vroeger moest een beginnende kok de oudere chef-kok zelfs betalen voor het privilege, dus in die zin is het wel verbeterd.'

Louise tuitte afkeurend haar lippen. 'Hopelijk vind je het werk hier niet net zo saai als wat je in Londen deed. Hier zijn geen rijke bankiers, de meesten van onze klanten houden van wat ze "eenvoudig eten" noemen. In feite krijgt iedereen wat de kok ze voorschotelt.'

'Maak je geen zorgen, mam. Ik doe alles wat moet gebeuren. Mijn Franse slavendrijver heeft me voorlopig toch nog niet nodig. Ik kan je de hele zomer helpen, of in elk geval zolang je me nodig hebt.'

Louise zette Megs bagage in de kofferbak en liep naar het bestuurdersportier. 'Stap maar in, lieverd. Hij is niet op slot.'

Terwijl ze wegreden, vroeg Meg: 'Nou, vertel me maar eens wat er allemaal is gebeurd! Sinds je telefoontje brand ik van nieuwsgierigheid. Ik weet dat jij er als een berg tegen opziet, maar ik vind het reuzespannend. Ik hou wel van een uitdaging.'

Louise slikte moeizaam. 'Er staat een groot evenement op het programma, een lunch. Die wordt elk jaar door het hotel verzorgd en is een belangrijke inkomstenbron voor ons. Het is een traditie. Vroeger werden alle pachters uitgenodigd om de verjaardag van de landheer te komen vieren, maar tegenwoordig zijn er veel minder pachters en worden er ook andere mensen uitgenodigd. Ze komen graag, ook al moeten ze er sinds de oorlog zelf voor betalen. Sommige gasten komen van heinde en ver. Andrew heeft me er alles over verteld voordat hij vertrok.'

'Dat hij vlak voor zo'n groot evenement weggaat.'

'Tja. Zijn vader, die in Frankrijk woonde, is onlangs overleden. Andrew moet er voorlopig blijven om de zaken af te handelen. Hij belde me gisteren om te vertellen dat de nalatenschap één grote warboel is. Het is maar te hopen dat hij het hotel erft, want hij runt het al een paar jaar met heel veel plezier. Maar goed, dat is afwachten.' Louise was even stil. 'Hij heeft mij de leiding gegeven, terwijl ik ben aangenomen als receptioniste en kantoormanager!'

'En dat gaat je dus niet zo makkelijk af?'

Louise schudde haar hoofd. 'Ik doe dit werk nog niet zo lang en Andrew was nog niet vertrokken of Geoff, de chef-kok, veranderde in een tiran. Gelukkig heb ik niet veel met hem te maken.'

'Maar nu ben ik er en kun je hem ontslaan.'

'Was het maar waar! Bij belangrijke beslissingen moet ik eerst overleggen met de zoon van Andrew. Maar die heb ik nog nooit ontmoet en hij heeft sinds ik hier werk nog geen interesse getoond in het hotel.'

Meg lachte. 'Ach, maak je niet druk, mam. Grofgebekte chef-koks zijn tegenwoordig de norm. Ik heb al vaak voor dat soort types gewerkt. Het komt goed. Nou, vertel me eens wat meer over het hotel.'

'O! Nightingale Woods is een prachtig oud gebouw in georgiaanse stijl,' antwoordde Louise, die duidelijk opgelucht was dat ze het niet meer over de chef-kok hoefde te hebben. 'Toen ik de vacature in *The Lady* las, heb ik het meteen opgezocht in de AA-hotelgids. Ik was op slag verliefd.'

'Verliefd?' Meg schrok. Ze had haar moeder nog nooit zo enthousiast horen praten over een huis, volmaakte architectuur of niet.

'Ja! Verliefd op het huis!' Haar moeder glimlachte ondeugend. 'En toen had ik Andrew nog niet eens ontmoet.'

'Mam?'

'Grapje. Ik ben zo blij dat je er bent, ik ben gewoon een beetje uitgelaten.'

Dat was ze zeker, dacht Meg. Misschien omdat ze op een warme lentedag in een hippe auto langs bermen vol wilde bloemen reed, of misschien gewoon omdat ze gelukkig was om haar dochter na lange tijd weer te zien.

Toch had Meg het gevoel dat er meer aan de hand was. 'Waarom heb je eigenlijk naar die nieuwe baan gesolliciteerd? Ik dacht dat je het naar je zin had als assistente van het schoolhoofd. Je genoot van het contact met de leerlingen en had leuke collega's.'

'Het was een combinatie van dingen. Ik raakte verveeld door de routine op school en het afhandelen van verloren geraakte spullen. En de sfeer werd op het laatst ook een beetje ongemakkelijk. Te veel competitie tussen alleenstaande mannen.'

Megs moeder, die begin veertig was, mocht dan een vrouw van middelbare leeftijd zijn, door haar levendige, zorgzame karakter en frisse, knappe uiterlijk voelden veel mannen zich tot haar aangetrokken. Ze was van gemiddelde lengte en had blond haar, blauwe ogen, een mooie huid en een goed figuur. Het was een van de redenen dat Meg zo hard werkte: ze wilde genoeg geld opzij kunnen zetten om een appartementje voor haar moeder te kunnen kopen, zodat ze niet telkens een baan met kost en inwoning hoefde aan te nemen, want dat maakte haar kwetsbaar voor ongewenste avances.

Meg had al bijna genoeg gespaard voor een aanbetaling, maar het probleem was dat ze een man nodig hadden voor de aanvraag van een hypotheek.

Een ander probleem was dat haar moeder vond dat Meg haar spaargeld voor zichzelf moest houden. Het was een precair onderwerp dat ze beiden liever vermeden.

'Vond je je werk wel leuk voordat die chef-kok vervelend begon te doen?' vroeg Meg.

'Ja, voordat Andrew vertrok vond ik het geweldig! Het is een prachtig huis – behoorlijk groot ook – en het ligt op een idyllische plek. Wacht maar tot je het hotel ziet! Ik vond het leuk om weer eens iets anders te kunnen doen. Ik moet natuurlijk nog steeds lakens en handdoeken tellen, maar ik heb contact met de gasten en het personeel, doe de loonadministratie en hou de boekhouding bij. Eigenlijk ben ik een manusje-van-alles. En als ik een middag vrij heb, hou ik me bezig met de inrichting.'

'Dat heb je altijd leuk gevonden.'

'Ja. Omdat ik geen eigen huis heb, krijg ik daar zelden de kans toe. Er zijn een paar slaapkamers die ik in mijn vrije tijd mag opknappen. Andrew heeft me verf en behang laten uitzoeken. Het wordt heel mooi.'

'Ik had me een of andere slaperige uithoek voorgesteld,' zei Meg, 'maar er valt hier een hoop te beleven.'

'Meestal is het hier rustig, hoor, maar op het moment gaat het er heel hectisch aan toe!'

Meg lachte. 'Je bedoelt vanwege die speciale lunch?'

Louise knikte. 'Het is voor vijftig mensen. Dat zijn heel veel gasten voor ons.'

'Maar waarom zie je er zo tegen op? Het hotel heeft die lunch toch al vaker verzorgd?'

'Ja, maar niet onder deze chef-kok. Hij heeft inmiddels een deel van het personeel ontslagen, onder wie een hele familie van wie al drie generaties voor het hotel hebben gewerkt. Hij zegt dat hij uitzendkrachten heeft geregeld omdat die goedkoper zijn en alleen betaald hoeven te worden wanneer je ze nodig hebt.'

'Wat vreselijk. Maar dat wil niet zeggen dat die uitzendkrachten geen goed werk kunnen leveren.'

'Dat is waar. Maar de gasten voor de lunch komen hier al jaren en worden graag bediend door de dochters van de mannen die ze al hun hele leven kennen. Het is moeilijk uit te leggen, maar Nightingale Woods is als een familie, en die valt nu uit elkaar. Dat zullen onze gasten beslist niet kunnen waarderen.'

'O, mam!'

Louise slaakte een zucht. 'Ik heb Andrew beloofd dat ik op het hotel zou passen, maar ik heb nu al het gevoel dat ik heb gefaald.'

'Dat kan tot ook niet zonder personeel?'

'Ze zijn pas sinds een paar dagen weg, dus dat heb ik nog kunnen opvangen. Ik heb geholpen met het diner.'

'Kun je geen nieuw personeel aannemen?'

'Officieel niet. Maar Geoff kan me niet verbieden dat ik mijn eigen dochter te logeren vraag. Andrew was erbij toen ik het voorstelde, en hij vond het een prima idee.'

'Mam, ik weet dat ik goed ben in mijn vak, daar hoef ik niet bescheiden over te doen, maar ik weet niet of ik een heel team kan vervangen! Die mensen hebben hier jaren gewerkt.'

Meg had haar moeder altijd aan het lachen kunnen maken, zelfs met het flauwste grapje, en ook nu stelde Louise haar niet teleur. Opeens remde haar moeder af. 'Kijk, daar heb je onze vaste bewoner, Ambrosine. Ik vraag even of ze een lift naar het hotel wil.' Ze ging naast een oudere vrouw rijden die een – zo te zien – zelfgemaakte hoed en zelfgemaakte kleren droeg, of in elk geval kleren die uit de vorige eeuw stamden. Ze kuierde voort met een mand aan haar arm. 'Ambrosine, wil je een lift?'

'O, Louise, ben jij het! Wat aardig van je, maar ik loop liever. Ik ben bij mijn vriend de kolonel op bezoek geweest. Je zou wel mijn mand alvast kunnen meenemen.'

Louise opende het portier en zette de mand op de achterbank. 'Dit is mijn dochter, Meg. Ze komt een tijdje bij me logeren.'

'Wat leuk!' reageerde Ambrosine, die in de Mini keek. 'Ik hoop straks fatsoenlijk met je te kunnen kennismaken. Maar ik moet nu verder, en jullie waarschijnlijk ook.'

'Wat een excentriek mens, hè,' zei Louise toen ze weer reden. 'Over de zeventig, maar nog zo fit als een hoentje. Ze wandelt elke dag nog kilometers ver. Ze overleeft ons allemaal. Tenminste, volgens Andrew.'

'Woont ze het hele jaar door in het hotel?' vroeg Meg.

'Ja. Ze heeft een paar kamers op de verdieping met de oude kinderkamers. Ze hoeft er niet voor te betalen. Ik geloof dat ze daar ooit afspraken over heeft gemaakt met Andrews vader. De kolonel is een aanbidder die hier in de buurt woont. Hij is nog ouder dan zij. Over oudjes gesproken, heb jij nog nieuws over Clover? Ik mis die lieve hond van ons.'

'Ik ben bang dat ze jou niet mist. Ze vindt het heerlijk bij Lizzie op het platteland. Lizzie is dol op Clover en maakte lange wandelingen met haar.'

'Ik zou graag weer een hond willen, als ik heel eerlijk ben. Zodra Andrew terug is, ga ik vragen of hij dat goedvindt.'

'Misschien houdt hij niet van honden,' opperde Meg.

'Natuurlijk houdt hij van honden! Zou ik hem mogen als dat niet zo was? Zijn oude hond is onlangs overleden en hij is er nog niet aan toe gekomen een nieuwe te nemen.'

Meg vond het jammer dat ze Andrew misschien niet zou ontmoeten. Als haar moeder dol was op een man, en alles wees daar op, wilde ze hem graag aan een nadere inspectie kunnen onderwerpen.

'Kijk!' Louise minderde vaart, zette de auto stil en wees naar een doorkijkje in een boerderijpoort. 'Daar is het hotel, Nightingale Woods. Is het geen plaatje?'

Dat was het zeker. Een perfect voorbeeld van een georgiaans huis te midden van uitgestrekte tuinen. Alles was symmetrisch, met drie rijen ramen, dakkapellen in de kap en op beide hoeken van het dak een schoorsteen. Achter het huis lag een bos, en ervoor slingerde een rivier door het dal. Het had iets magisch en zou niet misstaan hebben op een schilderij van een oude meester. Het was werkelijk een lust voor het oog.

'Het is schitterend. Ik snap waarom je er verliefd op bent geworden.'

'Ja, hè? Zelfs op een oude zwart-witfoto zag het er geweldig uit. Ik kan nog steeds niet geloven dat ik hier mag werken. Ik was dolgelukkig, totdat die nare Geoff de baas begon te spelen en mensen begon te ontslaan.'

'Dat is inderdaad doodzonde. Het is echt een prachtig gebouw op een geweldige plek.'

'Ja. Helaas hebben we het lang niet meer zo druk als vroeger.'

'O nee? Mensen moeten het toch heerlijk vinden om hier te kunnen verblijven?'

'Dat vinden ze ook, áls ze komen. Niet ver hiervandaan ligt een moderner hotel, dat veel meer te bieden heeft dan wij – tenminste, op papier.'

'Geef eens een voorbeeld? Wat zou er aan dit juweeltje kunnen ontbreken?'

Louise moest lachen om Megs verontwaardiging. 'Om te beginnen hebben we niet genoeg badkamers en ook geen zwembad, zoals het andere hotel. Ik geloof zelfs dat het verwarmd is. Vooral jonge mensen willen dat soort dingen.'

'Daar kun je wel eens gelijk in hebben,' beaamde Meg. Ze vroeg zich af of er misschien dingen veranderd konden worden aan Nightingale Woods, zodat dit mooie hotel in deze prachtige vallei ook jonge mensen zou aantrekken.

'Kom, dan gaan we het van dichtbij bekijken,' stelde Louise voor.

'Ik wil nog gauw wat sandwiches voor Ambrosine maken terwijl Geoff pauze heeft. Ze krijgt niet altijd te eten bij de kolonel, en ze moet op krachten blijven als ze al die kilometers wil blijven maken.' Ze startte de auto.

Meg was een en al nieuwsgierigheid toen ze het prachtige huis op de heuvel naderden, maar tegelijkertijd vroeg ze zich af waar ze in vredesnaam aan begonnen was.

2

'Als je geen haast hebt om je koffer uit te pakken, kan ik je alvast een rondleiding door het hotel geven,' opperde Louise nadat ze haar dochter haar appartement – een zitkamer, twee slaapkamers, een kleine badkamer en een kitchenette – boven de garages had laten zien.

Terwijl Meg achter haar moeder aan liep, realiseerde ze zich dat Louise haar hart had verpand aan Nightingale Woods.

In veel opzichten leek het hotel nog op het uitgestrekte en grote familiehuis dat het vroeger geweest moest zijn, op een paar duidelijke veranderingen na: in de grote zwart-wit betegelde hal stonden een receptiebalie, een paar kleine sofa's en fauteuils, en een rek met folders over plaatselijke bezienswaardigheden.

'Dit is de hal, zoals je ziet,' zei Louise, 'en dat is de ochtendkamer, waar gasten die na het ontbijt niet de deur uitgaan kunnen verblijven. Het is een heel zonnige kamer.' Ze was even stil terwijl Meg de kamer vanuit de deuropening bekeek.

'Wat een heerlijke ruimte,' zei Meg, en dat meende ze, ondanks de wat ouderwetse inrichting.

'Hij moet nodig opgeknapt worden,' zei Louise, die er kennelijk net zo over dacht.

Maar ook al dachten ze er hetzelfde over, Meg besloot haar mening alleen te geven wanneer Louise er uitdrukkelijk naar zou vragen. Het was duidelijk dat haar moeder zich aan het hotel had gehecht en elke kritiek persoonlijk zou opvatten.

De damessalon – een van de vele ontvangstkamers – lag aan de zijkant van het huis en had een grote erker die uitkeek op de tuin. Het meubilair was antiek en mooi en leek er altijd al te hebben gestaan, maar de fauteuils en banken zagen er een tikje shabby en weinig comfortabel uit. De gordijnen waren verbleekt en de tapijten vertoonden hier en daar slijtageplekken. Bij het raam stond een vleugel, die bezaaid was met foto's in zilveren lijstjes.

'Is de vleugel nog bespeelbaar?' vroeg Meg.

'Ja hoor. Hij is onlangs gestemd, door een blinde stemmer. Het schijnt een behoorlijk goed instrument te zijn, alleen niet van een bekende bouwer.'

'Ik durf te wedden dat het nieuwe hotel geen kamer met een vleugel heeft,' zei Meg.

Louise sloeg haar ogen ten hemel. 'Waarschijnlijk hebben ze een hammondorgel dat omhoogkomt uit de vloer! Kom, dan laat ik je de grote salon zien. Die ziet er ongeveer hetzelfde uit als deze kamer – ouderwets en nogal sjofel – maar heeft wel iets elegant.'

'O, wat een mooie kamer!' zei Meg toen ze bij de salon aankwamen. Deze kamer lag aan de voorkant van het huis en keek uit op de rivier, die glinsterde in het dal. 'En wat een prachtig behang. Het lijkt wel een muurschildering, met al die vogels en bloemen die tegen de wanden opklimmen. Verbleekt, maar daardoor eigenlijk nog mooier.'

'Ik ben blij dat jij er ook zo over denkt,' zei Louise. 'De kamer heeft alleen een likje verf nodig en een paar nieuwe gordijnen en kussens. Het hoeft niet veel te kosten. Ik zou de gordijnen zelf kunnen maken, of ze desnoods kunnen herstellen. De tapijten zijn oud, maar wel echt Perzisch, dus dan maakt het niet uit dat ze antiek zijn.'

'Het licht valt hier heel mooi,' zei Meg. 'Alsof je rondloopt in een foto in een sprookjesboek.'

Louise knikte. 'Ik snap wat je bedoelt. Maar het is vooral de eetzaal waarom hier veel huwelijken en grotere evenementen plaatsvinden. Kom maar mee.'

De eetzaal was in de loop van de tijd uitgebouwd, en de aanbouw liep door tot in de tuin aan de achterkant van het huis. De zaal was licht en uitnodigend en veel groter dan de andere ruimtes. Ook de inrichting oogde lang niet zo ouderwets.

'Andrew vertelde me dat een van de aangetrouwde bruiden in zijn familie veel geld meebracht en per se een zaal wilde waar ze dansfeesten kon geven.'

'Hij lijkt nog niet zo lang geleden opgeknapt,' zei Meg terwijl ze de beschilderde kroonlijsten, pilaren en het hoge plafond bewonderde, waaraan een enorme kroonluchter hing.

'Dat klopt. Andrew heeft er een flinke lening voor moeten afsluiten, want behalve een nieuwe inrichting waren er ook nogal wat herstelwerkzaamheden nodig. Maar dit is wel de ruimte die geld in het laatje brengt.' Ze fronste haar wenkbrauwen. 'Wat vreemd dat er nog geen voorbereidingen zijn getroffen voor de grote lunch. Alle tafels en stoelen hadden al op hun plek moeten staan.'

'Wanneer is die lunch dan?' vroeg Meg.

'O, heb ik je dat nog niet verteld? Morgen al.'

'Jeetje!' riep Meg uit. 'Dat is snel!'

'Kom, dan laat ik je de keuken zien,' zei Louise. 'Geoff is vast al met de voorbereidingen bezig. Ik was zo hyper dat jij kwam, dat ik helemaal vergeten ben naar de planning van vanochtend te vragen.'

Meg merkte dat haar moeder het fijn vond dat ze er was, al was het maar voor morele steun.

In de keuken stond een gedrongen man in een smoezelige koksbuis luid te telefoneren naast een tafel waarop een doos met ingevroren kippen stond.

Meg keek de keuken rond. Die was nauwelijks veranderd, vermoedde ze, omdat het de spil van het huis was geweest, waar generaties lang gekookt was voor de familie. Ze zag een professionele oven en nog een paar moderne apparaten, maar verder was alles bij het oude gebleven. Een grote houten tafel, waarvan het blad verweerd was door decennialang geschrob, domineerde de ruimte. Een buffetkast, gevuld met de meest bijzondere serviezen, borden, schalen, kannen en puddingvormen, besloeg het grootste deel van een van de wanden. Onder een raam bevonden zich twee enorme gootstenen, met aan weerskanten een groot bordenrek. Een oud fornuis, dat niet meer werd gebruikt, vulde een reusachtige schouw die groot genoeg was om een os in te roosteren. Het was een heerlijke keuken, besloot Meg, maar de inrichting zou wel wat efficiënter mogen.

'*Fuck off!*' riep Geoff, die de hoorn op de haak gooide.

Meg wierp een verbijsterde blik op haar moeder. Hoewel er behoorlijk gevloekt werd in de keukens waarin ze had gewerkt, kwam het als een schok dat haar eigen moeder werd blootgesteld aan dergelijk taalgebruik. Louise ving haar blik; ook zij was zichtbaar in verlegenheid gebracht.

'Geoff?' zei Louise voorzichtig. 'Dit is mijn dochter, Meg. Ze komt een tijdje bij me logeren.'

'Dat verdomde uitzendbureau heeft me laten zitten!' brulde Geoff, die Meg volledig negeerde. 'Je zult bij die boerenkinkels in het dorp een paar serveersters moeten gaan optrommelen.'

Louise hapte naar adem. 'Lieve hemel, wat erg! Ik wist wel dat het een slecht idee was om iedereen te ontslaan.'

'Nou, als jij het allemaal zo goed weet, mag je het zelf gaan regelen!' reageerde Geoff zijn woede af op haar. 'Zorg dat ze terugkomen!'

'Ik kan niet van hen verwachten dat ze met hangende pootjes terugkomen, zeker niet na de manier waarop ze zijn behandeld,' wierp Louise tegen.

'Zal ik jou eens wat vertellen?' blafte Geoff. 'Het interesseert me geen ene moer. Ik hoef hier niet te blijven om dit fiasco op te lossen.' Hij beende langs de vrouwen heen de keuken uit.

'Zou hij gedronken hebben?' vroeg Louise verschrikt. Ze was wit weggetrokken en beefde zichtbaar.

'Volgens mij wel, als ik op zijn adem mag afgaan toen hij voorbij stampte,' antwoordde Meg. 'Denk je dat hij stoom gaat afblazen of dat hij echt de benen heeft genomen?'

Louise steunde met beide handen op de grote oude tafel. 'Geen idee. Ik kan me niet voorstellen dat hij zomaar vertrekt. Dat zou wel heel onverantwoordelijk zijn. Aan de andere kant, ik zie hem er wel voor aan. Hoe moeten we zonder hem in vredesnaam die lunch van morgen verzorgen?'

Meg aarzelde geen seconde. 'Probeer jij te regelen dat het personeel waarover je me hebt verteld terugkomt. Die mensen hebben we hier nodig, ook als Geoff terugkomt. Als je uitlegt wat er is gebeurd, hebben ze hopelijk met je te doen. En als we de werknemers die terugkomen vriendelijk opvangen, volgen de anderen misschien ook.'

'Zo veel mensen werkten hier niet, hoor,' zei Louise. 'Drie vaste krachten en een paar extra handen bij grote evenementen. Maar je hebt gelijk. Misschien laten ze zich vermurwen als ik ze smeek me te helpen omdat Geoff de benen heeft genomen. Ik denk het wel, want de lunch is belangrijk voor het dorp.'

'Ga dan maar gauw!' Meg gaf haar moeder een zetje. 'O, zeg eerst nog even wat er op het menu staat, dan ga ik meteen met die ingevroren kippen aan de slag.'

Louise gaf haar dochter een spontane knuffel. 'Ik zou in paniek moeten zijn dat Geoff weg is, maar stiekem ben ik opgelucht. Hij zorgt alleen maar voor problemen. Nu jij hier bent, hoef ik me geen zorgen meer te maken.'

'Nou, wegwezen dan,' zei Meg weer. Zelf was ze lang niet zo zorgeloos over het vertrek van de chef-kok als haar moeder; ze wist dat ze zijn plaats zou moeten innemen, en koken voor vijftig mensen zonder noemenswaardige voorbereiding zou een hele klus worden. 'Maar zeg nou wat ik moet klaarmaken voordat je ervandoor gaat.'

'O ja, kipkerriesalade!' antwoordde Louise, en weg was ze.

3

Meg zou de kleren waarin ze had gereisd het liefst verwisselen voor een frisse outfit, maar haar moeder had haar appartement afgesloten en de sleutel in haar zak gestopt, dus die reisde nu mee over het platteland terwijl Louise van deur tot deur ging om mensen over te halen terug te komen.

Ze vond een schort die ze over haar 'nogal korte' jurk aantrok en inspecteerde de inhoud van de koelkast. Ondertussen zou ze over het menu kunnen nadenken. Ze had een grote hoeveelheid oudbakken brood ontdekt – maar nergens vers brood – en keek net in de koelkast toen Ambrosine de keuken binnenkwam.

'Dag, lieverd,' zei ze. 'Ik heb je moeder voorgesteld je een handje te helpen. Dat vond ze een geweldig idee.'

Meg glimlachte. Het was lief aangeboden, maar ze vroeg zich af waarmee een vrouw van in de zeventig haar kon helpen.

'Ik weet dat je je afvraagt wat je mij zou kunnen laten doen,' ging Ambrosine door, 'maar ik kan je nuttige informatie geven. Om te beginnen weet ik dat je moeder de eiersalade – als ze tenminste tijd heeft gehad die te maken – achter de pakjes margarine in de koelkast bewaart.'

Meg sloeg haar hand voor haar mond. 'O jee! Mam wilde sandwiches voor u klaarmaken voor het geval u nog niet had geluncht. Dat zijn we helemaal vergeten. Maar ik kan ze nu wel voor u maken, als u wilt.' Ze pakte het bakje met eiersalade. 'Weet u of er nog mensen voor de thee komen? Het is te vroeg om sandwiches te maken, maar ik kan alvast wat scones bakken.'

'Ik denk niet dat er gasten zijn voor de thee. De laatste tijd komt er niemand meer uit het dorp. Thee en een selectie koekjes uit blik zijn niet echt aanlokkelijk.'

Meg was geschokt. Geen wonder dat de klanten wegbleven, als dat het enige was waaruit ze konden kiezen. 'Hoeveel sandwiches zou u willen? En wat zou u erop willen? Er ligt nog wat kaas in de koelkast. Misschien kan ik er wat komkommer en tomaat op doen?'

'Een sandwich met eiersalade is genoeg. Ik vind eieren nog altijd een traktatie omdat die in de oorlog op de bon waren.'

Aangezien Ambrosine geen aanstalten maakte de keuken te verlaten, zelfs niet toen de sandwich klaar was, stelde Meg voor dat ze ging zitten. Ze zette het bord met de sandwich voor haar op tafel. 'Dan kan ik u van alles vragen zonder dat ik me schuldig hoef te voelen dat ik u vermoei.'

'Dank je, lieverd,' zei Ambrosine, die een stoel onder de grote tafel uit trok.

'Weet u ook iets af van de lunch?' vroeg Meg.

'De lokale bevolking noemt het eigenlijk "het banket", omdat het in eerste instantie een diner was.'

'Mijn moeder vertelde me dat het oorspronkelijk werd georganiseerd voor de pachters, om de verjaardag van de landheer te vieren.'

'Dat klopt. Tegenwoordig komen er vooral belangrijke mensen uit de omgeving. Er wordt het hele jaar naar uitgekeken. Ze ontmoeten hier vrienden die ze anders nooit zien, wat het extra bijzonder voor ze maakt.' Ambrosine zweeg even en keek naar haar bord. 'Dit jaar zijn de kolonel en ik voor het eerst niet uitgenodigd. Volgens de chefkok zou het te vol worden in de eetzaal. Daar heeft hij wel gelijk in.

Het is een geweldig evenement, maar het is altijd erg krap.'

'Maar dan nodig ik u toch uit!' zei Meg. 'Als de chef-kok uw uitnodiging ongedaan kan maken, dan kan ik u vast opnieuw uitnodigen. Oké, dit is het menu: vichyssoise, kipkerriesalade en chocolademousse.'

'Geen idee wie dat heeft verzonnen,' reageerde Ambrosine. 'Koude soep is allesbehalve populair op het platteland en chocolademousse kan slecht verteerbaar zijn.'

'En kip? Houdt u van kipkerriesalade?'

'Jazeker, zolang het maar niet te pittig is. Kip kan soms wel een beetje droog zijn, hè?'

'Dat is waar. Maar ik weet hoe je kip zo moet bereiden dat hij lekker mals blijft. Als ik voorzichtig ben, kan ik er al mee beginnen voordat het kippenvlees ontdooid is. Hoe dacht Geoff alles in hemelsnaam op tijd klaar te hebben?'

'Hij dacht dat het eten kant-en-klaar zou worden afgeleverd door een cateraar. Cherry, een van de meisjes die hier werkten, en van wie ik echt hoop dat ze op je moeders verzoek ingaat, vertelde me dat ze hem over de bestelling hoorde praten. Hij probeerde een veel te lage prijs te bedingen voor een zeer ondermaatse maaltijd.' Ambrosine trok een wenkbrauw op. Ondanks haar vriendelijkheid had ze een aristocratisch air over zich, vond Meg.

'Ook voor de kip?'

'Ik denk dat hij die al in vriezer had liggen,' zei Ambrosine. 'Hij is een groot voorstander van de vriezer en pakjes. De vichyssoise komt uit een pakje. En de mousse ook.'

Meg huiverde.

'Ik weet het!' reageerde Ambrosine. 'Het is verschrikkelijk! Hij deed het hotel geen goed. Maar Andrew – zo'n aardige man, zijn vader was een goede vriend van me – is niet zo geïnteresseerd in eten. Sommige mensen hebben er gewoon niks mee.'

'Hoe kun je een hotel runnen als je niet geïnteresseerd bent in eten?' vroeg Meg.

'Door mensen aan te nemen die er wél in geïnteresseerd zijn. Zo,' ging Ambrosine vrolijk verder, 'en wat gaan we morgen voor de lunch bereiden nu die vreselijke man de benen heeft genomen?'

'Ik ben bang dat ik me aan het menu zal moeten houden,' zei Meg. 'Iemand heeft hiervoor gekozen en diegene zal niet blij zijn als het niet doorgaat.'

'Ach nee, kind!' wierp Ambrosine tegen. 'Ze herinneren het zich vast niet, en als ze iets anders heerlijks te eten krijgen, kan het ze toch niets schelen!'

Meg ademde diep uit. 'Ik heb niet zo veel ingrediënten. En ik heb geen tijd om eerst nog boodschappen te doen.'

Ambrosine wuifde met haar hand. 'Je hebt een tuin vol groenten.'

'O ja? Dat wist ik niet. Mijn rondleiding heeft de tuin niet gehaald. Dat is wel heel handig.'

'Geoff heeft de tuinman ontslagen, maar dat is nog niet zo lang geleden. De groenten zijn vast nog goed.'

'Zullen we dan een groentesoep serveren?'

'Uitstekend idee!'

'Gevolgd door de kip. En wat zou lekker zijn in plaats van pakjesmousse?'

'Bijna alles zou een verbetering zijn.'

Meg dacht aan het oudbakken brood dat ze uit de koelkast had gehaald. 'Ik vraag me af...'

'Je kijkt alsof je een idee hebt.'

'Het is een beetje ongebruikelijk voor een formeel etentje, maar wat dacht u van broodpudding?'

'Ik kan me niets heerlijkers voorstellen!' zei Ambrosine.

'Dan hebben we heel veel brood nodig, gedroogd fruit, melk en slagroom, dingen die op zo'n korte termijn misschien moeilijk te krijgen zijn.'

'Als je ze nu belt, kun je het brood bestellen bij de plaatselijke bakker. Ze zullen je de overgebleven broden van vandaag heel goedkoop kunnen verkopen.'

'Wie zegt dat er broden over zijn!' wierp Meg tegen. 'Weten ze dan niet hoeveel broden ze precies moeten bakken?'

'Nee heb je, ja kun je krijgen,' zei Ambrosine, die zich duidelijk amuseerde.

'En het gedroogde fruit, de slagroom en de melk en eieren dan?' vroeg Meg.

'Er ligt vast nog wel wat overgebleven gedroogd fruit van Kerstmis in de kast,' vervolgde ze, wijzend naar de kast waar het moest liggen. 'Het zal inmiddels wel heel droog zijn.'

'Ik kan het eerst in cognac laten wellen,' zei Meg. 'En de zuivel en de eieren?'

'Er is hier in de buurt een boerderij die bij mij aan huis leverde nadat we met onze eigen boerderij waren gestopt. Ik weet zeker dat we daar alles kunnen krijgen.'

'U lijkt overal een antwoord op te hebben, Ambrosine,' reageerde Meg.

'Ik woon hier al ruim vijftien jaar. Dat heeft zo z'n voordelen.'

'Misschien kunt u me dan nóg ergens mee helpen. Ik zou de broodpudding graag op mooie borden serveren, anders ziet het er nogal gewoontjes uit, en we hebben ook grote schalen nodig om de gerechten op te serveren.'

'Kom mee,' zei Ambrosine. 'Ik weet waar al het servies staat.'

Meg liep door een gang achter de oude vrouw aan naar de voorraadkamer.

'Voilà!' Ambrosine wees naar een klein vertrek, dat oorspronkelijk waarschijnlijk gebruikt was om vlees en wild op te slaan. De wanden waren van vloer tot plafond bedekt met schappen vol ovenschalen en bakvormen.

'Hoe weet u dat allemaal?' vroeg Meg, die haar verbaasde blik langs de planken liet glijden. 'Ze hebben hier zo veel kookspullen!'

Ambrosine negeerde haar vraag en wees naar de bovenste plank. 'Kijk, daar staan een paar bakvormen. En dat zijn de ovenschalen die we gebruikt hebben toen we een kerstlunch verzorgden voor het personeel van Nightingale's.'

'Die kan ik voor de broodpudding gebruiken. Weet u zeker dat de boerderij alles zo kort van tevoren kan leveren?'

'Ik zal ze bellen. En de bakker ook. Als ik ze vertel waarvoor het is, zullen ze hun uiterste best doen voor ons. Het banket is belangrijk voor de plaatselijke gemeenschap. Dat is al jaren zo. Iedereen zal willen helpen als ze horen dat het een noodsituatie is. Hoeveel room en eieren heb je nodig?'

'Mijn kookboek zit nog in mijn koffer,' zei Meg. 'Maar ik kan wel een grove schatting maken.'

Tegen de tijd dat Louise terugkeerde van haar bedelmissie langs de plaatselijke boerderijen en dorpen, kende Meg al aardig de weg in het hotel. Ambrosine had haar de vele kamers rondom de keuken laten zien – bijkeukens, bezemkasten, provisiekamers, distilleerderijkamers – en de personeelsvertrekken, die in vervlogen tijden allemaal nodig waren om de huishouding van een landgoed in goede banen te leiden.

Ze was ook mee naar de ommuurde tuin gelopen, die hier en daar inderdaad tekenen van verwaarlozing vertoonde, maar waarin nog altijd aardig wat groenten, kruiden en struiken met zacht fruit stonden. Tegen de muren groeiden appel-, peren- en pruimenbomen. Eén muur kon verwarmd worden met een ingebouwd rookkanaal. Als in het kleine huisje aan het einde van de muur vuur werd gemaakt, verwarmde de rook in het kanaal de stenen. Tegen deze muur stonden enkele perzik- en abrikozenbomen en een grote vijgenboom.

'Tuiniert u zelf ook?' vroeg Meg aan Ambrosine terwijl ze weer naar de keuken liepen. Meg had een paar bosjes kruiden in haar handen.

'Helaas niet. Mijn talenten zijn een beetje meer esoterisch, maar ik hou van het huis en ik wil de geschiedenis voor de bewoners behouden. Ik schrijf er een boekje over.'

'Wat een goed idee!' zei Meg, nieuwsgierig naar Ambrosines esoterische talenten. Ze hoopte er te zijner tijd meer over te horen. 'Ik zou het graag eens lezen als het af is.'

'Ambrosine heeft me geweldig geholpen,' vertelde Meg aan Louise toen ze terug in de keuken was. 'Ze heeft me alles laten zien en veel over het huis verteld. En ze heeft ook nog geregeld dat er morgenochtend vroeg melk, eieren en slagroom worden geleverd en dat de plaatselijke bakker brood komt brengen voor de broodpudding.'

Ambrosine, die aan de keukentafel zat, knikte bevestigend. 'Ik wist dat ze dolgraag zouden willen helpen als ze hoorden wat er op het spel stond.'

'Wat hebben jullie veel gedaan!' zei Louise, die de keuken rondkeek en haar blik liet vallen op de grote pannen met kip die op het fornuis stonden te pruttelen.

'We hebben het menu aangepast,' reageerde Ambrosine. 'Behalve de kip, die blijft staan.'

Louise fronste. 'Is het niet gevaarlijk om bevroren kip te koken?'

'Als ik ze meteen uit de pan haal wanneer ze klaar zijn kan het geen kwaad,' antwoordde Meg. 'Natuurlijk controleer ik eerst of ze door en door gaar zijn. De kooktijd bij bevroren kip is de helft langer.'

Louise keek nog steeds bezorgd. 'Het zou verschrikkelijk zijn als iemand een voedselvergiftiging oploopt. Stel je voor dat al die belangrijke gasten uit de omgeving het loodje leggen. Alsof hier de pest rondwaart!'

'Het komt goed, mam!' reageerde Meg lachend. 'Ik heb een keer gewerkt voor een vrouw die nooit tijd had om de kip te ontdooien. Ze zei dat er niks aan de hand is als je het vlees goed gaarkookt en niet in het hete kookvocht laat staan – wat trouwens voor alle gevogelte geldt.'

'Als voorgerecht hebben we warme groentesoep, in plaats van die koude smurrie die naar behangplaksel smaakt,' zei Ambrosine. 'Koude soep heb ik altijd vreemd gevonden.'

'In de moestuin staan een paar heerlijke groenten, en ook veel kruiden. En dan garneer ik elk bord soep met wat erwten en een wolkje room,' stelde Meg voor. Ze hoopte maar dat haar moeder met de wijziging van het menu zou instemmen.

'Het is toch fijn dat er soep van eigen producten wordt geserveerd, in plaats van die afschuwelijke pakjessoep waar Geoff zo gek op is. Joost mag weten wat voor rommel daar allemaal in zit.' Ambrosine begon te stralen. 'En als dessert mijn lievelingstoetje: broodpudding.'

'Zie je wel, het komt allemaal goed, mam.' Meg haalde diep adem. 'En, hoe is jouw missie om het personeel terug te krijgen verlopen?'

'Nou, het kostte me veel moeite om Susan – ze is, nee wás, onze belangrijkste werknemer – over te halen om terug te komen. Ze was diep beledigd door Geoffs gedrag. Maar gelukkig was haar dochter Cherry er ook, en zij wilde graag komen serveren. Toen ik die twee eenmaal aan boord had, belde Susan haar vele contacten in de buurt, die allemaal beloofden te komen helpen. Ik heb geen idee of ze hier na het banket ook nog willen werken. Maar goed, het is een oude traditie en leuk om te doen, dus waarschijnlijk houden we genoeg werknemers over.' Ze fronste haar wenkbrauwen. 'En nu moet ik snel gaan controleren of er nog mensen hebben geboekt voor het diner van vanavond.'

Meg sloeg de schrik om het hart. 'In dat geval zullen ze een uitsmijter moeten eten.'

'Maak je geen zorgen, lieverd,' stelde Ambrosine haar gerust. 'Het hotel serveert geen diner op de avond voor het banket. Gasten zullen genoegen moeten nemen met iets kouds.' Toen ze glimlachte, zag Meg dat ze vroeger beeldschoon moest zijn geweest.

'Zo, nu alles geregeld is,' ging Ambrosine door, 'hol ik naar boven om mijn hoed af te zetten.'

'Ik hoop dat ik ook nog in staat ben naar "boven te hollen", of waarheen dan ook, als ik zo oud ben als zij,' zei Louise tegen Meg toen Ambrosine weg was. 'Ik krijg de indruk dat ze het vanmiddag prima naar haar zin heeft gehad.'

'In eerste instantie dacht ik dat ik niet veel aan haar zou hebben, maar het tegendeel was het geval. Ze weet veel over het huis, de tuin en de begintijd van het hotel. Ze is bezig de geschiedenis van het landgoed op te schrijven. Beter nog, ze wees me een kast met een paar belangrijke ingrediënten, waaronder een enigszins door roest aangetast blikje tomatenpuree.'

'Ik heb haar nog nooit zo blij en enthousiast gezien,' zei Louise. Ze zuchtte. 'O, lieverd, wat had ik zonder jou moeten beginnen?'

'Geen idee, mam, maar ik heb er lol in, net als Ambrosine. Ik hou wel van een uitdaging, en tot nu toe gaat het goed. Samen kunnen we alles aan!'

4

De volgende ochtend stond Meg voor het ochtendgloren op. De avond ervoor had ze tot laat doorgewerkt om voorbereidingen te treffen en te wachten tot de gekookte kip helemaal was afgekoeld. Nu zou ze eerst de kip uitbenen en daarna de kipkerriesalade te maken.

Ze droeg haar koksbuis en -broek. De dag ervoor had ze de jurk waarin ze had gereisd aangehouden, maar vandaag wilde ze het professioneel aanpakken. Op een van de tafels in de hoek van de keuken had ze een plek ingericht waar ze met de kip aan de slag kon gaan. De grote keukentafel zou voor veel andere dingen gebruikt worden en in de hoek kon ze door het raam naar buiten kijken wanneer ze even geen kippenbotten meer kon zien.

Opeens klonk er een hard geluid en ze zag vanuit haar ooghoeken een in het zwart geklede persoon op een motor voor het hotel stoppen. Dat moest de man zijn die de melk en slagroom kwam brengen, dacht ze. Ze was blij dat hij zo vroeg was. De tijd drong en ze moest nog veel werk verzetten om alles op tijd klaar te hebben.

'Zet alles maar op de grote tafel,' zei ze terwijl ze zich omdraaide.

De grote, zwartgeklede figuur had geen kleine melkbussen bij zich. Hij droeg een helm en een motorbril, en zelfs zonder zijn gezicht goed te zien, voelde ze dat hij boos was.

'Waar is Geoff in vredesnaam?' vroeg hij terwijl hij zijn helm en bril afzette. Hij was begin dertig en had staalgrijze ogen en donkerblond haar. 'En wie ben jij trouwens?'

'Geoff is vertrokken,' antwoordde Meg stekelig. 'Ik ben Meg Sanderson.'

'Wat doe je hier?' vroeg de man.

Meg haalde diep adem om antwoord te geven, maar aarzelde. Ze kon zeggen dat ze de dochter van Louise was, maar wist hij wel wie Louise was? Haar moeder zou haar zeker gewaarschuwd hebben als ze had geweten dat er een vervelende man kon langskomen.

'Nou?' drong hij aan. Hij klonk zowel ongeduldig als vijandig.

'Ik ben de dochter van Louise,' antwoordde ze schoorvoetend. 'Ik ben hier om haar te helpen met de lunch.'

'Nou, je kunt gaan. Ik ben er nu. En wie is Louise in hemelsnaam?'

Meg keek hem onverzettelijk aan. 'Je hebt me nog niet verteld wie jij bent.'

'Wie ik ben? Justin Nightingale.'

Meg schrok. Dit moest de zoon van Andrew zijn, de man die haar moeder nog niet had ontmoet en die over het personeel ging. Maar ze moest vooral niet laten merken dat ze bang was, want daar hielden bullebakken van. 'En waarom ben jij hier?'

Hij sperde zijn ogen open en keek haar vol ongeloof aan. 'Vanwege de lunch natuurlijk! Daar weet je toch wel van, of niet? Dus nogmaals, waar is Geoff?'

'Dat heb ik al gezegd. Geoff is vertrokken. Ik heb zijn plaats ingenomen!' Meg vroeg zich af of ze niet al te dramatisch klonk. Het ging om een lunch, niet om een levensreddende operatie.

'Waarom is Geoff weggegaan? Was jij erbij toen hij vertrok?'

'Ja.'

'Ben jij soms de reden dat hij is vertrokken?'

'Natuurlijk niet! Ik was er toevallig bij aanwezig.' Dat was niet helemaal waar. Haar moeder had haar gevraagd te komen omdat ze zich zorgen maakte. Ze haalde nog eens diep adem. 'Hij had het personeel en een groot deel van het eten voor het banket geregeld via een cateraar. Oké, de kip niet; die had hij al ingevroren ingekocht voor het hoofdgerecht. Maar de rest dus wel. En die cateraar heeft hem laten zitten. Dus toen is hij vertrokken. Ik denk dat hij gedronken had.'

'O ja? Waarom denk je dat?'

'Waarom hij gedronken had weet ik niet, maar ik weet wel dat hij dronken was toen hij langs me heen de keuken uit liep, want hij stonk naar alcohol. En er lag een lege fles cognac bij het afval.' Die had Ambrosine gevonden, maar Meg besefte dat ze de zaak alleen maar ingewikkelder zou maken als ze haar erbij haalde.

Justin Nightingale was even stil. 'Zover ik weet heeft hij nooit eerder gedronken tijdens zijn werk.'

'Zijn jullie dan bevriend?'

'Ik ken hem goed. Ik heb met hem samengewerkt. Hij is een ervaren chef-kok.'

'Maar dan wel een die geen plezier in zijn werk heeft,' reageerde Meg.

'Hoe kun jij dat nou weten?' vroeg Justin op eisende toon.

'Als hij koken leuk zou zinden, zou hij nooit gerechten voor de lunch bij een cateraar bestellen.'

'Waarschijnlijk had hij geen betrouwbaar personeel.'

Meg besefte dat hij leek te suggereren dat zij daar schuld aan moest hebben.

'Ja, omdat hij iedereen heeft ontslagen.'

'Maar jou kennelijk niet. Wat is jouw taak hier? Je draagt kokskleding, maar je bent duidelijk geen professionele kok.'

'O, en waar leid je dat uit af?'

'Geoff zou nooit een vrouw naast zich tolereren in de keuken.'

Meg opende haar mond om iets te zeggen, maar vond zo snel geen woorden voor haar verontwaardiging.

‘En ik ook niet,’ vervolgde hij. ‘Dus bedankt voor je hulp.’ Hij glimlachte neerbuigend naar haar. ‘Ik weet zeker dat het bedienend personeel blij zal zijn met een paar extra handen.’

Meg zuchtte. ‘Ik ben niet om vijf uur opgestaan om te worden ontslagen door een man die ik hier nog nooit heb gezien.’

‘Waarom ben je zo vroeg opgestaan?’

‘Is dat niet duidelijk dan? Ik ben de kip aan het uitbenen zodat ik kipkerriesalade kan maken voor de lunch!’

‘Kipkerriesalade? Saai en te droog.’

‘Het menu is anders bedacht door die geweldige Geoff van jou! Trouwens, mijn kipkerriesalade wordt niet droog,’ wierp Meg tegen.

‘O nee? Hoe maak jij het dan klaar?’ Hij leek even afgeleid van zijn tirade.

‘Volgens een recept van Rosemary Hume. Je moet de kip laten sudderen in wijn en bouillon. Zo blijft het vlees sappig.’

Hij leek geïnteresseerd. ‘En dat werkt?’

‘Jazeker. Aha! Daar is de man van de boerderij.’

Een jongeman met donker haar en rode wangen kwam de keuken binnen. Hij had een kleine melkbus in zijn hand. ‘Dit is de slagroom. Ik ga nog even de melk en de extra eieren halen,’ zei hij.

‘Waar heb je zo veel slagroom voor nodig?’

‘Voor de broodpudding.’

‘Dat lijkt me geen geschikt toetje.’

‘De gasten zullen het heerlijk vinden, en alles beter dan chocolademousse uit een pakje.’

‘Heb jij die broodpudding op het menu gezet?’

Meg knikte. Hopelijk merkte hij niet dat ze minder zelfverzekerd was dan ze zich voordeed. ‘We hebben het menu veranderd.’

‘Wie ben jij om het menu te veranderen?’ Hun wapenstilstand was voorbij. Justin sloeg opnieuw een arrogante toon aan.

‘Wat is hier aan de hand?’ vroeg Louise, die stilletjes op blote voeten de keuken binnen was gekomen. Haar stem had een zekere autoriteit, die enigszins teniet werd gedaan door het feit dat ze een kamerjas met ruches droeg. Ze had meer van een filmster dan van een vrouw die de leiding had over een hotel.

'En wie mag jij dan wel zijn?' vroeg Justin, eerder verbouwereerd dan boos.

'Ik ben Louise Sanderson. Ik ben de manager hier.'

'Sinds wanneer heeft dit hotel een manager nodig?'

'Kennelijk vanaf het moment dat ik de baan aangeboden kreeg. Nu je weet wie ik ben, hoor ik graag wie jij bent.' Louise had duidelijk iets opgepikt van het gezag van de leraren op de scholen waar ze had gewerkt. Meg was trots op haar.

'Justin Nightingale.'

'O.' Meg zag dat haar moeder schrok. 'Andrew heeft me over je verteld,' ging Louise desondanks op kalme toon door. Hoewel haar moeder beleefd tegen hem was, merkte Meg aan haar houding dat ze niet alleen positieve dingen over hem had gehoord.

'Vreemd. Mijn vader heeft me niets over jóú verteld.'

'Sorry dat ik jullie onderbreek,' kwam Meg tussenbeide, 'maar over een paar uur moet het hotel een lunch voor vijftig mensen verzorgen. Ik heb nog werk te doen.'

Justin draaide zich naar haar toe. 'Ik zei toch dat ik er nu ben. Je kunt gaan. Ik heb je hier niet meer nodig.'

'Waarom ben je eigenlijk hier als je niet wist dat Geoff vertrokken was?'

Meg ving een flikkering in zijn blik op, waaruit ze opmaakte dat hij Geoff niet zo efficiënt en ervaren vond als hij had beweerd. 'Het banket is voor het hotel een belangrijk evenement. Ik dacht dat er misschien een paar extra handen nodig waren,' antwoordde hij uit de hoogte.

'Waarom stuur je die handen – en nu bedoel ik de mijne – dan weg?' vroeg Meg. Ze was diep teleurgesteld dat ze moest helpen met serveren, terwijl ze al zo veel werk had verzet.

Hij keek haar koel aan. 'Ik wil geen vrouwelijke kok in mijn keuken.'

Meg ontplofte bijna van woede, maar ze dwong zichzelf de touwtjes in handen te houden. Ze wist dat veel koks weigerden met een vrouw samen te werken. 'Vind je dat niet een beetje erg ouderwets?'

'Koken is een serieuze zaak. Het heeft niets te maken met de vraag of het al dan niet modern is. Het is een kwestie van hard werken, traditie en vaardigheden, en dat onder moeilijke omstandigheden.'

'En jij denkt dat vrouwen dat niet kunnen?' Meg zag dat haar moeder tussenbeide wilde komen, maar dat was niet nodig.

Justin haalde diep adem. 'Luister, ik wil niet onbeleefd zijn, maar deze lunch is erg belangrijk voor mijn vaders hotel en voor de plaatselijke gemeenschap. Zoiets kan niet aan het toeval worden overgelaten, en ook niet aan mensen die zich in een koksbuis hullen en dan denken dat ze gekwalificeerd zijn!'

'Ik wil ook niet onbeleefd zijn,' zei Meg. 'Tenminste, ik doe mijn best om het niet te zijn, maar ik ben het denk ik wel. Mijn moeder wist dat Geoff een ramp voor het hotel was. Hij ontsloeg het personeel – mensen die hier al jarenlang werken, generaties uit een en dezelfde familie. Hij wilde de lunch laten verzorgen door een cateraar die zich op het allerlaatste moment terugtrok, vermoedelijk omdat Geoff niet genoeg wilde betalen om hun kosten te dekken. Dat is de reden waarom mijn moeder me gevraagd heeft haar te komen helpen.'

'Waarom denkt zij, eh jij,' stamelde hij terwijl hij zich tot Louise wendde, 'dat het nodig was om… hoe heet je ook alweer?'

'Meg.'

'Om Meg, die duidelijk nog geen achttien is, te vragen je te komen helpen? De lunch is een groot evenement!'

Meg opende haar mond om zich te verdedigen, maar Louise was haar voor.

'Eén, ik weet dat Meg er erg jong uitziet, maar ze is tweeëntwintig.

Twee, ze werkt al jaren in professionele keukens.' Dit was een tikje overdreven, maar Meg besloot haar niet te corrigeren. 'Ze heeft veel ervaring en is zeer getalenteerd. Waarom zou een Franse chef-kok met een Michelinster haar anders aannemen als leerling?' Louise was even stil om het effect van haar woorden te versterken. 'Bovendien heeft je vader de verantwoordelijkheid voor het hotel aan mij overgedragen, dus ik doe wat ik het beste acht.'

Meg kwam tussenbeide. 'Ik heb mijn uiterste best gedaan om alles op tijd klaar te krijgen voor deze verdomde lunch. Daar loop ik niet voor weg omdat jij het vertikt om met een vrouw samen te werken!'

Meg hoorde haar stem overslaan, en snel schraapte ze haar keel. Ze ging niet huilen. Dat was niks voor haar. Tenminste, niet tijdens haar werk. Ze had in al die professionele keukens met veel onaangename figuren samengewerkt, maar geen van hen had haar ooit tot tranen gebracht. Wat haar naar de keel vloog was de gedachte dat de lunch haar werd afgenomen.

Er viel een lange stilte die slechts werd doorbroken door het tikken van de keukenklok.

'Oké, je mag me helpen,' zei Justin, alsof hij haar een grote gunst verleende. 'Maar dan doe je wat je gezegd wordt en loop je me niet voor de voeten.'

Ze kreeg weer lucht. 'O, dus ik mag je helpen? En ik mag je niet voor de voeten lopen? Wat genereus van je! Voel je vooral zo vrij om het werk dat ik al heb gedaan te bekijken. Als jij van voren af aan zou moeten beginnen, zou je de lunch nooit op tijd af krijgen.'

Justin wilde haar van repliek dienen, maar Louise besloot zich ermee te bemoeien. 'Je hebt geweldig werk geleverd, Meggy, maar nu is Justin er. Ik denk dat we alles nu wel aan hem kunnen overlaten.'

Meg wenste dat haar moeder haar geen 'Meggy' had genoemd; het klonk veel te kinderlijk. 'Alles? Denk je dat hij geen hulp nodig heeft?' Ze keek hem woedend aan.

Hij keek woedend terug.

'Schat,' zei Louise na een gespannen stilte. 'Het belangrijkste is dat de lunch een succes wordt. Justin is duidelijk een ervaren, professionele kok...'

'Het enige wat duidelijk is,' brieste Meg, 'is dat hij een man is en ik een vrouw. Dat maakt hem niet beter dan ik!'

Ze hoorde haar stem weer overslaan en haastte ze zich de keuken uit. Als ze nu in huilen uitbarstte, zou geen enkele mannelijke kok ooit nog respect kunnen opbrengen voor een vrouwelijke kok. Ze moest haar emoties zien te bedwingen. Snel liep ze door de gang naar de moestuin, waar ze bij een overwoekerde rozemarijnstruik bleef staan. Ze haalde diep adem. Voelde ze zich maar niet zo moe. Ze sloeg haar armen over elkaar en sloot haar ogen.

Ze merkte dat iemand haar van achteren naderde. 'Het is al goed, mam. Ik laat je niet in de steek en zal geen stennis schoppen. Ik ben gewoon moe omdat ik amper heb geslapen. Maar snap je hoe frustrerend het is dat zo'n man denkt dat hij hier de boel zomaar kan overnemen? Waarom zou hij beter zijn dan ik omdat hij een man is? Het is te gek voor woorden!'

Ze voelde een hand op haar schouder, en meteen realiseerde ze zich dat het niet haar moeder was die achter haar stond. Het was de man van de motor. Nu kreeg ze tranen in haar ogen van schaamte in plaats van verontwaardiging.

'Luister,' zei Justin vastberaden. 'Ik ben bereid aan te nemen dat er mensen zijn die vinden dat een man niet automatisch een betere kok is dan jij, maar jarenlange ervaring maakt wél verschil. Ik heb de lunch al eerder bereid en zal dat nu weer doen. Je kunt me helpen en er deel van uitmaken, of niet. Het maakt mij niet uit. Maar hak de knoop door, want er is werk te doen.'

Het kostte haar al haar wilskracht om zich naar hem toe te draaien. 'Ik blijf,' zei Meg. 'Al was het maar om te voorkomen dat jij mijn kipkerriesalade verpest.'

Ze snifte luid en beende terug het huis in. Tegen de tijd dat hij zich bij haar voegde in de keuken, had ze haar neus gesnoten en stond ze weer kip uit te benen.

Tot Megs verrassing werkten Justin en zij goed samen. Ze weigerde hem iets te vragen, tenzij het niet anders kon, maar hij leek haar te accepteren zonder zich met haar werk te bemoeien.

'Zal ik de mayonaise maken of wil jij dat doen?' vroeg ze hem uiteindelijk.

'Kun jij dat?' Zijn opgetrokken wenkbrauw suggereerde dat hem dat onwaarschijnlijk leek.

'Zou ik het voorstellen als ik het niet kon?'

'Beantwoord jij een vraag altijd met een tegenvraag? Dat is buitengewoon irritant.'

'Geef nou maar gewoon antwoord, ja? Zal ik de mayonaise maken? Of wil jij het doen?'

'Maak jij hem maar,' antwoordde hij na even nadenken. 'Ik kan het altijd opnieuw doen als het mislukt.'

Als hulpje had Meg ooit liters mayonaise moeten maken voor een bruiloft. Het kon niet misgaan, dacht ze vol zelfvertrouwen. 'Oké.'

Ze was eieren aan het splitsen toen hij zei: 'Vertel me eens wat meer over je cateringwerk. Hoe vaak heb je als enige de leiding gehad?'

Meg kwam in de verleiding te vertellen dat ze ergens als chef-kok had gewerkt, maar ze gunde hem niet het plezier haar te kunnen kleineren. 'Ik heb als uitzendkracht in een paar keukens gewerkt. Ik kwam binnen als keukenhulp, maar omdat de koks niet wisten wat ik daar precies deed, gaven ze me allerlei klusjes te doen. Bij een van die baantjes heb ik wekenlang desserts bereid. Niemand anders wilde het doen.'

'Maar je hebt dus nooit volledig de leiding gehad?'

'Nee.'

'Waarom zou je dan in je eentje een lunch voor vijftig mensen kunnen bereiden?'

Het was een terechte vraag. 'Omdat een lunch veel weg heeft van cateringwerk, dat ik dus ook heb gedaan. Bij dat werk neem je vaak automatisch de leiding. En ik wist precies hoe ik het wilde aanpakken. Een maaltijd bereiden voor vijftig personen is makkelijker dan een restaurantkeuken runnen.' Ze zweeg even. 'Maar ook omdat het de enige oplossing was.'

Hij knikte. Hij kon duidelijk niet hardop zeggen dat hij met haar eens was.

Louise had zich bij hen gevoegd tegen de tijd dat het personeel binnendruppelde. Justin kende de meesten van hen, en zij kenden hem. Ze waren blij hem te zien.

'Justin! Jeetje, wat ben jij groot geworden!' riep een van de vrouwen die binnenkwamen uit, een moederlijk type van wie Meg aannam dat het Susan was. 'Waar is de tijd gebleven dat jij als kleine jongen in de keuken om wat lekkers kwam bedelen?'

Justin glimlachte vriendelijk en haalde zijn schouders op. Hij was duidelijk in verlegenheid gebracht.

De vrouw wendde zich tot Meg. 'Nou, en wie ben jij? O, dat hoef ik niet te vragen! Jij bent de dochter van Louise. Toch? Jullie lijken sprekend op elkaar! Andere haarkleur, maar verder zijn jullie als twee druppels water.'

Meg voelde zich gevleid. Ze vond haar moeder een knappe verschijning.

Louise moest lachen. 'Ja, dit is mijn dochter Meg, Susan. Ze helpt me met de lunch. Ik heb haar gevraagd te komen toen Geoff zo vervelend begon te doen. Ik heb iemand nodig op wie ik kan vertrouwen. Dat is maar goed ook, als je bedenkt dat hij iedereen ontslagen heeft. En omdat mijn dochter niet officieel onder het personeel valt, kan niemand er bezwaar tegen maken dat ze me helpt.' Louise wierp een snelle blik op Justin, alsof ze wilde peilen of hij inderdaad van plan was bezwaar te maken.

'Ze lijkt me erg professioneel,' zei Susan tegen Louise. 'Nou, en Cherry ken je al. Zij zal samen met mij de gasten bedienen.'

'Ik kan jullie helpen in de bediening, als jullie dat handig vinden?' opperde Meg, die opeens besefte dat serveren haar veel minder stress zou opleveren. Ze was een uitstekende serveerster. Als ze in de keuken zou werken, moest ze een man proberen te imponeren die zelfs niet onder de indruk van haar zou zijn als ze een Michelinster had.

'Nee, ik heb jou nodig in de keuken,' zei Justin.

'We kennen het klappen van de zweep,' zette Susan Meg vriendelijk maar gedecideerd op haar plaats. 'Mijn zus komt later ook nog. We hebben de taken al tussen ons drieën verdeeld.' Ze glimlachte. 'Dat is makkelijker dan iemand uitleggen hoe het moet.'

Meg was beledigd. Ze had bij veel grote bedrijven gewerkt, waarbij ze het eten zonder te knoeien over de schouders van de gasten moest serveren. Ook kon ze behendig verschillende borden tegelijk op haar onderarm dragen. Maar dat wist Susan niet, en Meg was niet van plan het haar te vertellen.

In plaats daarvan dwong ze zichzelf te glimlachen. Toen ze zich die ochtend om vijf uur uit bed had gesleept, had ze de regie gehad en het hotel uit een lastige situatie gered. Nog geen paar uur later assisteerde ze een kok die vond dat vrouwen niet thuishoorden in een professionele keuken. En nu mocht ze niet eens helpen in de bediening? Over een tijdje zou ze erom kunnen lachen, maar op dit moment kon ze het wel uitschreeuwen van frustratie.

Haar moeder liep naar haar toe en legde een hand op haar schouder. Louise moest aan haar gezicht hebben gezien hoe ze zich voelde. 'Ik ben blij dat iedereen tevreden is!' zei ze met een warme glimlach. 'Oké, dan ga ik me nu aankleden. Daarna zal ik toezicht houden op het dekken van de tafels.'

Meg kreunde zacht en hoopte dat niemand het had gehoord.

Een paar uur later besefte Meg dat ze de lunch nooit in haar eentje op tijd klaar zou hebben gekregen, hoeveel voorbereidingen ze ook had getroffen. Waarom had ze eigenlijk voor warme soep gekozen? Een warm gerecht viel veel lastiger te plannen. Koude soep kon je alvast op tafel zetten terwijl de gasten van een aperitiefje genoten. Nu moesten ze eerst de soep opwarmen. Tot haar ergernis stelde Justin haar precies die vraag, maar dan hardop.

'Waarom heb je het niet bij vichysoisse gehouden?'

'Geoff wilde pakjessoep maken en Ambrosine zei dat de meeste mensen hier niet van koude soep houden. Koude soep is natuurlijk makkelijker te serveren, maar we hebben ook al een koud hoofdgerecht.' Hij keek haar met een uitdagende, onverbiddelijke blik aan. Ze wist dat ze haar hoofd hoog moest houden en bij haar beslissing moest blijven. 'Ik was van plan gekookte diepvrieserwten te gebruiken als garnering, samen met een wolkje room.' Ze had meteen spijt van haar woorden.

'Zullen we het maar gewoon bij room houden?' zei Justin. 'Laten we hopen dat mensen soep op een warme dag geen slecht idee vinden.'

Vlak voor het opdienen proefde Meg stiekem van de soep. Hij was heerlijk! Door de verse kruiden smaakte hij naar zomer, en de goede kippenbouillon gaf er diepte aan.

Justin proefde openlijk van de hete soep. Hij zei niet dat hij hem heerlijk vond, maar hij voegde ook geen zout toe, wat Meg opvatte als een compliment.

En opeens was de lunch in volle gang.

5

Hoewel het bedienend personeel zich aanvankelijk gereserveerd opstelde, pasten ze zich na verloop van tijd aan Megs ritme aan. Justin en zij vulden de soepborden zo snel als ze konden (ze gingen allebei efficiënt te werk), en hoewel er maar één deur naar de eetzaal was, die de doorgang vertraagde, deed iedereen zijn best.

Meg bad dat de soep heet genoeg was. Het was één ding dat mensen niet van koude soep hielden, maar ze zouden zeker ontevreden zijn als de soep lauw werd opgediend.

'Ze vonden de soep lekker,' zei een van de oudere vrouwen uiteindelijk, van wie Meg vermoedde dat het de zus van Susan was. 'Mannen houden niet van koude soep.'

'Hopelijk houden ze wel van kip,' zei een andere vrouw, die vier lege soepborden afleverde en drie borden met kipkerriesalade pakte. 'Ik denk dat ze liever pastei hadden gehad. Mannen houden niet van salade.'

Tijd om hierover van gedachten te wisselen was er niet. De keuken was niet ontworpen om vijftig mensen tegelijk te bedienen, ook al was dat al die voorgaande jaren wel gelukt.

De broodpudding viel gelukkig in de smaak. Justin vond het toetje er op de borden rommelig uitzien, maar ze kwamen bijna allemaal leeg terug.

Zelfs met een dichte deur tussen de keuken en de eetzaal droegen de geluiden ver. Daardoor moest het personeel zich heel stil houden tijdens de lange toespraken, terwijl ze het liefst al aan de afwas zouden beginnen.

Justin voelde zich als chef-kok niet geroepen om op te ruimen en trok zich terug in het kantoortje. Louise, die naar binnen was geslopen om zich bij het personeel in de keuken te voegen, fluisterde tegen Meg: 'Ik weet dat alle uitgaven voor de lunch kloppen, maar stel dat hij een grote fout in de boekhouding ontdekt die is gemaakt voordat ik hier kwam werken.'

Toen alle gasten uiteindelijk vanuit de eetzaal de tuin in waren gelopen, waar stoelen, tafels en parasols klaarstonden – het was ongebruikelijk warm die dag – konden ze aan de afwas beginnen.

Geen van de gasten leek al naar huis te willen. Het bedienend personeel zette thee en koffie voor degenen die daar zin in hadden, en de jongens – zonen en neven van de hoofdserveerster – namen de bestellingen op van de bar. Meg merkte aan de sfeer dat het een belangrijke gebeurtenis in de gemeenschap was en dat iedereen gesteld was op 'het grote huis', ook al was het tegenwoordig een hotel.

Onder Susans leiding werd de afwas voortvarend aangepakt terwijl de vrouwen kletsten over de gasten: wie familie van hen was, wat ze droegen en wie jaren geleden verliefd was geweest op wie.

Meg glipte de moestuin in om op een oud bankje ongestoord te kunnen genieten van het prachtige uitzicht. Ze was stiekem best tevreden over de manier waarop het banket was verlopen. Niet dat het haar zaken waren, maar op de een of andere manier voelde ze zich verbonden met het hotel. Haar moeder voelde dat ook heel sterk, wist ze. Ze had haar moeder een dienst bewezen.

Meg had het warm, ook al zat ze in de schaduw. Ze knoopte haar koksbuis los en kwam in de verleiding hem uit te trekken. Onder de jas droeg ze een katoenen jongenshemd over haar beha. Na een korte aarzeling schudde ze de jas van haar schouders en sloot haar ogen.

Niemand zou haar hier achter de rabarber zien zitten.

Ze besefte dat ze moest zijn ingedommeld toen ze haar ogen opende en Justin op haar zag neerkijken. Ze verzette zich tegen de neiging haar jas aan te schieten en besloot te doen alsof haar jongenshemd in werkelijkheid een respectabel topje was.

'Het spijt me dat ik je wakker maak, maar ik moet zo weg,' zei hij. 'Ik zou het op prijs stellen om eerst nog even met jou en je moeder te praten. In het kantoortje.' En weg liep hij.

Meg trok haar jas aan en vroeg zich af hoelang hij naar haar had staan kijken. Had ze er erg bloot en bezweet uitgezien? En waar zou hij met hen over willen praten?

Tot haar opluchting had Louise zich al bij Justin in het kantoortje gevoegd en thee gezet. Meg sloot de deur, ging op de enige nog vrije stoel zitten en nam de mok aan die haar moeder haar aanreikte.

'Ik denk wel dat ik tegen mijn vader kan zeggen dat de lunch goed is verlopen,' begon Justin. 'Daarop kan Nightingale Woods in elk geval trots zijn.'

Uit de manier waarop hij het zei wist Meg dat zijn positieve opmerking gevolgd zou worden door negatief nieuws.

'Mevrouw Sanderson, u zult inmiddels wel weten dat het hotel financieel in zwaar weer verkeert. Deze situatie kan zo niet voortduren.'

'Dat is niet iets waar ik invloed op heb,' reageerde Louise. 'Ik pas alleen op de winkel...'

'Dat weet ik. Maar als mijn vader niet snel terugkeert, zal ik drastische maatregelen moeten nemen,' zei hij.

'Ga je het hotel overnemen?' vroeg Meg, die zich eerder dan verwacht naar Frankrijk zag afreizen.

'Ik heb al een baan,' antwoordde Justin. 'Ik kan deze klus er niet bij hebben. En jou lukt dat natuurlijk ook niet. Het blijft doormodderen totdat er een verstandige oplossing voor het hotel komt.' Na een onheilspellende blik op Meg en haar moeder stond hij op. 'Louise, jij bent vanaf nu de baas op kantoor. Meg, jij komt in dienst als kok – tijdelijk.' Hij pakte een pen en schreef iets op een papiertje. 'Dit is mijn nummer voor als er problemen zijn en het salaris dat ik je wil betalen, Meg. Ik heb het personeel dat vertrokken was...'

'Ontslagen was,' mompelde Meg.

'... gevraagd terug te komen. Daarmee hebben ze ingestemd, tegen een lichte loonsverhoging.' Justin was even stil. 'Of ik jou nou betaal in plaats van Geoff, dat maakt geen verschil in de overheadkosten, maar we moeten ons erbij neerleggen dat het hotel uiteindelijk gesloten zal worden.'

'Hoe moet dat dan met Ambrosine?' vroeg Louise.

Justin haalde zijn schouders op. 'Dat is aan mijn vader. Ik verwacht dat ze ergens anders zal moeten gaan wonen wanneer Nightingale Woods zijn deuren sluit.'

Meg dacht meteen aan Ambrosines liefde voor het huis en hoe behulpzaam ze was geweest.

Justin stond op en zette zijn kopje neer. 'Ik moet gaan.' Hij wendde zich tot Meg. 'Je hebt het goed gedaan... voor een vrouw. Wat zeg ik, nauwelijks meer dan een meisje eigenlijk.' Zag ze daar een zweem van een glimlach om zijn mond en in zijn ogen? Ja, een glimlach, maar ook respect.

Op haar beurt onderdrukte Meg een glimlach. Ze was gevleid, ook al was zijn compliment verpakt in spot.

Toen hij weg was, keken Meg en Louise elkaar aan.

'Wat een onaangename jongeman,' zei Louise.

'Zeg dat wel,' zei Meg resoluut. 'Kijk eens hoeveel hij denkt dat ik waard ben.'

Louise keek verbijsterd op van het papiertje. 'Dat is bijna evenveel als Geoff betaald kreeg.'

'En terecht,' zei Meg, die verbluft stond te zwaaien op haar benen.

6

Na de opwinding van de lunch keerde Nightingale Woods terug naar zijn gebruikelijke rustige zelf. Nu het personeel weer gedeeltelijk was teruggekeerd, merkte Meg dat ze het koken goed aankon en dat de gasten zeer tevreden waren met de hoge standaard van de maaltijden en het niveau van de bediening. Tot Louises grote opluchting besloot Susan, die als meest ervaren medewerker de leiding had over de rest van het personeel, dat het beter zou zijn wanneer haar dochter Cherry op dagelijkse basis kwam helpen met het afruimen van het ontbijt en het schoonmaken van de kamers, en met alle andere karweitjes die er te doen waren. En de zoon van Susan stemde ermee in om 's avonds te komen wanneer er mannelijke aanwezigheid vereist was – hoewel iedereen, inclusief Susan, vond dat het hun het merendeel van de tijd goed afging zonder man.

Louise en Meg deden de rest, waaronder het verzorgen van de vroege ochtendthee op de kamers van de gasten.

En omdat iedereen het erover eens was dat de moestuin nieuw leven moest worden ingeblazen, werd er geld opzijgezet zodat Susans man en haar andere zoon de klus konden klaren.

'Weet je, Louise, Bob zit er behoorlijk mee in zijn maag dat al zijn harde werk in de moestuin is overwoekerd door onkruid. Hij zou het zelfs voor niets willen doen.' Susan was even stil. 'Niet dat ik dat soort onzin zou goedkeuren.'

'Natuurlijk niet, Susan!' reageerde Louise met gepaste verontwaardiging. 'We laten het hem echt niet voor niets doen. Zelfs niet als hij erom zou smeken.'

Susan lachte, zoals van haar werd verwacht.

Een paar dagen later zaten Louise en Meg in het kantoortje en bespraken of ze misschien reclame voor het hotel moesten maken, al was het maar in de nabije omgeving, toen de telefoon ging. Meg nam op en slaakte een gilletje: het was Alexandra.

'Alexandra!' Meg kon haar vreugde niet bedwingen toen ze de stem van haar vriendin hoorde. 'Wat leuk dat je belt!' Alexandra was een van de twee meisjes met wie Meg in Londen had samengewoond. Ze woonde nu in een kasteel in Frankrijk, met haar geweldige Franse echtgenoot, die Meg niet alleen een van de vriendelijkste maar ook een van de aantrekkelijkste mannen vond die ze ooit had ontmoet. 'Als je mijn nummer hebt, moet je de ansichtkaart ontvangen hebben die ik je heb gestuurd!'

'O, nee, die heb ik niet gekregen. Maar je had me de naam verteld van het hotel waar je naartoe ging en die heb ik opgezocht. Ik ben nu in Londen, met David! Er is een probleem met het Londense huis, dus dat zijn we aan het uitzoeken. Nou ja, ík ben hier om het uit te zoeken. David is hier voor de antiekmarkt. Zijn Franse spullen verkopen hier ontzettend goed.'

'Is alleen David er? Maxime niet?' Maxime was Davids Franse partner.

'Nee, hij moest werken,' antwoordde Alexandra. 'Maar hij zei dat David en ik alleen moesten gaan en vooral veel kattenkwaad moesten uithalen.'

'Ik vind het zo leuk om van je te horen! Hopelijk hoef je niet meteen terug naar Frankrijk?' Meg besefte dat ze een beetje zielig klonk.

'Nee hoor! Antoine is thuis en alles loopt op rolletjes in het kasteel.

We zijn van plan om bij jou en Lizzie op bezoek te komen. Niet tegelijkertijd natuurlijk. David zal in een bed & breakfast verblijven als we bij Lizzie zijn, maar we hopen stiekem dat jij twee kamers vrij hebt.'

'We hebben er veel meer dan twee,' reageerde Meg. 'We zouden het heerlijk vinden als jullie hier komen logeren! Als onze gasten uiteraard.' Ze had het nog niet gezegd of ze besefte dat zij daar niet over ging.

'Onzin!' wierp Alexandra tegen. 'Je weet dat ik goed in de slappe was zit. Ik heb trouwens een mieterse auto gekocht, dus we zoeven lekker jouw kant op. We gaan eerst bij Lizzie en Hugo langs, want dat is ongeveer op de route, en daarna rijden we door naar jou!'

Lizzie was het andere meisje met wie ze hadden samengewoond; ze woonde nu met haar man en dochtertje in een klein huisje in een bos.

'Denk je dat Lizzie en Hugo ook kunnen komen om te lunchen? Of zou dat te ver zijn?'

'Daarvoor is het waarschijnlijk te ver, maar we verzinnen wel iets,' zei Alexandra. 'Het zou leuk zijn als Vanessa ook kan komen. Ze woont op dit moment bij haar ouders en wordt helemaal gek daar. Nu Hugo niet meer thuis woont, zeuren ze haar de oren van het hoofd.'

'Natuurlijk mag Vanessa ook komen,' zei Meg, die dolblij was dat het hotel straks vol met oude vrienden zat.

'Ze vertelde me dat ze zich dood verveelt en wacht tot zij en Simon kunnen trouwen.'

'Simon was toch een van Hugo's getuigen?' Er was zoveel gebeurd sinds Lizzie met Hugo, de broer van Vanessa, was getrouwd dat Meg even de tijd nam om bij te praten. 'Waarom zijn ze al zo lang verloofd?'

'Dat valt wel mee, hoor,' zei Alexandra. 'Ze hebben zich niet zoals Antoine en ik meteen verloofd. Simons broer is in Zwitserland voor zijn werk en komt in september terug naar huis. Ze wachten tot die tijd met de bruiloft. Maar de voorbereidingen zijn al in volle gang.'

'O, oké. Wanneer komen David en jij hier logeren? Wacht alsjeblieft niet te lang!'

Ze maakten een afspraak en beëindigden het gesprek.

'Dat was Alexandra,' zei Meg tegen Louise.

'Dat had ik al begrepen, schat. Komt ze logeren?'

Meg knikte. 'Met David. Weet je nog wie dat is?'

'Natuurlijk! Hij was heel aardig en zo behulpzaam met Clover. Wil je me de rest vertellen terwijl we de geboekte gastenkamers voor vanavond controleren?'

Een paar minuten later zei Louise, die behendig een sprei rechttrok nadat ze had gekeken wat eronder lag: 'Alexandra heb ik geloof ik nooit ontmoet, maar je hebt me uitgebreid verteld over haar huwelijk. Het lijkt me een leuke meid.'

Meg keek toe terwijl haar moeder een vinger langs de rand van de spiegel haalde, als een karikatuur van een kritische baas. 'Je zou het je zeker herinneren als je haar had ontmoet. Ze is mooi, aardig, heel grappig en ook wel een beetje excentriek. Ik moet een paar leuke gerechten verzinnen voor als ze hier zijn. David en ik hielden ervan om samen te koken. Hij heeft me veel geleerd.'

'Wanneer zei je dat ze komen?'

'Dit weekend. Ik hoop dat er nog plaats is!' Meg was opeens bang dat de hereniging met haar vrienden zou worden bedorven door te veel bezoekende soldaten met hun vriendinnen, die voorrang zouden moeten krijgen.

'Vast en zeker, ook al hebben we behoorlijk wat boekingen voor de zondagslunch. Vooral mensen die voor het eerst bij het banket aanwezig waren en willen testen of het eten hier altijd zo goed is.'

Meg glimlachte. 'Dat kunnen we er wel bij hebben. Hopelijk vinden ze ons traditionele braadstuk net zo goed als onze koude gerechten.'

'Zolang de jus en de aardappelen goed zijn, kan het niet mislukken.' Louise controleerde de wastafel met haar vinger op kalkaanslag, omdat het emaille er anders dof zou uitzien. 'Jij bent altijd goed in het maken van jus. Ik ben niet veel verder gekomen dan jus uit een pakje.'

Meg herinnerde zich de mahoniekleur van haar moeders jus, die glanzend, dik en veel te zout was. 'En Yorkshire pudding,' zei Meg. 'Dat vindt iedereen heerlijk.'

'Ze zullen alles heerlijk vinden. We hebben goed vlees, misschien kool of spinazie uit eigen tuin, en de rest komt vanzelf.'

'Maar komen die mensen voor Justins kookkunsten of voor de mijne?' zei Meg.

'Jij hebt de kipkerriesalade gemaakt,' zei haar moeder, die zich duidelijk verbaasde over Megs gebrek aan zelfvertrouwen.

'Ik wil hen gewoon niet teleurstellen,' verklaarde Meg.

'Gekke meid!' Louise wuifde Megs angst weg. 'Jij hebt het grootste deel van de lunch bereid, dat weet je ook wel. Nou, wat moeten we hier nog meer doen?' zei ze terwijl ze de kamer rondkeek.

Meg besefte dat dit niet het moment was om over haar onzekerheden te beginnen. Als ze haar moeders volledige aandacht en medeleven wilde, moest ze dat niet doen terwijl Louise de kamers inspecteerde. Ze besloot zich geen zorgen meer te maken over haar kookkunsten.

'Ik zal even een paar bloemen in een vaas zetten voor op de kaptafel, en dan is het hier klaar.' Louise liet een laatste kritische blik door de kamer dwalen.

'Je bent echt dol op dit hotel, hè?' vroeg Meg. 'Je wilt dat de kamers er perfect uitzien.'

Louise knikte. 'Eindelijk weet ik wat ik wil doen als ik later groot ben: werken in een plattelandshotel. Ik hou van de gasten, ik hou ervan om het goed te doen, en ik werk graag met sympathieke mensen zoals Susan en haar familie.'

Meg knikte. 'En ik mag Bob ook. Hij geniet ervan om de moestuin weer op de orde te krijgen. Het was aardig van Justin om hem te vragen, ook al zijn er kosten aan verbonden.' Meg deed haar best om positief over Justin te denken, maar het ergerde haar nog steeds dat hij de rol van redder in nood op zich had genomen en vervolgens weer was verdwenen, terwijl hij haar ook nog eens 'een meisje' had genoemd.

'Ja, Bob is geweldig, hè? Wist je dat de tuinen van het hotel me doen denken aan *De geheime tuin*?' bekende Louise. 'Ik vind het idee zo leuk dat alles slaapt...'

'Of alleen maar is ingedommeld?'

'... en wordt gewekt door een tuinman.'

'In het boek heten ze Mary en Colin,' zei Meg.

'Ik weet dat het niet zo is als in het boek,' zei Louise, die duidelijk vond dat Meg spijkers op laag water zocht, 'maar het idee is hetzelfde.'

'Het zou geweldig zijn als we voor Alexandra en David asperges uit eigen tuin zouden kunnen bereiden. Een groot deel ervan kan al geoogst worden.'

'Zolang we ze maar aan alle gasten kunnen serveren. Nou, als we hier klaar zijn, kunnen we naar de volgende kamer gaan. Daarna moet ik de badkamers nog controleren.' Louise fronste. 'Ik zou willen dat we nog een badkamer hadden, want het is best een eind lopen door die gang. En dan hebben we nog die eenpersoonskamer...'

'Bespreek het anders met Andrew als hij de volgende keer belt.' Maar Meg was met haar gedachten al bij het lamsvlees dat ze voor Alexandra en David wilde bereiden, en bij het rundvlees voor de zondagslunch. Ze zocht naar een excuus om te kijken wat er in de moestuin voorhanden was. 'Ik moet nog wat verse peterselie plukken. Er staat een flinke bos naast de kassen.'

7

Het was niet bij Louise of Meg opgekomen dat Justin nog een keer zou langskomen om te zien hoe de zaken gingen, en tot hun ergernis koos hij daarvoor de ochtend waarop Alexandra en David zouden arriveren. Meg was net kruiden aan het verzamelen in de moestuin en Louise plukte bloemen uit de speciale snijbloemenborder die ze later op de hotelkamers zou zetten. De vrouwen schrokken op toen hij de tuin in kwam gelopen. Meg besefte dat hij niet op de motor was gekomen, anders had ze hem wel horen aankomen.

'Hallo!' riep hij luid. 'Kunnen we even naar binnen om te praten? Ik zie dat jullie het nu niet druk hebben.'

'Ik heb het wel druk,' wierp Meg tegen. 'Ik ben kruiden aan het plukken.'

'Ik heb het ook druk.' Louise stak de bloemen in haar hand omhoog. 'Voor op de kamers.'

Justin zuchtte. 'Ik zie jullie zo in het kantoortje. Ik heb niet veel tijd.'

'Jakkes, wat een vervelende man is het toch. Ik zou hem kunnen haten!' mompelde Meg tegen haar moeder terwijl ze achter hem aan naar het kantoortje liepen. Het plezier in hun werkzaamheden was vergald.

'Probeer dat maar niet, schat. Andrew heeft een hoge pet van hem op. Hij zei er wel bij dat Justin moeilijk kon zijn.'

'Haha. Zwak uitgedrukt!' Meg fatsoeneerde haar jurk, die haar moeder 'een beetje kort' had genoemd toen ze net in Dorset was aangekomen, en volgde Louise het kantoortje in.

'Je hebt niet veel boekingen, zie ik,' merkte Justin op terwijl hij opkeek uit het reserveringsboek.

'Er komt vandaag een stel dat enkele dagen blijft,' zei Louise.

'Een Française?'

'Ze is een gravin,' vulde Meg aan.

'Ze slaapt in een van de eenpersoonskamers. Ik zie dat er twee kamers zijn geboekt.' Hij keek Meg aan. 'Deelt deze gravin geen slaapkamer met haar man?'

'Dat zijn jouw zaken niet!' reageerde Meg verontwaardigd. 'Hoe dan ook, ze reist niet met haar man.'

'Het zijn vrienden van Meg,' legde Louise op verzoenende toon uit. 'Heel aardige mensen.'

'Het maakt niet uit of ze aardig zijn of niet,' zei Justin. 'Als we niet meer boekingen krijgen, moeten we nog eerder sluiten dan ik had gedacht. We runnen geen hotel voor incidentele uitschieters als de zondagslunch, een oude dame en Megs vrienden.'

'Heeft Andrew dat tegen je gezegd? Dat het hotel moet sluiten?' vroeg Louise.

'Zoals je weet komt mijn vader voorlopig niet terug. Ik hou de boel hier in de gaten tijdens zijn afwezigheid.'

'We zijn ons ervan bewust dat we niet veel gasten hebben,' gaf Meg toe. 'Maar we hebben plannen om dat te verbeteren.'

'Wat voor plannen?' vroeg Justin.

Megs mond werd droog. 'Ik ben van plan de verbeterpunten op te schrijven en aan Andrew voor te leggen.' Dit was de eerste keer dat ze erover nadacht, maar het klonk als een goed idee, ook al wist ze nog niet wat haar plannen inhielden.

'Leg ze maar aan mij voor. Uiterlijk tegen het einde van deze week,' gebood Justin.

'Je krijgt ze als ik er klaar mee ben!' ging Meg ertegen in. Ze had meteen spijt van haar overhaaste belofte.

'Tegen het einde van de week dus,' herhaalde Justin. 'Nou, Louise, kun je me bijpraten over de rest van de cijfers?'

'Natuurlijk, Justin,' antwoordde Louise op een manier die Meg de rillingen bezorgde.

'Als jullie me willen excuseren,' zei Meg, en ze trok zich terug in de keuken.

Meg was altijd rustiger wanneer ze in de keuken was. Ze voelde zich er thuis en wist wat ze deed. De keuken was licht, in tegenstelling tot veel keukens in grote landhuizen, en door de lange tafel in het midden was er voldoende werkruimte. Ze kon genieten van de oude snijplanken die door generaties koks waren versleten en vond het heerlijk om haar hand in de oude zoutpot te steken en de grote voorraadpotten te gebruiken.

Ze maakte deeg en twee uur later had ze een paar quiches, een dienblad met kleine taartbodems die ze later zou vullen, een braadslede gevuld met tomaten en erwten, een platgeslagen lamsbout die niet lang hoefde te braden en schoongeborstelde nieuwe aardappelen. Ze had ook een pan vol gesneden verse groenten uit de tuin klaarstaan en een snijplank met fijngehakte peterselie. Ze genoot elke keer weer van de gedachte dat de kruiden net buiten de keuken in overvloed aanwezig waren.

Meg overzag haar voorbereidingen. Als alles volgens plan verliep, zou het een heerlijke maaltijd worden. Er zou maar één ander stel komen dineren, zodat haar moeder en zij met Alexandra en David konden dineren. Justin was alweer weg, waarschijnlijk terug naar zijn werk, waar dat ook mocht zijn. Pas nu ze eindelijk klaar was, stond ze zichzelf toe om enthousiast te worden over het bezoek van Alexandra en David.

Louise nam haar mee naar een plek op de eerste verdieping vanwaar ze een goed zicht hadden op het begin van de oprit, waar mensen afremden om erop te draaien.

'Voor ze er zijn heb je genoeg tijd om naar beneden te gaan en de deur te openen,' verzekerde Louise haar. 'Het is heel handig. Ik wil graag weten wie er voor de deur staat vóórdat er wordt aangebeld.'

'Dat lijkt mij ook prettiger. In de keuken zie je nooit mensen aankomen en je weet dus nooit voor wie je kookt.'

'Kom,' zei Louise, en ze installeerden zich om op het bezoek te wachten.

'Heeft Justin nog iets vervelends gezegd of gedaan toen ik weg was?' vroeg Meg. 'Hij is geen afscheid komen nemen.'

'Nee. Hij ging een praatje maken met Ambrosine, die hem duidelijk aanbidt. Hij deed zo anders toen hij met haar praatte. Helemaal niet betuttelend, zoals zo veel mensen in de omgang met oudere mensen. Hij was gewoon grappig en aardig. Ik was onder de indruk van hem, al denkt hij dat ik een geldwolf ben die om verkeerde redenen achter zijn vader aan zit.'

'Als het hotel zo weinig oplevert, zoals hij beweert, dan kun jij dus alles behalve een geldwolf zijn.'

'Maar als Nightingale Woods straks geen hotel meer is, is het natuurlijk nog wel een prachtig huis!'

'Maar het is juist het hotel waar je zo van houdt,' zei Meg.

'Dat is waar. En de mensen! Ik denk niet dat ik hier zou willen wonen als het gewoon een huis zou zijn.'

'Gewoon een huis? Een klein maar statig huis, bedoel je.'

'Je weet wel wat ik bedoel,' reageerde Louise beledigd.

Eindelijk draaide er een auto de oprit op. Meg keek er een ogenblik aandachtig naar om er zeker van te zijn dat het de auto was waarop ze stonden te wachten. Het was een grote stationwagen die er Frans uitzag. 'Daar heb je Alexandra!' riep ze opgetogen, en ze rende de trap af om haar te begroeten.

Alexandra was in een oogwenk uit de auto gestapt en naar Meg gerend. Ze omhelsden elkaar en sprongen op en neer. David volgde op zijn gemak, en nadat hij Louise had begroet keken ze allebei toe terwijl Meg en Alexandra elkaar enthousiast bekeken.

Ze stonden nog voor het huis toen Justin verscheen. 'Goedemiddag. Welkom op Nightingale Woods. Jij moet de gravin zijn,' zei hij.

Meg onderdrukte een kreet van verbazing. Ze had al die tijd gedacht dat hij mijlenver van het hotel vandaan was. Waarom was hij niet teruggegaan naar zijn werk? Wat had hij hier in vredesnaam nog te zoeken?'

Alexandra stak hem zelfverzekerd een hand toe. 'Ja, ik ben een oude vriendin van Meg. Het is zo fijn haar hier te kunnen bezoeken. En dit is mijn vriend David Campbell.'

'Mooie auto,' complimenteerde Justin, nadat hij David de hand had geschud. 'Wat is het?'

'Een Citroën Safari,' antwoordde Alexandra, hoewel Justin het aan David gevraagd. 'Perfect voor grote gezinnen en antiquairs.'

'In welke categorie val jij?' vroeg Justin.

'Beide.' Alexandra glimlachte, op en top de gravin. 'Ook al ben ik tegenwoordig maar parttime antiquair.'

Meg was woedend. Hoe durfde hij inbreuk te maken op haar kostbare tijd met Alexandra en David!

'Kom, dan breng ik jullie naar jullie kamers brengen,' zei ze terwijl ze Alexandra bij de arm nam. 'Misschien kan Justin jullie tassen meenemen?'

De blik die Justin haar gaf was tegelijk enorm bevredigend en angstaanjagend – hij zou zeker wraak nemen. Meg zat er niet mee. Ze was echt woedend op hem. En omdat Alexandra duidelijk het hotel in wilde gaan, liepen ze de lage treden op en de hal in.

'Is het niet prachtig?' zei Alexandra bewonderend terwijl ze rondkeek in de verwelkomende hal met zijn fraaie zwart-wit geblokte vloer en antieke meubels. Familieportretten en oude litho's van het huis sierden de gele muren, en de middagzon viel door de ramen aan de voorzijde naar binnen.

'Het ziet er allemaal heel mooi en comfortabel uit,' ging Alexandra door. 'Ik ben net in het huis in Londen geweest...'

'Ons oude huis,' zei David weemoedig.

'Ja,' beaamde Alexandra. 'Toen vonden we het allemaal geweldig, maar nu komt het heel somber over. Het moet nodig gerenoveerd worden. Ik was er om wat aan het lekkende dak te doen – niet zelf, uiteraard – maar echt, het hele huis is niet meer om aan te zien.'

'Zullen we naar boven gaan?' stelde Justin voor. 'Ik heb nog andere dingen te doen.'

Meg klemde haar tanden op elkaar om niet te vragen waarom hij die dingen dan niet meteen ging doen. Ze wilde de sfeer niet bederven.

Het liefst zou ze Alexandra's weekendtas uit zijn hand rukken. Maar omdat ze hem min of meer had opgedragen haar bagage naar boven te brengen, vond ze dat ze dat niet kon maken. 'Loop maar achter mij aan,' zei ze, erop vertrouwend dat iedereen haar zou volgen.

Meg had ernaar uitgekeken om Alexandra haar kamer te kunnen laten zien en wist dat haar moeder ook benieuwd was naar haar reactie. Boos en teleurgesteld liep ze de trap op, vooral omdat het haar eigen schuld was. Als zij Justin niet had willen terugpakken, was hij nu ver bij hen uit de buurt geweest. Hoewel, hij was zo onvoorspelbaar dat hij misschien toch met hen was meegelopen. Ze wilde heel graag weten wat hij de hele middag had gedaan.

Ze opende de deur naar hun mooiste kamer. Die zag er allercharmants uit, besloot ze. Het vervaagde chintz behang kleurde goed bij de kussens en de sprei. De kaptafel had een prachtige antieke spiegel van geslepen glas, en op de kastjes stonden kandelaars en vazen – nu gevuld met bloemen. Bij het raam stond een kleine bank, perfect om te ontspannen en van het uitzicht te genieten, en een paar kleine fauteuils vormden een zithoek. Het was meer dan een plek om te slapen. 'Dit is je kamer!'

Alexandra liep meteen naar het grote raam dat uitzag op de voorkant van het terrein en het park. 'Wat een schitterend uitzicht!'

'Is dit de beste slaapkamer?' vroeg Justin verbaasd.

'Ja,' zei Louise resoluut. 'Deze heeft het beste uitzicht, een zeer comfortabel bed en ligt dicht bij de badkamer.'

'Maar er is geen privébadkamer?' ging Justin verder.

'Nee,' antwoordde Louise een tikje scherp.

Justin verliet de kamer zonder nog iets te zeggen.

'Het spijt me dat de badkamer niet privé is,' verontschuldigde Louise zich. 'Ik weet dat een kamer met bad modern is, maar er is te weinig geld om in elke slaapkamer een badkamer te laten maken.'

'Het is helemaal goed zo!' stelde Alexandra haar gerust. 'Deel ik de badkamer alleen met David? Dat zijn we gewend. Het is een mooie kamer.'

Louise bleef zich verontschuldigen. 'Hij moet nodig opgeknapt worden. Het behang is hier en daar nogal verschoten.'

'Ik vind het perfect zoals hij is!' zei Alexandra.

'Davids kamer heeft niet zo'n mooi uitzicht,' zei Meg. 'Maar het is ook een fijne kamer.'

'Dat is het zeker,' zei David, die binnenkwam. 'Justin heeft me mijn kamer net laten zien. Wat heb je tegen die arme man?'

Meg draaide zich naar hem om. 'Laat je komst niet bederven door over hem te praten. Hoe weet je eigenlijk dat ik hem niet mag?'

David haalde overdreven zijn schouders op. 'Dit is zo'n heerlijk huis. Mooie verhoudingen en perfect gelegen voor het allerbeste uitzicht.'

'Als jullie je nou eerst even installeren, dan komen jullie daarna naar beneden voor de grote rondleiding,' opperde Meg.

'Goed idee,' zei David. 'Ik kan niet wachten om alles te zien. Hopelijk laat je ons beneden ook de personeelsvertrekken zien. Ik ben benieuwd naar de voorraadkast van de butler en de kamer van de huishoudster. Om nog maar te zwijgen van de provisiekamers.'

'We hebben nog veel meer van dat soort kamers,' zei Louise, 'al moet ik bekennen dat de wildkamer nu gelukkig gebruikt wordt om bloemen te schikken.'

Het zou fijn zijn om Alexandra en David heel Nightingale Woods te kunnen laten zien, besloot Meg. En Louise dacht er waarschijnlijk net zo over. Meg ging weer aan het werk, maar niet voordat ze had beloofd om straks thee op het gazon te zullen serveren.

'Ik ben dol op ons kasteel,' zei Alexandra nadat Meg hun elke vierkante centimeter van Nightingale Woods had laten zien. 'Het ligt in de mooie Provence en het is mijn thuis. Maar deze plek heeft op de een of andere manier meer charme. Zoals jullie rozentuin; wat zal die prachtig zijn in de zomer. En dan die geweldige moestuin! Zoiets zou ik ook wel naast mijn keuken willen hebben.'

'Om van het schitterende terrein achter de oude tennisbaan nog maar te zwijgen,' vulde David aan. 'Het zou een perfecte locatie zijn voor een toneelstuk. Het heeft iets van een amfitheater.'

'Helaas is dit een hotel, David, geen theater,' reageerde Meg.

'Waarom kan het niet allebei zijn?' vroeg David. 'Ik heb een vriend die regisseur is en elk jaar *Een midzomernachtdroom* opvoert in bijzondere tuinen. Mensen vinden het geweldig! Wat is er mooier op een warme zomeravond dan een romantisch stuk van Shakespeare in een prachtige omgeving?'

'Ik zou het op mijn lijstje van ideeën kunnen zetten om het hotel winstgevender te maken,' zei Meg. 'Dat moet ik van Justin doen en ik pieker me suf over goede plannen.'

'Waarom moet jij dat doen?' vroeg Alexandra. 'Je werkt hier toch maar tijdelijk?'

Meg slaakte een zucht. 'Ja, maar hij heeft me op de loonlijst gezet en ik voel me betrokken bij het hotel. Dat komt door mijn moeder.

Ze is weg van Nightingale Woods en volgens mij ook van Justins vader. Hij is de beheerder en zoon van de eigenaar van het hotel.'

'Als Justins vader de beheerder is, waarom stelt Justin zich dan zo...' Alexandra aarzelde. '... vijandig op?'

'Hij lijkt me een geschikte kerel,' zei David.

'Omdat hij seksistisch is en denkt dat vrouwen niet in een professionele keuken horen te werken,' antwoordde Meg. 'Jij bent een man en werkt niet voor hem. Met jou heeft hij dus geen probleem.'

David schudde zijn hoofd en glimlachte. 'Hij zal er snel genoeg achter komen dat hij jou niet uit de keuken moet houden, Meggy.'

'Sterker nog, hij heeft mij hier de leiding gegeven,' zei Meg. 'Waarschijnlijk duldt hij alleen maar een vrouwelijke kok omdat er geen mannelijke kandidaat voorhanden is.'

8

De volgende dag genoten Meg, David, Alexandra en Louise van een ontspannen ontbijt in de ochtendkamer toen de voordeurbel ging. Louise zette haar koffiekopje neer. 'Ik ga wel. Ik verwacht niemand, maar het kan een bezorger zijn die eigenlijk bij de dienstingang moet zijn.'

'Laat mij maar, mam,' zei Meg terwijl ze opstond. 'Anders wordt je koffie koud.'

Toen ze de voordeur opende duurde het even voor het tot haar doordrong wie er voor haar stond. 'Nessa! Jeetje! Wat leuk je te zien! Eh... ik wist toch niet dat je vandaag zou komen, of wel?'

'Nee,' zei Nessa. 'Ik ben weggelopen van huis.'

'Lieve hemel!'

'Oké, ik overdrijf een beetje. Maar ik moest echt weg thuis. Ik word gek van mijn moeder, die over niets anders kan praten dan de bruiloft. Zelf heb ik er niks over te vertellen, terwijl zij de hele dag wil horen hoe geweldig ze alles regelt.'

'O, arme Nessa! Kom binnen. Je weet dat Alexandra en David er ook zijn?'

'Ja, ze vertelden me dat ze bij je gingen logeren. Ik was stikjaloers dat jullie hier allemaal samen zouden zijn terwijl ik opgescheept zat met een moeder die bedankbrieven schrijft voor cadeaus die ik helemaal niet wil hebben. Dus toen besloot ik ervandoor te gaan.'

'Ik dacht dat de bruiloft pas in september was,' zei Meg, die haar voorging naar de ochtendkamer.

'Ja, maar de cadeaus blijven maar komen. Ik kan geen doos met houtwol meer zien.'

Meg lachte. 'Maar cadeaus krijgen hoort leuk te zijn!'

'Het is heerlijk als je er een of twee krijgt, maar meerdere cadeaus per dag maakt het tot een verplichting.' Vanessa zweeg en keek om zich heen. 'Wat is het hier prachtig, hè?'

Meg knikte. 'We zitten met z'n allen in de ochtendkamer. Op het moment zijn er geen andere gasten, dus we hebben het hotel voor ons alleen. Kijk eens wie hier is!' riep ze toen ze bij hun bestemming aankwamen.

'Vinden jullie het erg dat ik mezelf opdring?' vroeg Vanessa aan Alexandra en David. 'Maar ik moest nodig weg van huis. Waarom heeft niemand me verteld dat trouwen zo'n nachtmerrie is?'

'Hoezo, een nachtmerrie? Je houdt toch van Simon? Ik dacht dat je met hem wilde trouwen,' zei Alexandra.

'Jawel! Maar als het niet voor hem was, zou ik het er niet voor overhebben,' zei Vanessa.

'Tja, niet trouwen is makkelijker,' zei David. 'Als je Simon niet had, hoefde je die lijdensweg niet te ondergaan.'

Vanessa haalde haar schouders op. 'Ach ja. Als het niet voor Simon was, zou het wel voor iemand anders zijn. Uiteindelijk.'

'Dan is het maar goed dat je met iemand trouwt van wie je houdt,' zei Louise vastberaden.

'Wat heb je tegen je moeder gezegd toen je vertrok?' vroeg Alexandra. 'Vond ze het erg?'

'Ik heb een berichtje achtergelaten bij het dienstmeisje. Maar ik denk niet dat ze het echt erg zal vinden. Nou ja, ze zal wel flink mopperen.' Vanessa was even stil. 'Ik gedraag me als een verwend nest, hè?'

'Helemaal niet,' reageerde Meg meteen. 'Je hebt gewoon even een pauze nodig en wil je vrienden zien. Ik ben blij dat je er bent!'

'Die arme Meg heeft alleen mij en de hotelgasten als gezelschap,' zei Louise. 'Ik snap heel goed dat je bij je vrienden wilt zijn als er behalve je moeder geen leeftijdsgenoten in de buurt zijn.'

Meg stond op en omhelsde haar moeder voordat ze naar de keuken liep om thee met toast te maken voor Vanessa.

'Kon je het hotel makkelijk vinden?' vroeg Louise aan Vanessa toen Meg de kamer weer binnenkwam. 'Ik vraag me soms af of we meer borden langs de hoofdweg moeten zetten.'

'Ja, het viel wel mee. Maar goed, ik ken deze streek. Ik heb mam hier vorig jaar geholpen met de liefdadigheidsrace.'

'O ja?' zei Louise.

Vanessa knikte. 'Die wordt gehouden op de renbaan nabij Shroton. Dan verblijven we altijd in een hotel in Newton-cum-Hardy. Een nogal moderne accommodatie. Nou ja, het gebouw zelf niet, maar het hotel. Heel chic. Mam vindt het er geweldig.'

Meg en Louise wisselden een blik. 'We willen graag weten wat dat hotel te bieden heeft,' zei Meg.

'Waarom?' vroeg Vanessa.

'Het ligt hier niet ver vandaan,' antwoordde Louise, 'dus het zou ons klanten kunnen kosten. Vertel er eens iets meer over.'

'Wat mam er zo fijn aan vindt zijn de kamers met eigen bad,' zei Vanessa.

'Dat kunnen wij helaas niet bieden,' zei Louise peinzend.

'Maar dit is zo'n sfeervol huis,' kwam Alexandra tussenbeide. 'Voor Vanessa's moeder zou het zijn alsof ze bij vrienden logeerde – tenminste, als we haar zover zouden krijgen hier kamers te boeken.'

'Dit voelt meer als iemands woonhuis dan een hotel,' zei Vanessa terwijl ze om zich heen keek.

'Maar dan wel iemand die al een tijd niets aan onderhoud heeft gedaan,' verzuchtte Meg.

‘Ik heb wel eens gehoord dat dit soort grote huizen vaak maar één keer in de veertig jaar wordt opgeknapt,’ zei Vanessa. ‘Dat kan wel kloppen, want ons huis heeft al sinds mijn geboorte geen likje verf meer gehad.’

‘En jij bent pas een jaar of twintig,’ reageerde Louise. ‘Dan zou je dus nog twintig jaar moeten wachten voordat er weer wat wordt gedaan. Stel dat je niet van het behang in je slaapkamer houdt.’

‘Tegen die tijd zal het zo vervaagd zijn dat niemand er meer bezwaar tegen kan hebben,’ grapte David.

Na een korte stilte vroeg Meg: ‘Wil je nog thee, Nessa? Of toast? Zo niet, wil je dan misschien een rondleiding door het hotel en de omringende tuinen? Alexandra en David hebben er al een gehad…’

‘We vinden het niet erg om het nog een keer te zien,’ zei David. ‘We zijn allebei nogal nieuwsgierig aangelegd!’

‘Weet je wat wij zouden moeten doen?’ zei Alexandra toen ze alles grondig hadden bekeken en weer in de ochtendkamer waren voor een kop koffie. ‘We zouden een kijkje moeten gaan nemen in dat andere hotel in Newton-cum-Hardy. Nightingale Woods is een prachtig huis met schitterende tuinen, ook al zijn ze hier en daar wat overwoekerd. Het heeft “ton”.’

‘Wat?’ zei David.

‘“Ton”. Dat las ik in een boek van Georgette Heyer. Het betekent zoiets als “klasse”. Ik durf te wedden dat dat andere hotel geen “ton” heeft.’

‘Het heeft misschien geen klasse maar wel privébadkamers,’ zei Meg. ‘“Ton” is allemaal leuk en aardig, maar voor luxe valt ook wat te zeggen.’

‘Het is hier heel aangenaam toeven,’ reageerde Alexandra. ‘Maar een kamer met bad zou inderdaad een verbetering zijn.’

‘Ik kan het op mijn lijstje voor Justin zetten,’ zei Meg. ‘Onder het kopje “Ideeën om meer hotelgasten te trekken”. Ik heb alleen geen idee hoe we dat voor elkaar moeten krijgen.’

Alexandra dacht even na. 'Er ligt een eenpersoonskamer naast mijn kamer. Waarschijnlijk is het vroeger een kleedkamer geweest. Daar zou je een badkamer van kunnen maken.'

'Neem het haar maar niet kwalijk,' zei David. 'Alexandra heeft de laatste tijd een aantal bijgebouwen veranderd in vakantieverblijven. Als ze ergens een kast ziet, wil ze er meteen een badkamer van maken.'

'Alleen als het een behoorlijk grote kast is,' verdedigde Alexandra zich. 'Het probleem lijkt me eerder geld dan dat er geen ruimte is voor een badkamer.'

'Als we die eenpersoonskamer verbouwen, is er een kamer minder beschikbaar voor gasten,' zei Louise. 'Als er mensen met kinderen komen, geven we ze vaak die kamer, zodat hun kind – of kinderen, want er kan altijd een bed bijgeplaatst worden – in de aangrenzende kamer kan slapen.'

'Dit is echt een familiehotel,' vulde Meg aan. 'Volgens mam komen mensen vaak terug, soms jaren achter elkaar. Meestal in de zomervakantie.'

'In mei gaan er echter nog niet zo veel mensen op vakantie, al kan het weer dan al best lekker zijn, en daarom zijn jullie op dit moment meer dan welkom,' zei Louise. 'Maar het is zeker een goed idee om bij dat andere hotel een kijkje te gaan nemen.'

'Misschien zouden jullie er met zijn drieën naartoe kunnen gaan, bijvoorbeeld om te lunchen?' opperde Meg.

'Het lijkt me beter dat jij ook met meegaat, Meg,' zei David.

'Maar ik kan hier niet weg! Stel dat er gasten komen, dan moet ik de lunch verzorgen. En ik moet voorbereidingen treffen voor het diner.' Maar nu hij haar op het idee had gebracht, wilde ze het andere hotel ook graag zien.

'Je zou de lunch ook aan Louise en mij kunnen overlaten,' ging David door. 'Dan zou ik ondertussen ook alvast met het diner aan de gang kunnen gaan.'

'Dat is een goed idee, schat!' zei Louise. 'Sinds je hier bent heb je nog geen dag vrij gehad, en wat is leuker dan samen met een paar vriendinnen iets te ondernemen.'

'Maar dan moet Lizzie ook komen!' riep Vanessa.

Alexandra knikte. 'We kunnen haar over ons plan vertellen en voorstellen dat ze hier op vakantie komen. Dus David, als jij Meg zou willen vervangen, kunnen wij samen naar dat andere hotel gaan!'

'Ik wil niet beweren dat ik Meggy alles heb geleerd wat ze weet,' zei David, 'maar ik denk wel dat ik in haar schoenen kan stappen.'

'Helaas zijn je voeten daar te groot voor,' reageerde Alexandra droogjes.

Louise wierp Alexandra een blik toe. 'Maar Meg heeft geen ervaring met verbouwingen en jij wel!' zei ze.

'Het lijkt me een leuk project om een paar badkamers te ontwerpen en van sommige kamers die niet worden gebruikt gastenkamers te maken. Jammer genoeg kan ik niet voor langere tijd in Engeland blijven,' zei Alexandra. 'De familie heeft me nodig.'

Meg zag aan haar gezicht dat zíj haar familie ook nodig had. 'Om van Antoine nog maar te zwijgen,' zei ze.

Alexandra schudde haar hoofd om te suggereren dat ze haar man niet miste, maar Meg liet zich niet voor de gek houden.

'Oké, waar is dat hotel?' vroeg Alexandra.

'Precies weet ik het niet meer,' antwoordde Vanessa. 'Is dat erg?'

'Ik heb een gedetailleerde kaart van de streek,' zei Louise. 'Daar staat het dorp zeker op.'

David schreef de namen van de dorpen die ze moesten aanhouden op een papiertje terwijl de anderen zich klaarmaakten voor een dagje uit. Meg werd helemaal jolig bij de gedachte dat ze naar het andere hotel gingen. Pas door er met de anderen over te praten had ze beseft dat ze zich zorgen maakte over Nightingale Woods. Natuurlijk kon ze een lijstje met plannen bedenken om meer bezoekers te trekken, maar als ze bij het rivaliserende hotel concrete ideeën kon opdoen, zou dat natuurlijk veel beter zijn.

Als haar moeder het niet zo belangrijk zou vinden, zou ze zich er niet zo druk over maken. Het hotel ging Louise aan het hart, waarschijnlijk omdat de eigenaar haar hart had gestolen. Wanneer haar moeder gesetteld zou zijn, zou ze zich geen zorgen meer om haar hoeven maken, iets wat ze, in meer of mindere mate, sinds haar kindertijd had gedaan. Hoewel ze zoveel mogelijk van wat ze verdiende apart zette, zou het nog wel even duren voordat ze van haar spaargeld een aanbetaling op een huis of appartement kon doen. Dus als haar moeder zich zou settelen in een relatie die een huis met zich meebracht, zou Meg verlost zijn van haar zelfopgelegde verplichting. In dat geval zou ze alleen nog maar hoeven sparen om een buffer te hebben voor het geval er iets misging.

9

Een half uurtje later vertrokken ze in Alexandra's statige Citroën naar het rivaliserende hotel. Meg, die last had van wagenziekte, zat voorin. Vanessa zat achterin met de kaart en Davids lijstje met dorpen.

'Wat is dit leuk!' riep Vanessa. 'Was Lizzie er maar bij. Sorry dat ik daar maar niet over ophoud.'

'Weet je nog dat we Lizzie na dat feestje bij jou thuis naar huis moesten brengen, Nessa?' vroeg Meg. 'We hebben toen op jouw aanraden een auto "geleend", waarmee Alexandra ons naar Londen heeft gebracht.' Ze lachte ontzet bij de herinnering.

'En daarna heeft David ons geholpen de auto weer op tijd terug te brengen, zodat niemand het zou merken.'

Alexandra lachte met haar mee. 'Ik weet niet meer hoe ik dat gedaan heb! Jullie mogen blij zijn dat ik nu veel meer ervaring heb. Ik ben zelfs geslaagd voor mijn rijexamen.'

'Je was zo dapper!' zei Meg.

'Ik deed gewoon wat er moest gebeuren,' concludeerde Alexandra.

Het bleef een paar seconden stil in de auto. 'Ik kan nog steeds niet geloven dat nu je gravin bent,' zei Meg.

'Ja, gek, hè?' reageerde Alexandra. 'Een gravin met stiefkinderen! En hopelijk binnenkort met eigen kinderen...'

Vanwege een paar foute afslagen, onduidelijke bewegwijzeringsborden en het feit dat ze later waren vertrokken dan gepland, was het al twee uur toen Alexandra de oprijlaan van het hotel in Newton-cum-Hardy op draaide.

'Ik hoop niet dat we te laat zijn voor de lunch,' merkte Meg op. Ze had niet alleen trek maar was ook bang dat hun onbedoelde omweg over de binnenwegen van Dorset betekende dat hun kans om te spioneren was verkeken.

'Er stond niets over etenstijden op het welkomstbord,' zei Vanessa. 'Alleen dat het hotel eigendom is van Raoul de Dijon. Ik weet niet meer of dat de vorige keer met mam ook zo was. Misschien waait er een nieuwe wind.'

'Ik heb van hem gehoord,' zei Meg. 'Hij timmert behoorlijk aan de weg en heeft zelfs een kookboek uitgegeven.' Ze zuchtte. Nightingale Woods, met zijn afgeleefde meubels en gedeelde badkamers, zou nooit kunnen tippen aan een hotel met een bekende eigenaar, of althans iemand die bekend was in het Londense culinaire wereldje.

Alexandra reed naar de voorkant van het hotel en keek om zich heen op zoek naar een plek om te parkeren.

'Volgens dat bord daar kun je achter het hotel parkeren,' zei Meg.

'Maar hier is plaats genoeg!' reageerde Alexandra terwijl ze haar auto naast een Jaguar zette, op een plek die waarschijnlijk gereserveerd was voor belangrijkere mensen. 'Zullen we eerst lunchen? Of gaan we meteen een kijkje nemen?' Ze stapte uit en ging hun voor naar de ingang van het hotel.

'Eerst lunchen,' antwoordde Meg. 'Voordat de keuken dichtgaat.'

Alexandra nam de leiding en regelde een mooie tafel bij het raam, ook al hadden ze niet gereserveerd. De hoofdkelner, die op haar toesnelde zodra ze het restaurant binnenkwam, was zeer attent. Hij kwam persoonlijk de menukaarten brengen en opende de fles champagne die ze had besteld.

Alexandra hief haar glas. 'Zie het maar als bedankje voor jullie steun tijdens mijn bruiloft. Nou, wat zullen we bestellen? Het lijkt me verstandig dat we verschillende gerechten uitproberen.'

'Het klinkt allemaal heel verfijnd,' zei Meg terwijl ze de menukaart bestudeerde. 'Kreeft, krabsoufflé, kippenleverparfait, crêpe suzette. Allemaal chique gerechten.'

'Mijn moeder is dol op dit soort eten,' reageerde Vanessa.

'Het verschil met wat wij serveren kan niet groter zijn,' verzuchtte Meg moedeloos. 'Wij serveren zoveel mogelijk huisgemaakte gerechten met verse en lokale ingrediënten. Daarmee kunnen we het niet opnemen tegen deze keuken.' Ze was even stil. 'We zouden meer vis op het menu kunnen zetten. Tenslotte zitten we niet ver van de kust.'

'Ik neem de parfait,' besloot Alexandra. 'En als hoofdgerecht de kip. Ik hou het bij één vogel.'

'Kip à la King klinkt mij nogal Amerikaans in de oren,' zei Meg kribbig. Ze had er geen enkel vertrouwen meer in dat Nightingale Woods met dit chique, mondaine etablissement kon concurreren.

'Het zal wel een populair gerecht onder Amerikanen zijn,' reageerde Vanessa. 'Dat is een van die dingen die mijn moeder níét zou goedkeuren.' Ze zuchtte. 'Ze is een enorme snob.'

'Denk je dat we haar kunnen weglokken van deze vleespotten om voor Nightingale Woods te kiezen?' vroeg Alexandra.

Meg lachte. 'Ik vraag me af of je hier van "vleespotten" kunt spreken.'

'Ik bedoel of Nessa's moeder misschien de voorkeur zou kunnen geven aan een ingetogener en stijlvoller hotel,' hield Alexandra vol.

'Dat denk ik wel,' zei Vanessa. 'Maar die gedeelde badkamer blijft een probleem. En ze hebben hier een zwembad. Niet dat mijn moeder daar gebruik van maakt, want dat zou funest zijn voor haar haar.' Ze rolde met haar ogen en zuchtte opnieuw.

'We kunnen onmogelijk concurreren met een zwembad,' merkte Meg op. 'We zullen ons moeten richten op ouders van leerlingen van de plaatselijke kostschool en mensen uit de omgeving die hun verjaardag willen vieren.' Waarschijnlijk leverde dat nog altijd te weinig gasten op om hun kleine hotel rendabel te maken. 'Misschien is het een idee om contact met de school op te nemen en de ouders van de leerlingen korting te geven op hun verblijf.'

'Zeker weten,' zei Alexandra. 'Vooral als jullie de prijzen iets verhogen, zodat jullie geen verlies draaien.'

'Dat zou niet eerlijk zijn,' sputterde Meg. Toen ze zag dat haar vriendinnen haar aankeken alsof ze gek was, bloosde ze.

'Bied dan twee nachten aan voor een iets lager tarief. Of drie. Wat je redelijk lijkt,' zei Alexandra.

Meg keek bedachtzaam. 'Ik herinner me opeens dat de rector aanwezig was bij de lunch die we hebben verzorgd toen ik net in Dorset was.'

'Daar heb je me niks over verteld,' zei Vanessa.

'Het was een soort banket,' legde Meg uit. 'Een jaarlijks terugkerend evenement voor mensen uit de omgeving, van wie de ouders ook al kwamen. Het is traditie. We – Justin en ik – moesten op zeer korte termijn het bereiden van het menu overnemen. Het was een groot succes.'

'Heb je een lijst van de gasten die bij die lunch aanwezig waren?' vroeg Vanessa geïnteresseerd. 'Je zou hun een speciale aanbieding kunnen sturen omdat ze naar het banket zijn gekomen. Mensen voelen zich graag speciaal.'

Meg knikte. 'Ze voelen zich erg verbonden met het hotel. Vaak heeft hun familie generaties lang in het hotel of op het landgoed gewerkt. Ik denk dat ze het geweldig zullen vinden, alsof ze deel uitmaken van een soort club.'

'Wat een goed idee, Vanessa,' zei Alexandra.

'Ik ben goed in dat soort dingen,' reageerde Vanessa. Ze klonk somber. 'Mam had altijd mensen over de vloer die haar hielpen met het organiseren van haar feestjes. Ik hing meestal een beetje rond en liep ze voor de voeten. Ik heb er veel van opgestoken.'

'Jij bent opgegroeid in een statig landhuis, Ness, dus daar kan ik me wel iets bij voorstellen,' zei Meg.

Vanessa knikte. 'Ik vind het jammer dat ik niet kan blijven, want dan zou ik je helpen met reclame maken voor het hotel. Maar ik zit met die bruiloft. Als ik het nou zelf mocht organiseren, dan zou ik het allemaal niet zo erg vinden.'

Vanessa was het echt beu, besefte Meg. 'Dus jouw moeder regelt alles?' vroeg ze. 'Mijn hemel. Herinner je je Lizzies moeder nog? Die was ook zo geobsedeerd.'

Vanessa knikte. 'Wanneer ik eens iets voorstel, over de catering, de bloemen, de foto's, de taart, noem maar op, dan zegt mam: "Wij gaan altijd naar..." en dan zijn we uitgepraat.'

'Ik dacht dat iedereen dol was op bruiloften,' zei Alexandra.

Vanessa schudde haar hoofd. 'Bruiloften van anderen vind ik geweldig, zoals die van Lizzie en die van jou. Maar je eigen bruiloft regelen is een ander verhaal. Ik moet vooral opletten dat ze niet iets regelt wat ik écht niet wil. Zoals een spuuglelijke tiara die ze op het oog heeft.'

'O jee,' zei Alexandra.

'En het leek Simon en mij een leuk idee om voor de gasten die bij ons of in een hotel verblijven een dansfeest te organiseren voor als wij zijn vertrokken.'

'Wat een leuk idee!'

'Maar nu wil mam dat we de band inhuren die we altijd hebben wanneer we een feest geven. Herinneren jullie je Hugo's verlovingsfeest? De bandleden zijn bijna allemaal over de zeventig en spelen alleen maar walsen en quicksteps.'

'Maar je bent er zelf niet bij,' zei Alexandra. 'Dan maakt het toch niet uit?'

'Natuurlijk wel! Het is mijn bruiloft!' Vanessa was even stil toen er een paar kelners aankwamen met twee serveerschalen in hun handen. 'Eindelijk! Onze eerste gang. De bediening laat hier wel te wensen over, hè?'

Tijdens de maaltijd was Meg zich ervan bewust dat Alexandra en Vanessa zich kritisch uitlieten over het eten om haar een plezier te doen. Maar ze zag zelf echt wel dat het uitstekend was: moderne, verfijnde gerechten die bij mensen uit Londen of andere grote steden in de smaak vielen. En blijkbaar ook bij de inwoners van het platteland van Dorset.

Ze besloten van de crêpes suzette af te zien en in plaats daarvan koffie te drinken in de lounge. Toen ze even later met het goudfolie zaten te spelen dat om de pepermuntchocolaatjes had gezeten, zei Alexandra: 'We moeten zorgen dat we een van de kamers te zien krijgen. Ik regel het wel.'

Verschrikt keek Meg haar vriendin na terwijl ze nonchalant door het restaurant naar de receptie liep. 'Ik voel me nu al een spion,' zei ze tegen Vanessa, 'zonder ook maar een kamer gezien te hebben.'

'Maar je moet wel weten hoe de kamers er hier uitzien,' reageerde Vanessa. 'Anders weet je niet wat er aan jullie hotel ontbreekt.'

Meg wist dat Vanessa gelijk had, maar ze kruiste haar vingers in de hoop dat Alexandra niet zou slagen in haar missie.

Uiteindelijk kwam Alexandra terug met een jonge vrouw aan haar zijde. De vrouw was netjes gekleed in een zwart mantelpak en droeg zwarte lakschoenen met een klein spits hakje, zogenaamde *kitten heels*.

Meg had al een hekel aan haar nog voor ze een woord had gezegd. Ze zag er onberispelijk uit.

'Goedemiddag dames,' zei de vrouw, en ze wendde zich tot Vanessa. 'De gravin heeft me verteld dat u wilt kijken of dit hotel geschikt is voor uw moeder. Ik ben Laura, ik help u daar graag bij.'

Megs oog viel op Laura's discrete naamkaartje, waarop LAURA WILDE, RECEPTIE stond. Moest het personeel van Nightingale Woods misschien ook in een net pak met naamkaartje gestoken worden? Ze twijfelde of een dergelijke uitstraling bij hen zou passen.

Ze namen met Laura de dik beklede trap naar de eerste verdieping. 'Ik zal u onze *de luxe* kamer laten zien.' Ze opende een deur. 'Zoals u ziet hebben we grote tweepersoonsbedden. Er is een kaptafel, een kledingkast en een stoel. Al het meubilair is speciaal gemaakt voor het hotel.'

Tot Megs schrik liep Vanessa naar het bed, sloeg de sprei terug en voelde aan het laken. 'Mijn moeder is heel kieskeurig als het om beddengoed gaat.'

Laura maakte een eerbiedige buiging. 'Natuurlijk. Zoals u kunt voelen is ons beddengoed van de allerbeste kwaliteit.'

'En alles is op elkaar afgestemd,' merkte Alexandra op. 'De gordijnen, de tapijten, de sprei.'

'Natuurlijk,' zei Laura, alsof een bijpassend interieur een essentieel onderdeel was van de dienstverlening.

Meg zag aan Alexandra's gezicht dat ze het niet mooi vond en dat ook zij de voorkeur gaf aan de inrichting van Nightingale Woods. Daar vormden de spullen ook een harmonieus geheel, maar was niet alles hetzelfde.

'De badkamer is hier,' zei Laura terwijl ze een deur opende. 'Alles heel compact en handig voor onze gasten.'

'Oké, dan gaan we nu de tuin bekijken,' besloot Alexandra. 'We redden ons verder wel. Dank je, Laura.'

'O,' reageerde Laura gepikeerd. Ze had er duidelijk van genoten om met het hotel te kunnen pronken, alsof het van haar was. 'Vergeet niet ons overdekte zwembad te bekijken. Het is ook nog eens verwarmd, wat wel zo prettig is gezien onze onbetrouwbare Engelse zomers.'

'We zouden het voor geen goud willen missen,' zei Meg. Ze was Laura met haar irritante enthousiasme liever kwijt dan rijk.

Tot haar geruststelling was de tuin lang niet zo mooi en zo groot als die van Nightingale Woods. Het zwembad en de bijbehorende gebouwen namen veel ruimte in beslag en het omringende platteland was vrij saai. Het miste hun prachtige uitzicht op het rivierdal.

'Er is ook geen plek om een toneelstuk op te voeren,' zei Alexandra toen ze terugliepen naar de auto. 'Om van de prijzen nog maar te zwijgen.' Ze bekeek de brochure in haar hand.

'Heeft Laura je die gegeven?' vroeg Meg.

'Natuurlijk. Heeft Nightingale Woods eigenlijk een brochure?'

'Ja, maar die is gedateerd,' bekende Meg. 'Het gaat vooral over accommodatie voor kindermeisjes en dat de ochtendthee niet meer wordt geserveerd na tien uur.' Ze was even stil. 'We zouden de ochtendthee graag op de kamer serveren, zonder tijdslimiet.'

'Zet "brochure herschrijven" dan ook maar op je verbeterlijstje,' raadde Alexandra aan. 'Wel jammer dat ik alle veranderingen niet met eigen ogen kan zien.'

'Dan kom je toch naar het toneelstuk van Davids vriend kijken?' stelde Meg voor, hoewel het lang niet zeker was dat het ervan zou komen.

'Dat doe ik zeker. En dan neem ik ook Antoine en mijn stiefkinderen mee. Félicité maakt prachtige muurschilderingen, zoals je weet. Ze zou het decor kunnen ontwerpen. En Henri kan bijna elk muziekinstrument bespelen. Oké, instappen, dames. Ik ben benieuwd wat David en Louise ondertussen hebben uitgespookt.'

Terwijl Alexandra wegscheurde, wierp Meg een laatste blik op het hotel. Het zag er indrukwekkend uit, zoals het daarboven op de heuvel lag. Aan de zijkant van het gebouw kwam iemand naar buiten, die hen leek na te kijken. Het was waarschijnlijk een keukenmedewerker die even een pauze nam. Ze vroeg zich af hoe het zou zijn om daar te werken. Het ging er vast heel georganiseerd aan toe, besloot ze, maar gezellig was anders. Nightingale Woods was als één grote familie, waarvan ieder lid een handje meehielp.

Toen ze terugkwamen bij het hotel, troffen ze David en Louise in een opperbeste stemming aan.

'Geen boekingen voor het avondeten, maar we hadden wel een aardig jong stel dat op de bonnefooi kwam theedrinken,' vertelde Louise.

Meg hapte naar adem. 'O jee, wat heb je ze erbij gegeven? Er was alleen nog die fruitcake die we altijd meenemen als we op pad gaan.'

'We hebben een wandeling door de tuin voorgesteld,' zei David. 'In de tussentijd heeft Louise een tafeltje gedekt vlak bij de plek waar het toneelstuk zal worden opgevoerd als het aan mij ligt...'

'En toen?'

'Toen heb ik scones gemaakt,' ging David door. 'Dus we serveerden sandwiches, warme scones uit de oven met boter en eigengemaakte jam en in kleine blokjes gesneden fruitcake. Ze vonden het heerlijk.'

'Ik had de tafel gedekt met het oude theeservies uit de kast,' vulde Louise aan. 'Het zag er allercharmantst uit. En als klap op de vuurpijl komen ze aanstaande zondag terug om te lunchen met zijn moeder. Ze zijn pas getrouwd en wonen hier nog maar net. Ik had de indruk dat de vrouw, Suzanne – niet dat we haar al bij haar voornaam noemen, hoor – haar schoonmoeder nogal een haaibaai vindt.'

'Volgens hem – haar zoon – is ze behoorlijk veeleisend, dus het leek hem een goed idee leek om haar mee uit lunchen te nemen in plaats van thuis iets op tafel proberen te zetten,' voegde David eraan toe.

'En de schoonmoeder is een belangrijk lid van het lokale Women's Institute,' zei Louise. 'Als we goed werk leveren, zal ze het doorvertellen aan haar vriendinnen.'

'Alleen jammer dat ik er niet bij kan zijn om een oogje op de lamsbout te houden,' zei David met een knipoog naar Meg.

'We hebben hier wel vaker een high tea geserveerd, alleen nog nooit in de tuin,' vervolgde Louise. 'Dat kunnen we bij mooi weer wel weer doen.'

'Je zou ermee kunnen adverteren in de nieuwe brochure,' opperde Vanessa. 'Dat zou je onderscheiden van andere hotels.'

'"Thee in de Tuin",' zei Meg. 'Wat een geweldig idee. En, belangrijker nog, het zou niets extra kosten.'

Ze glimlachte. Ze was opeens veel positiever gestemd over de mogelijkheden van Nightingale Woods. Het was niet alleen een kwestie van geld om het hotel aantrekkelijker te maken, het ging ook om aandacht en zorg, en om een mooie omgeving.

'Nou, David en mam, dat hebben jullie goed geregeld.'

'Graag gedaan!' zeiden ze min of meer tegelijk.

10

'Wat jammer dat ze weggaan,' zei Vanessa de volgende ochtend nadat ze David en Alexandra hadden uitgezwaaid. Ze stond naast Meg en Louise op het bordes van het hotel. 'Nu ik hier bij jullie ben, voel ik me een stuk beter.'

'En door jullie hebben wij nu een aantal goede ideeën over hoe we het hotel kunnen verbeteren,' zei Louise.

'Ik ben alleen nog niet overtuigd van Davids idee om een zangavond rondom de piano te organiseren,' reageerde Meg. 'Maar jouw ideeën zijn geweldig, Ness.'

'We hebben vooral behoefte aan plannen die niets kosten,' zei Louise.

Meg knikte. 'Ik zal ze op mijn lijstje voor Justin zetten. Misschien heeft hij geld over voor de kleinere projecten.'

'Het probleem is dat alleen de grote veranderingen, zoals een kamer met eigen bad, verschil kunnen maken,' ging Louise door.

'Ik weet zeker dat ik mijn moeder kan overhalen om hier tijdens de race in Shroton met haar vriendinnen te komen logeren als jullie genoeg badkamers hebben,' zei Vanessa. 'Als jullie dan de prijzen aanpassen aan die van het andere hotel – misschien ietsje eronder – loop je binnen.'

Louise lachte. 'Laat je moeder maar niet horen dat je haar als melkkoe wilt gebruiken.'

Vanessa lachte met haar mee. 'Nee. Maar alle gekheid op een stokje, jullie tuin en de omgeving zijn veel mooier.'

'En wij hebben een natuurlijk amfitheater,' zei Meg. 'Tenminste, als ik David mag geloven.' In gedachten zag ze een voorstelling op een mooie zomerse avond, met een tuin vol mensen die op de een of andere manier geld in het laatje brachten voor het hotel. 'Ik ga contact opnemen met de gasten die bij het banket aanwezig waren. Het leek Vanessa een goed idee om hun korting te geven op de zondagslunch.'

'Dat is zeker een goed idee!' zei Louise. 'Ik heb een gastenlijst, maar dat worden wel een heleboel brieven.'

'Die kan ik wel schrijven,' bood Vanessa enthousiast aan. 'Ik heb een cursus steno en typen gevolgd. Ik ben niet zo goed in steno, maar met typen was ik de beste van de klas.'

'Vind je moeder het wel goed dat je zo lang hier blijft?' vroeg Meg.

'Niet dat we je weg willen hebben,' zei Louise.

'Nee, zeker niet!' beaamde Meg.

'Ik geef haar een ring en zal haar ervan overtuigen dat ik hier heel damesachtige en nuttige dingen doe. Ze vindt het heus niet erg dat ik een tijdje van huis ben, zolang ik maar bedankbrieven schrijf.'

'Maar je weet toch niet wat er in de cadeaus zit? Je kunt niet alleen maar "Bedankt voor het cadeau" schrijven, zoals de jongens deden op de school waar ik heb gewerkt,' zei Louise.

'Iemand zal ze moeten openen en een lijstje voor me moeten bijhouden. Daarna bel ik om te vragen wie wat heeft gegeven. Simon en ik hebben een huwelijkslijst gemaakt, maar sommige mensen houden zich daar niet aan.' Vanessa haalde haar schouders op. 'Mij maakt het niet zoveel uit.'

'Maar waarom krijgen jullie nu al zo veel cadeaus?' vroeg Louise. 'De bruiloft is toch pas in september?'

Vanessa rolde met haar ogen. 'Nog zo'n drama! De dominee moest de datum wijzigen nadat de uitnodigingen al op de bus waren gedaan. Kennelijk hadden veel mensen toen al een cadeau gekocht.' Ze was even stil. 'Wedden dat mam die extra tijd gebruikt om nog meer mensen uit te nodigen? Volgens mij is er een stilzwijgende wedstrijd gaande over wie de grootste bruiloft kan houden. Als er niet zo veel stress bij kwam kijken, zou ik erom kunnen lachen.'

Meg had het gevoel dat haar vriendin van een andere planeet kwam en gaf haar een klopje op haar arm. 'Nou, we zouden het geweldig vinden als je nog een tijdje kunt blijven!'

Susan had die avond keukendienst. Ze hadden vier gasten voor het diner, en omdat dit voor haar geen grote uitdaging was, had ze genoeg tijd over om te kletsen over haar familie, iets wat ze het liefst deed. 'Bob is op zijn ouwe dag weer aan het werk gegaan als loodgieter.'

'O, hopelijk hoeft hij het werk in de moestuin niet te laten schieten,' zei Meg bezorgd. 'We kunnen zijn groenten niet missen. De gasten zijn er zeer over te spreken.'

'Verse groenten uit de tuin smaken altijd goed,' zei Susan, die het compliment over haar man met een knikje aanvaardde. 'Maar er moet bij ons boven een badkamer komen. Hij vindt zichzelf te oud om midden in de nacht naar beneden te moeten.'

Meg keek op van de soesjes die ze aan het vullen was met slagroom. 'Is hij goed in loodgieterswerk?'

Louise stopte met het opwrijven van het glas in haar hand. Meg wist dat haar moeder aan hetzelfde dacht als zij.

'Dat moeten we nog zien,' antwoordde Susan. 'Hebben we vanavond alleen soesjes als dessert?'

'Nee, er staan ook nog chocolademousse en crêpes suzette op het menu,' zei Meg.

'Wat zijn crêpes?'

'Die serveerden ze in het andere hotel,' vulde Vanessa aan.

'Het zijn gewoon flensjes met een goede likeur,' legde Meg uit. 'Ik heb een flambeerrechaud en -pan in de kast gevonden, dus ik kan ze aan tafel bereiden. Dat is nu helemaal hip in Londen. Ik denk dat ze het daarom bij onze concurrent serveren.'

'Londen!' Susan schudde haar hoofd.

'Maar vertel ons eens iets meer over dat loodgieterswerk,' veranderde Meg van onderwerp. 'Misschien kan Bob ook voor ons wat klussen doen. We denken erover een paar extra badkamers te maken.'

'Ik zal je op de hoogte houden,' zei Susan. 'Maar ik vind dat we eigenlijk al genoeg badkamers schoon te maken hebben.' Ze was even stil en genoot van alle aandacht. 'Wij kunnen ons beter richten op eenvoudige gerechten met verse, lokale producten, want daar zijn we goed in. Wat goed genoeg was voor mijn grootmoeder, moet maar goed genoeg zijn voor iedereen.'

Meg en Louise wisselden bezorgde blikken: misschien had Susan gelijk en moesten ze hun moderne ideeën voor het hotel laten varen. Maar later die avond, toen Susan naar huis was en ze nog een slaapmutsje dronken, waren ze het erover eens dat ze hun plannen moesten doorzetten.

'Mensen houden niet van verandering,' zei Louise. 'Maar in dit geval is het de beste keus.'

Nadat Vanessa een paar dagen had geholpen met de promotie van het hotel, was ze met tegenzin naar huis gegaan. Ze had tientallen brieven geschreven, een brochure opgesteld waarmee Louise naar de drukker was gegaan, en geholpen met het uitrekenen van de korting die ze de ouders van de leerlingen op de lokale kostschool konden bieden. Ze had ook voorgesteld speciale picknicks te organiseren en 'gebakboxen' met zelfgebakken koekjes, taart en ander gebak te verkopen.

‘Bedankt voor je briljante ideeën, Nessa!’ Meg knuffelde haar vriendin, die zich klaarmaakte voor vertrek. ‘Kon je maar voorgoed blijven!’

‘Ja, je hebt ons geweldig geholpen,’ beaamde Louise. ‘Ik ben goed in managen, maar typen doe ik nog met twee vingers, dus daar zou ik een eeuw over hebben gedaan.’

‘Ik vond het heel leuk om te doen,’ zei Vanessa. ‘Als jullie me weer nodig hebben, kom ik terug zodra ik niet meer hoef mee te denken over die stomme bruiloft.’

‘Grapje, hoop ik,’ zei Louise. ‘Je houdt toch wel van Simon?’

‘Jawel, Simon is geweldig. Het is alleen verschrikkelijk wat er allemaal bij zo’n trouwdag komt kijken. Nou ja,’ zei Vanessa toen ze bij de auto aankwamen, ‘ik moet ervandoor!’

‘Leuke meid,’ zei Louise even later terwijl ze met Meg terug naar het huis liep.

‘Ja. En haar broer is ook geweldig. Gek eigenlijk, als je bedenkt hoe moeilijk hun ouders zijn.’

Meg was blij dat Justin om welke reden dan ook niet langs had kunnen komen om haar naar haar plannen voor het hotel te vragen, maar toen hij eindelijk belde om te zeggen dat hij eraan kwam, was ze er klaar voor. Het was alleen jammer dat ze hem alleen te woord moest staan, aangezien Louise naar het dorp was. Als ze geluk had zou hij haar lijstje met verbeterpunten meenemen en weer vertrekken.

‘Oké, dit zijn de plannen om de omzet te verhogen,’ zei ze, en ze overhandigde hem de dossiermap die Vanessa haar had aangeraden omdat het er professioneler uitzag. ‘Uiteraard vergen veel ideeën grote aanpassingen aan het huis, en dat kost geld.’

‘Ik heb je al gezegd dat daar geen geld voor is, alleen voor dingen als schilderwerk,’ wierp Justin tegen nog voordat Meg de papieren goed en wel uit de map had gehaald.

Meg zuchtte. 'Ik heb de plannen verdeeld in ideeën die niets kosten en ideeën die heel weinig kosten.' Het enige idee wat niets kostte was om een paar tafels in de tuin te zetten voor de middagthee op zondag, maar daar zou hij gauw genoeg achter komen. 'En een paar grotere projecten die de omzet zeker zouden verhogen.'

'Vertel maar wat je plannen inhouden.'

'Het staat allemaal in mijn verslag,' reageerde Meg chagrijnig. Ze was nerveus en het ergerde haar dat hij zich zo formeel en zakelijk opstelde.

Toen Justin zuchtte, viel het haar pas op hoe moe hij eruitzag. 'Vertel het nou maar gewoon. De details bekijk ik later wel.'

Ze haalde diep adem. Daar gaan we, dacht ze.

'Het probleem is dat we nogal ouderwets zijn. De lokale bevolking kent ons, maar we kunnen niet overleven als we afhankelijk blijven van mensen uit de omgeving en de sporadische toerist die ons via een paar gedateerde reisgidsen weet te vinden. We staan in geen enkele actuele reisgids en hadden niet eens een brochure met up-to-date informatie, dus die hebben we laten drukken.'

Hopelijk schrok hij zo van haar ontdekking dat ze niet in een actuele reisgids stonden, dat hij vergat dat ze nieuwe brochures had laten drukken zonder eerst met hem te overleggen.

'Het is best lastig om in een reisgids vermeld te worden. Bovendien kan het behoorlijk prijzig zijn,' zei Justin.

'Dat weet ik,' zei ze, al was dat pas sinds kort. 'Daarom moeten we hoe dan ook aan meer inkomsten zien te komen. Inmiddels hebben we de mensen die aanwezig waren bij het banket aangeschreven en korting geboden op de zondagslunch. We hebben al een paar reacties...'

'Hoeveel?' onderbrak Justin haar.

'Drie – maar de brieven zijn nog maar net de deur uit. Thee in de tuin was al populair, maar daar komen altijd dezelfde mensen op af. Het zou mooi zijn als we meer mensen van buiten kunnen trekken.

Zoals gezegd redden we het niet als we het alleen van de lokale bevolking moeten hebben.'

'Ga door,' zei Justin. Hij keek haar al met iets meer interesse aan.

'We zullen het hotel hier en daar moeten moderniseren, zonder het karakter van het landgoed aan te tasten. Dat is namelijk een van de redenen waarom mensen hier zo graag komen. Maar we zullen op zijn minst een paar kamers met eigen bad moeten hebben.'

Justin staarde haar aan maar zei niets.

'Vanessa, een van mijn vriendinnen die hier hebben gelogeerd, zei dat haar moeder, Lady Lennox-Stanley, elk jaar met een groepje vriendinnen naar de liefdadigheidsrace in Shroton gaat. Volgens Vanessa zou haar moeder zeker een kamer bij ons boeken als ze een eigen bad tot haar beschikking zou hebben.'

'Waar verblijft ze nu dan?'

'In het hotel in Newton-cum-Hardy. Dat is veel moderner, heeft een zwembad en kamers met een eigen badkamer, ligt even ver van de racebaan als wij, maar is veel duurder.'

'Natuurlijk is het veel duurder, want het heeft veel meer te bieden. En als Lady Lennox-Stanley zich het kan permitteren, zie ik niet in waarom ze niet in dat hotel kan verblijven.'

'Maar waarom zou je willen dat ze met haar vriendinnen dat hotel boekt als ze ook hier kan verblijven? Waar ligt je loyaliteit?' Ze bedoelde het niet retorisch, maar de subtiele verandering in zijn gezichtsuitdrukking ontging haar niet.

Nu pas keek hij haar recht aan. 'Waren jij en je vriendinnen vorige week onder de indruk van de lunch in het hotel?' vroeg hij.

Ineens viel alles op zijn plaats. De elegant geklede vrouw die zo trots was op het hotel en hun een rondleiding had gegeven, moest Justin verteld hebben dat zij daar waren geweest.

'Jij werkt daar! Heb ik gelijk? Je wilt niet dat dit hotel een succes wordt omdat je daar werkt.' Meg was geschokt, meer dan ze logisch gezien zou moeten zijn, wist ze. 'Heeft Laura Wilde je verteld dat we er een kijkje zijn komen nemen?'

Hij keek haar ongemakkelijk aan. 'Ja, ik werk daar, en ja, Laura heeft me over jullie bezoek verteld. Ze was erg onder de indruk van de gravin.'

Even voelde Meg tranen achter haar ogen prikken, zonder dat ze wist waarom. Ze haalde diep adem. 'Is dat geen belangenverstrengeling? Je werkt voor de concurrent van je vader!' Ze deed geen moeite haar verontwaardiging te verbergen.

'Ik denk niet dat Nightingale Woods een rivaal is,' zei hij kalm. 'Dit is een charmant, ouderwets hotel.'

'En waarom geen concurrent?'

'Meg! Je bent er zelf geweest met je vriendinnen – in het hotel waar ik werk. Het is nieuw en de eigenaar is Raoul de Dijon...' Hij aarzelde omdat de naam niet de reactie opriep die hij had verwacht. 'Hij is, wat je blijkbaar niet weet, de chef-kok over wie iedereen in het wereldje praat. Hij heeft net een kookboek geschreven en komt binnenkort zelfs op televisie.'

'Oké. Ik weet heel goed wie hij is.' Meg had bewust niet gereageerd op de bekende naam. 'Ik weet alleen nog steeds niet waarom je voor hem werkt en niet in het hotel van je vader.' Toen viel het kwartje. Misschien had hij een persoonlijke reden om daar te werken, en misschien was die reden Laura.

'Mijn vader kan mij niet betalen – bij lange na niet.'

'Als je voor Nightingale Woods zou werken, zouden er misschien meer mensen komen. Dan zouden de prijzen omhoog kunnen en zouden we niet in de problemen zitten.'

Justin schudde zijn hoofd. 'Je weet dat dat geen zin heeft. Mensen komen niet naar een...'

'Bijzonder sfeervol?'

'... hotel in een uithoek van Dorset waarvan nog nooit iemand heeft gehoord omdat er een nieuwe kok is, van wie ook nog nooit iemand heeft gehoord.'

'En wat dacht je van mond-tot-mondreclame? Er zijn mensen komen dineren die bij het banket aanwezig waren. Ze reserveren nu ook voor de zondagslunch, de middagthee...' Ze realiseerde zich dat ze zichzelf herhaalde en nogal vertwijfeld klonk.

'Het zal nooit genoeg zijn. Er komt een moment dat het hotel verkocht zal moeten worden.'

'Over mijn lijk!' Het vooruitzicht dat het hotel waar ze inmiddels van was gaan houden eenzelfde gelikte, zielloze plek zou worden als waar Alexandra, Vanessa en zij geluncht hadden, was onverdraaglijk.

'Jouw lichaam, dood of levend, heeft er niets mee te maken,' zei Justin. 'Maar ik zal naar je ideeën kijken. Alles waar je geen geld voor nodig hebt, mag je doen.'

Meg beet op haar lip en overdacht hoe ze haar woede zou verwoorden. 'Niemand mag dan van mij gehoord hebben, ik ben zelfs geen klassiek opgeleide kok, maar de mensen komen wel.'

'Heb je helemaal geen opleiding?' Justin leek te denken dat zoiets onmogelijk was.

Meg dacht aan de cursus die ze bij madame Wilson gevolgd had. Hij zou die kleine kookschool in een souterrain in Pimlico nooit serieus nemen. 'Officieel niet, nee. Maar in september ga ik in de Provence onder een chef-kok werken.'

Justin lachte, niet onvriendelijk. 'Je bedoelt dat je onbetaald pannen mag afwassen in een keuken in de Provence terwijl een chef-kok je bevelen toeblaft in een taal die je niet verstaat.'

Meg stak haar kin in de lucht.

'Ik weet waar ik het over heb. Ik heb er ervaring mee,' zei Justin. 'Je moet het zeker doen. Je leert er veel van. Maar zover ben je nog niet. Al moet ik toegeven dat je het heel aardig doet.'

Meg onderbrak hem. 'Stel dat je me niet meer zou hoeven te betalen? Dat je mijn salaris in het hotel steekt?'

Justin keek haar aan alsof ze tot een bedreigde diersoort behoorde. 'Wat een belachelijk idee. Waarom zou je je salaris inleveren als je er zelf geen voordeel van hebt?'

'Dat heb ik wel, alleen niet financieel. Mijn moeder houdt van dit hotel, dus ik doe het voor haar. En ik hou ook van dit hotel, en van een uitdaging. Deze plek biedt zo veel mogelijkheden. Ik weet dat de lokale bevolking niets moet hebben van chic dineren, zoals ze in jouw hotel doen, maar wel van een eenvoudige maaltijd van goede kwaliteit. Verse groenten en pudding.' Ze was even stil. 'Ook al zal ik de smaak van onze gasten hier en daar proberen te verbreden.'

'Hou je niet van pudding?'

'Ik bereid graag gerechten die mensen lekker vinden, maar het is interessanter om ook andere dingen te maken. Ik zou graag patissier worden.' Meg dacht even na. 'En dan heb ik het niet over crêpes suzette. Dat laat ik aan jou over.' Die had ze een paar dagen geleden gemaakt, maar het flamberen ervan was voor haar gevoel te veel show. Susan, die vanuit de keuken had toegekeken, had het maar een dwaze vertoning gevonden. 'Een en al buitenkant, geen inhoud,' had ze gemopperd.

Ze haalde even rustig adem omdat ze het warm had, wat niet hielp. 'Een van de redenen waarom ik naar Frankrijk ga is om me te bekwamen in desserts.'

'Als je meer wilt leren dan crème caramel en île flottante, moet je niet in een plaatselijk restaurant gaan werken.'

Dat wist ze zelf ook wel. 'Nee, maar als ik daar ben kan ik misschien in een patisserie gaan werken.'

Hij keek haar aandachtig aan. 'Je wilt het erg graag, hè?'

Ze knikte. 'Ja. Ik wil graag heel goed leren koken.'

'En je bent bereid je salaris op te geven om een hotel te verbeteren waar je niets mee van doen hebt.'

'Ik zei al dat ik het voor mijn moeder doe.'

Natuurlijk zou het pijn doen om haar salaris te moeten afstaan, maar het vooruitzicht verbeteringen te kunnen aanbrengen aan het hotel maakte haar enthousiast.

'Wat zou je moeder ervan vinden als je je salaris opgeeft?'

Justin legde de vinger op de zere plek. 'Ik zal haar ervan overtuigen dat het een goed idee is,' zei ze. Toen glimlachte ze. 'Maar vertel eens, wat is het nieuwe favoriete dessert van jullie chique klanten?'

Hij glimlachte terug. 'Waarom zou ik je dat vertellen?'

'Omdat jij het hier voor het zeggen hebt!'

'Dat is waar. Wat op het moment heel populair is, is de dessertwagen. Je weet wel, crème caramel, fruitsalade voor mensen die op dieet zijn, een appelpunt, profiteroles, schwarzwalderkirschtorte, dat soort dingen. Mensen bestellen sneller een dessert als ze het met eigen ogen kunnen zien. We laten onze gasten zelf een selectie maken uit de desserts.'

'Wordt er dan niet veel verspild?'

'Valt wel mee. Je moet een oogje in het zeil houden. Het voordeel is dat mensen iets bestellen terwijl ze dat eigenlijk niet van plan waren.'

'Dank je wel,' zei Meg, die met haar gedachten al bij de diverse desserts was die ze op de wagen kon zetten.

'Het zou fijn zijn als jij de desserts wilt doen. De meeste koks, en daar reken ik mezelf ook toe, hebben daar het geduld niet voor.'

'Ik hou juist van het priegelwerk,' bekende Meg. Ze was even vergeten dat Justin haar vijand was. 'Ik heb talloze dienbladen vol canapés gemaakt toen ik nog in Londen werkte, als bijbaantje in de avonduren.'

'Als ik iets niet zou willen doen, dan is het dat. Maar leuk voor je. Het is een hele kunst.'

Meg zou graag met Justin doorpraten over koken. Haar moeder was er maar ten dele in geïnteresseerd, en Vanessa helemaal niet, ook al had ze haar leren kennen op de kookschool van madame Wilson. Niet voor het eerst wenste ze dat David weer in Engeland kwam wonen; hij deelde haar passie voor koken.

Justin stond op van zijn stoel. 'Het wordt tijd dat ik ga. Moet je horen, ik laat je hier niet gratis werken. Ik zal het budget dat ik voor de verbeteringen in gedachten had wat verhogen.'

Hij liep het kantoortje uit en een paar minuten later hoorde Meg hem wegscheuren op zijn motor.

11

Meg had geregeld dat ze de nieuwe badkamer in Susans huis mocht komen bewonderen. Hij was mooi geworden en Susan, die trots was op het kluswerk van haar man, wilde haar de badkamer maar al te graag laten zien. Meg besloot dat ze Bob zou vragen voor het werk aan het hotel, maar niet voordat ze het met haar moeder had besproken.

Daar wachtte ze mee tot Louise en zij toe waren aan een pauze en met thee en kaasscones (de favoriete scones van haar moeder) in het kantoortje zaten. Ze hadden net thee ingeschonken en boter op de scones gesmeerd toen de telefoon ging.

'Andrew!' riep Louise opgetogen, en ze draaide zich weg van Meg. Meg begreep de hint, pakte haar thee en liep het kantoortje uit.

'Andrew komt naar huis!' verkondigde Louise toen ze zich later bij Meg in de keuken voegde. 'Hij komt de eigendomsakten ophalen, maar kan helaas niet lang blijven.' Ze was even stil. 'Ik heb voorgesteld de akten op te sturen, maar hij wil graag naar huis komen.'

'Om jou te zien?' vroeg Meg.

Haar moeder knikte enthousiast.

'Ik kan niet wachten om hem te ontmoeten,' zei Meg. Ze had de tijd dat Louise aan de telefoon was gebruikt om kleine meringuesterren te bakken van het eiwit dat over was van de crème caramel die ze had gemaakt voor de dessertwagen. Hoewel de wagen een succes was, probeerde ze de desserts niet te duur te maken. Dus twee toetjes van zes eieren was een prima keuze.

'Ik weet zeker dat hij je mag,' zei Louise. 'En je hebt zoveel voor het hotel gedaan.'

'Ik wil graag nog veel meer doen,' zei Meg. 'Ik wil Bob vragen een paar badkamers te maken. Drie om precies te zijn, bij de grootste kamers, want die hebben een kleedkamer. En daarna misschien nog bij de andere kamers.'

'Die kleedkamers zijn nu eenpersoonskamers,' zei Louise. 'Als we daar badkamers van maken komt er minder geld binnen.'

'We kunnen meer vragen voor de tweepersoonskamers, mam. Die eenpersoonskamers worden toch niet zo vaak geboekt. Er komen hier geen vertegenwoordigers.'

'We zullen het aan Andrew voorleggen. Voor dat soort grote projecten zal hij eerst toestemming moeten geven.'

Meg had er niet bij stilgestaan dat Andrew er ook nog iets over te zeggen had. Omdat Justin had gezegd dat ze eraan kon beginnen, had ze dat als groen licht opgevat. 'Kan ik Bob wel alvast om een offerte vragen? Dan heeft Andrew de informatie die hij nodig heeft om de knoop door te hakken.'

Louise knikte bevestigend, maar ze was met haar hoofd duidelijk niet bij de badkamers.

Het viel Meg op dat haar moeder steeds vrolijker werd naarmate de dag van Andrews komst dichterbij kwam.

Louise deed niet langer alsof hij alleen maar haar baas was en wilde iets bijzonders maken van zijn thuiskomst.

'Zullen we een tafeltje in de bibliotheek zetten?' opperde Meg. 'Speciaal voor jullie twee?'

'Nee! Jij moet samen met ons eten, anders voelt het heel ongemakkelijk,' zei Louise.

Meg realiseerde zich dat haar moeder niet alleen opgetogen maar ook zenuwachtig was. 'Oké. Maar dan zit ik wel in de weg, hoor.'

'Niet waar. Hij wil jou vast beter leren kennen. Ik ben trots op mijn dochter en op alles wat je voor Nightingale Woods hebt gedaan.'

'Dat is heel lief, maar...'

'Je kunt ons alleen laten zodra ik je een teken geef tijdens de koffie.'

'Wat voor een teken?' vroeg Meg, alsof het de normaalste zaak van de wereld was dat ze een gesprek als dit voerde met haar moeder.

'Geen idee. We verzinnen wel iets. Nou, ik ga me omkleden. Wat zal ik aantrekken?'

'Eh...'

'O, laat ook maar, schat. Ik kijk zelf wel even. Jij hebt niet zoveel met kleren, hè?'

Meg dacht even na. 'Nee, niet echt.' Toen ze naar de keuken ging voor iets wat haar wél interesseerde, besefte ze dat ze nooit iemand had gekend voor wie ze zich mooi wilde aankleden. Toen Justin door haar hoofd flitste, snoof ze verontwaardigd. Stel je voor dat ze zich speciaal voor hem zou opdirken!

Andrew bleek zo vriendelijk als haar moeder had gezegd, en Meg begroette opgelucht deze leuk uitziende, aardige man, die niet superknap was maar een mooie stem had en haar moeder duidelijk aanbad.

'Bedankt dat je Louise meteen kon komen helpen toen ik onverwacht weg moest,' zei hij terwijl hij een glas sherry van haar aannam. 'Ik voelde me zo schuldig dat ik haar alleen achterliet met Geoff, hoewel hij in mijn bijzijn nooit moeilijk deed.'

Meg nam zelf ook een glaasje sherry en ging zitten. 'Ik wilde juist heel graag komen. Het baantje dat ik in Londen had stond me niet echt aan. Na verloop van tijd werd het saai.'

'Nou, Andrew, vertel eens hoe het in Frankrijk was,' zei Louise, die naast hem op de bank ging zitten. 'Heb je het naar je zin gehad?'

‘Gaat wel,’ zei Andrew. ‘Maar het landgoed is verwaarloosd en ik miste Nightingale Woods.’

Hij zei niet ‘ik miste jou’, viel Meg op, maar het lag er dik bovenop.

Meg stond op om de toast uit de oven te halen en die samen met de haringpaté naar de bibliotheek te brengen, waar een mooi tafeltje was gedekt voor drie. Ze haalde net de tweede bakplaat toast eruit, die gelukkig egaal bruin was geworden en er professioneel uitzag, toen ze een motor hoorde aankomen. O nee, dacht ze, Justin!

Ze wist niet wat ze moest doen. Moest ze ook voor hem dekken? Of moest ze Justin haar plek laten innemen? Normaal was ze niet zo’n twijfelaar, maar nu drentelde ze door de keuken als een hond die een plek zocht om te gaan liggen.

Justin kwam door de achterdeur de keuken binnen, knikte naar haar en liep meteen door naar het hoofdgebouw. Hij nam niet eens de tijd om zijn leren motorpak uit te trekken.

Boos op zichzelf dat ze zo van slag was, liep ze naar de openstaande keukendeur om te luisteren wat er zich in de salon afspeelde.

‘Justin!’ hoorde Meg Andrew zeggen.

‘Pa,’ zei Justin.

‘Ik wist niet dat je vanavond tijd had om te komen,’ ging Andrew verder.

‘Raoul vervangt me vanavond.’

‘Wil je ook een glaasje sherry, Justin?’ hoorde Meg haar moeder vragen. Haar stem verried dat ze zich opgelaten voelde.

‘Nee, dank je. Heb je misschien ook whisky?’

Meg liep snel terug naar de keuken en probeerde zich te herinneren of het drankenkabinet volledig gevuld was. Ze moest ook een kan water brengen. En was er ijs? Ze opende de koelkast en keek in het vriesvak. Er stond een roestvrijstalen ijsblokjesbakje in. Met een mes bikte ze de randen van de ijsklontjes los en ze hield het bakje net onder de warme kraan toen haar moeder binnenkwam.

'Justin is er!' zei ze op luide fluistertoon.

'Weet ik!' fluisterde Meg terug. 'Hij kwam via de achterdeur. Wist iemand dat hij vanavond zou komen?' voegde ze er op normale toon aan toe.

'Je bedoelt Andrew? Volgens mij niet.'

'Oké. Ik maak het eten af, dan kun jij deze kan met water en het ijs alvast meenemen voor de whisky. Ik heb jullie even afgeluisterd,' voegde ze eraan toe.

'Ik vind hem best intimiderend in dat motorpak,' bekende Louise.

'O, mam, stel je niet aan! Hij is ook maar een mens.'

'Dat beschouw ik dan maar als een compliment,' zei Justin, die net de keuken binnenkwam. 'Hé, je hebt ijs. Mooi. Ik blijf eten en jij eet met ons mee, Meg. Aangenomen dat je het eten op tafel kunt krijgen zonder iets te laten vallen?'

Het was zo beledigend dat Meg alleen maar haar ogen ten hemel sloeg. Ze had geen zin om zijn onuitstaanbare gedrag te belonen met een reactie. Waarschijnlijk gedroeg hij zich overbeschermend tegenover zijn vader vanwege Louise. Aan een kant begrijpelijk, maar evengoed irritant. 'Ik breng wel een kan water.'

'Ik hoef geen water.' Justin keek haar aan met een blik die hij in de loop der jaren moest hebben geperfectioneerd om keukenhulpen hun plek te wijzen zonder zijn stem te hoeven verheffen. 'Maar bedankt voor het ijs.'

Wat een ontspannen etentje voor drie had moeten worden, waarbij de derde persoon zich na het dessert zo snel mogelijk uit de voeten zou maken, werd het een maaltijd voor vier in een geladen sfeer: Justin was een en al chagrijn.

Terwijl hij boter en paté (ze was blij dat ze de neiging had bedwongen boterkrullen te maken) op de stukjes toast smeerde, merkte Meg dat het niet goed zat tussen vader en zoon. Ook waren de wrevelige blikken waarmee hij zo nu en dan naar haar moeder keek, die het gesprek gaande probeerde te houden, haar niet ontgaan.

‘Waarom heb je me niet verteld dat je naar huis kwam, pa?’ vroeg hij.

‘Ik blijf maar één nacht,’ antwoordde Andrew. ‘Ik dacht dat je moest werken.’ Hij was even stil. ‘Heeft Colin je verteld dat ik naar huis kwam?’

‘Ja,’ bromde Justin.

Andrew wendde zich tot Louise en Meg. ‘Colin is mijn broer. Ik ben executeur van mijn vaders nalatenschap, maar hij wil er vanzelfsprekend over meepraten.’

‘Hij heeft anders het gevoel dat hij daar de kans niet toe krijgt,’ zei Justin.

‘Het stoort hem dat hij geen mede-executeur is,’ verklaarde Andrew. ‘Ik snap alleen niet waarom. Het is echt heel veel werk.’

‘Waarom ben je dan hier?’ vroeg Justin.

‘Ik heb de eigendomsakten van Nightingale Woods nodig. Er zijn een paar dingen die nader moeten worden toegelicht.’

‘Ik heb toch gezegd dat ik je de papieren kon opsturen,’ kwam Louise op verzoenende toon tussenbeide.

‘Dan had hij jou de code van de kluis moeten geven,’ zei Justin. ‘Wat niet verstandig zou zijn geweest.’

Megs bloed begon te koken van woede. Suggereerde hij soms dat haar moeder iets zou stelen als ze de code kende?

Andrew keek zijn zoon afkeurend aan. ‘Doe niet zo onbeleefd, Justin. Ik was benieuwd hoe het hier ging, dus daarom wilde ik ze zelf ophalen.’ Hij wierp Louise een liefdevolle blik toe.

Justin staarde humeurig naar zijn glas.

Meg stond op. ‘Ik ga de volgende gang halen,’ zei ze. ‘Nee!’ Ze hief afwerend haar hand op. ‘Ik heb geen hulp nodig.’

Desondanks liep Louise met haar mee naar de keuken. ‘Verschrikkelijk! Justin heeft duidelijk een hekel aan me.’ Ze sprak weer op fluistertoon, al lagen er twee kamers en een grote hal tussen hen en de bibliotheek.

'Trek je er toch niks van aan. Je weet hoe hij is. Zou je alsjeblieft nog een bord in de oven willen zetten? Ik heb er maar drie voorverwarmd.'

'Is dat niet een beetje veel boter voor puree?' vroeg Louise nadat ze zich van haar taak had gekweten.

'Nee. Het is precies genoeg zo!' Meg was prikkelbaar. 'Oké, hebben we alles?' Ze pakte het grote dienblad waarop ze de schalen met groente had gezet.

'Ik zou de borden hier opmaken, dan voorkom je dat je kip chasseur op het tafellinnen morst,' stelde Louise voor.

'Goed idee. Ik noem het trouwens kip in jagerssaus. Laat die dure namen maar aan het hotel in Newton-cum-Hardy over, met die opgeblazen Franse eigenaar en chagrijnige kok.'

'Ik neem dat dienblad met de groenten wel mee.'

'Oké. Ik serveer maar twee borden tegelijk, want ik moet toch nog terug naar de keuken. Ik ga niet aanstellerig doen met vier borden op mijn arm.'

Ze wilde het niet toegegeven, zelfs niet tegenover haar moeder, maar vanavond vertrouwde ze haar serveerkunsten niet.

Als Meg had geweten dat Justin zou mee-eten, had ze iets indrukwekkenders gemaakt dan profiteroles, maar omdat er gasten voor de middagthee hadden geboekt, had ze eclairs gebakken. Sinds ze voor Alexandra's bruiloft een *croquembouche* had gemaakt, kon ze het bereiden van soesjes wel dromen. Maar nu schaamde ze zich voor haar gevulde soesjes, ook al lagen ze mooi opgestapeld op de borden en waren ze overgoten met een heerlijke chocoladesaus. Als ze zo'n geweldige patissier was, zoals ze had beweerd, had ze wel met iets beters mogen komen, al wist ze zo snel niet waarmee.

Ze liep met opgeheven hoofd en een dienblad met desserts naar de bibliotheek.

Justin keek haar met een ondoorgrondelijke blik aan maar zei niets. Andrew en Louise slaakten beleefd bewonderende kreten.

'Willen jullie de koffie hier of in de salon?' vroeg ze zodra iedereen het dessertvorkje had neergelegd. Ze zou de koffie neerzetten en zich meteen uit de voeten maken.

Ze leek ermee weg te komen: niemand vroeg of zij ook koffie wilde, waarschijnlijk omdat ze duidelijk had gezegd dat ze geen zin in koffie had, en ze was bijna klaar met de afwas toen Justin zich bij haar voegde in de keuken.

'Je bent geen slechte kok voor een amateur,' zei hij met een nauwelijks waarneembare twinkeling in zijn ogen.

'Kreeg je de woorden "begaafde amateur" niet over je lippen?' kaatste Meg terug.

Tot haar verbazing schoot hij in de lach. 'Zelfs ik reageer niet zo neerbuigend. Maar je bent echt goed, als je bedenkt dat je geen klassieke koksopleiding hebt genoten.'

'Madame Wilson, bij wie ik een kookcursus heb gevolgd in Londen, legde de lat heel hoog. Ik realiseerde me pas hoeveel ik had geleerd toen ik in de catering ging werken.'

'Wat voor cursus was dat?' Justin leek nieuwsgierig.

'De meeste cursisten waren debutanten die 's ochtends wat te doen moesten hebben en een aantrekkelijke partij wilden zijn voor de adellijke jongens. Maar niet iedereen was zo.'

'Dus jij bent niet uit op een man van adel?'

'Ik moet er niet aan denken!' Ze had het nog niet gezegd of ze dacht aan Antoine, de man van Alexandra, die heel aristocratisch was. Maar Antoine was anders.

'En jouw moeder?'

Meg liet de sauspan in het afwaswater zakken. 'Wat bedoel je?'

Justin zuchtte. 'Wil je moeder een man van adel, of iemand die waarschijnlijk een prachtig oud huis erft?'

'Probeer je nu te zeggen dat mijn moeder achter je vaders geld aan zit?'

'Dat probeer ik niet, dat zeg ik gewoon. Heeft je moeder vaker voor mannen gewerkt die ze vervolgens probeerde te strikken?'

Een woedend antwoord op zijn belachelijke vraag brandde op haar lippen, maar in plaats daarvan haalde ze diep adem en zei: 'Nee. Het is eerder andersom. Ze heeft nooit ook maar een spat interesse gehad in de mensen voor wie ze heeft gewerkt. Ze moest juist vaak haar baan opzeggen omdat haar werkgever te opdringerig werd.'

'Dat vindt ze bij mijn vader anders geen probleem.'

'Dat komt doordat hij niet opdringerig is. Hij lijkt me een vriendelijke, attente man, en een goede werkgever, die geen ongewenste avances maakt.'

'Dank voor je aanbeveling.'

'Je zou niet zeggen dat jij een zoon van hem bent.'

Justin lachte, oprecht geamuseerd. 'Jij kunt me in elk geval niet beschuldigen van ongewenste avances.'

'Nee, niet naar mij toe, maar misschien hebben andere vrouwen die voor jou werken andere ervaringen.' Ze keek hem strak aan. Ineens moest ze aan Laura Wilde denken, die hen had rondgeleid: elegant, goedverzorgd en slank. Ze werkten allebei in het hotel. Maar zouden Justins avances ongewenst zijn? Misschien wel niet!

'Ik kan je verzekeren,' vervolgde hij nog steeds geamuseerd, 'dat ik nooit ongewenste avances maak.'

'Fijn voor je.' Meg overwoog of ze om de keukentafel heen weg kon glippen, maar dat zou laf zijn. 'En ik weet ook zeker dat je je keukenpersoneel nooit afblaft.'

Dat vond hij nog grappiger. 'Je liegt. Ik weet zeker dat jij denkt dat ik mensen die voor mij werken afblaf.'

'Ik suggereer niet dat je mensen die voor je werken anders behandelt dan anderen, want zo gedraag je je tegenover iedereen.' Zo, die zat, dacht ze. Alexandra, die vond dat Meg niet genoeg voor zichzelf opkwam, zou trots op haar zijn.

Justin fronste. ‘Het klopt dat ik geen geduld heb met sukkels. Maar ik zie mezelf niet als een bullebak.’

‘Dat is een van de kenmerken van een bullebak. Ze zijn zich er niet van bewust dat ze mensen voortdurend de les lezen. Dat doe je bij mij ook, om maar eens iemand te noemen.’

‘Jij trekt je er vreemd genoeg niets van aan.’

‘Dat komt doordat jij niet officieel mijn baas bent. Ik ben goed in mijn werk, dus ik pik die onzin niet.’

Justin leek even van zijn stuk gebracht. ‘Je windt er geen doekjes om, hè?’

‘Nee. Ik kan niet tegen onrecht. Mijn moeder is allesbehalve een geldwolf. Het is heel goed mogelijk dat je vader zich tot haar aangetrokken voelt omdat ze…’ Meg, die vond dat ze tot nu toe behoorlijk welbespraakt was geweest, zocht nu toch naar de juiste woorden. ‘… leuk is.’

‘Ze is heel aantrekkelijk,’ zei Justin. ‘Je zou bijna kunnen zeggen dat ze sprekend op haar dochter lijkt, en dan niet alleen qua uiterlijk. Maar dat zou…’

‘Belachelijk zijn!’ maakte Meg zijn zin snel af. ‘Maar goed, ik ben moe en wil naar bed, dus als je me nu wilt excuseren?’ Zonder op zijn antwoord te wachten liep ze de keuken uit, blij dat ze eindelijk het laatste woord had gehad.

12

De volgende ochtend stond Meg vroeger op dan anders. Ze trok een broek aan en een praktisch Bretons T-shirt dat ze in Frankrijk had gekocht.

Tot haar verbazing was de keuken al helemaal opgeruimd, hoewel ze naar bed was gegaan (of om precies te zijn: beledigd was weggelopen) toen ze nog niet klaar was. Ze pakte een pan met havermout die de hele nacht had staan weken en zette die op het fornuis. Ambrosine was dol op pap met room en bruine suiker. Meg vond dat zelf ook heerlijk.

'O! Pap!' riep Andrew, die fris geschoren en opgewekt de keuken binnenkwam. 'Ik ben dol op pap.'

'Ambrosine ook. We eten het niet iedere dag, maar ik heb de havermout gisteren al in de week gezet omdat we er room bij hebben.' Meg zweeg even. 'Ik hoop dat je het niet erg vindt dat ik de gasten room voorzet? Ik weet dat Geoff...'

'Geoff was een afschuwelijke vergissing,' zei Andrew. 'Je moeder heeft me alles over hem verteld. En Ambrosine heeft me geschreven en de loftrompet over jou gestoken.'

Meg ontspande iets. Ambrosine was veilige gespreksstof en dus zouden er met een beetje geluk geen stiltes vallen.

'Ambrosine vertelde me ook dat je de lunch zo goed hebt verzorgd.'

'Justin kwam en uiteindelijk hebben we het samen gedaan.'

'En het was een geweldig succes. Ik neem aan dat de mensen die er toen waren terugkomen voor de zondagse lunch of voor de middagthee?'

'Inderdaad. Een vriendin van me logeerde hier een paar dagen en zij heeft brieven getypt met een leuke aanbieding die we aan alle gasten hebben verstuurd.'

'Dat was een heel goed plan. Dit hotel heeft dringend behoefte aan frisse, nieuwe ideeën. Als ik eindelijk mijn vaders erfenis heb afgehandeld – mocht het er ooit van komen – dan kunnen we hopelijk wat dingen gaan veranderen.'

Dat was een teleurstelling voor Meg. Zij wilde die veranderingen al voor die tijd doorvoeren. Het kon maanden en maanden duren om de zaken van een overleden persoon te regelen, wist ze.

'Het is echt noodzakelijk dat we weer worden opgenomen in een reisgids,' vervolgde Andrew. 'Dat aspect heeft mijn vader verwaarloosd en ik heb het op de een of andere manier nooit rechtgezet.'

'Misschien kunnen mijn moeder en ik je daarbij behulpzaam zijn,' zei Meg, die zich ervan bewust was dat ze nogal formeel klonk. Ze mocht Andrew, maar ze kende hem nog niet zo goed.

Ze ging weer verder met de voorbereidingen voor het ontbijt, roerde in de pap, sneed brood om te roosteren en deed boter in schaaltjes. Na een poosje verscheen haar moeder.

Meg kon er niets aan doen, maar het viel haar op dat haar moeder er anders uitzag. Ze had die enigszins sensuele uitstraling van een vrouw na een nacht vol passie. Hoewel Meg zoiets zelf nog nooit had meegemaakt, had ze het waargenomen bij anderen. Het was behoorlijk onthutsend om te zien dat haar moeders vertrouwde gezicht zachtere trekken had gekregen en de oorzaak daarvan te kunnen raden. Maar ze zag er ook erg gelukkig uit en dat gaf Meg een warm gevoel.

'O, daar ben je, Andrew,' zei Louise. 'Meg, jij moet heel zachtjes zijn opgestaan.'

'Ik was vroeg omdat ik de keuken gisteravond niet had opgeruimd,' antwoordde Meg. 'Wat fijn dat je dat voor me hebt gedaan, mam. Of is het jouw werk, Andrew?'

'Justin heeft het gedaan,' zei Andrew. 'Toen ik gisteravond binnenkwam was hij hier bezig.'

'Dat was aardig.' Meg bloosde, hoewel ze niet helemaal wist waarom.

Er viel een ongemakkelijke stilte. 'Ik heb pap gemaakt,' zei ze. Dat wisten de anderen natuurlijk al, want ze hadden allemaal naar de pan gekeken als de inhoud ervan af en toe een bloeb-geluid maakte.

'Luister, lieverd...'

'Mam, ik vraag me af...'

Louise en Meg begonnen tegelijkertijd te praten. Ze lachten allebei wat schutterig, en Louise zei: 'Ik wilde zeggen dat ik het ontbijt wel kan doen als je dat wilt. Behalve wijzelf en Ambrosine is er alleen nog dat stel in de Gele kamer.'

'En ik wilde jou vragen of jij dat kon doen omdat ik...' Meg zweeg even omdat ze niet wist hoe ze beleefd 'ik wil jullie niet voor de voeten lopen' kon zeggen. 'Ik wil de omgeving eens gaan verkennen om te ontdekken waar ik ben.'

'Ik ben altijd dol geweest op het uitzicht vanaf May Hill,' merkte Andrew behulpzaam op. 'Vooral in deze tijd van het jaar. In de ochtendmist ziet alles er betoverend uit.'

'Dat wil ik graag zien!' reageerde Meg.

'Neem de Mini maar,' zei Louise.

'Weet je het zeker?' Meg keek naar Andrew.

Die knikte. 'De auto is verzekerd.'

Meg pakte een gesmeerde boterham en vertrok. Ze wilde dat ze zichzelf nog wat tijd voor een kop thee had gegund.

Het duurde even voordat Meg gewend was geraakt aan de auto. Ze had er pas één keer in gereden (en toen heel voorzichtig omdat ze niet wist of de auto voldoende was verzekerd). Omdat ze geen flauw idee had waar May Hill was, ging ze op weg naar de dichtstbijzijnde heuvel. Omhoogrijden leek haar een goed begin.

Ze reed langzaam zodat ze de omgeving kon bewonderen. Landelijk Dorset was prachtig. Meg had het idee dat ze zich in een schilderij bevond. Maar hoewel ze genoot van de golvende groene velden, de heggen en de bloeiende bomen die haar aan een lappendeken deden denken, was ze in gedachten toch vooral bij haar moeder en Andrew. Ze leken erg op elkaar gesteld.

Maar waarom gedroeg Justin zich zo vijandig tegen haar moeder, vroeg ze zich af. Had zijn vader ooit te maken gehad met vrouwen die op zijn geld uit waren? Of was het iets instinctiefs? Als het ooit officieel werd tussen haar moeder en Andrew (ze was er nog niet aan toe om zich hen als echtpaar voor te stellen) zou Justin het haar moeder dan moeilijk blijven maken?

De weg was erg steil geworden en toen ze met een slakkengang een bocht nam, doemde er plotseling aan de andere kant iets op wat ze niet onmiddellijk kon thuisbrengen. Toen drong tot haar door dat het een motor was. Dat was zo onverwacht dat haar hart een slag oversloeg. Ze stopte onmiddellijk en zag Justin, die zich half liggend en half zittend naast zijn motor in een diepe greppel bevond.

Naast de weg was een klein plekje waar ze net de auto kon parkeren. Ze sprong eruit en rende naar Justin.

'Is alles goed met je?'

'Ik geloof het wel.' Hij keek schaapachtig grijnzend naar haar op.

Meg realiseerde zich dat hij zich geneerde. Dat hij in staat was tot zulke gevoelens had ze niet verwacht. 'Wat is er in vredesnaam gebeurd?'

'Ik wilde mijn hoofd leegmaken en pakte de motor om een ritje te maken voordat ik met de lunch moest beginnen. Een auto kwam te snel de bocht om. Ik week uit en belandde in de greppel.'

'En die auto stopte niet?'

'Nee. Er is iets met mijn been en ik kan de motor niet in mijn eentje uit de greppel krijgen.'

'Laat ik eerst maar even kijken of je niets hebt gebroken. Daarna kan ik teruggaan en een boer vragen of hij iemand met een tractor kan sturen.' Ze zweeg even. 'Waar is je helm?'

'Die had ik niet.'

Meg klemde haar kaken op elkaar en zei niets. Wel schoten er een aantal beangstigende 'stel je voor dat'-gedachten door haar hoofd. Ze liet zich in de greppel zakken. Gelukkig had ze een broek aan. Het drong te laat tot haar door dat de greppel behoorlijk diep was en dat er water in stond. Omdat de zijkanten te steil waren om zich gemakkelijk aan op te trekken, waadde ze door de modder naar de plek waar Justin zat.

'Waar doet het pijn?' vroeg ze hem.

'Mijn enkel maakte een raar geluid toen ik op de grond belandde.'

'Dat moet pijn hebben gedaan. Welke is het?' Hij bevond zich iets boven haar, dus ze kon de enkel gemakkelijk onderzoeken.

'De rechter.'

'Het zal lastig vast te stellen zijn door je laars.' Ze duwde zachtjes.

'Au!'

'Ik vraag me af of hij gebroken is of alleen maar gekneusd,' dacht ze hardop.

'Je bent niet sterk genoeg om mij in je eentje hieruit te krijgen en dat uit te vinden,' zei Justin. 'Je moet hulp gaan halen.'

Meg glimlachte liefjes naar hem. 'Zullen we dat toch maar proberen? Maar eerst moet ik mezelf weer uit deze greppel zien te hijsen.'

Iemand hoefde maar te opperen dat Meg iets niet zou kunnen of ze besloot te bewijzen dat ze het wel kon.

Zich optrekkend aan een boom wist ze zich naar boven te werken. Haar oude tennisschoenen zouden het niet overleven, want die zaten onder de modder. 'Goed, ik hou me vast aan die boom en leun voorover. Als jij mijn hand kunt pakken, probeer ik je eruit te trekken.'

'Ik denk echt niet dat...'

'Probeer het nou maar,' snauwde Meg zenuwachtig omdat ze bang was zichzelf voor gek te zetten. Meestal vond ze het niet zo erg om een fout te maken in het bijzijn van anderen, maar Justin was een speciaal geval.

Het kostte wat tijd en een heleboel pogingen, maar uiteindelijk slaagde hij erin om Megs hand te pakken en lukte het om hem uit de greppel en op de weg te krijgen. Daar ging hij zitten en bekeek zijn gewonde been.

'Je weet toch dat je mensen die een ongeluk hebben gehad eigenlijk niet mag verplaatsen,' zei hij.

Geïrriteerd beet Meg op haar lip. Een bedankje was meer op zijn plaats geweest, in plaats van kritiek op haar aanpak. 'Te laat. Je bent verplaatst. Hoe gaat het met je been?'

'Zou je er misschien nog een keer voorzichtig op kunnen drukken?'

'Jawel, maar dan weet ik nog steeds niet wat er in je laars aan de hand is. Kun je die uittrekken?'

'Nee! Dat denk ik niet. Dan breekt het bot misschien als ik mijn voet er niet uit kan krijgen.'

'Als je zo ernstig gewond was, zou je veel meer pijn hebben,' antwoordde Meg.

'Ik heb veel pijn,' zei Justin zacht.

Door die zachte toon begon Meg zich echt ongerust te maken. 'Ik kan maar beter op zoek gaan naar een telefooncel en een ambulance bellen.'

'Nee! Ik moet echt zo snel mogelijk terug naar het hotel...'

'Als je niet kunt lopen kun je ook niet koken.'

'Dat weet ik, maar ik kan de taken verdelen onder het personeel en iemand vragen om de motor op te halen. Denk je dat je me naar je auto kunt helpen?'

Hij was een stuk gedweeër dan anders, dacht Meg. Waarschijnlijk was de pijn nu erger. Met heel wat inspanning en veel gevloek van Justins kant lukte het haar om hem in haar auto te krijgen.

'Sorry voor de krachttermen,' zei hij toen hij eindelijk in de passagiersstoel zat.

'Alsjeblieft zeg! Ik heb in restaurantkeukens gewerkt. Al die woorden heb ik vaker gehoord,' zei Meg, in verlegenheid gebracht door zijn excuus.

'Maar toch... Mijn vader zou het afschuwelijk vinden als hij wist dat ik dergelijke taal uitsloeg in het bijzijn van een vrouw.'

'Waarschijnlijk zou hij het nog veel afschuwelijker vinden om te weten dat jij zonder helm rondrijdt.' Ze liep om de auto heen, stapte in en startte de motor.

Het grootste deel van de rit naar het hotel hield Justin zijn ogen gesloten. Toen ze aankwamen dirigeerde hij Meg naar de achterkant van het gebouw, waar het haar lukte om dicht bij de ingang een parkeerplek te vinden. 'Ik ga iemand zoeken die kan helpen,' zei ze.

'Goed plan,' zei hij, en hij sloot zijn ogen weer.

Eenmaal binnen liep ze Laura Wilde tegen het lijf. In haar ochtendjas zag ze er lang zo slank niet meer uit, en ze keek paniekerig. 'Wat doe jij hier?'

'Ik heb Justin...'

Laura liet haar niet uitspreken. 'Vanaf het moment dat hij wegreed op zijn motor ben ik ziek geweest van ongerustheid! Waar is hij?'

'In de auto. Ik denk dat we een ambulance moeten bellen.'

Die mededeling veroorzaakte zo veel commotie dat Meg het gevoel kreeg dat Justin voor Laura meer was dan alleen maar haar baas, misschien wel veel meer.

13

Tijdens de terugrit naar Nightingale Woods voelde Meg zich op een vreemde manier van haar stuk gebracht door het voorval. Daarom probeerde ze haar gevoelens te ontrafelen. Ze had Justin (die ze niet aardig vond) in een greppel aangetroffen. Ze had haar best gedaan om hem zo goed mogelijk te helpen en was een barmhartige samaritaan geweest. Ze had hem naar het hotel waar hij werkte gebracht en zijn vrienden hadden het van haar overgenomen zodat ze zich weer met haar eigen zaken kon bezighouden. Was daar iets verkeerds aan?

Uiteindelijk moest ze zichzelf bekennen dat het Laura Wilde was die haar ergerde. Ze gedroeg zich alsof Justin haar bezit was en had haar het gevoel gegeven dat Justins ongeluk zo ongeveer haar schuld was.

Ze slaakte een diepe zucht. Laura was een erg bazige vrouw. Daarom voelde ze zich zo ontdaan. Bazige vrouwen konden heel irritant zijn. Dat was het gewoon. Daar hoefde ze niet door van slag te zijn, alles was in orde!

Bij terugkomst trof Meg haar moeder aan in de keuken.

'O, ben je alweer terug?' vroeg Louise. 'Maar je zit onder de modder! Wat is er gebeurd?'

'Op weg naar May Hill vond ik Justin en zijn motor in een greppel.’ Ze lachte schamper. ‘Lang verhaal. Ik ga me eerst even gauw omkleden.’

‘Er is toch niets met hem aan de hand, hè?’ vroeg Louise ongerust.

‘Nee hoor, het komt allemaal goed. Misschien heeft hij zijn enkel gebroken, maar niets levensbedreigends.’

‘Godzijdank. Ik zal Andrew op de hoogte brengen. Die motoren heb ik nooit vertrouwd.’

En ik vertrouw de mannen die erop rijden niet, dacht Meg.

Toen ze in het appartement was, drong het tot haar door dat ze nogal rillerig was, alsof niet alleen Justin maar ook zij een ongeluk had gehad.

Ze friste zichzelf zo goed en zo kwaad als het ging op onder de douche met het miezerige, lauwe straaltje water en hoopte maar dat alle modder was verdwenen. Daarna trok ze haar schoonste jurk aan en stapte in haar sandalen. Vervolgens ging ze terug naar de keuken, de plek waar ze zich het gelukkigst voelde.

Haar moeder leek niet helemaal zichzelf. Had ze soms meer slecht nieuws gehad nadat Meg haar had verteld over Justins ongeluk?

‘Hoe ging het ontbijt?’ vroeg Meg.

‘Prima. Het kon in feite ook niet misgaan.’

‘Wat is er dan aan de hand, mam?’

Louise trok meteen een stoel onder de keukentafel vandaan en ging zitten. ‘Andrew gaat morgenvroeg weer weg. Eigenlijk had hij vandaag al willen vertrekken, maar ik heb hem overgehaald om…’

Meg hoorde haar moeders stem breken en zag dat ze bijna in tranen was.

‘O, sorry.’ Snel zette ze de ketel op het vuur. De geijkte kop thee was dan misschien niet het wondermiddel waar iedereen het voor aanzag, maar het zou wellicht een beetje helpen. ‘Waar is Andrew nu?’

Haar moeder snoof dapper. ‘In het kantoortje. Hij zoekt in de kluis naar akten die betrekking hebben op het hotel. Volgens hem zit de kluis vol met oude papieren die mensen er in de loop der jaren in hebben opgeborgen.'

'Als ik in plaats van thee nou eens een kop koffie voor jullie zet, dan kun jij die naar hem toe brengen en hem helpen met zoeken.'

'Dat is een goed idee.' Louise dempte haar stem. 'Ik realiseerde me niet hoe erg ik het vind dat hij weer weggaat. Hij was hiervoor ook al een poos weg en dat ging prima. Het is gewoon...'

'Wat?'

'Ik wist niet goed wat hij voor me voelde, maar na afgelopen nacht...'

Meg bevroor en hoopte dat haar moeder niet verder zou gaan. Maar Louise haalde diep adem alsof ze van plan was haar hart uit te storten.

Meg was haar voor. 'Luister, ik regel het hier verder wel. Ga jij maar naar het kantoortje, zodat jullie nog zo veel mogelijk tijd samen door kunnen brengen. Ik breng de koffie wel.'

'Dank je, schat, dat is lief van je.' Louise schraapte haar keel, snoot haar neus en liep naar de spiegel om haar haar te fatsoeneren. 'Ik kan maar beter wat lippenstift opdoen.'

'Dan ga ik koffiezetten.'

Een paar dagen nadat Andrew naar Frankrijk was vertrokken ging de telefoon terwijl Meg net langs het kantoortje liep. Ze nam op. Het was Justin.

'Ben jij dat, Meg?'

'Ja.'

'Mag ik je om een gunst vragen?'

Ze verstrakte. Het was de laatste tijd wat drukker in het hotel en ze wilde niet opgezadeld worden met zoiets als Justins motor ophalen. Dat soort dingen kon Laura toch voor hem doen? 'Vraag maar.'

Hij schraapte zijn keel en opeens drong het tot haar door dat hij zenuwachtig was.

'Ik heb je hulp nodig.'

'Dat is meestal zo als iemand je om een gunst vraagt.'

'Wist je dat ik mijn enkel heb verstuikt?'

Dat was minder erg dan een gebroken enkel, dacht Meg. 'Ik heb je in een greppel gevonden, dus ik wist dat er iets niet in orde was. Maar wat heb ik daarmee te maken?'

'Dat betekent natuurlijk, nou ja... dat ik niet kan koken.'

Hij klonk niet erg op zijn gemak, vond ze.

Omdat hij waarschijnlijk voelde dat Meg hem weer van repliek zou dienen, ging hij snel verder. 'Ik heb mijn patissier moeten inzetten voor de hoofdgerechten, dus nu heb ik niemand die de desserts kan maken.'

Meg spitste haar oren. 'Pech,' antwoordde ze op vlakke toon om niet te laten merken dat haar interesse was gewekt.

'Ik zou het fijn vinden als jij ons van wat desserts kunt voorzien voor op de dessertwagen. Een paar taarten, wat mousses, gebakjes...'

'Hoe wil je de crêpes suzette regelen?'

'Die heb ik van het menu gehaald. Wil je me helpen?'

'Waarom zou ik dat doen?'

'Omdat het een uitdaging is en die kun jij niet weerstaan.'

Meg voelde gewoon dat Justin glimlachte, omdat hij wist dat hij haar zwakke plek had gevonden.

Hoe irritant zijn plezier ook was, deze uitdaging kon ze inderdaad niet weerstaan. 'Nightingale Woods moet er op de een of andere manier wel zijn voordeel mee kunnen doen,' antwoordde ze.

'Je krijgt er natuurlijk voor betaald, en ik beloof dat ik iedereen die we geen kamer kunnen aanbieden naar jullie zal doorsturen. We zijn vaak volgeboekt.' Hij zweeg even. 'Als je het doet, sta ik bij je in het krijt en ik zal je een referentie geven wanneer je naar een nieuwe werkplek gaat.'

'Hoe krijg ik de desserts bij jou?'

'Iemand komt ze ophalen. Noteer je uitgaven en ook de tijd die je eraan besteedt.' Hij haalde diep adem. 'Ik zal zorgen dat je er niet bij inschiet, Meg,' beloofde hij op veel vriendelijkere toon.

Ze kreeg verdacht veel zin om te gaan huilen. Dat konden geen echte tranen zijn, bedacht ze. Maar dat hij vriendelijk was en haar met die diepe stem bij haar naam noemde, deed iets met haar.

'Oké. Vertel me precies wat je nodig hebt en wanneer.' Ze hoopte maar dat haar stem normaal klonk.

'Ik heb zes taarten nodig en zo veel eenpersoonsdesserts als je kunt maken. Als ik die overmorgen kan krijgen, ben ik uit de brand.'

'Ik heb schaaltjes nodig, ramekins en dergelijke.'

'Ik zal zorgen dat je er een stel krijgt,' zei hij, en hij verbrak de verbinding.

Meg had het altijd leuk gevonden om puddingen, cakes, taarten en desserts te maken. De precisie en verfijnde techniek die ervoor nodig waren lagen haar goed, en ze had talent voor decoreren. Ze ging naar de keuken en begon deeg te maken. Hoewel ze haar best deed om het gevoel te onderdrukken, moest ze toch toegeven dat zich enorm gevleid voelde door Justins verzoek. Tenslotte was hij kok in een vermaard hotel en had hij een reputatie hoog te houden. Hij was weliswaar niet persoonlijk verantwoordelijk voor de desserts, maar hij moest er wel voor zorgen dat ze voldeden aan de verwachte kwaliteit. En nu had hij haar gevraagd om die desserts te maken. Misschien had hij niet veel keus gehad, bedacht ze, maar hij zou haar niet hebben gevraagd als hij niet zeker wist dat haar baksels aan de hoogste standaard zouden voldoen.

Toen ze bezig was banketbakkersroom te maken kwam haar moeder de keuken binnen.

'O, dat ziet er lekker uit,' zei Louise met een blik op de rij deegbakjes. 'Hebben we nog meer boekingen?'

'Dat is niet voor ons,' antwoordde Meg. Ze bloosde en hoopte maar dat haar moeder dat niet zag. 'Justin heeft gebeld. Hij vroeg of ik de desserts voor hun dessertwagen kon maken. Hij betaalt er natuurlijk voor, en hij heeft ook gezegd dat hij gasten naar ons zal doorsturen als zij vol zitten.' Ze haalde diep adem. 'Ik vond dat ik behulpzaam moest zijn omdat hij Andrews zoon is.'

'Natuurlijk,' reageerde Louise, maar ze klonk verbaasd.

'Hij kan niet koken omdat hij zijn enkel heeft verstuikt en daarom doet zijn patissier nu de hoofdgerechten,' legde ze uit. 'Ik denk dat we vrij veel in rekening kunnen brengen voor de desserts. We hebben het zelf tenslotte ook best druk. Trouwens, wat vond Andrew van het idee om badkamers te maken van de eenpersoonskamers?'

Louise keek schuldig. 'Ik ben helemaal vergeten het te vragen,' bekende ze. 'Het was zo heerlijk om hem te zien...'

'Dat begrijp ik,' zei Meg snel. 'Misschien kun je het hem de eerstvolgende keer dat hij belt vragen? Wij kunnen dan intussen doorgaan met het werk. Hij zegt vast geen nee tegen jou.' Ze glimlachte, opgelucht dat de aandacht even niet meer bij haar lag.

'Ja, oké.'

'Het zou niet duur hoeven te zijn. Bob kan het doen. Susan heeft gezegd dat hij helemaal opgaat in het loodgieterswerk, nu hij daarmee begonnen is.'

'Heeft hij zijn handen niet vol aan de moestuin?'

'Dat doet een neef van hem nu. Een van de zonen van Susans zus, die werk nodig had.'

Louise lachte. 'De buitenwereld kan terecht beweren dat dit hotel draait op mensen die familie zijn van het personeel. En dan vooral van Susan.'

'Nou, dat is ook zo. En daar hoor ik ook bij!' zei Meg, en ze gaf haar moeder een knuffel.

Vroeg in de middag dook Justin op. Hij hinkte de keuken in met een doos in zijn armen.

'Wat is dat?' vroeg Susan, die bezig was glazen kommetjes te vullen met zelfgemaakte jam.

'Alles wat je maar nodig hebt voor het maken van desserts, cakejes, taarten enzovoort,' antwoordde Justin, en hij zette de doos op een tafel.

'O!' Meg had meteen zin om te stoppen met het glazuren van de kleine eclairs om de inhoud van de doos te inspecteren.

'Wat ben jij aan het doen, Susan?' informeerde Justin. 'En is dat ingedikte room? Waar heb je die vandaan?'

'Die heb ik gisteravond zelf gemaakt, op het fornuis, net zoals mijn moeder dat altijd deed,' antwoordde Susan glimmend van trots.

Justin leek teleurgesteld omdat de room niet uit een winkel kwam. 'Ik moet een kijkje nemen in de kluis. Mijn vader heeft gebeld. Hij denkt dat de eigendomsakten van het huis niet bij de papieren zitten die hij heeft meegenomen.'

'Mijn moeder is in het kantoortje,' zei Meg, die was begonnen met het uitpakken van de doos. Waarom had Andrew Justin gevraagd om de akten te zoeken? Waarom niet aan haar moeder, die er veel gemakkelijker bij kon? Andrew en zij spraken elkaar toch vaak genoeg aan de telefoon?

Een paar minuten later was Justin terug in de keuken. Hij had niets in zijn handen, dus ging Meg ervan uit dat hij de akten ook niet had kunnen vinden.

'Zou je mij misschien terug willen brengen naar het hotel? Louise zegt dat je gerust de auto kunt nemen.'

'Ga maar, Meg,' zei Susan, voordat Meg een excuus kon bedenken. 'Ik red het wel met de bediening. Als het drukker wordt, vraag ik Cherry wel om te komen. Ze heeft toch niets beters te doen. En Louise is ook altijd bereid om een handje te helpen.'

Meg had geen reden meer om te weigeren, en dus trok ze haar schort uit en waste haar handen. 'Kom maar mee dan.'

Omdat Justin behoorlijk hinkte, liepen ze langzaam naar de auto.

Meg realiseerde zich dat ze zich dadelijk in een kleine ruimte zou bevinden met iemand die ze niet mocht. Wat ze tegen hem moest zeggen wist ze ook niet, en ze was bang dat haar een heel ongemakkelijk kwartier te wachten stond.

Ze waren nog maar net op weg toen Justin zei: 'Ik ben het niet gewend om door een vrouw te worden gereden.'

Meg was in de verleiding om te antwoorden dat zij het niet gewend was om chagrijnige bazen met verstuikte enkels rond te rijden door Dorset. Ze hield zich in omdat het haar waardiger leek te zwijgen. Het bleef even stil, maar toen moest ze haar mond wel opendoen. 'Maak je geen zorgen, ik heb een rijbewijs. Je hoeft je niet vast te houden aan de handrem.'

Justin bleef zich vasthouden.

'Bovendien heb ik rijles gehad in Londen, wat heel wat lastiger is dan langs deze schilderachtige landweggetjes te tuffen.'

Justin legde zijn hand in zijn schoot. 'Sorry.'

Het verbaasde haar dat hij zich verontschuldigde.

'Ik vermoed dat je je afvraagt waarom mijn vader mij heeft gestuurd om de akten te zoeken terwijl hij het ook aan je moeder had kunnen vragen,' begon hij.

'Wel een beetje, ja. Jij loopt tenslotte moeilijk. Je moest me dan wel de schaaltjes en andere dingen brengen, maar toch. Nu je niet kunt koken, zul je er vast nog meer op moeten toezien dat de kwaliteit van wat er uit de keuken komt in orde is.' Meg was erg tevreden over haar opmerking. Daarmee wekte ze de indruk uit eigen ervaring te weten hoe het eraan toeging in de drukke keukens van grote hotels.

Justin knikte. 'Dat is waar. Maar het was niet mijn vader die het me vroeg. Dat heb ik gezegd omdat het me beter leek. Het was mijn oom Colin, zijn broer, die me vroeg ernaar te zoeken.'

'O?' reageerde Meg verbaasd.

Hij is weliswaar niet belast met de uitvoering van mijn grootvaders testament, maar hij wil de akten ook zien. Blijkbaar heeft mijn vader niet de juiste papieren mee terug genomen naar Frankrijk.'

Meg wierp een vluchtige blik op Justin terwijl ze optrok na het oversteken van een kruispunt. De rit naar het hotel omvatte een aantal weggetjes die elkaar kruisten, dus ze moest haar aandacht erbij houden. Ze had deze route een paar keer gereden, maar Justins opmerking had haar afgeleid. Toch wilde ze de weg onthouden en niet telkens Justin hoeven vragen om aanwijzingen.

'Er is namelijk onenigheid tussen mijn vader en oom Colin,' ging Justin verder. 'Mijn vader is dol op het hotel en wil het houden. Oom Colin wil het verkopen.'

'Aan wie is het nagelaten?'

'Aan hen allebei, denk ik.'

'Dus als Andrew Nightingale Woods wil houden, dan moet hij zijn broer misschien uitkopen?'

'Ik ken de details van het testament niet en ik weet ook niet hoe de boel is achtergelaten, maar dat zou best kunnen.' Justin dacht even na. 'Het is niet waarschijnlijk dat een bank het hotel een lening zal verstrekken, daarvoor zijn er denk ik niet genoeg inkomsten. Ik betwijfel dus of mijn vader een uitkoopsom voor mijn oom bij elkaar kan krijgen.'

Zijn woorden bezorgden Meg een brok in de keel en ze kuchte. Gelukkig waren ze weer bij een kruispunt, zodat ze moest stoppen. Het drong tot haar door dat ze de weg kwijt was. 'Hoe moeten we nu?'

Justin fronst zijn wenkbrauwen. Dat had ze blijkbaar moeten weten.

'Rechtdoor.'

'Ik was afgeleid.'

Hij hoefde niet te vragen waarom. 'Ik weet dat Nightingale Woods je aan het hart gaat. Het heeft ook veel charme, maar het is niet bepaald een goedlopende onderneming, hè?'

'Dat kan het wel worden,' reageerde Meg vastberaden.

Justin zuchtte. 'Op het moment zijn er niet genoeg kamers. Er moeten er meer in orde worden gemaakt. Het is ook erg ouderwets en beschikt niet over de voorzieningen die mensen tegenwoordig willen.'

Meg gaf geen antwoord. Aan de eerste twee dingen kon wat worden gedaan, maar voor het laatste was geld nodig, heel veel geld. Ze dacht aan Alexandra en hoe die in Frankrijk diverse gebouwen en ruimtes in gastenverblijven had veranderd. Zoiets was toch zeker ook mogelijk voor Nightingale Woods?

14

Twee dagen later reed Meg opnieuw naar het hotel in Newton-cum-Hardy, deze keer met een lading desserts achter in de auto. Justin had aangeboden ze zelf op te komen halen toen hij hoorde dat ze klaar waren, maar Meg wilde er zeker van zijn dat alles in zo goed mogelijke staat bij hem aankwam. Bovendien kon ze weggaan wanneer ze wilde als ze zelf naar het hotel reed. Wanneer Justin naar Nightingale Woods kwam, zat ze met hem opgescheept tot hij besloot te vertrekken.

Ze parkeerde bij de leveranciersingang en opende de twee achterportieren van de Mini Traveller. De desserts zaten in rieten manden en kartonnen dozen, afgedekt met vetvrij papier als extra bescherming. Een vluchtige controle stelde haar gerust: er was niets rampzaligs gebeurd.

Op het moment dat ze naar de keuken wilde gaan om hulp te zoeken voor het uitladen, kwam Justin er net aan. Hij had een paar jonge mannen bij zich. Hij tuurde in de manden. 'Dat ziet er goed uit.'

'Je hoeft niet zo verbaasd te klinken. Je hebt mij gevraagd om ze te maken omdát ik daar goed in ben.'

'Ik wist alleen niet dat je zó goed was,' zei hij glimlachend.

Meg dook achter in de Mini, zogenaamd om de vruchtentaarten te pakken, maar in werkelijkheid om te verbergen dat ze bloosde.

'Wil je binnenkomen en de keukens bekijken?' vroeg Justin. 'En misschien even een kop koffie?'

Meg aarzelde. Dat zou ze heel graag willen, maar op de een of andere manier leek dat oneerlijk tegenover haar eigen te kleine, te ouderwetse werkplek.

'Doe maar,' zei Justin. 'Dan kun je eens een echte, professionele keuken in bedrijf zien.'

'Dank je wel. Ik heb genoeg professionele keukens gezien,' reageerde ze stijfjes, in de hoop dat ze zichzelf met dat antwoord niet de kans op een rondleiding ontnam.

'Nou, bekijk deze dan ook eens. Misschien is het handig om te weten hoe wij de dingen aanpakken voor het geval dat je hier een baan aangeboden krijgt.'

'Ik dacht dat je geen voorstander was van vrouwen in de keuken,' wierp ze tegen, verheugd omdat ze hem op een ongerijmdheid had betrapt.

'Mocht je ooit een baan aangeboden krijgen hier, dan zou ik hier niet meer werken,' zei hij. 'En een aantal van deze jongere koks zijn niet zo ouderwets.'

'Ouderwets,' mompelde ze. 'Ja.'

Lachend deed hij de deur van het hotel open. 'Jij moet nodig klagen over ouderwetse dingen. Bedenk eens in wat voor omgeving je werkt.'

'Er is nogal een verschil tussen werken in een ouderwets hotel dat ooit een gezinshuis was en waar niet veel is veranderd, en het hebben van ouderwetse ideeën. Het is redelijk eenvoudig om een inrichting te veranderen; opvattingen veranderen is blijkbaar een stuk moeilijker.' Ze gaf zichzelf een denkbeeldig schouderklopje.

Justin was niet onder de indruk. 'Mijn opvattingen zijn prima, dank je wel. Oké, dit is het kloppend hart van het hotel.'

Het was moeilijk om niet jaloers te worden op de goed uitgeruste keuken met de glanzende, efficiënte werkruimtes, professionele fornuizen en nieuwste snufjes. Vooral de koude keuken, afgescheiden van de warme keuken, liet haar kokshart sneller kloppen. Hier konden koude gerechten, dus ook desserts, worden bereid in een gekoelde omgeving zodat gelatine niet smolt en slagroom zijn vorm bleef behouden. Alleen al door de maat van de keukenmachine waarin gemakkelijk een dozijn eiwitten tot een wolk konden worden geklopt voor een meringue, realiseerde ze zich hoeveel pijn ze in haar arm en pols had wanneer ze eieren klopte met haar garde.

Tegen het eind van de rondleiding was ze vastbesloten: ze ging een professionele keukenmachine kopen, ook al moest ze die betalen van haar eigen geld. Die kon ze weer meenemen als ze uit Nightingale Woods vertrok. Ook zou ze eens kunnen kijken of ze van een van de vele provisiekasten of distilleerkamers een aparte ruimte kon maken voor het bereiden van desserts.

Toen ze alles had gezien, liepen ze samen naar de achterdeur. ‘Hier heb je geld voor de desserts,’ zei Justin. ‘Ik weet dat we het niet hebben gehad over de vergoeding voor al je werk, maar ik denk dat dit een redelijk bedrag is.’

Hij overhandigde Meg een envelop die vol met bankbiljetten leek te zitten. Ze nam de envelop aan zonder ernaar te kijken en de inhoud tellen deed ze al helemaal niet.

‘Ga je niet controleren wat ik je heb gegeven?’ vroeg Justin.

Meg wilde iets verzinnen. Kon ze maar iets zeggen zonder te laten blijken dat ze geen idee had wat haar werk waard was, maar ze wist dat ze er niet mee weg zou komen, ook al deed ze haar best.

‘Ik weet niet hoeveel ik zou moeten krijgen voor wat ik heb gemaakt. Ik hoop alleen dat je mij of het hotel niet tekortdoet.’

‘Dat is heel eerlijk van je, Meg. En neem maar van me aan dat ik je niet bedrieg. Ik heb je het gangbare tarief betaald.’ Hij glimlachte. ‘Ik heb je nog nodig. Als deze desserts op zijn, maak je dan nieuwe? Ja toch?’

'O, natuurlijk,' antwoordde Meg luchtig. Ze dacht er niet aan hoe idioot vroeg – nog voordat de zon opkwam – ze telkens was opgestaan om de desserts in alle rust en koelte te kunnen afmaken. Maar ze herinnerde zich wel waaraan ze allemaal niet was toegekomen. 'Ik moet nu echt gaan. Ik hoop dat je enkel snel weer in orde is.'

Precies op dat moment zwaaide de deur naar de keukens open en kwam Laura binnen gesneld. 'Justin! Je weet dat je niet op die voet moet staan. Ik had...' Laura aarzelde even; blijkbaar was ze haar naam kwijt. '... Meg kunnen betalen. Ze had ook een factuur kunnen sturen, zoals ieder ander fatsoenlijk bedrijf zou hebben gedaan.' Ze glimlachte naar Meg. 'Het was erg vriendelijk van je om die taarten en zo te maken. Ik denk niet dat we verder nog van je diensten gebruik hoeven te maken.'

Meg beantwoordde Laura's glimlach, maar zei niet dat Justin net het tegenovergestelde had gezegd.

'Die zelfgemaakte dingen zijn tenslotte allemaal leuk en aardig, maar we hebben hier graag een wat professionelere uitstraling.'

Meg glimlachte nog breder. Ze zag Laura's zorgvuldig opgemaakte gezicht voor zich, bedekt met een dikke laag slagroom. Op die manier lukte het haar een pinnig antwoord in te slikken.

'Ik loop met je mee naar je auto,' zei Justin.

'Dat hoeft niet, Jussy! Dat doe ik wel,' zei Laura. 'Hoewel Meg natuurlijk heel goed in staat is om alleen naar haar auto te lopen.'

'Dat ben ik zeker,' reageerde Meg. Ze draaide zich om en maakte aanstalten om te gaan. Maar omdat ze nieuwsgierig was hoe Justin dit zou afhandelen, aarzelde ze.

'Ik zei dat ik met haar meeloop,' zei Justin. 'Ik wil het nog even met haar hebben over Nightingale Woods. Dank je wel, Laura,' voegde hij eraan toe, wat erop neerkwam dat ze kon gaan.

Toen ze bij haar auto waren, draaide Meg zich naar hem toe. 'Jussy?' mompelde ze.

Hij perste zijn lippen op elkaar om of een glimlach, of ongemak, of een woede-uitbarsting te onderdrukken. Meg kon niet zeggen welke van de drie.

'Niemand noemt mij zo.'

'Behalve Laura.'

'Stap in,' bromde Justin geïrriteerd. 'Ik bel je nog.'

Meg wist dat ze goed reed, maar ze vond het niet prettig als er iemand toekeek bij een lastige manoeuvre. Gelukkig lukte het haar om zonder iets te raken de parkeerplek achteruitrijdend te verlaten. Ze vroeg zich niet af waarom Justin, eenmaal buiten, niets had gezegd over Nightingale Woods; dat smoesje had hij blijkbaar alleen gebruikt om Laura de mond te snoeren.

Een eindje verderop hield ze stil op een uitwijkplek om de inhoud van de envelop te bekijken. Het was misschien nog niet genoeg om een professionele keukenmachine mee te kopen, maar het was een stap in de goede richting. 'Ik wil je niet beledigen, Justin,' zei ze hardop tegen zichzelf, 'maar voel je niet verplicht om weer snel aan het werk te gaan. Hoe langer je patissier jouw werk doet, hoe eerder ik dingen kan kopen die mijn leven een stuk makkelijker zullen maken.'

Het liep tegen lunchtijd toen ze terug was. Susan en Cherry hadden allebei dienst. Omdat het de laatste dagen erg warm was geweest voor de tijd van het jaar, had Meg eerder al een zalm gepocheerd en mayonaise gemaakt. Die gerechten konden worden opgediend met een komkommersalade en nieuwe aardappelen uit de moestuin. Gelukkig waren de aardappelen al eerder geoogst, want het was inmiddels hard gaan regenen.

'We zaten te springen om regen,' begroette Susan haar. 'Maar niet om jou, Meg. Waarom neem je niet vrij. Je bent zo lang bezig geweest met die chique liflafjes voor het andere hotel.'

Meg overwoog niet eens om ertegen in te gaan. Ze maakte een sandwich voor zichzelf en nam die mee naar het kantoortje. Daar was haar moeder, die er nogal sip uitzag.

'Dit is de eerste keer sinds ik hier ben dat het eens goed regent,' zei Meg.

'We zaten te springen om regen,' antwoordde Louise, maar niet op de kordate, krachtige manier waarop Susan hetzelfde had opgemerkt.

'Maar dat je zo neerslachtig bent, komt niet door de regen, hè?'

Louise schudde haar hoofd, en Meg bedacht dat haar moeder sinds het vertrek van Andrew niet meer zo opgeruimd was als anders.

'Er is niets aan de hand, maar ik mis Andrew. Ik weet dat dat nogal suf klinkt, want ik ben geen tiener meer.'

'Ja, maar het is jammer dat hij meteen weer weg moest.'

'En wie weet hoelang het duurt om de nalatenschap van zijn vader uit te zoeken.'

Het leek Meg geen goed idee om haar moeder te vertellen dat Andrews broer, Colin, ook op zoek was naar de koopakten en dat die niet om het hotel gaf en zijn helft wilde verkopen. Het idee dat Nightingale Woods in andere handen zou komen, was enorm deprimerend.

'Waarom proberen we die akten niet zelf te vinden,' stelde ze voor. 'Susan en Cherry doen de lunch. We zouden de kluis kunnen leeghalen en alles ordenen.'

'O nee, Meg, ik pieker er niet over! Dat zou zo verkeerd zijn. Bovendien ken ik de cijfercombinatie niet.'

'Verdorie!' mopperde Meg. Geïrriteerd door haar moeders gebrek aan durf, trok ze aan de greep van de kluis. Tot haar verbazing zwaaide de deur open. Ze keken elkaar geschrokken aan.

'Misschien heeft Justin hem niet goed afgesloten,' zei Louise.

'Of het slot is zoals alle andere dingen in dit hotel een beetje versleten en werkt niet echt meer.'

'Als hij geen moeite heeft gedaan om ervoor te zorgen dat de kluis goed was afgesloten, dan zit er niets meer in dat privé of vertrouwelijk is,' concludeerde Meg.

'Dat is waar.'

‘Dus is er geen enkele reden waarom we niet naar de akten zouden kunnen zoeken.’

Haar moeder slikte. Het idee om in andermans kluis te gaan neuzen zonder uitdrukkelijke toestemming was iets dat je absoluut niet deed. Maar toen haalde ze diep adem. ‘Ik ga het doen!’

Ze ging naast Meg op haar knieën zitten, trok de deur van de kluis verder open en samen keken ze erin. Hij lag bomvol papieren, zoals ze hadden verwacht.

‘Vind je niet dat het zoiets is als het dagboek van iemand anders lezen?’ vroeg Louise in weerwil van haar eerdere vastberadenheid.

‘Nee,’ antwoordde Meg. ‘Meer iets als het boodschappenlijstje van iemand anders bekijken. Als er zo veel privépapieren in liggen, dan had Justin de deur verdorie beter moeten afsluiten.’ Ze dacht even na. ‘En als we de akten vinden, kunnen we het tegen Andrew zeggen, en misschien tegen Justin. Daarna moeten ze zelf beslissen wat ze ermee doen. Als we op onze kop krijgen – als ze mij op mijn kop geven… Justin zal ook wel weten dat ik je ertoe heb aangezet. Nou ja, het doet er niet toe. We stelen niets en we zullen ook niets doen met de informatie die we eventueel vinden.’

‘Oké dan,’ zei haar moeder, nog niet helemaal gerustgesteld. ‘Laten we maar beginnen.’

Louise werd al helemaal opgeslokt door haar taak toen de telefoon ging. Het was David voor Meg.

Nadat ze nieuwtjes hadden uitgewisseld (hij was bijzonder onder de indruk dat ze desserts had gemaakt voor het deftige hotel), vertelde hij waarom hij belde. ‘Meggy, herinner je je nog dat ik tijdens de rondleiding door de tuin van Nightingale Woods zei dat die zich uitstekend leende voor een openluchtvoorstelling?’

‘Ja,’ antwoordde Meg langzaam. Er was sindsdien zoveel gebeurd.

‘Nou, mijn vriend is razend enthousiast en wil de *Droom* daar opvoeren.

‘Sorry, David…’ Meg was even de draad kwijt.

‘*Een midzomernachtdroom*. Denk je eens in hoe perfect dat zou passen in die omgeving en tegen die achtergrond.’

‘Wil jouw vriend echt een toneelstuk van Shakespeare laten opvoeren in de tuin van Nightingale Woods?’ Het klonk haar nogal ongeloofwaardig in de oren.

‘Ja! Ik wil hem de tuin laten zien zodat hij kan beoordelen of die echt geschikt is.’

In haar hoofd tuimelden allerlei argumenten over elkaar heen waarom dit geen goed idee was. Door het raam zag ze dat de regen met bakken uit de hemel kwam, alsof een moesson boven Dorset was losgebarsten. ‘Maar David, stel je voor dat het regent, wat dan?’

‘Zit daar maar niet over in, er wordt met alles rekening gehouden. Over een paar dagen wil ik met mijn vriend langskomen.’

‘Ik weet het niet, David. Het is niet mijn hotel. Contact leggen met de eigenaar is niet makkelijk en we kunnen onmogelijk een toneelstuk laten opvoeren zonder zijn toestemming.’ Er waren heus wel dingen waarvoor Meg zelf de verantwoordelijkheid wilde nemen, maar een complete Shakespeare-productie hoorde daar niet bij.

David maakte wat sussende geluidjes. ‘Echt, Meggy, als je van dat charmante, maar ouderwetse juweeltje van een huis een goedlopend hotel wilt maken, zul je iets radicaals moeten ondernemen. Ik realiseer me dat je dat weet, want we hebben het erover gehad.’

‘Maar wat draagt de opvoering van een toneelstuk in de tuin daaraan bij? Als je me daarvan kunt overtuigen, zal ik mam zover zien te krijgen dat ze het aan Andrew voorlegt.’

‘Om te beginnen zullen de acteurs ergens moeten worden ondergebracht. Die wil je natuurlijk niet in de mooiste kamers, maar je zou de iets mindere kamers voor hen kunnen reserveren, bijvoorbeeld op zolder. Dat brengt geld op. Dorpsbewoners die bereid zijn om een acteur in hun logeerkamer onder te brengen krijgen daar ook geld voor. En natuurlijk komt het puikje van de theaterliefhebbers uit heel het land toegestroomd om dit te zien. Mijn vriend wordt alom gerespecteerd in de theaterwereld en er gaan geruchten dat hij Miriam Twycross voor de rol van Titania gaat vragen. Ze is dol op openluchttheater.'

Meg slaakte een kreet van verbazing. 'Miriam Twycross?' Zelfs zij kende die naam.

'Ja!' antwoordde David, die hoorbaar blij was dat hij eindelijk de juiste reactie kreeg. 'Sommige mensen beweren dat ze eigenlijk een beetje te oud is voor de rol van Titania, maar op het toneel merk je niets van haar leeftijd. Het is een van haar favoriete rollen.'

'Ze zal niet op een toneel staan, maar op een grasveld.'

'Dat is een technisch detail, en het is natuurlijk nog niet zeker dat ze komt. Maar stel je voor dat ze ja zegt.'

'Dat zou leuk zijn,' antwoordde Meg, nog steeds wat weifelend.

'En had je er al aan gedacht,' vervolgde David, die er waarschijnlijk op had gerekend dat Meg met bezwaren zou komen, 'dat er recensies van deze uitvoering in de landelijke pers zullen komen? Dat is gratis publiciteit.'

'Klinkt goed.'

'Heb je ook ruimte voor Nessa als ik naar je toe kom? Ik weet zeker dat ze mee zal willen.'

'O, we hebben vast nog wel ergens een bed voor haar,' antwoordde Meg lachend. 'Ze was zo behulpzaam, de vorige keer dat ze hier was.'

'Je zou Alexandra's voorbeeld moeten volgen door extra accommodatie te maken van een paar van de bijgebouwen.'

Weer lachte Meg. 'Ha! Daar denk ik al langer over na. Maar je kunt Lexi en mij moeilijk met elkaar vergelijken. Zij is getrouwd met de eigenaar van al die bijgebouwen. Ik niet.'

'De situatie blijft hetzelfde,' was Davids commentaar. 'Maar goed, wanneer kunnen we langskomen?'

'Als jij nou eerst eens uitzoekt wanneer je vriend en Nessa kunnen, dan kijken wij of we plek voor jullie hebben.'

'Als je geen kamers meer hebt, kunnen we altijd in dat chique hotel in Newton-cum-Hardy logeren.' Meg zag Davids gezicht met daarop een plagerige uitdrukking voor zich.

Ze dacht even na over een gevat antwoord. 'Dat zeg je alleen maar omdat ik je door de telefoon niets naar je hoofd kan gooien.'

David lachte en niet lang daarna beëindigden ze het gesprek.

Hoewel haar moeder de hele tijd in het kantoortje bezig was geweest met de inhoud van de kluis, en dus alles had kunnen horen, kostte het nogal wat tijd om haar uit te leggen wat Davids waanzinnige voorstel inhield.

'Zijn er ongebruikte kamers die we redelijk snel in orde zouden kunnen maken?' vroeg ze toen ze haar moeder eindelijk alles duidelijk had kunnen maken.

'Misschien een of twee. En er zijn nog een heleboel kamers op zolder. Ik geloof niet dat het vroeger de bedoeling was dat kinderen met hun kindermeisjes en gouvernantes op de benedenverdiepingen kwamen. En we hebben ook nog een leegstaand tuinmanshuisje. Bob en Susan hebben altijd een eigen huis gehad, dat weet je. Misschien zijn er nog wel meer huisjes. In de hoogtijdagen zal de familie zeker een jachtopziener in dienst hebben gehad,' antwoordde Louise. 'En ik geloof dat er ook kamers zijn boven de stallen; die laatste zijn in de jaren twintig omgebouwd tot garage. Maar ik vraag me af in welke staat die kamers zullen verkeren. Als het meevalt kunnen we ze misschien ook bewoonbaar maken.' Ze zuchtte. 'Maar het zal allemaal geld kosten.'

'Opruimen en orde scheppen kost niet zo veel geld,' zei Meg. 'En misschien hoeven ze alleen maar eens goed schoongemaakt te worden. We kunnen Susan en Cherry vragen om te helpen. Misschien vinden ze zo'n uitdaging wel heel leuk.'

Louise knikte. 'Ze zullen elke poging om hun baan veilig te stellen op prijs stellen, dat is zeker.'

'We kunnen hen betalen met het geld dat ik verdien met de desserts. En mocht het echt lastig worden, dan spreken we mijn spaargeld aan. Als deze onderneming een succes wordt, kan ik mijn investeringen terugvragen.' Terwijl ze het over dat geld had, herinnerde ze zich hoe graag ze een keukenmachine wilde hebben. Opeens besloot ze dat ze er een zou kopen. Die zou haar leven een stuk makkelijker maken.

'Weet je wat?' begon Louise. 'Wanneer ik hier klaar ben, gaan we op zoek naar plekken waar we mensen zouden kunnen onderbrengen.' Van het vooruitzicht kamers op te ruimen en misschien te kunnen opknappen, fleurde ze zichtbaar op.

'Ik heb een beter plan,' zei Meg. 'Laten we gewoon alles terugstoppen in de kluis en meteen op ontdekkingstocht gaan!'

Louise keek naar de stapel oude kasboeken, mappen, brieven en papieren die om haar heen verspreid lagen. 'Nog twintig minuten. Zet jij intussen thee, dan berg ik daarna alles weer op. Maar het gaat er geordend in!'

Toen Meg terugkwam met de thee trof ze haar moeder zittend op de vloer aan met een oude bruine envelop in haar handen en een verbijsterde uitdrukking op haar gezicht.

'Ik heb de akten gevonden,' zei Louise. 'De envelop zat vast onder de flap van een andere. Daarom heeft Andrew hem waarschijnlijk niet gevonden. Wat nu?'

15

'We moeten het aan Andrew vertellen,' zei Meg. 'En misschien aan Justin?' Dat idee stond haar niet echt aan. Hij zou het nieuws zeker niet kalm in ontvangst nemen.

Aan Louises gezicht kon ze zien dat zij ook niet blij was met het vooruitzicht om haar vondst aan Justin te vertellen.

'Hij zal woedend zijn omdat we in de privépapieren van zijn familie hebben zitten snuffelen.'

'Hij zal zeker boos zijn. Maar ik zal ervoor zorgen dat hij niet boos is op jou,' zei Meg met een glimlach. 'Ik ben gewend aan zijn geschreeuw. Dat doen chef-koks nou eenmaal. Laten we eerst theedrinken. Even die akten vergeten en onze neus in andere privézaken van de familie steken. Ik heb al aan Susan en Cherry gevraagd of zij vanmiddag de bediening willen doen, en dat vonden ze prima.'

'Ik ken niemand die het brood zo dun kan snijden als Susan,' reageerde Louise tevreden. 'En op de ouderwetse manier. Ze klemt het brood vast onder haar arm.'

'Ik denk dat je dat kunt leren,' zei Meg. 'Net als rondlopen met je armen vol borden.' Ze hield haar moeder een schaaltje voor. 'Neem een koekje. Die heb ik gemaakt van het deeg dat over was van de taarten die ik voor Justin heb gebakken. Ze zijn heerlijk, lekker knapperig. Misschien moeten we het maar achter de rug hebben en hem meteen over de akten vertellen?'

Louise dacht er even over na. 'Nee, ik wil er eerst over nadenken. De akten liggen veilig in de kluis en ik heb hem goed op slot gedaan. Laten we op ontdekkingstocht gaan. Daarna beslissen we wel wanneer we Justin op de hoogte brengen.'

'Hij zal het niet erg vinden dat de akten zijn gevonden. Maar we hebben er een beetje voor moeten inbreken. Dat is de lastige kant van het verhaal.'

'Deze keer hebben we de sleutels,' zei Louise terwijl ze een aantal sleutelbossen pakte van het bord met haakjes dat in de gang naar de tuin hing.

'Niet dat we sleutels nodig hebben,' merkte Meg op. 'Wij beschikken over bijzondere krachten waarmee we met slechts een enkele aanraking deuren kunnen openen.'

'Laten we eerst naar het tuinmanshuisje gaan,' zei Louise toen ze naar buiten liepen. 'Daar heb ik van begin af aan al een kijkje willen nemen.'

'Had je Lizzies huisje maar kunnen zien,' zei Meg toen ze een poosje later het tuinmanshuisje naderden. 'Het staat in het bos, maar krijgt ook zon. Ze heeft er zoiets liefs van gemaakt, met gordijnen en kussens en allerlei slimme oplossingen.'

'We kunnen van dit huisje ook iets liefs maken, als het niet in al te slechte staat verkeert. Een paar lagen witte verf en fleurige gordijnen maken al een groot verschil,' reageerde Louise.

Met een grote sleutelbos die ze vastberaden voor zich uit hield, ging ze voor over het pad naar de voordeur. Na een paar sleutels te hebben geprobeerd vond ze de juiste en opende de deur.

Binnen was het ongelooflijk stoffig, maar het rook niet naar vocht, hoewel er nog altijd een geur hing van de ontelbare keren dat er hout was gestookt. De twee vrouwen zetten aanvankelijk wat voorzichtige stappen, maar omdat er geen vleermuizen opvlogen en de vloer betrouwbaar leek, liepen ze al snel met meer vertrouwen rond.

Het huisje had maar één kamer. Als je van buiten kwam stond je meteen in de leefruimte. Er was een grote open haard met daarboven een schoorsteenmantel. Daarop stonden een klok, trots en stil, porseleinen beeldjes, siervazen en kandelaars. Naast de haard bevond zich een houten bank. Langs het plafond liepen over de hele lengte van het huis balken waaraan grote haken te zien waren. Aan sommige hingen oude lampen en ijzeren voorwerpen die op vallen leken en aan de muren met het verbleekte behang hingen oude schilderijen.

'Het is allemaal erg ouderwets,' was Louises commentaar, 'ik begrijp dat Susan haar kinderen hier niet wilde grootbrengen.'

'Waar was de keuken?' vroeg Meg.

'Oorspronkelijk zal er alleen deze ene kamer zijn geweest, maar ik geloof dat er nu een keuken is aangebouwd aan de achterkant.' Louise opende de deur naar een ruimte die niet veel meer was dan een kleine bijkeuken. Onder het raam was een breed aanrecht waarop grote bloempotten stonden, een stokoud zeepbakje en een paar jampotten. In de meeste daarvan lagen dode spinnen.

'Het ziet er best wel redelijk uit, toch?' merkte Meg op. 'Ouderwets, maar er moet gewoon eens goed worden schoongemaakt.' Ze draaide de kraan open. Er klonk een heleboel gegorgel en gesputter, maar ten slotte kwam er water uit. 'Er is tenminste stromend water.'

'Wat je stromend noemt,' zei Louise. 'En het heeft een vreemde kleur. Het is waarschijnlijk wel in orde, maar je moet er niet mee koken, denk ik.'

'Als het verhuurd gaat worden, moet er toch iets van een fornuis komen. Daar is wel ruimte voor. Laten we naar boven gaan. Ik vermoed dat daar een badkamer met een wc is.'

Louise keek bedenkelijk. 'Ik denk niet dat er een wc of badkamer was, lieverd.'

Meg huiverde. 'Het is nauwelijks voor te stellen dat hier hele families hebben gewoond. Geen wonder dat Bob dat niet wilde en met Susan in het dorp is gaan wonen. Laten we toch maar even naar boven gaan.'

De trap bevond zich achter een deur. Hij was erg steil en bochtig. Boven waren twee kleine maar goede slaapkamers.

'Het is een probleem dat er geen badkamer is,' zei Meg.

'Er is waarschijnlijk een hokje in de tuin en er zal ergens wel een zinken teil hangen,' reageerde Louise.

'Zou je een huis zonder badkamer kunnen verhuren?' vroeg Meg.

'Niet aan betalende gasten. Maar als het hier schoon en gezellig is, dan zullen de wat meer doorgewinterde types hier best gratis willen verblijven.'

'Laten we de buiten-wc eens gaan bekijken.' Meg rilde bij de gedachte aan wat ze daar konden aantreffen. 'Ik heb het alleen niet zo op spinnen.'

Tot hun verrassing en blijdschap ontdekten ze dat er een klein washok vastzat aan het huis, met daarnaast een prima functionerende wc.

'Dat zou een badkamer kunnen worden,' merkte Meg op. 'Ooit.'

'Als er een badkamer was, dan zou dit huisje een schattige logeerplek kunnen worden!' zei Louise. 'Ik wed dat er kasten vol oude gordijnen en andere dingen zijn op de zolder van het grote huis. Families die zulke grote landgoederen bezaten gooiden nooit iets weg.'

'Is het een interessante familie? Ik weet dat Ambrosine bezig is met het vastleggen van hun geschiedenis. Het zou heel leuk zijn om een brochure met de familiegeschiedenis in de kamers te leggen. We moeten gewoon ons voordeel doen met het roemrijke verleden van Nightingale Woods. Zoiets hebben ze niet in Justins hotel.'

'Dat is een goed idee, lieverd. Maar laten we doorgaan met onze ontdekkingstocht. Het zou heerlijk zijn als Nightingale Woods genoeg kamers had om winstgevend te kunnen worden.' Louise zuchtte. 'Kom mee! Ik hoop echt dat van gedachten wisselen met spinnen, schimmelplekken, vocht en al het overige dat oude huizen te bieden hebben, me zal helpen om te beslissen wat we met die akten moeten doen.'

Ze kwamen tot de conclusie dat van de ruimte boven de oude stallen een leuk appartementje kon worden gemaakt. Ook in het huis zelf waren er nog een paar slaapkamers die opgeknapt konden worden. Ze vonden het pad dat naar het oude jachtopzienershuisje leidde, maar omdat ze niet wisten hoe ver dat was en ze moe waren, besloten ze dat een andere keer te doen.

'Ik weet nog steeds niet wat we moeten met de vondst van die akten,' zei Louise toen ze terugliepen naar het hotel. 'Ik geloof niet dat we het vanzelf openzwaaien van de kluisdeur kunnen aanvoeren als verklaring voor het doorzoeken van de inhoud. Dat klinkt net zo onwaarschijnlijk als "de hendel brak af".'

'We zouden kunnen doen wat ik daarstraks al voorstelde: ik vertel alles en laat jou erbuiten,' antwoordde Meg.

'Dat zou dom zijn. De juiste reactie schiet me nog wel te binnen. Laten we nog even gaan kijken naar de stallen die niet zijn omgebouwd tot garage. Het is mogelijk dat daar net zo'n appartement als het onze van kan worden gemaakt.'

Tegen de tijd dat ze naar het hotel terugkeerden zaten ze onder het vuil, maar waren ze ervan overtuigd dat ze een behoorlijk aantal niet al te veeleisende mensen konden onderbrengen. Met een positief gevoel en discussiërend over tinten verf en gordijnen bereikten ze het huis.

'Ik snak naar een gin-tonic,' zei Meg. 'Laten we er een gaan halen. Er zijn geen dinergasten.' Ze bekeek zichzelf. 'Jeetje, wat zie ik er smoezelig uit, ik ga me eerst wassen. En wil je ijs in je drankje? Of maakt dat niet uit?'

'Doe geen moeite. Maar een of twee schijfjes citroen zou lekker zijn.'

Voordat ze zich opfriste, ging Meg naar de keuken. Daar waren

Susan en haar dochter de rommel van de middag nog aan het opruimen.'

'Nemen jullie de rest daarvan maar mee naar huis,' zei Meg, die zag dat er nog driekwart van een taart met jamvulling over was. 'Ik maak voor morgen wel weer een nieuwe.'

'We kunnen er nog een dag mee doen,' antwoordde Susan.

'Maar papa is dol op Megs jamtaarten,' zei Cherry. 'Dank je wel, Meg.'

Meg glimlachte. 'Neem alsjeblieft mee. Jullie verdienen het.'

'Dan doe ik het.' Susan pakte het bord met de taart en zette het in haar mand. 'Trouwens, meneer Justin is net gearriveerd.'

'Wat?' In een klap vervloog Megs tevreden gevoel.

Susan knikte. 'Hij liep hier naar binnen, groette ons en zei dat hij naar het kantoortje ging. Hij pakte wel eerst nog een stuk taart.'

Als een haas rende Meg de keuken uit en de gang door naar het kantoortje. Haar moeder stond met gespreide armen voor de deur, alsof ze de toegang tot een heiligdom moest verdedigen.

Justin stond verbaasd, maar ook dreigend voor haar met een stuk taart in zijn hand. 'Doe niet zo belachelijk. Laat me erin. Ik moet in de kluis zijn.'

'Dat kan niet,' antwoordde Louise ontdaan.

'Waarom niet, in vredesnaam?' drong Justin aan.

'Wat mijn moeder bedoelt,' begon Meg op luide toon om Justin te laten stoppen met haar moeder op stang te jagen, 'is dat ik je eerst iets moet vertellen voor je naar binnen gaat.'

Justin draaide zich naar haar om en Meg zag dat haar moeder iets ontspande.

'Wat dan?' vroeg Justin verbouwereerd.

Louise begon te praten, maar Meg stak haar hand op. 'Er zijn daar wat dingen anders dan de vorige keer dat je er was.'

'Wat bedoel je? Is het plafond naar beneden gekomen? Heeft iemand een bad laten overstromen?'

'Het is iets heel anders. Mam, wil jij niet iets te drinken voor ons gaan halen? Er ligt tonic in de koelkast. Ik zal alles aan Justin uitleggen.'

Louise maakte zich los van de deur en Meg ging naar binnen, op de voet gevolgd door Justin.

Ze begon snel met haar uitleg omdat ze wist dat het niet lang zou duren voordat Justin zou beginnen te schreeuwen. En hoewel ze helemaal niet bang voor hem was – absoluut niet – wilde ze de leiding houden.

'Ik ontdekte dat de deur van de safe niet goed dichtzat.' Ze zag dat Justin schrok, dus ging ze snel verder. 'Ik weet dat we het niet hadden moeten doen – dat ík het niet had moeten doen – maar we hebben de deur opengedaan en zijn de koopakten gaan zoeken. Die hebben we gevonden.'

'Heb je de akten gevonden?' vroeg Justin op normale toon, maar duidelijk stomverbaasd. 'Mijn vader en ik hebben allebei heel goed gezocht.'

'Dat weet ik. Maar het was zo'n enorme chaos. Mijn moeder...' Te laat. Meg vergat dat zij zelf de verantwoordelijkheid had willen nemen. 'Ze heeft alles gesorteerd en vond de akten, die verstopt zaten onder iets anders.'

'Kun je ze aan me geven?'

'Eh... nee. We hebben de deur afgesloten na de vondst van de akten.'

Hij maakte een geërgerd geluid en draaide aan het slot van de kluis om de juiste cijfers in te stellen. De deur ging open. 'Allemachtig! Wat netjes opgeruimd!'

'Zo is mijn moeder. Maar ik neem de volledige verantwoordelijkheid voor het openen van de kluis,' zei Meg vastberaden. 'Kijk, de akten liggen bovenop,' voegde ze eraan toe toen ze de envelop zag liggen.

Justin pakte de envelop en haalde de documenten eruit. 'Dit zijn ze.' Hij keek op. 'Wat zei je ook alweer over de deur van de kluis?'

Op dat moment kwam Louise binnen. Ze droeg een blad met glazen gin, een schoteltje met citroenschijfjes, een bakje met ijsblokjes en twee flessen tonic. 'Wil je ook iets drinken, Justin? Meggy en ik vonden dat we een borrel verdiend hadden.'

'Ik zal iets te knabbelen gaan halen,' zei Meg omdat ze wist dat haar moeder scheutig was met de gin.

Ze rende naar de keuken. Susan was net haar vest aan het dichtknopen en stond op het punt naar huis te gaan. 'Hebben we iets om bij drankjes te presenteren?'

'Er zitten nog wat gebroken pasteibakjes in de trommel,' antwoordde Susan. 'Zal ik blijven om te helpen?'

'Nee, nee,' reageerde Meg automatisch. 'Ik red me wel.'

De bovenste oven van het fornuis was nog heet en ze raspte snel wat kaas over het bladerdeeg, dat ze in nette stukjes had gesneden. Ze bestrooide de stukjes met cayennepeper, waarna ze het bakblik in de oven schoof. Ongeduldig trommelde ze met haar vingers op de keukentafel, alsof ze de tijd sneller wilde laten gaan.

'Weet je zeker dat je geen hulp nodig hebt? Je doet zo gejaagd.' Susan en Cherry bekeken haar nieuwsgierig.

'Het komt wel goed. Ik zal het morgen wel uitleggen,' zei Meg. Waarom was ze zo geagiteerd? Justin leek er niet zo mee te zitten dat ze de kluis hadden geopend. Toch zou ze de een of andere verklaring moeten bedenken.

Toen ze met een blad in haar handen de keuken uit kwam, ontdekte ze dat Justin en haar moeder naar de zitkamer waren verhuisd. Justin zat met zijn benen languit voor zich en een glas in zijn hand op de bank.

'Justin blijft eten,' zei Louise toen Meg haar nood-kaaskoekjes en een schaaltje olijven op een tafeltje naast hem neerzette.

Meg nam een grote slok van haar gin-tonic om te bekomen van de schrik en vergat even hoe sterk haar moeder die drankjes altijd maakte. 'Hoe ben je hier gekomen?' vroeg ze aan Justin.

‘Iemand heeft me een lift gegeven.’

Laura waarschijnlijk, dacht ze. Nee, als Laura hem had gebracht dan zou ze gebleven zijn, dat wist Meg zeker. Ze herinnerde zich weer hoe bezitterig Laura zich had gedragen toen ze Justin terug had gebracht na het ongeluk. Misschien kwam ze hem dan ophalen? Ze besloot resoluut dat ze hem zelf terug zou brengen.

‘Ben je gekomen om naar de akten te zoeken?’ vroeg Louise.

‘Nee, ik ben hier om te vragen of Meg een schwarzwalderkirschtorte voor me wil maken. Er is een verjaardagsfeest morgen. Ik had natuurlijk gewoon kunnen bellen, maar ik vraag nogal wat en daarom vond ik het beter om zelf langs te komen.’

‘Ik heb geen kersen,’ zei Meg, blij dat ze eronderuit kon zonder onbeleefd te lijken.

‘Dat dacht ik wel. Ik heb een paar potten meegebracht, en ook wat kirsch, en redelijk goede chocola. Je maakt zulke lekkere taarten,’ voegde hij eraan toe. ‘Ik heb net een stuk van je jamtaart gegeten.’

‘Je probeert me te paaien, maar ik zal het doen,’ zei ze kort. Ze voelde haar moeder afkeurend in haar richting kijken. ‘Maar ik zou betere taarten bakken, of tenminste sneller een schwarzwalder kunnen maken, als ik een keukenmachine had.’

‘Heb je geen keukenmachine hier?’ Justin fronste zijn wenkbrauwen.

‘Alleen pollepels en een garde.’

‘Heel traditioneel. En ouderwets,’ zei Justin. ‘Ik zal regelen dat er een keukenmachine wordt bezorgd.’ Hij lachte verontschuldigend. ‘Ik weet het, mijn hotel is beter. Dat van jullie is blijven steken in de negentiende eeuw, toen iedereen hetzelfde kookboek had en een strenge kokkin de scepter zwaaide in de keuken, maar een keukenmachine heb je echt wel nodig. We hebben er een paar over.’

Meg probeerde haar glimlach te onderdrukken. ‘Mooi.’

‘En ik zal tegen mijn gast zeggen dat een schwarzwalder niet mogelijk is,’ zei Justin. ‘Ik kan die keukenmachine niet op tijd hier krijgen.’

‘Nee, dat hoeft niet. Ik maak er wel een met de hand.’

Justin dacht even na. ‘Je zou naar mijn keuken kunnen komen en mijn spullen gebruiken. Dan hoeft de taart ook niet met de auto te worden vervoerd en kan er niets mee gebeuren.’

‘Dat lijkt me een goed idee, lieverd,’ zei Louise. Ze had haar glas al voor de helft leeggedronken en zag er een stuk relaxter uit. ‘Er is verder niemand. Morgen verwachten we pas tegen theetijd gasten.’

‘Nee, dank je. Als ik het hier doe, kan ik tussendoor andere dingen doen,’ zei Meg snel. Ze probeerde te bedenken wanneer ze dan precies tijd zou hebben voor andere dingen. ‘Wanneer de taart in de oven staat,’ maakte ze zich ervan af.

‘Kom ’m toch in het hotel maken,’ drong Justin aan.

Aan de manier waarop hij het zei kon ze merken dat hij Nightingale Woods niet geschikt vond voor professionele kook- en bakwerkzaamheden. ‘Nee, echt niet. Ik red me hier prima, dank je,’ antwoordde ze stijfjes.

Ze pakte haar glas en nam nog een flinke slok. ‘Neem een kaaskoekje.’ Ze hield hem de schaal voor.

‘Heerlijk,’ zei hij.

Meg voelde dat hij haar bestudeerde terwijl hij at. Voor ze de schaal aan haar moeder doorgaf, proefde ze zelf een stukje.

‘Oké,’ zei Louise niet veel later. ‘Ik ga omeletten maken voor het avondeten.’

‘Ik dacht dat Megs omeletten zo goed waren,’ reageerde Justin.

‘Dat is ook zo, maar dat heeft ze van mij geleerd.’

Toen ze weg was bleef het een hele poos stil. Meg voelde zich niet geroepen om een beleefd gesprek te beginnen. Tenslotte was ze door haar moeder in deze ongemakkelijke situatie beland. Justin vond het blijkbaar niet nodig om hoe dan ook beleefd te doen.

Meg was de eerste die het opgaf. ‘Ga je de akten naar je vader brengen?’

‘Ja. Hoe eerder die nalatenschap geregeld is, hoe beter. Iedereen moet weer verder met zijn leven, en zolang niemand weet of daar geld voor beschikbaar is, kan dat niet.'

'Je hebt het over je vader en zijn broer?'

Justin knikte. 'Mijn oom heeft... Hij moet dingen afhandelen.'

'Met "dingen" bedoel je schulden?'

Justin lachte cynisch. 'Ja. Dat had ik niet moeten zeggen. Het was nogal ongepast van me.'

'Maar je grootvader zal zijn nalatenschap toch wel eerlijk tussen zijn twee zonen hebben verdeeld?'

Justin haalde zijn schouders op. 'Ik heb hem niet goed gekend, maar hij was behoorlijk eigenzinnig. Als hij niet wilde dat het hotel verkocht zou worden, dan is het best mogelijk dat hij dat aan mijn vader heeft nagelaten en aan Colin het resterende geld.'

'Is dat een eerlijke verdeling?'

'Nee, en als dat zo is zal oom Colin zeker verbolgen zijn. Dus ik moet die akten zo snel mogelijk bij mijn vader zien te krijgen. Het komt goed uit dat ik nog niets kan doen. Ik kan dus zelf naar Frankrijk gaan.'

'Waarom stuur je mijn moeder niet,' vroeg Meg tot haar eigen verbazing. Ze wist niet waar die ingeving vandaan kwam, maar zodra ze het had gezegd, wist ze dat het een goed idee was. 'Ze zal het heerlijk vinden om je vader te zien en jij hebt meer te doen dan zij.'

'Ben je haar in de armen van mijn vader aan het drijven?' vroeg Justin achterdochtig.

'Nee. We weten allebei dat ze al iets met elkaar hebben en dan kunnen ze elkaar weer zien. Stel je voor hoe heerlijk dat voor hen moet zijn, samen in Frankrijk, aan het begin van de zomer.' Ze realiseerde zich opeens dat Justin zich dat misschien niet kon voorstellen omdat hij geen fantasie had.

'Dat is een belachelijk idee,' zei hij hoofdschuddend. 'Jij kunt niet in je eentje alle maaltijden en het kantoorwerk doen, zelfs niet in zo'n rustig hotel als dit.'

‘Natuurlijk kan ik dat,’ zei Meg, die niets erger vond dan te horen krijgen dat ze iets niet kon.

Justin zuchtte. ‘Ik weet niet of ik net zo weg ben van het idee van mijn vader met jouw moeder als jij.’

‘Waarom niet?’

‘Er hebben al eerder vrouwen achter mijn vader aan gezeten. Daar is hij niet gelukkiger van geworden.’

‘Mijn moeder zit niet “achter je vader aan”, zoals je dat zo fijntjes uitdrukt. Ze voelen zich tot elkaar aangetrokken.’

‘Zou Louise zich ook zo tot mijn vader aangetrokken voelen als hij niet toevallig in het bezit was van een mooi landgoed?’

‘Je bent vreselijk bot, maar ik weet dat je dat niet kunt helpen,’ antwoordde Meg tandenknarsend. ‘Blijkbaar is dat een dominante karaktertrek van je. Maar als je bedenkt dat je mijn moeder nauwelijks kent, is het belachelijk dat je zoiets durft te zeggen of te suggereren! En trouwens, het valt nog maar te bezien of dat mooie landgoed in het bezit van je vader komt. Dat hangt helemaal af van je grootvaders testament.’

Tot haar verbazing begon Justin te lachen. ‘Je hebt helemaal gelijk. En als mijn vader en Louise nog steeds van elkaar houden als Nightingale Woods moet worden verkocht, dan hebben ze mijn zegen.’

‘Ik geloof niet dat het aan jou is om zegeningen uit te delen!’ reageerde Meg verontwaardigd.

‘Jij hebt dat anders wel gedaan. Waarom mag ik het dan niet?’

Meg zuchtte. ‘Mijn moeder en ik zijn altijd samen geweest. Ik kan me niet anders herinneren. En we hebben altijd de neiging om elkaar te beschermen. Mijn moeder verdient geen eenzaamheid, maar liefde en veiligheid, die wens ik haar al heel lang toe.’ Ze vertelde er niet bij dat ze iedere cent die ze verdiende opzijlegde om zoveel mogelijk te sparen. En met dat spaargeld zou ze een huis zoeken waar ze samen konden wonen. Een plek die van hen was.

‘Wil je nog wat drinken?’

'Dat doe ik wel,' zei hij, en hij maakte aanstalten om op te staan.

Meg was sneller. 'Laat mij maar. Ik ga nog wat tonic halen.' Zo snel als mogelijk was zonder te gaan rennen, liep ze de kamer uit.

Haar moeder had de open haard in de salon aangestoken en gedekt voor twee op een tafel die ze dichter bij het vuur had geschoven. 'Ik vond het een beetje kil en een haardvuur in de zomer is zoiets speciaals, het heeft iets decadents.'

'Waarom heb je maar voor twee gedekt, mam?' vroeg Meg. 'Je laat me nu niet in de steek, hoor.'

'Ik dacht dat Justin het prettiger zou vinden om samen met jou te eten.'

'Dat zie je in de eerste plaats verkeerd en in de tweede plaats heb ik daar geen zin in! Ik breng hem nog wat tonic en daarna ga ik voor Ambrosine zorgen.'

Justin zat nog steeds in de zitkamer en had een grote gin-tonic voor haar klaargezet toen Meg weer beneden kwam nadat ze Ambrosine haar avondeten had gebracht. Ze maakten altijd een praatje, en Justins aanwezigheid beneden was aanleiding geweest voor wat plagerijtjes en vragend opgetrokken wenkbrauwen.

Tot haar opluchting had ze gezien dat haar moeder nu ook voor zichzelf had gedekt.

'Kom me nog even gezelschap houden,' zei Justin terwijl hij haar het glas aanreikte. 'Ik moet zeggen dat dit een heel gezellige kamer is.'

'En erg stijlvol,' antwoordde Meg. Ze besloot dat het niet haar probleem was hoe Justin terugkwam bij zijn hotel en nam het glas aan. 'Dat spreekt de meer kritische gasten juist zo aan, mensen die willen logeren in een hotel waar ze het gevoel krijgen te gast te zijn in een voornaam landhuis.'

Justin moest lachen. 'Jij hoort niet in de keuken. Je zou advertentieteksten moeten schrijven.'

'Heb je er nog over nagedacht of je mijn moeder naar Frankrijk stuurt met de akten?'

'Na anderhalf glas van dit sterke spul kan ik daar wel mee instemmen, geloof ik.'

De manier waarop hij naar haar glimlachte was echt. Het was alsof de zon van achter een donkere wolk tevoorschijn kwam, dacht Meg. Ze moest het ijzer smeden nu het heet was. 'Als je in zo'n goede bui bent, kan ik je ook wel vragen of je het goedvindt dat we de kleine eenpersoonskamer naast de mooiste slaapkamer laten verbouwen tot badkamer? Hij hoorde bij de grote slaapkamer, dus er is al een verbindingsdeur. Ik kan het aan Bob vragen, je weet wel, de man van Susan.'

'Ik ken Bob mijn halve leven al. Heeft hij het tuinieren eraan gegeven?'

'Niet helemaal, maar sinds kort werkt hij ook als loodgieter. Het zou voor ons zoveel uitmaken als we een kamer met badkamer zouden hebben.' Ze zweeg even. 'Maar misschien wil je niet dat we gaan concurreren met het hotel waar jij werkt.'

Hij bleef goedgehumeurd. 'Ik ben niet bang voor concurrentie en het hoeft niet heel veel te kosten. Dus zeg ik ja.'

'O, dank je wel!' Te laat drong het tot Meg door dat ze niet dankbaar hoefde te zijn. Hij bewees haar geen persoonlijke dienst, maar gaf toestemming voor een goede investering. 'Er zijn vier mooie slaapkamers met aangrenzende eenpersoonskamers die kunnen worden aangepast.'

'Laat die allemaal doen. Waarom niet?'

Meg voelde dat hun onderlinge verhouding aan het veranderen was. Hiervoor hadden ze op voet van oorlog verkeerd, waren ze rivalen geweest. Of liever: Justin was Goliath en zij de kleine David die haar best deed hem te verslaan met alleen een slinger en vijf stenen. Op dit moment waren ze meer bondgenoten. Toch keek ze wel uit om te denken dat er iets wezenlijks was veranderd. Maar het was wel zo rustig om niet voortdurend op haar hoede te moeten zijn.

Haar moeder kwam binnen met het eten. 'De omeletten zijn klaar!

Meggy, ik heb een fles wijn gevonden. Hij staat in de keuken. Wil jij die pakken? En haal je dan ook meteen de aardappelen uit de oven?'

Toen Meg weer aan tafel zat, wilde Justin haar inschenken, maar ze hield haar hand boven haar glas. Hij keek haar aan. 'Ik weet dat je niet wilt rijden als je alcohol hebt gedronken,' zei hij. 'Ik kan Laura vragen om me te komen ophalen.'

Hoewel dat voor Meg de ideale oplossing was, smolt haar goede humeur op de een of andere manier weg door die opmerking. Toch glimlachte ze dapper. 'En? Wanneer wil je die taart hebben?'

'Kan het morgenavond? Ik weet dat ik je ermee overval, maar onze gast rekent erop. Wat een heerlijke omelet is dit, mevrouw Sanderson.'

'Zeg alsjeblieft Louise.'

'Louise, volgens Meg wil jij wel naar Frankrijk gaan om de akten van het hotel naar mijn vader te brengen. Voel je alsjeblieft niet verplicht, maar als het kan, bewijs je me een grote dienst.'

'O, dat zou ik heel graag doen!' antwoordde Louise enthousiast. 'Dat zou echt een uitje zijn. Maar het kan niet. Meg kan niet het kantoor bemannen en ook nog voor alle maaltijden zorgen.'

'Ik heb bedacht dat ik Vanessa kan vragen of ze me komt helpen,' zei Meg. 'Die vindt het vast heerlijk om met een goed excuus een paar dagen weg te kunnen en ergens de baas uit te hangen. Ze vertelde me dat ze thuis niets te zeggen heeft nu haar moeder haar bruiloft aan het regelen is. Het enige wat ze mag, is bedankbrieven schrijven voor de cadeaus die met vrachtwagenladingen tegelijk arriveren.'

'Cadeaus krijgen zou heel leuk moeten zijn,' merkte Louise op.

'Het kan ook te veel van het goede zijn,' zei Meg.

Justin stond op. 'Het was heerlijk, dank je, Louise. Maar nu moet ik eens opstappen. Als je het goedvindt, ga ik even bellen in het kantoortje.'

Hoewel Meg een vreemd gevoel kreeg bij de gedachte dat Laura hem zou komen ophalen, was ze toch even van haar stuk gebracht toen haar moeder aanbood Justin terug te brengen.

‘Dan kan ik een blik op je mooie hotel werpen en hoeft er niemand van zijn werk te worden gehouden.’

‘Dat is erg aardig,’ reageerde Justin. ‘Als je het niet vervelend vindt.’

‘Helemaal niet. Ik ga de autosleutels pakken.’ Louise glimlachte vriendelijk.

Terwijl Meg haar moeder en Justin nakeek die de achterdeur uit waren gegaan en naar de Mini liepen, bedacht ze dat ze blij moest zijn dat hij haar moeder naar Frankrijk stuurde in plaats van zelf te gaan. Misschien was hij maar voor vijfennegentig procent vreselijk en niet voor de volle honderd.

16

De volgende ochtend stond Meg bij het krieken van de dag op. Ze had heel onrustig geslapen en ten slotte stapte ze maar uit bed in plaats van te blijven liggen en te proberen weer in slaap te vallen.

Ze ging naar de keuken, waar ze tot haar verrassing een keukenmachine op de tafel aantrof. Vermoedelijk had haar moeder die meegekregen toen ze Justin thuisbracht. Ze was verrukt. Een recept voor de taart was het enige wat ze nu nog nodig had.

Ze zette theewater op en ging daarna de keukenmachine bestuderen. Er zat gelukkig een lang snoer aan. Ze vroeg zich af waar het dichtstbijzijnde stopcontact was en heel even wilde ze dat ze Justins aanbod om de taart in zijn keuken te maken had aangenomen. Daar waren genoeg stopcontacten. Zijn keuken was modern.

Louise kwam binnen. 'Wat ben jij vroeg op. Kon je niet slapen?'

'Nee, ik maakte me zorgen over de schwarzwalder. Maar kijk eens wat hier staat.' Ze wees op de keukenmachine.

Louise lachte. 'Justin stond erop dat ik die mee zou nemen. Hoewel het al laat was, moest dat arme kind – Laura heet ze toch? – die gaan zoeken. Ik geloof dat ze op hem zat te wachten,' voegde ze er peinzend aan toe.

'Echt? Wat merkwaardig!' Maar omdat Meg daar verder niet over wilde nadenken, bracht ze de taart weer ter sprake. 'Ik zou willen dat ik een recept had. In de kookboeken hier staat er geen. Die zijn allemaal te oud en te Engels.'

Louise trok een gezicht. 'Vind je het niet aardig van Justin dat hij een keukenmachine voor jou meegeeft?'

Meg besefte dat ze op haar kop kreeg omdat ze niet dankbaar was. 'Jawel. Natuurlijk heeft hij er zelf profijt van dat ik nu over een keukenmachine beschik, maar bedankt dat je haar hebt meegebracht, mam.'

'Ik denk dat Justin ondanks al die bravoure gewoon een aardige man is.'

'Vast wel. En dat vindt Laura zeker ook.' Meg realiseerde zich dat er geen logica in haar gedachten over Laura zat, en dat gold ook voor haar gevoelens voor Justin. Ze zou gewoon die taart bakken en verder niet meer aan hem denken. 'Waar vind ik een stopcontact voor de stekker van de keukenmachine?'

'In de oude melkkelder. Daar staat ook een reservekoelkast. Dat weet je toch wel?' Haar moeder keek haar aan alsof ze niet goed bij haar hoofd was omdat ze daaraan herinnerd moest worden.

'Mooi, dat was ik vergeten.'

'En bel Justin even voor een recept. Dat heeft hij vast wel, anders had hij geen schwarzwalder aangeboden aan zijn gast.'

'O, dat zal wel lukken. Ik heb het een paar keer gegeten, dus ik kom er wel uit. Misschien vetarme cake? Wat denk jij? Of wordt dat te ingewikkeld? Ik denk dat ik een recept ga gebruiken voor goede chocoladecake, met veel amandelmeel en cacao. Ik heb er ook wel eens een geproefd van Fortnum en die had een bodem van koekdeeg.'

'Gaat het wel goed met je? Heb je soms hoofdpijn?'

'Alles in orde, echt. Het is alleen die verdraaide taart.'

Louise fronste haar wenkbrauwen. 'Je voelde je gevleid door Justins verzoek en nu heb je er spijt van.'

Meg ontspande enigszins en glimlachte. 'Je slaat de spijker op de kop.'

'Maak je geen zorgen. Het gaat je prima lukken. En tijdens de rit naar zijn hotel gisteren zei hij dat hij het goedvindt dat we dingen opknappen of repareren, zolang het maar niet te veel gaat kosten.'

Meg reageerde met een flauw glimlachje. 'Kunnen Susan en jij voor het ontbijt zorgen? Ik moet uitzoeken hoe die keukenmachine werkt.'

Meg vond de keukenmachine geweldig en dat had een verwarrende uitwerking op haar mening over Justin.

Ze had drie lagen luchtige chocoladecake gebakken en die stonden nu af te koelen. Daarna zou ze de cakes horizontaal doorsnijden en omtoveren tot een bouwwerk van chocolade, slagroom en kersen. Eén laag wilde ze achterhouden voor hun eigen dessertwagen. Daar zou ze fruit en slagroom op doen om er hun eigen dinergasten mee te verleiden.

Omdat ze nu toch een keukenmachine had maakte ze meringues, chocolademousse, meringuebodems en een schuimtaart waarvoor ze het oude recept van madame Wilson gebruikte: een bevroren taart die bestond uit lagen gebroken meringue, slagroom en vruchten.

De schwarzwalder was eindelijk klaar. Hij had een bodem van koekdeeg en was opgebouwd uit lagen met kirsch besprenkelde chocoladecake; de vulling en garnering bestonden uit slagroom en kersen en het geheel was bestrooid met geschaafde chocolade. Meg schreef in een begeleidend briefje dat iemand voordat de taart werd opgediend slagroom moest kloppen om de zijkant mee te bestrijken en er nog wat chocolade over moest schaven. Dat had ze zelf wel willen doen, maar ze was bang dat de taart dan niet ongeschonden naar het andere hotel vervoerd kon worden.

Louise kwam de keuken binnen om te zien hoe het ging. 'Dat is fantastisch, lieverd! Hij ziet er verrukkelijk uit, als een taart uit een Franse *pâtisserie*.'

'Zo ver zou ik niet willen gaan,' antwoordde Meg, 'maar hij smaakt lekker. Het leek me niet goed om een taart te sturen zonder te weten hoe hij smaakt.'

'Dat is waar. Ik proef mijn stukje na het avondeten. Maar hoe ga je hem bij Justin bezorgen?'

'Daar hebben we niets over afgesproken, maar misschien kun jij hem brengen? Je weet nu hoe je moet rijden.' Natuurlijk wist ze dat ze Justin moest bellen om het hem te laten regelen, maar dat wilde ze eigenlijk niet.

'Er komen gasten en ik moet hier zijn om ze te verwelkomen,' antwoordde Louise.

'En ik moet hier zijn om voor ze te koken.'

'Bel Justin maar, dan kan hij zelf een oplossing bedenken,' zei Louise streng. Waarschijnlijk kon ze Megs gedachten lezen.

Meg wachtte tot het moment dat de lunch in volle gang zou zijn, zodat ze een boodschap kon achterlaten bij de receptie van het hotel in Newton-cum-Hardy. Ze gaf ook door dat de taart nog niet helemaal gedecoreerd was. Daarna zette ze het van zich af en begon aan de taarten en desserts voor hun eigen middagthee en diner.

Tenminste, dat was de bedoeling. Maar telkens als er iemand de keuken binnenkwam, sloeg haar hart een slag over omdat ze dacht dat het Justin was.

Er waren onverwacht veel dinergasten en Meg had net Susan naar de eetzaal gestuurd met de laatste hoofdgerechten toen Justin en Laura binnenkwamen.

'Justin wilde zien of de taart aan de verwachtingen voldoet,' begon Laura. 'Daarom heb ik hem meegebracht. Het zou handiger zijn geweest als je eerder had gebeld, Meg. Maar misschien had je de taart net pas klaar. Ik was trouwens bang dat we te veel van je vroegen, nietwaar, Justin?'

Justin knikte.

'Hij heeft last van zijn been,' ging Laura verder. 'Ik had die taart zelf kunnen maken, ik heb een opleiding. En ik vermoedde dat je geen recept zou kunnen vinden, maar Justin dacht dat dit hotelletje een klus goed kon gebruiken!' Ze zweeg even. 'En, waar is de taart?'

'Kom maar mee,' zei Meg, en ze ging hun voor naar de melkkelder. 'Bedankt voor de keukenmachine. Ik zal haar even afwassen, dan kun je haar mee terug nemen.'

'Hou maar. Wij kunnen die wel missen,' antwoordde Justin.

'Ontzettend bedankt. Dat komt zo goed uit.' Meg dwong zichzelf om dat te zeggen. Ze wilde niet bij hem in het krijt staan, maar ze had ook geen zin om het apparaat terug te geven.

'Weet je zeker dat we die niet nodig hebben?' informeerde Laura.

'Heel zeker,' antwoordde Justin kalm. 'Laura, wil jij de taart naar het hotel brengen? Ik heb hier nog wat te bespreken.'

Heel even leek het alsof Laura wilde tegensputteren. 'Goed. Ik zal zorgen dat de taart er goed uitziet door de finishing touch voor mijn rekening te nemen.' Ze glimlachte naar Meg. 'Ik heb een cursus taartdecoratie gedaan. Bel maar wanneer je wilt worden opgehaald, Jussy... Justin!' zei ze, en weg was ze.

'Ik moet het met jullie hebben over Louises reis naar Frankrijk en de planning daarvan. En daarna wil ik graag de kamers zien die jullie willen opknappen. We moeten zeker weten dat we ons goede geld niet besteden aan kamers die het niet waard zijn.'

'Volgens mij is er in jaren geen geld besteed aan die kamers, goed of slecht,' reageerde Meg.

Hij knikte. 'Maar het kan zijn dat het de moeite niet is om te proberen die kamers te moderniseren. Misschien moet het huis wel worden verkocht.'

Diep in haar hart wist Meg dat ook wel, maar ze probeerde dat zoveel mogelijk weg te stoppen. Het idee dat dit mooie huis in handen zou komen van mensen die er niet zo van zouden houden als de huidige bewoners was onuitstaanbaar. Ze dacht aan Susan en Bob en hun kinderen die allemaal liefdevol en loyaal hun steentje bijdroegen aan het draaiend houden van Nightingale Woods, ook omdat hun voorouders al zo lang deel hadden uitgemaakt van dat huishouden. Zou een nieuwe eigenaar dat begrijpen? Om te beginnen zouden ze Ambrosine het huis uit zetten.

'Ik zal je de kamers laten zien. Waarschijnlijk heb je begeleiding nodig van iemand met verbeeldingskracht en creatieve ideeën.'

'Want jij denkt dat ik daar niet over beschik?'

'Niet wat dit hotel betreft, nee.' Meteen daarna wilde ze dat ze dat niet had gezegd, maar ze was nou eenmaal niet iemand die haar mening onder stoelen of banken stak.

'Vannacht logeren er gasten in de kamers, dus ik verwacht dat ze al zijn schoongemaakt. Susan is heel efficiënt. Zodra ze klaar is met de eetzaal gaat ze de slaapkamers doen. Ze neemt nauwelijks de tijd voor een kop thee.'

Ze liepen de trap op en Meg ging hem voor naar de mooiste slaapkamer, die met het verbluffende uitzicht over de tuinen en de velden daarachter. Het behang met de bloemen en de vogels was prachtig en leek wel een muurschildering. De meubels waren antiek en roken naar bijenwas. Er moest nodig worden geschilderd, de gordijnen en de kussens waren aan vervanging toe en misschien moest de stoel opnieuw worden gestoffeerd. Maar toch had de kamer vreselijk veel charme. Meg zag het helemaal voor zich: de dame des huizes in bed, een dienblad met haar ontbijt naast zich. Ze lag haar post te lezen, piekerde welke uitnodiging ze zou aannemen en wie ze voor haar volgende feestelijke diner zou uitnodigen. Natuurlijk vertelde Meg dat niet aan Justin.

'Ik ben dol op dit schilderij,' zei ze in plaats daarvan. 'Een meisje dat met haar hond speelt en op de achtergrond de bossen.'

'Dat zijn de Nightingale Woods,' reageerde hij. 'Die waren in die tijd veel uitgestrekter. In de loop der tijd zijn er grote delen van het bos vervangen door landbouwgrond. Vergeleken met vroeger zijn de bossen een stuk kleiner.'

Meg schoof een eindje van hem vandaan, ervan overtuigd dat ze zijn adem in haar nek voelde. Daardoor viel het haar zwaarder om gewoon door te blijven ademen.

'Ik vind deze kamer net een mooi oud schilderij,' zei ze. 'Het moet worden schoongemaakt en er kan misschien een nieuwe lijst om, maar toch is het nog altijd een prachtige voorstelling.'

'Dat zeg je heel poëtisch, Meg, voor zo'n praktisch iemand als jij.'

'Ik ben inderdaad praktisch ingesteld,' zei ze kordaat, vooral om zichzelf te overtuigen. 'Ik had niet veel keus, denk ik, maar dat betekent niet dat ik niet dichterlijk kan zijn.' Meteen had ze spijt van haar openhartigheid. Hij had niets te maken met haar zielenroerselen.

'Wat deze kamer betreft ben ik het met je eens. Hij is prachtig. In mijn jeugd kwam ik hier nauwelijks omdat het een kamer was voor de gasten, maar hij heeft inderdaad veel charme. Waar is de deur naar de kleine slaapkamer, die heel vroeger een kleedkamer was?'

'Achter deze grote spiegel,' zei Meg. 'De deur is een beetje provisorisch geblokkeerd.'

'Laten we eens kijken wat er achter die deur is.'

'Dit is geen heel grote kamer,' zei hij toen ze in de eenpersoonskamer stonden, 'maar hij is beslist groter dan een badkamer.'

'Groter dan de badkamers in jouw hotel, bedoel je.'

Hij moest even lachen, want ze had een punt. 'Ik geloof dat je gelijk hebt.'

'Maar jouw hotel is over het algemeen veel efficiënter ingedeeld,' zei Meg. 'Laten we naar de andere slaapkamers gaan kijken. Het zou goed zijn als we Bob snel aan het werk kunnen zetten, zodat er tenminste één klaar is.' Ze dacht aan het toneelstuk dat misschien kon worden opgevoerd in de tuin en vroeg zich af of ze Justin daarover kon aanspreken.

'Wat zit je dwars?' vroeg hij terwijl ze naar de volgende kamer liepen.

Blijkbaar voelde hij aan dat ze ergens op broedde en dat irriteerde Meg, maar ze had er ook een hekel aan om iets verborgen te houden, dus besloot ze dat ze Justin net zo goed alles kon vertellen.

‘Herinner je je David? Hij heeft een vriend die misschien *Een midzomernachtdroom* wil laten opvoeren in de tuin. Dat zou een volledig bezet hotel kunnen opleveren, maar dan willen we wel dat de kamers piekfijn in orde zijn.’ Ze zweeg even. ‘Er is een kans dat Dame Miriam Twycross meespeelt.’

Justin leek onder de indruk. ‘Allemachtig. Ik ben een complete onbenul op theatergebied, maar mijn vader is een groot bewonderaar van haar.’ Hij dacht even na. ‘Maar waarom zou ze willen optreden bij iemand in de tuin?’

‘Dat heet openluchttheater! Denk aan Glyndebourne! Maar ook als ze niet komt, is zoiets geweldig voor het hotel. Zo’n voorstelling levert gratis publiciteit op. De landelijke pers zou er zelfs aandacht aan kunnen besteden! We zouden picknickmanden kunnen aanbieden, dinergasten ontvangen…’

‘Maar als het nou regent?’

‘Er wordt met alles rekening gehouden,’ zei ze, Davids woorden naar alle waarschijnlijkheid letterlijk herhalend. ‘Maar stel je voor dat zo’n opvoering een reële mogelijkheid is, dan zou het toch vreselijk zijn om zo’n kans te laten lopen omdat Miriam Twycross geen kamer met bad kan krijgen?’

‘Je hebt veel overtuigingskracht,’ zei hij lachend. ‘Oké, vraag Bob maar of hij eraan kan beginnen zodra hij tijd heeft. Nu moet ik met Louise gaan praten over de reis.’

‘Ze is in het kantoortje, en anders is ze in de tuin om bloemen te plukken voor in de kamers.’

‘Verse bloemen in de slaapkamers?’

Meg knikte. ‘Uit eigen tuin. Veel leuker dan anjers die nooit verwelken en dat witte spul met die kleine bloemetjes,’ reageerde ze. Het was een beschrijving van de boeketjes die ze in zijn hotel had gezien.

‘En gratis,’ vulde Justin aan.

‘We weten dat we in Nightingale Woods elke penny moeten omdraaien.’

Hij veranderde van onderwerp. ‘Waarschijnlijk heb je gemerkt dat ik geen last meer heb van mijn enkel. Ik sta dus weer in de keuken, en vanaf morgen kan ik weer motorrijden. En hoewel Raoul erg onder de indruk was van je desserts, heeft hij onze patissier opdracht gegeven daar weer mee aan de slag te gaan.’

‘O, dat is mooi.’ Toch was ze een beetje teleurgesteld, alsof ze zijn bezoekjes zou gaan missen. Wat mankeerde haar toch?

Ze liep achter hem aan de trap af, maar beneden bleef hij plotseling staan, zodat ze bijna tegen hem op botste. Hij greep haar arm om haar in evenwicht te houden. ‘Maar hij zei ook dat jouw profiteroles veel lekkerder waren dan die van de patissier.’

Omdat Meg op de eerste tree stond, was ze nu even groot als Justin. Ze stonden oog in oog en ze voelde dat hij haar wilde kussen. Ze wilde hem ook kussen. Maar Laura was er ook nog. Laura had een troetelnaam voor hem en ze was duidelijk meer dan een receptioniste.

Ze slikte en draaide haar hoofd weg. Hij deed een stap achteruit en het moment was voorbij.

Nog lang nadat Justin met Louise had gesproken en naar zijn hotel was gebracht door Cyril, Susans neef, vroeg Meg zich af wat er zou zijn gebeurd als ze niet aan Laura had gedacht. De gedachte bleef haar nog lang bezighouden.

17

Meg kon het niet helpen dat ze zich wat eenzaam voelde toen ze een paar dagen later haar moeder uitzwaaide. Louise werd in de Mini naar het station gebracht door Cyril, die nu de officiële hotelchauffeur was en regelmatig gasten ophaalde van het station. Daarnaast hielp hij mee in de tuin.

Ze zou het prima redden zonder haar moeder, dat wist Meg. Al Susans familieleden stonden klaar om te komen helpen als het nodig was en er waren niet veel boekingen. Bob zou vandaag beginnen aan de nieuwe badkamers en ze had contact gehad met Vanessa, die had beloofd morgen te komen.

Geholpen door Susan had ze het ontbijt verzorgd, en daarna had ze de rekening klaargemaakt voor de vertrekkende gasten. Die waren vol lof geweest over het eten en de 'aparte' inrichting. Het woord 'apart' had haar niet aangestaan. Voor haar gevoel stond dat voor zoiets als 'ouderwetse tearoom' en 'namaakantiek'. Met dat woord verwezen de mensen haar hotel naar de prullenbak.

Maar ze kon er niet echt iets tegen inbrengen. 'Apart' kon ook 'anders dan anders' betekenen en dat was nou eenmaal het geval met Nightingale Woods.

Meg was door Susan de keuken uit gestuurd en ze was in het kantoortje toen de telefoon ging. Het was Vanessa, die, afgaand op alle achtergrondgeluiden, vanuit een telefooncel belde.

'Ga alsjeblieft niet zeggen dat je niet komt!' zei Meg.

'Nee, nee, ik ben onderweg. Maar ik heb mijn moeder bij me. Ze wil op bezoek bij vrienden van haar die in de buurt wonen en het is mogelijk dat ze in Nightingale Woods wil logeren!' Vanessa liet een stilte vallen en Meg raakte meteen in paniek. 'Maar het is maar voor één nacht, als ze al wil blijven,' voegde ze er snel aan toe.

Dit was rampzalig. Ze waren in geen enkel opzicht voorbereid op een gast als Lady Lennox-Stanley. 'Maar Bob is net begonnen aan de badkamer bij de beste kamer!' jammerde Meg.

'Het spijt me ontzettend, Meg! Ik heb geprobeerd haar tegen te houden, maar ik geloof dat ze papa wil ontlopen. Die windt zich nogal op over de rekeningen voor de bruiloft, hoewel hij ze prima kan betalen.'

'Oké. En hoe laat arriveren jullie, denk je?' Ofwel: hoeveel tijd had ze nog om een slaapkamer in orde te maken?

'O, nog lang niet!' antwoordde Vanessa luchtig, zich niet bewust van de stress die haar moeders bezoek Meg bezorgde. 'Mama wil eerst koffiedrinken met het ene vriendenstel en dan lunchen met het andere. Maar als we er bijna zijn, zal ik proberen te bellen. We zijn in elk geval tegen etenstijd bij je.'

'En theetijd? Zal ik wat eclairs maken?'

Vanessa dacht even na. 'Wat ze echt lekker vindt, is meringue.'

'Dan doe ik dat. Dank je dat je me hebt gewaarschuwd, Nessa, dat stel ik op prijs.'

'O! Nou vergeet ik toch bijna te zeggen dat David me gisteravond heeft gebeld. Hij en zijn vriend de regisseur komen ook vandaag.'

'Lieve hemel! Waarom heeft hij me zelf niet gebeld om dat te vertellen?'

'Dat heeft hij blijkbaar wel gedaan, maar er werd niet opgenomen en daarom heeft hij mij gebeld. Het spijt me alleen dat… O, ik moet ophangen! Tot straks!'

En weg was Vanessa.

Nog in shock liep Meg de keuken in. Susan, die de keukentafel aan het schrobben was, keek op. 'Je kijkt alsof je een spook hebt gezien.'

Meg lachte als een boer die kiespijn heeft. 'Nee, maar ik ben bang dat de spoken in aantocht zijn! Mijn vriendin Vanessa, die komt helpen terwijl mijn moeder in Frankrijk is…'

'Ik heb met haar kennisgemaakt.'

'Nou, ze belde net om te zeggen dat haar moeder meekomt. En ik moet echt een goede indruk maken op haar moeder. Het is min of meer aan haar te danken dat we badkamers krijgen. Maar als ze nu komt, heeft ze geen privébadkamer. Bob is tenslotte net begonnen.'

'Ga zitten, Meg, en hou op met te doen alsof dit een noodtoestand is,' zei Susan terwijl ze de ketel naar het hete gedeelte van het fornuis schoof.

'En David, mijn vriend die hier een toneelstuk wil laten opvoeren, komt ook vandaag, samen met zijn vriend de regisseur. Op hem moet ik ook een verpletterende indruk maken!' Haar moeder was nog maar een paar uur weg of ze was al in paniek.

'Maak je niet druk! Het eerste wat je moet doen is voor de zekerheid een kamer boeken voor Vanessa's moeder in dat grote hotel waar Justin werkt. Als ze zich te goed voelt om bij ons te logeren, kan ze daarnaartoe. Om te beginnen stel ik voor dat mevrouw de Gele kamer betrekt. Die ligt naast een badkamer waarvan zij het exclusieve gebruik krijgt. Misschien is ze daarmee al tevreden.'

Susan noemde de kamers nog steeds bij de namen die op het bellenbord stonden, hoewel er al heel lang niemand meer een bel had laten rinkelen.

'De twee mannen moeten genoegen nemen met de kamers die we voor hen klaarmaken. Ik zal zo direct aan Bob vragen of hij spullen nodig heeft. Misschien moeten we Cyril met een lijst naar de winkel met bouwmaterialen sturen.'

'En een loodgieter inhuren...'

Susan zei pas weer wat nadat ze even een gespannen stilte had laten vallen. 'Mogelijk komt het nog zover.' Toen vermande ze zich. 'Heb je al ontbeten? Ik heb thee en geroosterd brood voor je, jongedame. Of kan ik je verleiden met een gekookt eitje? Problemen lijken een stuk minder groot na een goed ontbijt.'

Cherry, die net klaar was met het opruimen van de eetzaal, kwam de keuken binnen en ging ook aan tafel zitten. Ze kreeg het hele verhaal te horen en knikte. 'Ik heb nog een kanten kapje dat ik op zou kunnen zetten,' zei ze. 'Ik kreeg het van Ambrosine. Ze had het op zolder gevonden. Het is heel mooi. Als Vanessa's moeder een dame uit "de betere kringen" is, dan hecht ze daar waarschijnlijk waarde aan.'

'Lady Lennox-Stanley heeft heel ouderwetse ideeën en een kanten kapje zal ze zeker op prijs stellen,' reageerde Meg, die zich al een stuk vrolijker voelde nu ze aan haar tweede geroosterde boterham zat.

'Wat fijn om David weer te zien,' ging Cherry verder. 'Hij was erg aardig en ik verwacht dat zijn vriend de regisseur dat ook is.'

'Denk je dat we voor hen ook een kamer in Justins hotel moeten boeken?' vroeg Meg aan Susan.

Die haalde haar schouders op. 'Mannen zijn niet zo fanatiek als vrouwen als het op een badkamer aankomt, is mijn ervaring.'

'Eén kamer dan maar,' zei Meg. 'We willen tenslotte ook niet dat we er voor moeten betalen. Ik ga het dan maar regelen.'

'En ik zal tegen Bob zeggen dat hij moet opschieten. Cherry? Begin jij alvast aan de Gele kamer? Die is niet zo mooi als de Blauwe, waar de badkamer komt, maar het is niet anders. Meg plukt later wel bloemen voor die kamer.'

Meg, die op weg was naar de keukendeur, bleef staan. 'Mijn moeder doet altijd de bloemen.'

'Dat zul jij vandaag moeten doen, Meg! Zet nou maar je beste beentje voor. We redden het wel, dat weet je. Over wat we met het diner moeten serveren kunnen we het later hebben. Ik zal Sam vragen of hij nog wat bijzonders heeft. We moeten iets lekkers hebben voor David. Hij houdt van goed eten.'

Sam was de slager en hij was familie van Susan, zoals bijna iedereen in omgeving. 'Schiet nou maar op,' zei ze tegen Meg met een wegwuivend gebaar. 'Ga die kamer boeken, pluk bloemen en wij doen de rest. Totdat het tijd is om te gaan koken natuurlijk.'

Sam had voor hen varkenslende die hij in escalopes had gesneden, en hij toverde ook nog een mooie zalm tevoorschijn, die door Meg werd gepocheerd. Meg wist dat David een stevige runderstoofpot in elk jaargetijde op prijs stelde, maar Vanessa's moeder zou dat zeker niet doen. Er waren nog nieuwe aardappelen in de tuin die er prima mee combineerden.

Iedereen deed hard zijn best om alles in orde te krijgen. Cyril was erbij gehaald om te helpen. Hij haalde de aardappelen uit de grond, sjouwde materiaal voor Bob en haalde spullen voor hem op, zelfs een wc bij de zaak met bouwmaterialen, wat hem de onderscheiding 'goeie vent' opleverde van Susan. Daar kreeg hij een beetje een kleur van.

Meg werkte als een bezetene. Het lukte haar om een stel leuke boeketten samen te stellen in vazen die ze op strategische plekken neerzette, waarna ze, geholpen door de keukenmachine, meringues en chocolademousse maakte voor het dessert. Ze was nog niet door haar takenlijst heen toen ze een auto hoorde. Haar hart begon te bonzen. Het idee dat ze met Vanessa's moeder zou moeten converseren terwijl ze nog niet klaar was met de voorbereidingen voor het diner benam haar alle moed.

Tot haar verbazing was het Justin die de keuken binnen kwam vallen. Aan de ene kant was dat een opluchting, maar aan de andere kant raakte ze daardoor nog gestrester omdat ze bang was een grote blunder te begaan doordat hij kon zien hoe amateuristisch ze bezig was. Maar ze was ook blij om hem te zien, wat ze tegenover zichzelf niet wilde bekennen.

'Wat doe jij hier?' Ze stond komkommer te schaven waarmee ze namaakschubben zou maken voor de zalm.

'Laura vertelde me dat je een kamer hebt geboekt in het hotel en ik vroeg me af waarom,' zei hij enigszins nieuwsgierig.

'Vanessa's moeder komt onverwacht logeren,' legde Meg uit. 'Ze wil een privébadkamer en die hebben we nog niet. De kamer bij jullie is geboekt voor het geval ze niet hier wil blijven.'

'Lieve hemel. En heb je veel gasten? Dat is namelijk een heel grote zalm.'

'Een paar. David en zijn vriend die openluchttheater regisseert, en Vanessa en haar moeder.'

'Dat zijn veel onverwachte gasten, vooral nu Louise weg is. Heb je hulp nodig? Zal ik je zalm opmaken? Dan heb jij tijd om iets anders te doen.'

Meg opende haar mond om nee te zeggen, maar op dat moment kwam Cherry net binnen. 'Ha, Justin! Kom je ons helpen? Dat kunnen we goed gebruiken, hè, Meg?'

'Ja,' gaf Meg toe, hoewel ze wel door de grond kon zakken.

Ook Susan dook op en die was zo mogelijk nog vriendelijker tegen Justin dan Cherry. Meg vroeg zich af wat er zou gebeuren als ze hardop zou verkondigen dat hij haar bijna had gekust. Zouden ze zich dan anders gaan gedragen tegen hem? Hij had zich trouwens ingehouden, dus ze zei niets. Dat hij het hotel wilde verkopen had ze hun ook niet verteld.

Susan grapte even wat met Justin, waarna ze zich omdraaide naar Meg. 'Ik heb de lakens op het bed nog een keer gestreken en hoewel ik je boeketten niet geweldig vind, ziet de kamer er toch heel leuk uit.'

Waar was Lizzie als je haar nodig had? Meg dacht aan haar hartsvriendin, die geweldig was met bloemen. 'Cherry, kun jij goed bloemen schikken?'

'Nee, maar Ambrosine wel. Waarom vraag je het haar niet?'

'Goed idee,' zei Meg. Snel ging ze op weg naar boven. Alles leek altijd weer zonniger als ze even met Ambrosine had gesproken.

Ambrosine was van harte bereid om een paar mooie boeketten te maken van de bloemen voor Lady Lennox-Stanleys kamer en Meg zei dat ze haar de bloemen zou brengen. Ze stemde er ook in toe om te komen dineren in de eetzaal en haar kolonel uit te nodigen. 'Dan lijkt het of we meer gasten hebben dan eigenlijk het geval is,' legde Meg uit. 'Bovendien ziet Vanessa's verwaande moeder dan dat ze niet de enige gedistingeerde gast is in ons hotel.'

Ambrosine lachte. 'Ik zal zo gedistingeerd mogelijk komen opdraven, dat beloof ik.'

'Mijn vriend David komt ook, met een bevriende regisseur. Ze willen *Een midzomernachtdroom* gaan opvoeren in de tuin.'

'Ik heb hem ontmoet, de vorige keer dat hij hier was. Geweldige vent. Maar lieve hemel, Meg! Shakespeare in de tuin? Hoe verzinnen ze het. Maar toch een ontzettend leuk idee, hoor. Enfin, breng me die bloemen nou maar, dan zal ik zien wat ik voor je kan doen. En mag ik voorstellen dat je een jurk aantrekt? Je wilt je gewichtige gast toch niet verwelkomen in een verwassen ruitjesbroek en koksjas?'

Meg ging in de tuin op zoek naar meer witte bloemen, want daar had Ambrosine om gevraagd. Ze had een armzalige arm vol toen ze een auto hoorde. Toen ze de hoek om liep, zag ze Davids auto over de oprit komen aanrijden.

Hij was er! Ze was zo blij en opgelucht dat ze de paar bloemen die ze had geplukt in de heg gooide en naar hem toe rende om hem te begroeten.

Hij stapte uit en nam haar in zijn armen. 'Meggy! Wat is er aan de hand?'

Meg sloot haar ogen in de wetenschap dat ze een bondgenoot had die ervoor zou zorgen dat alles in orde kwam. Toen ze haar ogen weer opende zag ze Justin die haar met een kille blik aankeek. David liet haar los.

‘Mag ik jullie aan elkaar voorstellen? Justin, dit is David, een oude vriend van me uit Londen die nu in Frankrijk woont.’

‘We hebben elkaar al ontmoet.’

Dat ze dat vergeten was! Meg kon zichzelf wel een klap voor haar hoofd geven.

‘En laat me jullie voorstellen aan Russell,’ zei David toen zijn passagier uit de auto stapte. ‘Russ, dit is nou Meggy, over wie ik je heb verteld. Russell wil een toneelstuk laten opvoeren in de tuin.’

Russell lachte. Hij was knap, goedgekleed en het ontbrak hem niet aan zelfvertrouwen. ‘Meg, wat heerlijk om je te ontmoeten. David heeft me uitentreuren verteld hoe goed je kunt koken.’ Vervolgens richtte hij zich tot Justin.

Het was alsof ze naar twee honden keek die probeerden in te schatten of ze zouden gaan vechten. Justin had nog steeds een humeurige blik, maar daar leek Russell zich niets van aan te trekken. Het duurde maar een paar seconden, en toen gaven ze elkaar een hand. Toch begreep Meg niet goed waarom Justin zo ijzig deed.

‘Kom binnen, allemaal,’ zei ze. Ondertussen wenste ze dat haar moeder er was, hoewel ze ook blij was dat alleen zijzelf Lady Lennox-Stanley hoefde te trotseren.

‘Is het te vroeg voor alcohol?’ informeerde David. ‘Ik heb op de boot een paar flessen Monbazillac gekocht en die wil ik dolgraag proeven.’

‘Het is vier uur, David,’ antwoordde Meg. ‘Maar als jij niet als een beschaafd mens tot zes uur kunt wachten met een drankje, dan moet je je door mij niet laten tegenhouden. Maar doe het snel, want het zal niet lang duren of Vanessa en Lady Lennox-Stanley zijn er ook.’

‘Ik kan maar beter gaan,’ zei Justin. ‘Mijn aanwezigheid is hier duidelijk te veel.’

‘Wat bedoel je?’ vroeg Meg. Ze wilde niet dat hij bleef, want het kwam nogal onhandig uit dat hij er was, maar ze wilde ook weten waarom hij zo humeurig was, zelfs voor zijn doen.

‘Ik heb de zalm opgemaakt en je vrienden zijn er nu om je bij te staan.’ Hij ontspande een beetje. ‘Hoewel ik moet bekennen dat ik nieuwsgierig ben naar die Lady Hoe-heet-ze-ook-alweer?’

‘Het kan zijn dat ze in jouw hotel opduikt,’ reageerde Meg.

‘Ik moet nu echt terug naar het hotel. Raoul is daar nu, hij wilde de keuken een poosje voor zichzelf.’

‘Hij wil niet dat je zijn geheime recepten steelt,’ zei Meg ernstig.

Justin lachte en dat was ook de bedoeling. ‘Dat zal het zijn. Goed, dan ga ik maar.’

Toen hij wegliep naar de plek waar hij zijn auto had geparkeerd, viel het Meg op dat hij nog steeds een beetje hinkte.

18

'Vertel eens,' begon Russell. 'Waarom was die Justin zo op zijn hoede?' Ze bevonden zich in de salon die er tot Megs genoegen bijzonder aantrekkelijk uitzag. De avondzon scheen door de ramen van de tuindeuren en vulde de kamer met een zacht licht dat de geboende vloer en het meubilair deed glanzen. Door de open ramen kwam een briesje dat de geur van de blauweregen mee naar binnen voerde, die zich mengde met die van het grote boeket dat iemand – het moest Ambrosine wel zijn – op een tafel had gezet.

Meg slaakte een zucht. 'Ik weet het echt niet. Als het aan hem ligt wordt het hotel verkocht, maar hij is ons de laatste tijd erg tot steun, dus ik weet het gewoon niet. Van nature is hij slechtgehumeurd, uiteraard. Zo veel koks zijn humeurig.' Maar wanneer hij niet kribbig was, kon hij heel aardig zijn. En dan was er nog dat moment dat hij haar bijna had gekust. Dat achtervolgde haar in haar dromen.

'Jij bent de uitzondering op die regel,' zei David terwijl hij naar het buffet liep op zoek naar glazen. Hij schonk in uit de fles die hij had meegebracht. 'Nou, wat vinden jullie hiervan? Is dit geen godendrank?'

Iedereen nam een slokje. 'Verrukkelijk,' beaamde Meg. 'Ik vraag me af of ik daar een gelei mee zou kunnen maken. Of zou het te zoet zijn voor syllabub?' Omdat ze zag dat David haar vragend aankeek, ging ze verder. 'Ik heb een paar keer desserts en taarten voor Justins hotel gemaakt. Hij vertelde me dat ze daar een dessertwagen hadden. Die kende ik natuurlijk wel, maar ik had er niet aan gedacht om die hier ook te gebruiken, maar dat hebben we nu gedaan en het bevalt goed.'

Ze stond op. 'Kan ik jullie nu alleen laten? Ik moet gaan kijken wat er in de keuken gebeurt voordat Vanessa en haar moeder arriveren.'

'Ik denk dat we onze glazen meenemen naar de tuin,' zei Russell. 'Ik wil kijken waar we het toneelstuk zouden kunnen opvoeren.'

'Goed idee,' zei David. 'Dan neem ik de fles ook mee.'

'Ik moet zeggen dat Justin bijzonder behulpzaam is geworden,' zei Susan zodra Meg in de keuken kwam. 'Hij heeft alle escalopes, of hoe je die dingen die je door ei en broodkruimels haalt ook noemt, al voorbereid en ook een grote schaal slagroom geklopt zodat je die petieterige meringues die je hebt gemaakt kunt vullen. Wat een muizenhapjes.'

'Wat fijn dat hij zich nuttig heeft gemaakt,' zei Meg, die er blij om was, maar er ook een beetje zenuwachtig van werd. 'David en zijn vriend Russell, die me erg aardig lijkt en zich echt als een acteur gedraagt, je begrijpt me wel, wandelen door de tuin op zoek naar een plek waar het toneelstuk kan worden opgevoerd.'

'Toneel in de tuin? Wat zullen we nog meer beleven?' reageerde Susan. 'Maar wacht eens, ik geloof dat er nog oude foto's zijn van de familie die toneelstukjes opvoert in de tuin. Dat waren meer verkleedpartijen dan echt theater, natuurlijk. Je moet er Ambrosine eens naar vragen. Zij heeft dat allemaal uitgezocht voor haar boekje over het huis.'

'O, echt?' Dat deed Meg deugd. Als er vroeger ook al aan toneel werd gedaan, dan was het misschien toch niet zo'n raar idee.

Het was nu echt geen theetijd meer, en Meg piekerde over de vraag of ze de kleine meringues dan maar op de dessertwagen zou zetten of dat ze tegen die tijd misschien te slap waren geworden. Toen hoorde ze weer een auto. Dat moesten Vanessa en Lady Lennox-Stanley zijn!

Ze rende zowat de hal door en opende de voordeur. Ook David kwam eraan via de tuin. Van Russell was geen spoor te bekennen. Dit was niet echt een ontvangstcomité. Er stonden ook al geen geüniformeerde personeelsleden op een rij op het bordes, maar Meg hoopte dat Lady Lennox-Stanley het desondanks geen armzalige begroeting zou vinden.

David was naar de auto gelopen om het portier voor haar open te houden en toen Lady Lennox-Stanley uitstapte hoorde Meg haar zeggen: 'Eindelijk, we zijn er.' Ze zei het niet op verheugde toon, maar op de manier van iemand die een tocht vol ontberingen achter de rug heeft. Dit was nou de schoonmoeder van haar vriendin Lizzie. Arm kind!

Lady Lennox-Stanley droeg een heel elegant mantelpak, dat waarschijnlijk voor haar op maat was gemaakt in Parijs, en een bijpassende hoed met voile.

David bood haar zijn arm aan en Vanessa mompelde sussende woordjes, maar Lady Lennox-Stanley was in een slechte bui.

Meg haalde diep adem, rechtte haar rug en deed een stap in haar richting. 'Wat leuk om u te zien, Lady Lennox-Stanley. Hebt u een vervelende reis gehad? Kom maar gauw binnen.

Ha, Vanessa,' voegde ze er zacht aan toe. 'Wat ben ik blij dat je er bent.'

Achter de rug van haar moeder om trok Vanessa een verontschuldigend gezicht.

'Nessa, denk je dat je moeder haar neus wil poederen?' vroeg Meg, die dacht dat ze zo de onschuldigste uitdrukking gebruikte die ze kende.

'Als je wilt weten of ik naar de wc moet, zeg dat dan gewoon,' reageerde Lady Lennox-Stanley bits. 'En ja, ik moet.' Van onder haar voile wierp ze Meg een boze blik toe.

'Volgt u mij maar,' zei Meg terwijl ze haar voorging naar het damestoilet op de begane grond. Susan had linnen handdoeken opgediept en een stuk luxueuze zeep klaargelegd, en Ambrosine had er een antieke vaas met bloemen neergezet. De kleine ruimte had er nog nooit zo voornaam uitgezien, dacht Meg.

'Het spijt me dat ze zo humeurig doet!' jammerde Vanessa. Ze doet al zo vanaf de lunch, toen haar vriendin haar met een opmerking vreselijk op haar tenen trapte. O David, wat ben ik blij dat jij er bent voor Meggy. Mijn moeder zou haar anders met huid en haar verslinden.'

Het beetje zelfvertrouwen dat Meg nog had, verdween als sneeuw voor de zon. 'Zeg eens waar je zin in hebt, Nessa. Thee of alcohol?'

'Allebei,' antwoordden Vanessa en David tegelijk. 'Ik heb verdorie wel een borrel verdiend,' voegde Vanessa eraan toe.

'Stevige gin-tonics komen eraan!' zei David.

'Nee!' Meg stak haar hand op om hem tegen te houden. 'Ik doe het. Ik heb alles klaarstaan. Bekommer jij je nou maar om Nessa's moeder.'

Bijna herkende ze Cherry niet vanwege het kanten kapje. Even vroeg Meg zich af of ze er niet te veel uitzag als een Frans dienstmeisje uit een klucht, maar ze besloot dat het niet belangrijk was.

'Vanessa's moeder is een draak,' zei ze snel tegen Cherry en Susan. 'Ze moest naar de wc. Er is behoefte aan drank en thee.'

'De thee staat al klaar,' antwoordde Susan kalm. 'Cherry en ik komen die zo brengen op de trolley. In de koelkast staan koude flessen tonic en schaaltjes met ijsblokjes en citroen, als jij die wilt meenemen? Glazen en drank, en wat je nog meer nodig hebt, staan al klaar op het dienblad in de salon. Er is onder andere een nieuwe fles sherry, Armadillo, Spaanse, niet dat bocht uit Cyprus.'

'Ik zou niet weten wat ik zonder jou zou moeten, Susan. Dank je wel!' Het deed er niet toe wat voor sherry het was, had Meg meteen gedacht. Susan was de reddende engel.

Susan glom van trots. 'Kom mee, Cherry. We zullen die deftige lieden eens laten zien dat wij boerenkinkels heel goed weten hoe het hoort!'

Lady Lennox-Stanley had een waarderende blik geworpen op Cherry's kanten kapje en nam met zichtbaar genoegen een kop thee van haar aan. Cherry maakte een knicksje, ondanks het risico dat de thee over de rand zou gaan. Lady Lennox-Stanley accepteerde ook het aanbod voor een drankje.

'Wilt u een glas gin-tonic?' vroeg David. 'Met ijsblokjes en citroen?'

'Ja, graag. Geen ijs. Ik ben geen Amerikaan.'

Het was verbazingwekkend hoe misprijzend ze dat kon laten klinken, dacht Meg terwijl ze de drankjes bereidde. Ze schonk een heleboel gin in het glas en een scheut tonic, en deed er een schijfje citroen bij. Cherry zette het glas en het flesje met de resterende tonic op een dienblaadje en serveerde het.

'Als je Russell nodig hebt is hij nergens te bekennen,' mompelde David tegen Meg, die een drankje inschonk voor Vanessa. 'Hij is fantastisch met bekakte oude dames.'

Meg onderdrukte een glimlach. Als ze aan Lady Lennox-Stanley dacht als een bekakte oude dame in plaats van iemand op wie ze wanhopig graag een goede indruk wilde maken, dan werd de spanning een stuk minder.

David keek door het raam 'Aha, ik geloof dat ik hem zie aankomen. Kunnen die deuren open?' Zonder op een antwoord te wachten beende hij de kamer door en opende de tuindeuren. 'Russell! Kom je iets drinken?'

Meg keek naar het zure gezicht van Lady Lennox-Stanley en besloot dat die hierna nooit meer welkom was in het hotel, ook al stond ze garant voor een volle bezetting voor de rest van het jaar. Maar toen Russell als een acteur in een theaterstuk zijn entree maakte, veranderde Lady Lennox-Stanleys uitdrukking volledig. Haar ogen werden groot en ze sloeg haar hand voor haar mond.

'Ik zal je even voorstellen,' zei David. 'Lady Lennox-Stanley, Russell Rook...'

'Ik weet wie Russell Rook is,' reageerde ze met licht trillende stem. 'Toen ik ergens in de twintig was heb ik u gezien in *Present Laughter*!'

Russell lachte. 'Toen was ik zelf ook ergens in de twintig, maar u ziet er nu niet veel ouder uit dan twintig!'

Toen ze zag dat haar angstaanjagende gast als bij toverslag helemaal in haar nopjes was, kon Meg ertussenuit knijpen zonder dat iemand het in de gaten had. Ze ging naar de keuken, waar Susan en Cherry al op haar stonden te wachten.

'Hoe ging het?' vroeg Susan. 'Hier heb je een glas sherry. Wij hebben er ook eentje genomen.'

'Het was vreselijk. Ze is een ramp.' Meg hoefde niet duidelijk te maken wie ze bedoelde. 'Maar toen Russell binnenkwam – de man van het toneelstuk in de tuin – leek het of ze smolt! Blijkbaar heeft ze hem ooit gezien in een toneelstuk en is toen duidelijk verliefd op hem geworden. Ze zijn ongeveer van dezelfde leeftijd, hoewel Lady L-S ouder lijkt omdat ze zo uit de hoogte doet.' Meg accepteerde het glas en nipte eraan. De sherry was verrukkelijk.

'En? Drinken ze thee of zijn ze aan de drank?'

'Allebei. Ze drinken gin-tonic maar eten ook taart. Misschien moet ik de kaasstengels maar tevoorschijn halen.'

'Voor bij de thee die ze niet drinken?' vroeg Cherry.

'Volgens mij word jij pietluttig door dat kapje,' zei Meg. 'Dat kunnen we niet gebruiken.'

'We hebben nu geen tijd voor grapjes, Meg,' reageerde Susan hoofdschuddend. 'En het lijkt me een goed idee dat jij een kam door je haar haalt. Misschien kun je ook een beetje lippenstift opdoen? Je hebt een mooie jurk aan. Ik herinner me de laatste keer dat je moeder die droeg. Toch lijk je nog altijd een beetje op een kwajongen.'

Meg ging naar de personeels-wc met de verweerde spiegel, waar haar moeder een lippenstift bewaarde. Bij terugkomst in de keuken vroeg ze: 'Kan ik er zo mee door?'

Met pijn en moeite kon er een knikje af bij Susan.

'Dan kan ik maar beter teruggaan en informeren hoe laat ze willen eten,' zei Meg. 'Ik moet er ook achter zien te komen of Lady Lennox-Stanley bij ons blijft slapen of naar een ander hotel wil.'

In de salon heerste een vredige, aangename stemming. 'Ze eet bijna uit zijn hand,' fluisterde David. 'Kijk! Ze delen een stukje taart. Die man is fantastisch.'

'Ik wil alleen maar weten hoe laat ze aan tafel wil,' zei Meg. 'Dan kan ik terug naar de keuken om voor het eten te zorgen. O, en ik wil ook weten waar ze wil overnachten. Ik zal Vanessa even aanschieten.'

Vanessa zat vlakbij. Blijkbaar was ze net zo in de ban van Russell als haar moeder. Meg wenkte haar met een hoofdbeweging en Vanessa begreep dat haar vriendin haar even alleen wilde spreken.

'Hoe laat wil je moeder eten?' vroeg Meg. 'En waar denk je dat ze wil slapen? Ze heeft haar eigen badkamer, maar die is wel op de gang.'

'Slaapt Russell Rook hier?'

'Dat is wel de bedoeling. Voor hem en voor David zijn ook kamers in orde gemaakt.'

'Dan weet ik zeker dat ze wil blijven.' Vanessa dacht even na. 'Maar is er een alternatief als ze dat toch niet wil?'

'Ik heb een kamer voor haar geboekt in het hotel in Newton-cum-Hardy.' Meg was best trots op zichzelf. Het had allemaal op het laatste moment gemoeten, maar het was haar toch gelukt.

'We zullen haar de kamer laten zien,' zei Vanessa. 'Maar hoe we haar los moeten rukken van Russell Rook is me een raadsel.'

'Daar zullen we David mee opzadelen,' antwoordde Meg. 'Tot nu toe heeft hij me altijd kunnen redden als ik met een probleem zat.'

'Dit kun je nauwelijks een probleem noemen,' zei Vanessa nuffig. 'Dit is een heel leuk hotel.'

Meg gaf haar een por in haar ribben en zocht oogcontact met David.

Terwijl David Lady Lennox-Stanleys glas bijvulde, richtte hij zich tot haar en Russell. 'Meg vraagt hoe laat we willen eten. En ook of u uw kamer wilt zien, Lady Lennox-Stanley.'

Russell snapte de hint en stond meteen op. 'Laten we dat met z'n allen doen, Lady Lennox-Stanley. Hebt u onderweg kunnen lunchen? Wij vonden een charmante kleine pub waar we brood met kaas en een glas bier konden krijgen, maar u hebt dat geluk misschien niet gehad.'

Meg wist dat ze haar moeders taak op zich moest nemen en ervoor moest zorgen dat haar gasten tevreden waren met hun kamer. Maar terwijl ze achter hen aan de trap op liep, moest ze lachen, want ze zag het gezicht voor zich van Lady Lennox-Stanley die een homp kaas en ui uit het zuur kreeg voorgezet. Dat leverde een vermakelijk beeld op.

Toen ze boven aankwamen, bleef iedereen staan in de gang en Meg liep langs hen heen naar voren. 'Volg mij maar. Dit is de Gele kamer. Alle kamers zijn genoemd naar hun kleur op het bellenbord in de keuken. Niet dat dat bord nog in gebruik is,' voegde ze er snel aan toe.

Eigenlijk wist ze helemaal niet of die bellen nog werkten, maar ze wilde voorkomen dat Lady Lennox-Stanley de mogelijkheid had om elk moment van de dag of nacht te bellen. Ze deed de deur van de kamer open.

'Het zou ook kunnen dat de kamer vernoemd is naar de kleur van het behang,' opperde David.

Meg wierp hem een vernietigende blik toe. Het behang was prachtig: zachtgeel met exotische vogels en klimplanten. Het was verbleekt, maar daardoor waarschijnlijk nog mooier.

Lady Lennox-Stanley stapte naar binnen. Al het meubilair was antiek en ook de gordijnen waren geel en enigszins verbleekt. 'Het is een beeldige kamer, mama!' zei Vanessa opbeurend.

'Waar is de badkamer?' vroeg Lady Lennox-Stanley gebiedend.

'Die is hier,' antwoordde Meg, die haar voorging. 'Hij is niet direct verbonden met de kamer, maar hij is alleen voor u. Het is op het moment niet druk in het hotel.'

'Dat is geen verrassing als jullie geen kamer met badkamer kunnen aanbieden,' reageerde Lady Lennox-Stanley, die het grote, ouderwetse bad, de elegante wastafel en de wc met de geverniste houten bril in ogenschouw nam. De keurige stapel handdoeken, de bloemen, de dure zeep en het badzout leek ze niet op te merken.

'We zijn sinds kort bezig met de installatie van een badkamer bij een aantal kamers,' zei Meg. 'De volgende keer dat u komt, is er zeker een tot uw beschikking.' Ze moest even slikken. 'Maar mocht de accommodatie niet beantwoorden aan uw wensen, dan is er een kamer voor u in het andere hotel. Dat ligt hier niet ver vandaan en er zijn badkamers "en suite".'

'Zoals ze in Frankrijk zeggen,' zei David.

'O, blijf toch hier, lieve Lady Lennox-Stanley,' zei Russell. 'Dat lijkt me heel gezellig!'

Lady Lennox-Stanley lachte op een manier die alleen maar 'meisjesachtig' kon worden genoemd. 'Noem me toch Amanda! En natuurlijk blijf ik. De kamer is heel geschikt.'

Meg zag dat Vanessa haar een verontschuldigende blik toewierp. De kamer is beeldschoon en bijzonder comfortabel, sprak daaruit. Maar 'geschikt' was waarschijnlijk een groot compliment.

'Ik zie aan je gezicht dat je terug wilt naar de keuken, Meg,' zei Vanessa. 'Zullen we zelf onze kamers opzoeken? Dan zien we je straks beneden. Hoe laat willen we ook alweer aan tafel?' Ze keek haar moeder aan.

'Om acht uur,' antwoordde die.

'Dan wordt het acht uur,' zei Russell snel. 'Tegen die tijd heb ik honger als een paard.'

‘Waar is jullie bagage?’ vroeg Meg. Het drong plotseling tot haar door dat haar moeders baan meer inhield dan ze zich had gerealiseerd.

‘Daar zorgen wij wel voor,’ zei David. ‘Ga jij je maar om het diner bekommeren.’ Hij glimlachte begripvol omdat hij wist dat omgaan met mensen als Lady Lennox-Stanley lastig was voor Meg en dat ze veel liever een viergangendiner voor twintig mensen in elkaar draaide.

19

Meg had net de eieren gepeld, die ze zou halveren en bedekken met een verrukkelijke saus van onder andere room, sherry en wat kerriepoeder, toen Vanessa de keuken binnenkwam.

'Ha, Meg. Bedankt voor alle moeite om het mijn moeder naar de zin te maken.'

'Daar moet je Susan en Cherry voor bedanken,' antwoordde Meg. 'Jij hebt de lakens toch nog een keer gestreken toen ze al op het bed lagen, Susan?'

'Inderdaad. Ik heb ook mijn trots. En ik ben blij dat mevrouw tevreden is.' Susan gedroeg zich nog altijd een tikje achterdochtig tegenover Vanessa, maar Meg hoopte dat ze Vanessa, wanneer die hier wat langer zou zijn, meer als een familielid ging behandelen.

'Het is allemaal veel te gek,' zei Vanessa. 'Echt heel bijzonder vond ik de bloemen in de badkamer.'

'Die heeft Ambrosine gedaan,' zei Meg.

'Kan ik ook iets doen?' vroeg Vanessa. 'Het is zo fijn om te werken. Thuis zijn is voor mij niet te doen op het moment.'

'Je zou menu's kunnen schrijven. Gewoonlijk kunnen gasten niet kiezen, maar het leek ons – of mij eigenlijk – beter om iets meer aan te bieden als we een goede indruk willen maken op je moeder.'

‘Ik heb al zo veel bedankbrieven geschreven voor ontvangen huwelijkscadeaus dat ik nu een heel soepele hand heb. Maar is het niet vreemd dat jij niet met ons mee-eet?’

‘Dat zou ik natuurlijk heel graag willen, maar ik moet koken.’

Vanessa lachte. ‘Je weet net zo goed als ik dat je veel liever kookt dan beleefde gesprekken moet voeren met mijn moeder.’

‘Je kunt toch af en toe binnenwippen,’ stelde Susan voor. ‘De voorgerechten zijn toch koud.’ Meg zag een ondeugende schittering in haar ogen.

‘Ik moet de escalopes bakken. En die moeten daarna meteen worden geserveerd.’

‘Kun je ze niet warm houden in de oven?’ stelde Susan voor.

‘Je kunt ook bij ons komen zitten zodra de escalopes klaar zijn,’ zei Vanessa. ‘Je weet dat David het fijn zou vinden als jij er ook bij bent, en Russell zal dingen met je willen bespreken.’

‘Misschien kom ik jullie gezelschap houden bij de koffie in de salon,’ zei Meg. ‘Zullen we daar een vuur maken? Het is niet echt koud, maar...’

‘Bob is nog hier,’ antwoordde Susan. ‘Ik zal ervoor zorgen dat hij dat doet voordat hij naar huis gaat. Het kan soms wat vochtig zijn in die kamer.’

‘Ik heb ook op Bob gerekend met eten. Er is genoeg,’ zei Meg.

‘Dat is lief van je, Meg. Maar hij is niet zo’n man die niet voor zijn eigen eten kan zorgen.’ Ze zweeg even. ‘Je wilt de boter zeker in krullen?’

Meg knikte. Het eten was bijna klaar, nu moesten de puntjes op de i worden gezet.

Hoewel Meg dacht dat ze ruim de tijd had, ging die sneller dan ze had verwacht. Voor ze het wist was ze bezig de toast uit de oven te halen en op zilveren schalen te leggen. Die kon ze serveren met paté, als iemand dat zou bestellen. Ze bracht een paar schalen toast naar de eetzaal om te kijken of daar alles naar wens was.

Susan had erg haar best gedaan. De tafels waren gedekt met het mooiste linnen, en er stonden gepoetste zilveren kandelaars met nieuwe kaarsen (hoewel Susan altijd zei dat niemand kon zien of kaarsen nieuw waren als ze eenmaal brandden). Maar ze was voor één keer niet zuinig geweest, en de eetzaal zag er fantastisch uit.

Op alle tafels stonden bloemen en kaarsen en lag een menukaart, hoewel er maar twee tafels voor vier personen gebruikt zouden worden.

Ze wierp een blik in de salon om te kijken of er misschien meer tonic moest komen, of, stel je voor, meer ijs.

Ambrosine zag haar in de deuropening staan en zwaaide. Maar blijkbaar verwachtte ze niet dat Meg binnenkwam. In haar koksklediing zou ze zich opgelaten voelen in die elegante omgeving. Lady Lennox-Stanley was nog niet beneden, maar Bob had de haard al aangestoken.

Meg zwaaide terug en ging weer naar de keuken.

'Wil jij gaan zeggen dat het eten klaar is, Cherry?' vroeg Meg. Lady Lennox-Stanley was pas laat beneden gekomen en het liep al tegen half negen.

Cherry zette haar kapje goed zodat het niet voor haar ogen zou zakken en deed braaf wat haar werd gevraagd. Een paar minuten later kwam ze met een kleur van opwinding terug. 'We moeten voor een extra gast dekken. Justin is er.'

'Justin?' zeiden Meg en Susan tegelijk.

'Heeft hij tegen je gezegd dat hij zou komen?' vroeg Susan.

'Nee. Ik heb geen idee waarom hij er is,' antwoordde Meg. 'Er is nog plek aan de tafel van Lady Lennox-Stanley. Zet hem daar maar neer.'

'Hij valt duidelijk in de smaak bij Lady Lennox-Stanley,' zei Susan. 'Ik moet zeggen dat ze in een goede bui is. Waarschijnlijk heeft David haar volgegoten met drank in de korte tijd dat ze beneden is.'

Ondanks de zenuwen moest Meg toch lachen. Het was typisch David om Lady Lennox-Stanleys humeur op peil te houden door haar telkens weer bij te schenken, en het verbaasde haar niets dat ook Justin bij haar in de smaak viel. Maar wat hij hier kwam doen was haar een raadsel. Gelukkig had ze eten genoeg.

Het was Meg gelukt om Justins aanwezigheid in de eetzaal te vergeten. Maar terwijl ze druk bezig was met het bakken van de escalopes, stond hij opeens in de keuken.

'Lady Lennox-Stanley wil weten of het kalfsvlees-escalopes zijn.'

'Wat is het goede antwoord?' vroeg Meg, die nauwelijks opkeek van haar werk.

'Ja.'

'Zeg dan maar dat dat zo is. In werkelijkheid is het varkensvlees van de plaatselijke slager, maar ze zal het verschil niet merken.'

'Ik ben het met je eens. Dat merkt ze vast niet.'

Justin zag er heel anders uit in een pak, en erg knap. Het viel Meg op dat ze in weerwil van zichzelf even haar adem inhield. 'Waarom ben je gekomen?'

'Voor het geval je belangrijke gast een lift naar mijn hotel nodig heeft.'

'Dat is erg aardig, maar ze blijft bij ons. Ik heb gebeld om de kamer te annuleren.'

'Ze geniet van het gezelschap, heb ik gemerkt.'

Meg was zich opeens hyperbewust van zijn nabijheid en liep om hem heen om borden uit de oven te halen.

'Hoe goed ken je David?' vroeg hij na een poosje.

'Heel goed. We woonden vroeger allebei in Londen. Ik dacht dat ik je dat vorige keer had verteld.'

'Verschillen jullie niet erg veel in leeftijd?'

Het drong tot Meg door dat Justin haar misschien verkeerd had begrepen en dacht dat David en zij een relatie hadden. Als ze niet zo druk bezig was geweest, had ze erom kunnen lachen. 'Ongeveer net zoveel als Alexandra en haar graaf. Maar wil je nu alsjeblieft weer naar de eetzaal gaan?'

Met een nors gezicht liep Justin weg.

Hoewel Meg nog steeds gespannen was, moest ze toch glimlachen toen ze de salon binnen liep voor de koffie en Ambrosine en haar kolonel zag zitten in hun mooiste kleren. Ambrosine had zich opgedirkt met exotische sieraden, en de kolonel had niet alleen al zijn onderscheidingen opgespeld, maar droeg ook een monocle. Ze leken wel personages uit een toneelstuk.

Russell Rook zat bij hen, en Lady Lennox-Stanley zat aan de rand van de groep. Toen Ambrosine Meg zag, wenkte ze haar.

'Meggy, kom erbij zitten en drink iets. We hebben heerlijk gegeten!'

Meg pakte een poef en streek bij hen neer.

'Lady Lennox-Stanley heeft ons verteld over de liefdadigheidsrace die ze organiseert op de baan van Shroton. Wat is dat leuk! We gaan er denk ik met z'n allen naartoe, toch?' zei Ambrosine. 'En Russell heeft ons verteld dat hij hier in de tuin een toneelstuk wil laten opvoeren. Ik herinner me dat we dat vroeger thuis ook deden, maar dat waren een soort kluchten, geen serieuze toneelstukken.'

'Russell is een regisseur met heel veel ervaring,' zei Lady Lennox-Stanley. 'Een theateruitvoering is gesneden koek voor hem.'

'Geen gesneden koek, ben ik bang,' reageerde Russell. 'Maar ik zie wel mogelijkheden. En ik hoop eigenlijk dat Dame Miriam Twycross de rol van Titania op zich wil nemen.'

'Is ze niet een beetje te belegen voor die rol?' vroeg de kolonel.

'Ze nadert de zestig,' zei Russell. 'Maar geloof me, zodra ze op het toneel staat vallen de jaren weg en is ze net zo geweldig als altijd.'

Ambrosine keek wat sceptisch. 'Ze kunnen tegenwoordig toveren met make-up.'

'Ik heb haar jaren geleden gezien in *Saint Joan*,' zei Lady Lennox-

Stanley. 'Ze was fabuleus! Ik vind het zo jammer dat mijn man mijn liefde voor theater niet deelt. Ik ga lang niet zo vaak als ik zou willen.'

Meg vroeg zich af waarom ze dan niet met een vriend of vriendin ging. Ze hadden tenslotte een huis in Londen.

David kwam naar haar toe. 'Kan ik iets te drinken voor je halen, Meggy? En gaat alles verder goed?'

'Ik lust nog wel een drupje port,' zei de kolonel. 'Vannacht heb ik daar spijt van, maar ik heb er zo'n zin in.'

Meg was blij dat ze Justins gezicht niet kon zien. Hij zou het vast vreselijk vinden dat ze de kostelijke oude port had klaargezet. Maar hij was verwikkeld in een gesprek met Vanessa en Russell en had niets in de gaten.

Enige tijd later, toen Meg een laatste vaatdoekje door de keuken haalde, kwam Vanessa binnen.

'Je ziet er moe uit, Meggy. Ga naar bed. Het ziet ernaar uit dat iedereen nog opblijft en doordrinkt, waarom knijp jij er niet tussenuit?'

Opblijven en drinken was het laatste wat Meg wilde, maar was het niet haar plicht?

Misschien omdat Meg geen antwoord gaf, ging Vanessa door. 'Je weet toch wel dat Justin een oogje op je heeft, of niet?'

Nu werd Meg wakker. 'Nee, dat is niet waar. Doe niet zo raar.'

Vanessa haalde haar schouders op. 'Misschien vergis ik me'

'Ik weet zeker dat je je vergist. En ik kan niet naar bed gaan. Stel je voor dat iemand iets nodig heeft.' Ze dacht aan Lady Lennox-Stanley.

'Dan zorg ik daarvoor,' zei Vanessa, die begreep wat Meg bedoelde. 'Het is mijn moeder en ik ben nu ook een soort personeelslid.'

20

Het ontbijt, de volgende morgen, verliep nog beter dan Meg had gehoopt. De halve grapefruit van Lady Lennox-Stanley was sappig en smaakvol, haar gekookte eitje was perfect (het bereiden ervan werd als heel makkelijk beschouwd, maar had in Megs ogen veel weg van Russische roulette) en precies zoals ze het graag wilde. En het geroosterde brood was precies bruin genoeg. Hoewel Meg er eigenlijk geen zin in had, deed ze toch een schoon schort voor en ging naar de eetzaal om Lady Lennox-Stanley te vragen of alles naar wens was.

Russell Rook zat naast haar aan tafel en David en Vanessa zaten ertegenover.

'Goedemorgen,' zei Meg, die er al glimlachend zelfverzekerd uit probeerde te zien. 'Hebben jullie goed geslapen?'

'Gewoon geweldig!' zei Russell. 'Heerlijke lakens, en wat een comfortabele kussens. Het is hier zalig stil, en dan dat uitzicht! Ik heb zo genoten toen ik vanochtend de gordijnen opendeed en die glorieuze tuin zag. Ik kan niet wachten tot ik hier de *Droom* mag opvoeren. De omgeving is perfect!'

'Het was erg comfortabel, Meg,' zei David met een bemoedigende glimlach.

Ook Lady Lennox-Stanley glimlachte, althans, ze strekte haar lippen en gaf een knikje dat hooguit een seconde duurde voordat ze iets zei.

Meg wist dat het spelen met vuur was om Lady Lennox-Stanley te vragen hoe ze had geslapen. Ze was ervan overtuigd dat de vrouw de edele plicht had alles wat niet deugde te benoemen, dus zette ze zich schrap.

'Natuurlijk was het erg onhandig om geen aangrenzende badkamer te hebben,' zei Lady Lennox-Stanley, 'maar verder is alles heel geschikt, zoals ik gisteren al zei.'

Vanessa keek naar Meg en rolde met haar ogen. 'Ik heb heerlijk geslapen,' zei ze. Het was duidelijk dat ze zich geneerde voor haar moeders lauwe reactie, maar dat die haar niet verraste. 'Je hebt toch heel goed geslapen, mama?'

'Mijn nachten zijn altijd gebroken,' legde Lady Lennox-Stanley uit. 'Ik was vannacht wakker, maar ik lag comfortabel.'

'Bingo!' zei David. 'Ik bedoel, goed om te horen.'

'Er is nog meer goed nieuws,' zei Russell. 'Het lijkt erop dat David en ik Amanda een lift naar huis kunnen geven, zodat Vanessa hier kan blijven om jou te helpen, Meg.'

Lady Lennox-Stanley fronste haar wenkbrauwen. 'De jeugd is zo egocentrisch, maar gelukkig rijden Russell en David praktisch langs mijn huis.'

Meg was geen ster op aardrijkskundig gebied, maar ze wist vrij zeker dat dit niet het geval was. Daarom was ze ontzettend dankbaar dat de twee mannen Vanessa's moeder hadden kunnen wijsmaken dat het wel zo was.

'Goed geregeld, hè?' zei Russell. 'Wie gaat er mee op een laatste ronde door de tuin? Laten we gaan kijken wat er nodig is om die in een echt openluchttheater te veranderen.'

Terwijl de anderen weg waren, ging Vanessa naar de keuken om met Meg te praten. 'Ik ben bang dat ik niet langer dan een week of twee kan blijven om je te helpen.'

'Tegen die tijd is mijn moeder vast weer terug. Het zal fijn zijn om hulp te hebben voor de kantoorwerkzaamheden.'

'Als Vanessa weg moet, wil ik je graag helpen in het kantoortje, als je het goedvindt,' zei Cherry, die de keuken binnenkwam met een vol dienblad.

'En moet ik me dan maar alleen zien te redden in de keuken?' vroeg Susan.

'We zouden iemand anders kunnen vragen voor mijn werk. Mary bijvoorbeeld. Die zou het prima kunnen, en tante Kath zal het heerlijk vinden als Mary wat te doen heeft. Ik wil me ontwikkelen. Als ik hier in het kantoortje heb gewerkt, kan ik zeggen dat ik kantoorervaring heb.'

Susan zuchtte. 'Vroeger, in mijn tijd, was een jonge vrouw heel tevreden met werk in een leuk hotel. Ze hoefde zich niet te "ontwikkelen".'

'De tijden veranderen, mam,' zei Cherry. Ze ruimde het dienblad leeg en ging weer terug naar de eetzaal.

'Het zou me heel goed uitkomen, Susan,' zei Meg. 'Je vindt het toch niet erg?'

'Welnee, lieverd! Als jij er wat aan hebt dat onze Cherry de telefoon aanneemt en gasten verwelkomt, dan vind ik dat prima.'

'Ik wil graag met haar oefenen, zodra ik er zelf achter ben wat ik moet doen,' zei Vanessa.

Die middag werd er langdurig en innig afscheid genomen. Toen het gezelschap eindelijk vertrokken was, trok de rest zich terug in de keuken.

'Ik dank de hemel dat het voorbij is!' zei Meg. 'Het was leuk, maar ook wel heel hard werken.'

'Ik zou niet willen zeggen dat je moeder een lastige gast is,' begon Susan, die duidelijk het tegenovergestelde bedoelde, 'maar...'

'Thuis noemt het personeel haar mevrouw Muggenzifter,' zei Vanessa.

'Dat is een goede omschrijving,' reageerde Cherry. 'Zal ik dan nu de ketel maar op het vuur zetten?'

De daaropvolgende weken was het een en al bedrijvigheid in het hotel. En hoewel Meg iedere avond uitgeput in bed viel, gaf het werk haar een gevoel van voldoening waar ze van genoot.

Susans man Bob en een verzameling neven, zonen en peetzonen en oude vrienden waren bezig met het aanleggen van badkamers, behangen en schilderen. Er was nogal wat opknapwerk nodig, maar Ambrosine bespaarde het hotel aardig wat geld met de vondst van een groot aantal rollen behang die pasten bij het behang in de slaapkamers. De patronen waren hetzelfde, maar de kleuren waren veel helderder. Toen er vier slaapkamers met aangrenzende badkamers waren, zette Susan de ploeg aan het werk met het opknappen van het tuinmanshuisje en andere in aanmerking komende bijgebouwen.

'Bob is nog nooit zo gelukkig geweest,' zei ze eens tijdens het middageten tegen Meg. 'Hij hield erg van tuinieren, altijd al, maar van loodgieterswerk wordt hij echt blij. En natuurlijk verdient hij er meer mee. Langere werkdagen.'

'Wat fijn dat hij er zo gelukkig mee is,' reageerde Meg. Ze hoopte dat Justin net zo blij zou zijn met de hogere rekeningen.

Er kwamen ook meer gasten. De mensen die zondags bij hen hadden geluncht of langs waren geweest voor de middagthee, hadden hun kennissen verteld over Nightingale Woods, en Vanessa en Cherry hadden het druk met het regelen van kamers voor hen.

De avond voordat Vanessa naar huis zou vertrekken, belde Louise vanuit Frankrijk.

'Het loopt als een trein hier,' zei Meg trots tegen haar moeder. 'We hebben nu vier slaapkamers met badkamer en ze zijn bezig met het tuinmanshuisje.'

'Wie zijn ze?' informeerde Louise duidelijk nieuwsgierig.

'Allemaal mensen die Susan kent. Ze is net Konijn uit *Winnie de Poeh*. Ze heeft een heleboel familie, vrienden en kennissen.'

'Heel handig!'

'Ontzettend handig!' Meg stond op het punt Louise te vragen wanneer ze terugkwam en of ze van het station moest worden gehaald, maar Louise was haar voor.

'Lieverd, is het heel erg als we nog wat langer blijven? We hebben ontdekt dat Andrews vader twee testamenten had, een Engels en een Frans. Het Franse testament is een ramp. Blijkbaar is hij de boerderij rondgegaan en heeft tegen mensen gezegd: "Dit weiland is voor jou, *mon brave*!"'

De juridische kant van de nalatenschap interesseerde Meg niet; wel was ze vreselijk teleurgesteld dat haar moeder niet naar huis kwam. 'O.' Ze slikte haar gevoelens weg om Louise niets te laten merken.

'Je redt het toch wel? Je hebt toch hulp van Vanessa?'

'Nog even. Ze gaat morgen naar huis.' Meg zweeg. Ze hoopte dat ze geen zielige indruk maakte. 'En binnenkort hebben we de liefdadigheidsrace.'

Meg verwachtte dat haar moeder zou zeggen: 'Dan kom ik natuurlijk meteen terug.' In plaats daarvan zei ze: 'Maar Cherry helpt je toch met het kantoorwerk? Het lukt je toch wel?'

Meg had nooit veel tijd van haar moeder geëist. Dat zat niet in haar aard en het was ook nooit mogelijk geweest. Dus nu antwoordde ze gewoon: 'Natuurlijk,' en vroeg: 'Heb je al een idee wanneer Andrew en jij terugkomen?'

'Ik zou het niet weten, lieverd. Maar ik heb de indruk dat je het geweldig doet. Is Justin behulpzaam?'

'Ja. Hij betaalt voor alle werkzaamheden,' antwoordde Meg somber.

'Tja, Andrew geeft hem geld daarvoor, maar helpt hij ook op andere manieren?'

'We hebben het druk, mama! Ik moet nu ophangen. Er staat iets in de oven.'

Nu Cherry al haar tijd doorbracht in het kantoortje, werkte er weer een ander familielid van Susan fulltime in de keuken en de eetzaal. Cherry had ook van Ambrosine geleerd hoe ze bloemen moest schikken en ze was bereid overal waar dat nodig was een helpende hand te bieden.

'Ik weet niet waar al die ervaring haar gaat brengen,' zei Susan, die bezig was met de sandwiches voor de middagthee. 'Maar ze is dolgelukkig dat ze hier werkt. Terwijl we niet zo lang geleden allemaal nog dachten dat het hotel verkocht moest worden omdat we zo weinig gasten hadden. Moet je nu eens zien!'

'Dat hebben we allemaal aan jou en Bob te danken,' zei Meg in de hoop dat ze genoeg deden om de verkoop van het hotel te voorkomen. 'Zonder jou was het allemaal niet gelukt.'

'Zonder jóú was het allemaal niet gelukt, Meggy! En schiet nou maar op en neem vrij tot het tijd is om voor het diner te zorgen. We hebben acht gasten vanavond!'

21

De dag voor de liefdadigheidsrace verkeerde het hotel bijna in perfecte staat, vond Meg. Alle kamers waren geboekt, de meeste voor Lady Lennox-Stanley en haar vriendinnen. Er was nieuw beddengoed aangeschaft nadat een gast met zijn voet door een stokoud linnen laken was gegaan, en in de nieuwe badkamers lagen aantrekkelijke toiletartikelen. Voor Lady L-S – mevrouw Muggenzifter, zoals ze voor altijd zou heten – waren die van het merk Floris. In de koele bijkeuken stonden vers geplukte bloemen in emmers te wachten op Ambrosine, die er boeketjes voor de slaapkamers van zou maken. De wijnkelder was grondig geïnspecteerd door Ambrosines kolonel en er was een nieuwe wijnkaart opgesteld. Justin was even langs geweest om de prijzen – torenhoog – erbij te schrijven.

Toch waren er nog een paar dingen waar Meg zich zorgen over maakte. Het slot op de deur van Lady Lennox-Stanleys kamer functioneerde niet helemaal goed en Bob had geen tijd gehad om het te repareren. En een ander punt was het weer. Het regende voortdurend en ze had zelfs horen zeggen dat de wedstrijd misschien moest worden afgelast.

Als Vanessa er was geweest voor wat morele steun dan had Meg beter tegen de onzekerheid gekund, maar haar vriendin was naar huis. Gelukkig zou ze met haar moeder meekomen voor de race. Dat betekende dus dat ze vandaag zou arriveren, maar Meg had haar liever eerder bij zich gehad.

Het was halverwege de ochtend en Meg, Susan en Ambrosine waren in de salon. Die was van onder tot boven gestoft en geveegd, en ze waren nu bezig met het fijnere werk. Het gesprek ging alweer over de regen die met bakken uit de hemel kwam.

'Als de race echt niet doorgaat, dan zou dat voor de eerste keer zijn,' zei Susan. Hoewel het half juni was, was ze bezig een vuur te maken omdat iedereen vond dat de kamer wat vochtig aanvoelde.

'En als de race wel doorgaat, dan zal het een modderige bedoening worden,' merkte Ambrosine op, die bezig was een paar takken van het peperboompje te schikken in een vaas. Ze had ze speciaal uitgekozen omdat ze zo lekker roken. 'En niet alle paarden houden ervan om door de modder te rennen. Zelf hou ik er ook niet zo van.'

'Het zal ook moeilijk worden om het hotel een beetje schoon te houden,' zei Susan. Ze zat op haar knieën het vuur te bewonderen dat eindelijk goed brandde. 'Maar we slaan ons er wel doorheen,' ging ze door, waarschijnlijk omdat ze Meg geschrokken zag kijken.

Meg glimlachte als een boer met kiespijn. 'Het weerbericht is best goed.'

Ambrosine en Susan keken haar medelijdend aan. 'Voorspellen ze het ooit wel eens correct?' vroeg Susan.

Meg probeerde een voorbeeld te bedenken, maar kwam nergens op. Ze zuchtte. Wat was dit deprimerend. Voor Nightingale Woods was het zo belangrijk dat de dag een succes werd.

'Ik ga de bedden opmaken,' zei ze.

'Sally is al boven bezig. Ze is nog jong, maar ze werkt hard.'

In Megs ogen leek Sally niet ouder dan twaalf, hoewel ze behoorlijk handig was in het maken van ziekenboegen.

'Hallo, Sally. Ik ben Meg.'

Sally glimlachte. 'Dat weet ik. Dat heeft tante Susan me verteld. Ze is niet echt mijn tante, maar ik weet niet meer wat we precies van elkaar zijn.'

'Fijn dat je komt helpen, Sally.'

'Ik vind het leuk om te werken. School vind ik minder leuk.'

'Nou, je mag altijd komen helpen als je vrij hebt en als het mag van je tante, tenminste zolang ik de leiding heb. Wil je dat kussen een beetje opschudden? Een dame die door je tante mevrouw Muggenzifter wordt genoemd gaat hier slapen.'

Sally giechelde en Meg ook. Wat kon het weer haar ook schelen? Daar konden ze tenslotte toch niets aan doen.

'Ik vind dat het er geweldig uitziet,' zei Meg een paar minuten later. 'De bloemen zijn prachtig en we hebben de mooiste handdoeken neergelegd. Laten we de volgende kamer gaan doen.'

Sally trok nog een laatste plooi in de sprei recht en liep achter haar aan.

Meg had zich teruggetrokken in de keuken. Het was inmiddels later op de ochtend. Ze wilde controleren of er genoeg desserts waren voor op de dessertwagen. Dat was iets waar ze wel invloed op kon hebben, had ze besloten. Het had geen zin om bezorgd te zijn over dingen die ze niet in de hand had, zoals de modder, of dat het slot op de deur van mevrouw Muggenzifters deur niet helemaal in orde was.

Ze was nog steeds in de keuken toen Justin daar binnenkwam. Ze maakte een sprongetje van schrik omdat ze hem totaal niet verwachtte. Omdat ze geen motor had gehoord, nam ze aan dat hij met de auto was.

'Wat doe jij hier?'

'Ik kom kijken of je hulp nodig hebt. Je hebt morgen een zware dag voor de boeg en je moeder is nog steeds bij mijn vader in Frankrijk. Kan ik iets voor je doen?'

Hij keek haar aan op een manier die ze niet kon thuisbrengen.

Keek hij zo gespannen naar haar omdat hij verwachtte dat ze hulp zou weigeren, ook al had ze die nodig? Het zou kunnen, want hij wist dat ze graag zelf haar problemen oploste. Of was het iets anders? Vanessa's belachelijke idee dat hij een oogje op haar had schoot haar te binnen. Ze kreeg een droge mond en draaide zich om. De intense blik waarmee hij naar haar keek was onverdraaglijk.

'Eigenlijk...' begon ze.

En toen kwam Laura binnen. 'Daar ben je, Jussy – Justin!' verbeterde ze zichzelf snel met een kokette blik die Meg niet mocht ontgaan. 'Ik vermoedde al dat hij je hier was gaan zoeken, Meg. Je bent bijna altijd in de keuken, hè? We komen je helpen. Morgen is een belangrijke dag voor de plaatselijke hotels en we wisten dat je hier in je eentje was.'

'Ik kan rekenen op Susan en haar mensen,' antwoordde Meg verontwaardigd. 'En Vanessa komt vandaag met haar moeder, Lady Lennox-Stanley.'

'O die!' reageerde Laura. 'We hebben het in ons hotel nog steeds over haar verblijf bij ons vorig jaar en hoe lastig ze was, toch, Justin?'

Justin maakte een vaag gebaar. 'Is er iets wat ik voor je kan doen, Meg?'

'Het slot van Lady Lennox-Stanleys kamerdeur vertoont kuren. Ik heb Bob gevraagd om ernaar te kijken, maar hij heeft het zo druk...'

'Ik zal even gaan kijken.'

'Ze heeft de kamer met de...' begon Meg, maar hij was al op weg.

'Ik weet welke kamer het is.'

'Justin is zo lief, vind je ook niet?' zei Laura, die op de keukentafel ging zitten alsof ze zich installeerde voor een kletspraatje. 'Ik wist wel dat hij ja zou zeggen toen ik voorstelde om je te gaan helpen. Maar zo werkt dat bij stellen, hè? De een weet wat de ander denkt.'

Laura leek geen aanstalten te maken om te vertrekken en Meg vond niet dat ze haar kon vragen weg te gaan. Ze legde wat her en der verspreid keukengerei terug op zijn plaats in de hoop dat Laura gevoelig zou zijn voor de hint dat ze op een werkplek zat. 'Zijn Justin en jij dan verloofd?' vroeg ze zo achteloos mogelijk.

Laura haalde haar schouders op en giechelde. 'Het scheelt niet veel. Ik denk dat hij wacht op het juiste moment om me een aanzoek te doen. Of misschien laat hij een ring maken. Dat is net iets voor hem, hè?'

'Ik zou het niet weten,' antwoordde Meg, die zin had om de keuken uit te rennen en te gaan gillen.

'Nou, neem maar van mij aan dat hij zo is.'

Toen Meg voor de tweede keer haar pollepels, aardappelschilmes, deegsnijder en een rondslingerende tuinschaar op hun plek had gelegd, wist ze niet meer wat ze moest doen. Eigenlijk wilde ze vragen of Laura en Justin met elkaar naar bed gingen. Dat wilde ze weten. En ze had ook vreselijk veel zin om de zelfingenomen, bekrompen Laura te shockeren om te voorkomen dat ze haar van de tafel af zou duwen.

'Zeg, Meg,' begon Laura vertrouwelijk en poeslief. 'Nu moet je eens heel eerlijk tegen me zijn. Geniet je echt van het werk in Nightingale Woods? Ik weet dat je er niet voor bent opgeleid, maar die eenvoudige kost voor de gasten hier is vast geen probleem voor je. Maar wil je je vleugels niet een beetje uitslaan? Ergens anders zou je veel meer kunnen leren, in Londen bijvoorbeeld.'

Heel even vroeg Meg zich af of dit een waarschuwing was, of Laura haar duidelijk wilde maken dat ze weg moest, en wel zo ver mogelijk. Haar woorden konden zeker zo worden uitgelegd.

Maar nee, besloot Meg. Laura voelde zich veel te zeker van Justin om Meg als een bedreiging te beschouwen. Het was eigenlijk ook een te belachelijke gedachte. Laura was zo slank en zo zelfverzekerd, en zij, Meg, liep altijd rond in haar koksjas en geruite broek. Over haar kookkunst twijfelde ze niet, maar over haar uiterlijk voelde ze zich vaak onzeker.

Justin kwam de keuken in. 'Het slot werkt weer prima. Het moest alleen even geolied worden. Laura? Zullen we gaan?'

Laura sprong van tafel. 'Natuurlijk, schat – Justin,' verbeterde ze zichzelf haastig. 'Geen vertrouwelijkheden tijdens het werk, hoewel we' – ze keek van onder haar wimpers naar Justin – 'in strikte zin niet aan het werk zijn, toch?'

'Kom,' zei Justin kortaf. 'Het is lunchtijd, we moeten terug.'

Laura haastte zich achter hem aan.

Meg sloeg de lunch over. Nadat ze de tafel had schoongeboend en elke bacterie die Laura erop had kunnen achterlaten was weggepoetst, maakte ze een trifle en bakte een paar taarten voor de dessertwagen. Terwijl de taarten stonden af te koelen, stelde ze een lijst op van dingen die ze nog moest doen. Ze was uit haar doen door Laura's bezoekje en tot haar ergernis had haar zelfvertrouwen er een deuk door opgelopen. Een stevige lijst zou helpen.

Net toen ze zich afvroeg of ze trek had, kwam Ambrosine de keuken binnen. De kolonel was bij haar en ze had overschoenen aan over de degelijke veterschoenen, die ze altijd droeg als ze ging wandelen.

'O, hallo!' zei Meg verontschuldigend. 'Wachten jullie op de lunch?'

'We hebben brood en kaas gegeten in de pub,' antwoordde de kolonel. 'Met een lekker glas bier erbij.'

'Ik kom alleen maar even kijken of ik de snoeischaar hier heb laten liggen,' zei Ambrosine. 'Bertie is zo lief om me te helpen. We gaan bloemen plukken voor een groot arrangement in de hal om de tuin in huis te halen volgens de principes van de hogere bloemschikkunst!'

'Dat zou fantastisch zijn, Ambrosine. Ik ben je heel dankbaar.'

'Alles moet piekfijn in orde zijn voor mevrouw Muggenzifter,' reageerde Ambrosine met een ondeugende twinkeling in haar ogen.

Meg sloeg haar hand voor haar mond. 'Ik wist niet dat andere mensen die bijnaam kennen.' Te laat bedacht ze dat ze die 's ochtends ook al had verklapt aan Sally.

'Zolang we haar maar niet zo noemen waar de gasten bij zijn is er niets aan de hand,' zei Ambrosine. 'Maar heb je wel genoeg taart en cake voor bij de thee? Er zijn mensen die niet zonder kunnen.'

'Nou maak je me ongerust, Ambrosine. Ik zal nog een stel kleine cakejes maken. Die hoeven niet zo lang in de oven en Susan kan helpen met glazuren.'

'O, die worden vast heerlijk,' zei de kolonel, die ook dol was op gebak.

Niet lang nadat Ambrosine en de kolonel vertrokken waren, kwamen Susan en Cherry, die thuis waren gaan lunchen, terug.

'Weten we zeker hoeveel gasten mevrouw Mugge... Lady Lennox-Stanley meebrengt?' vroeg Susan.

'Ik had Vanessa gisteravond willen bellen, maar daar ben ik niet meer aan toegekomen,' zei Meg. 'En toen ik vanochtend belde, waren ze al vertrokken.'

Cherry, die met het gastenboek onder haar arm was binnengekomen, opende het en keek erin. 'Hier staan alleen de namen van Lady Lennox-Stanley, haar twee gasten, een echtpaar, Vanessa, en natuurlijk die van de andere gasten.'

'Dat gaat prima lukken,' zei Meg. Ze probeerde optimistisch te klinken, maar dat mislukte. Als Vanessa er was, zou ze zich zekerder voelen, wist ze. Haar zou ze alles kunnen vertellen over Laura die op de keukentafel had zitten opscheppen over Justin.

Na de middagthee stond Meg in de hal Ambrosines bloemenarrangement te bewonderen toen ze een auto op het grind van de oprit hoorde. Even later kwam Vanessa het hotel binnengestormd. 'Die verdomde moeder van me! Ik zou zweren dat ze het expres doet! Het spijt me zo!'

Meg onderdrukte haar opkomende paniek. 'Maak je geen zorgen, Nessa. We regelen het wel, wat je moeder ook gedaan heeft. Waar is ze?'

'Haar nieuwe vriend is bezig de auto te parkeren. Ze wilden onderweg niet stoppen, zodat ik jou kon bellen om je te waarschuwen. Maar ze lieten me wel eerder uitstappen.'

'We weten dat je moeder twee vrienden meebrengt,' zei Cherry geruststellend. 'Maar we dachten dat die apart zouden arriveren. Geen reden tot paniek.'

'Die vrienden bedoel ik niet! Die komen inderdaad op eigen gelegenheid. Het gaat om Basil.'

'Basil?' vroeg Meg verwonderd.

'Dat is een man die mijn moeder onlangs heeft ontmoet. Hij hoorde dat we naar Nightingale Woods zouden gaan voor de race en wilde dolgraag mee. Toen heeft mijn moeder – die nog nooit in haar leven een spontaan gebaar heeft gemaakt – gezegd, en ik zweer het: "Wat zou dat leuk zijn. Je kunt Vanessa aflossen met rijden."'

Meg glimlachte. 'Maak je niet dik, Ness. We vinden wel een plek voor een heer alleen.'

'Ja hoor,' bevestigde Cherry. 'We hebben een extra kamer klaargemaakt voor noodgevallen. Hoewel het natuurlijk geen noodgeval is.'

'O, echt?' reageerde Vanessa. 'En bewaren jullie nog steeds een fles sherry in de keuken?'

'Vanzelfsprekend,' antwoordde Meg.

'Ga jij maar met haar naar de keuken,' zei Susan. 'Wij zorgen wel voor Lady L-S en die Basil die ze heeft meegebracht.

Eenmaal in de keuken zag Meg dat Vanessa behoorlijk over haar toeren was, en ze schonk een theekopje sherry voor haar in.

'Dit moet ik maar niet helemaal opdrinken,' zei Vanessa met een blik op het volle kopje.

'Het is een heel beschaafd kopje. Er zit niet veel in. En vertel me nou eens wat er echt aan de hand is.'

Vertwijfeld nam Vanessa een slokje van de sherry. 'Ik heb je nog niet alles verteld. Basil is heel goed bevriend met Russell Rook en heeft gevraagd of die ook meekwam. Ik weet dat je nu weliswaar vier eenpersoonskamers met badkamer hebt, maar waar ga je in vredesnaam iedereen onderbrengen?'

Meg en Susan keken elkaar aan. De situatie was iets ernstiger dan die aanvankelijk had geleken. 'Jij bent geen probleem, Nessa,' zei Meg. 'Jij kunt bij mij logeren in mijn kleine appartement.'

'Dat lijkt me fijn.' Vanessa was al wat gekalmeerd.

'En Russell en Basil zijn vrienden?' vroeg Meg voor de zekerheid.

'Kunnen we hen in een tweepersoonskamer stoppen?' stelde Susan voor.

Vanessa's ogen werden groot van schrik. 'Absoluut niet.'

'Oké,' zei Meg. 'We geven jouw eenpersoonskamer aan Russell, want hij is bijna een vriend, en dan moeten we nog een plek vinden voor deze Basil.'

'Hij heet Basil Knott-Dean. Afgaande op de manier waarop mama hem behandelde, zou ik zeggen dat hij best wel een belangrijk iemand zou kunnen zijn.'

'Laat alles verder maar aan mij over,' zei Susan op sussende toon. 'Meg? Ik hoor geluiden in de hal, dus ik denk dat je aanwezigheid daar gewenst is.'

Het was druk in de hal. In het midden stond Lady Lennox-Stanley, omringd door bagage. Er stonden twee grote mannen bij haar. Een van hen was Russell Rook.

'Goedemiddag,' begroette Meg hen. Ze probeerde zoals haar moeder verwelkomend en behulpzaam te doen, maar niet plechtig. 'Welkom in Nightingale Woods. Ik hoop dat u een goede reis hebt gehad?'

'Dag Meg, lieverd,' zei Russell. 'Ik heb een oude makker meegebracht. Hij had zo veel goeds gehoord over je hotel en stond te springen om mee te gaan.'

'Basil Knott-Dean,' stelde Russells vriend zich voor, en hij gaf Meg een hand. Hij was lang, had een prettige stem en leek uitstekende manieren te hebben. 'Ik ben zo'n irritante onverwachte gast. Iemand die onaangekondigd arriveert op waarschijnlijk een drukke dag. Heb je een plek voor me? Als je geen kamers meer hebt, kan ik altijd weer weggaan.'

'Hoe maakt u het?' zei Meg. 'En natuurlijk kunnen we u onderbrengen.' Daar was ze helemaal niet zo zeker van, maar ze wist dat ze de toorn van de hotelgoden over zich zou afroepen als ze een potentiële gast wegstuurde. 'Ik zou u willen voorstellen om allemaal naar de salon te gaan en iets te drinken. Lady Lennox-Stanley? We gaan uw bagage in uw kamer zetten en een geschikte plek zoeken voor meneer Knott-Dean.'

'Ik zal voor de drankjes zorgen,' zei Russell, waarmee hij Megs eeuwige dankbaarheid verdiende. 'Zal ik een gin-vermout voor je mixen, Amanda? Daar ben ik heel handig in.'

Lady Lennox-Stanley had al twee glazen gin-vermout achterovergeslagen toen Meg haar en Vanessa de kamer liet zien. Helaas was het humeur van mevrouw Muggenzifter door de alcohol niet milder geworden en moest het enthousiasme van Vanessa komen.

'O, mama,' riep ze verrukt. 'Ziet het er niet beeldschoon uit? En kijk, door die deur kom je in je eigen badkamer. Wat is dit mooi! En veel huiselijker dan dat hotel op de heuvel. Vind je ook niet, mama?'

'Als iedereen blij is met zijn kamer, dan denk ik dat ik dat ook moet zijn.' Ze schonk Meg een van haar ijzige glimlachjes. 'Heeft Vanessa voor morgen picknickmanden besteld? Bij de renbaan wordt voor de lunch gezorgd, maar sommigen mensen – en vooral mijn vrienden – geven de voorkeur aan een picknick.'

Vanessa keek verbijsterd naar Meg. Blijkbaar was dit verzoek helemaal nieuw voor haar.

Zodra ze samen in de gang stonden begon Vanessa zich te verontschuldigen. 'Ik had geen idee dat ze een picknick wilde, Meg. Ik geloof niet dat ze dat ooit eerder heeft gewild.'

'Het geeft niet, Nessa,' antwoordde Meg, die lang zo kalm niet was als ze zich voordeed. 'We zorgen er wel voor. Er is nog tijd. Maar dat wordt dan wel na het diner.'

Bij binnenkomst in de keuken hoorden ze een vreemd geluid uit een van de hoeken komen. Het klonk als een roestig deurscharnier.

'Wat is dat voor een geluid?' vroeg Meg aan Susan.

Susan trok een gezicht. 'Kijk maar omhoog.' Ze wees naar het bellenbord. Een van de vlaggetjes bewoog heen en weer.

'Mijn hemel!' riep Vanessa uit. 'Laat dat niet aan mijn moeder zien. Die gaat onophoudelijk om dingen vragen!'

'We kunnen doen alsof ze niet werken,' zei Susan. 'Niemand verwacht tegenwoordig toch nog dat zulke bellen werken?'

'Nee, dat moeten we niet doen,' antwoordde Meg. 'Waar we wel voor moeten zorgen is dat ze na dit bezoek echt niet meer werken.' Ze dacht even na. Wie moest er reageren op dit dringende verzoek? Sally, hun nieuwste teamlid was ergens anders bezig. Ze zuchtte. 'Ik ga wel.'

'Jij hebt jongere benen dan ik.' Tegen dat argument van Susan viel niets in te brengen.

Meg rolde met haar ogen en ging op weg.

'O, wat een uitstekende service,' zei Basil Knott-Dean toen ze zijn kamer binnenkwam. 'Zijn jullie altijd zo snel? Vaak moet je uren wachten voordat er iemand komt.'

'Wat kan ik voor u doen?' vroeg Meg, die probeerde te verbergen dat ze hijgde.

'Ik zou graag iets drinken. Whisky en een karaf water, wat hapjes voor straks?'

Meg had zin om deze veeleisende gast te vertellen dat hij al voldoende had gedronken en dat er bij het diner genoeg te eten zou zijn. 'Hapjes voor straks' waren echt niet nodig, maar ze wilde ook dat haar gasten tevreden waren. Ze knikte en glimlachte, en maakte aanstalten om de kamer uit te lopen toen hij haar terugriep. 'Ja?' vroeg ze.

'Je kunt eten en drinken dat je op de kamer brengt extra in rekening brengen, hoor.'

Deze keer glimlachte Meg welgemeend.

Het diner verliep naar wens en iedereen verklaarde dat het heerlijk was geweest, behalve Lady Lennox-Stanley, die klaagde dat het nogal 'voedzaam' was.

Meg stond quiches te maken voor de picknickmanden toen Justin binnen kwam wandelen alsof hij de eigenaar van het hotel was. Haar hart maakte een sprongetje, maar meteen daarna herinnerde ze zich het gesprek met Laura, zodat haar blijdschap weer wegebde. Ze schraapte haar keel.

'Hallo,' zei hij. 'Wat ben je aan het doen?'

'Deeg aan het rollen – een techniek die vaak in keukens beoefend wordt.'

Justin maakte een sussend geluid, en ze draaide haar hoofd weg. Ze wilde niet dat hun blikken elkaar zouden kruisen, maar besefte dat ze daarmee een humeurige indruk wekte.

'Ik kom kijken of je nog dingen nodig hebt,' zei Justin. 'Meer beddengoed misschien?'

'Je bent een redder in nood,' zei Susan, die binnenkwam met een blad vol vieze koffiekopjes. 'We zitten vol, alle lakens die we hebben zijn in gebruik en ik durf te wedden dat mevrouw Muggenzifter morgen schone lakens wil, die we niet meer hebben. Zin in thee?'

Susan keek naar Justin alsof zijn bijnaam Lancelot was. Om de een of andere reden kreeg Meg daar pas echt een slecht humeur van.

'Ja, graag,' antwoordde Justin.

Susan schonk een kop thee voor hem in en verdween weer om meer vuile vaat op te halen.

'Vertel eens, Meg. Waarom heb je zo'n rothumeur?'

Opeens had Meg heel veel zin om hem alles te vertellen. Ze zuchtte. 'Ik ben gewoon moe. Lady Lennox-Stanley bracht onverwachte gasten mee en wil opeens dat ik picknickmanden maak die ze mee kunnen nemen naar de renbaan. Er wordt daar natuurlijk ook voor eten gezorgd, maar als mevrouw Muggenzifter picknickmanden wil, dan krijgt ze picknickmanden.' Het lukte haar om te glimlachen.

'En waar ga je het eten in doen? Heb je wel manden?'

'Nee. Op het moment overweeg ik om alles in grote rood-wit geruite doeken te knopen en die vast te maken aan een stok. Dat is iets dat ik heb opgestoken van kindertheater.'

Hij moest lachen. 'Arme Meggy! En het verbaast me niets dat je moe bent. Ik kan je geen picknickmanden lenen, maar in het hotel hebben we een voorraad witte kartonnen dozen die we gebruiken voor grote taarten. Volgens mij zijn die precies goed. Ik zal ze je morgenvroeg komen brengen.'

Dat was een ideale oplossing. 'Nou, bedankt, Lancelot,' zei ze sarcastisch om haar erkentelijkheid te verbergen.

'Hoe noemde je me nou?'

Meg haalde haar schouders op. Ze voelde zich al een beetje blijer. 'Let maar niet op mij.'

Hij keek haar aan op een manier waarvan ze behoorlijk zenuwachtig werd. Hem uitdagen als een leeuw in een kooi was één ding, maar opeens bevond die leeuw zich aan de andere kant van de tralies. Haar hart begon sneller te kloppen. Was hij maar niet met Laura, dan had ze hem wel durven aankijken, met het risico dat hij haar zou kussen. Maar nu kon ze dat niet.

Ze was heel blij dat Susan net op dat moment terugkwam, zodat de spanning werd verbroken.

Een poosje nadat hij weg was, zei Susan: 'Justin houdt ervan om een oogje in het zeil te houden, hè?'

'Nou!' antwoordde Meg. Ze was frangipanetaartjes aan het vullen voor de dessertwagen en hoopte op een ouderwets partijtje mopperen-op-Justin. 'Het lijkt wel of hij er niet op vertrouwt dat we de dingen hier afkunnen zonder hem.'

'Misschien zijn het geen "dingen" die hij in het oog wil houden, maar jou,' zei Susan. 'Misschien heeft hij wel een oogje op je!'

22

Omdat iedereen de volgende ochtend op dezelfde tijd wilde vertrekken, verliep het ontbijt nogal chaotisch. Maar met vereende krachten wisten Meg, Susan, Cherry (weer in haar rol van serveerster), Sally en een leerling van Bob die indien nodig bijsprong in de bediening het zo te regelen dat iedereen binnen redelijke tijd kreeg wat hij wilde. Tot ieders grote vreugde was het opgehouden met regenen. De zon was tevoorschijn gekomen en de wereld zag er fris en gewassen (maar niet gedroogd) uit. Het zou een prachtige dag worden.

Toen iedereen vertrokken was, per auto of per van tevoren besproken taxi, en al dan niet met kartonnen picknickdozen, slaakte het personeel een zucht van verlichting. Cherry werd teruggestuurd naar het kantoortje omdat de telefoon niet ophield met rinkelen en de anderen begonnen met de afwas en een uitgebreide bespreking van de gasten, hun kleding en allerlei andere dingen die daarvoor in aanmerking kwamen.

Nadat alles afgewassen en opgeruimd was en Susan, Sally en Meg aan de keukentafel zaten en meer thee dronken dan Meg ooit voor mogelijk had gehouden, kwam Cherry met een kleur van opwinding de keuken binnen.

'Jullie raden het nooit!' riep ze.

'Nee, inderdaad,' beaamde haar moeder. 'Vertel het dus maar gewoon.'

'Nou, meneer Knott-Dean... Basil?' voegde ze eraan toe, omdat het eerste alleen maar gezichten vol onbegrip opleverde.

'O ja,' reageerde Meg.

'Ik dacht dat hij net als de anderen naar de race was. Maar nee!'

'Zeg het nou maar, lieverd. Er moeten nog bedden worden opgemaakt,' zei Susan.

'Hij vroeg of hij mocht bellen en ik wees hem de weg naar de telefoon in het kantoortje,' zei Cherry, die nu blijkbaar besloten had het verhaal zonder dramatische pauzes te vertellen. 'Omdat ik rekeningen moest schrijven – iedereen vertrekt morgen weer – nam ik mijn map mee naar de hal en ging daar door met mijn werk.' Ze keek om zich heen of haar publiek wel oplette. 'Ik kon ieder woord dat hij zei horen!'

'En wat zei hij?' vroeg Susan.

'Hij vroeg een nummer aan in Londen!'

'Dat is schrikken,' reageerde Susan, die weigerde geïmponeerd te zijn. 'Een man uit Londen belt met iemand in Londen.'

'Hij belde met een krant. Hij is restaurant-recensent. Toen hij het kantoortje uit kwam vertelde hij dat hij zijn kopij had doorgegeven!'

Niemand begreep echt wat dat betekende. 'Je bedoelt dat hij de krant waarvoor hij werkt heeft gebeld om te vertellen wat hij had geschreven?' vroeg Meg.

'Dat denk ik. En hij was erg lovend!'

'Wat leuk! Kun je je herinneren wat hij precies zei?' vroeg Meg.

'Niet echt, maar hij gebruikte het woord "eigenzinnig".'

'Dat lijkt me niet goed,' zei Susan. 'Het klinkt alsof we een beetje geschift zijn.'

'Hij bedoelde het niet negatief, dat weet ik zeker,' zei Cherry, die duidelijk een beetje teleurgesteld was.

'Je hebt er goed aan gedaan om mee te luisteren, ook al heb je niet elk woord kunnen verstaan,' zei Meg.

Pas later drong het tot haar door dat het moreel gezien niet juist was om iemand die had staan luistervinken een compliment te geven.

Meg zat op haar lievelingsplekje in de tuin, het bankje bij de muur, onder een boog van rozen. Ze was naar buiten gestuurd door Susan, die vond dat ze een pauze nodig had. Met gesloten ogen luisterde ze naar de vogels en probeerde niet te denken aan het hotel en de talloze maaltijden. Ze overwoog zelfs om haar boek te gaan halen. Het probleem was alleen dat haar gedachten, die ook erg toe waren aan een pauze, steeds afdwaalden naar Justin, hoeveel moeite ze ook deed om ze een halt toe te roepen. Daar schoot ze niets mee op.

'Meg?' klonk een vriendelijke mannenstem. Ze opende haar ogen weer. Het was Basil.

'O, hallo!'

'Meg, lieverd – mag ik je Meg noemen? Ik hoop het wel, want ik heb het nu al drie keer achter elkaar gedaan.'

Meg moest lachen. 'Dat is prima.'

'Gelukkig. Ik ben hier omdat ik heel goed weet dat de charmante Cherry me heeft gehoord toen ik mijn recensie voor de krant dicteerde. Dat was ook de bedoeling. Ik wil dat jullie allemaal weten hoe goed ik jullie vind. Maar wat ze niet heeft gehoord, omdat ik het niet heb gezegd, is dat ik schrijf voor *Excellente hotels en restaurants*. Je weet misschien dat in die gids de beste hotels van het Verenigd Koninkrijk worden vermeld?' Hij wachtte op haar reactie.

Die kreeg hij. 'O, hemeltjelief!' Meg kende de hotelgids en het was absoluut een voorrecht om daarin te worden genoemd.

'Ik wil dat Nightingale Woods in die gids wordt opgenomen.'

'Ik weet niet wat ik moet zeggen!' Meg was verbijsterd.

'Mijn vriend Russell had me al verteld dat Nightingale Woods iets bijzonders was, dus toen ik Lady Lennox-Stanley ontmoette en hoorde dat ze hiernaartoe ging, heb ik natuurlijk belangstellend gereageerd, waarop zij voorstelde dat ik zou meegaan.' Hij zweeg even en glimlachte geruststellend naar Meg. 'Ik wilde ook testen hoe het hotel zou omgaan met een onverwachte gast en tot mijn vreugde kan ik zeggen dat je dat perfect hebt gedaan.'

'Daar ben ik heel blij om.' De deftige mevrouw Muggenzifter die op het laatste moment een restaurantcriticus uitnodigde! Haar moeder en David – en natuurlijk Andrew – zouden dolenthousiast zijn. Ze kon niet wachten om het hun te vertellen.

Basil gaf haar een klopje op haar hand. 'Ik zie dat je je zorgen maakt. Dat is niet nodig. Ik zal je de tekst geven die ik heb geschreven, dan kun je het zelf lezen. Er zullen natuurlijk nog wat kleine dingen in worden gewijzigd. Mij wordt vaak verweten dat ik een nogal...' Hij dacht even na. '... bloemrijke schrijfstijl heb, maar dit is wat ik vind. Ik blijf niet hier terwijl jij het leest. Ik ga een eindje wandelen in de tuin en genieten van de rust.'

Toen hij weg was pakte Meg het papier en begon te lezen.

> Als u de verborgen valleien en heuvels van Dorset aan het verkennen bent, hebt u misschien het grote geluk om het charmante Nightingale Woods te ontdekken. Wat een juweeltje!
>
> Ik heb al eerder gezegd dat goede service net zo belangrijk is als goede maaltijden en accommodatie, en soms krijgt u slechts een van de drie. In Nightingale Woods krijgt u ze alle drie. Het mooie oude huis verwelkomt u als een vriend, en hoewel een aantal kamers nodig moeten worden opgeknapt, zijn er nu ook een paar met privébadkamer. Als je je welkom voelt, uitstekend te eten krijgt en merkt dat het voortreffelijke personeel ook met veeleisende gasten charmant en efficiënt omgaat, dan worden sleetse stoelbekleding en bladderende verf onbelangrijk. Doe uzelf een plezier en bezoek dit eigenzinnige, originele hotel. Het is echt iets heel bijzonders.

Nadat Meg de recensie even tot zich had laten doordringen, ging ze in de tuin op zoek naar Basil. Ze vond hem op een van de bankjes.

'Ik ben helemaal ondersteboven. Wat is dit een fijne beoordeling. Dit is natuurlijk niet mijn hotel. Ik werk hier alleen maar, maar het is heerlijk om al die lof te lezen.'

'Ik weet dat Nightingale Woods niet van jou is, maar wie is de eigenaar?' vroeg Basil, die op de plek naast hem klopte om duidelijk te maken dat Meg moest gaan zitten.

'Op dit moment wordt het gerund door Andrew Nightingale, maar zijn vader, de eigenaar, is onlangs overleden. Andrew is nu in Frankrijk om de nalatenschap te regelen. Mijn moeder is bij hem en dat is de reden dat ik hiernaartoe ben gekomen.'

'Maar het lijkt of je nooit anders hebt gedaan!'

Meg glimlachte. 'Dit is de eerste keer dat ik in een hotel werk, en de eerste keer dat ik in mijn eentje de verantwoordelijkheid heb voor de keuken. Maar ik heb ontdekt dat ik dat kan, met de hulp van Susan en alle anderen, en ik vind het heerlijk.'

'Jouw stijl van koken...' begon hij, maar toen stopte hij. 'Wat is er? Waarom lach je? Heb ik iets geks gezegd?'

'Ik hoop dat het niet onbeleefd klinkt, maar ik realiseerde me niet dat ik een "stijl van koken" had. Dat klinkt zo deftig.'

Nu moest Basil lachen. 'Maar die heb je wel degelijk! Het is ongecompliceerd eten, bereid met eersteklas ingrediënten...'

'Allemaal uit eigen tuin, en van vrienden en kennissen van Susan.'

'Bereid met zorg en aandacht, zonder toeters en bellen. Begrijp me niet verkeerd. Net als menigeen waardeer ik spectaculaire gerechten, maar die passen hier niet. En je nagerechten zorgen ervoor dat stoere kerels gaan huilen van geluk!'

Meg giechelde. 'Hoe weet u dat?'

'Een stoere kerel – ik zal het maar zeggen: Russell – bekende me gisteravond hoe jouw citroenmeringuetaart hem ontroerde. Daar kun je om lachen, maar een simpel nagerecht dat fantastisch is gemaakt, is een zeldzaamheid waar je ontzettend blij van kunt worden.'

'Ik vind het heerlijk om desserts te maken. Heel veel koks houden er niet van, maar ik vind het niet erg als ik ontzettend moet prutsen om iets er mooi te laten uitzien. Nagerechten als citroenmeringuetaart moeten niet te overdadig worden gedecoreerd. De dame in Londen van wie ik heb leren koken, had iets tegen werken met een spuitzak, maar ik leef me er helemaal mee uit als ik kleine fruittaartjes of bladerdeeggebak maak, eigenlijk bij alles wat verfijnd is.'

Precies op dat moment hoorde Meg het geluid van een motor. 'O, dat is Justin. Ik vraag me af wat hij komt doen.'

'Wie is dat?' vroeg Basil.

'De zoon van Andrew, en dus de kleinzoon van de overleden eigenaar. Hij is kok in het hotel in Newton-cum-Hardy. Dat ligt niet ver van hier.'

Een paar seconden later dook Justin op.

'Hallo! Ben je aan het uitpuffen, Meg?'

Vervolgens glimlachte hij afwachtend naar Basil, zodat Meg zich verplicht voelde om hen aan elkaar voor te stellen.

'Dus jij bent zo ongeveer de plaatsvervanger van de eigenaar?' vroeg Basil toen het voorstellen achter de rug was.

'Ik hou graag een oogje op mijn vaders investering,' antwoordde Justin.

Dat knoopte Meg in haar oren. Zo gauw als de gelegenheid zich voordeed, zou ze Susan laten weten dat Justin absoluut duidelijk was geweest: hij kwam voor het hotel, niet voor haar.

'Misschien moet je hem mijn tekst voor de gids laten lezen?' zei Basil tegen Meg.

'Geef maar,' zei Justin, zodat ze niet hoefde te aarzelen. Snel las hij de tekst. 'Dit is echt heel mooi!' zei hij een poosje later. 'Mijn vader zal verrukt zijn.'

'Ik ben nu al verrukt,' zei Meg.

'Ik weet niet of je je ervan bewust bent, maar Meg is een bijzonder getalenteerde kok,' merkte Basil op.

'Dat is een groot compliment, zeker uit uw mond,' antwoordde

Justin. In Megs oren slaagde hij er op de een of andere manier in om daar licht ongeloof in te laten doorklinken.

'Dit kleine hotel is een potentiële goudmijn. Jullie huidige prijzen zijn veel te bescheiden,' ging Basil door.

'Het ziet er hier en daar wat armoedig uit,' wierp Justin tegen.

Meg had op het punt gestaan hetzelfde te zeggen, maar het irriteerde haar dat Justin het deed. 'Basil zegt dat dat niet erg is.'

Basil hief bezwerend zijn hand. 'Zo heb ik het niet geformuleerd. Opknappen is zeker nodig, maar de slijtage die het hotel in de loop der jaren heeft opgelopen, zal het plezier van de gasten niet in de weg zitten. Als ik nu zou bellen om te informeren naar de lunch, zou dan niemand dat horen omdat jij hier zit, zou mijn bellen dan net zoiets zijn als een boom die omvalt in een bos, door niemand gehoord?'

Meg lachte. Ze begon te wennen aan zijn manier van doen en maakte zich er niet druk meer over. 'Ik weet dat Susan in de keuken is, en natuurlijk kunnen we voor een lunch zorgen. Waar hebt u zin in en waar zullen we dat serveren?' Hij reageerde niet onmiddellijk. 'Wilt u in de tuin eten? Mag ik dan een salade met kip voorstellen en een goed glas rosé uit de Provence? Een vriendin van me heeft een chateau daar.'

'Dat klinkt perfect. Altijd maar zwaar tafelen is een ramp voor de lijn. Een lekkere salade is precies wat ik nodig heb.'

'Ik ga er meteen voor zorgen.'

'Goed geregeld, Meg,' zei Justin toen ze buiten gehoorsafstand waren. 'Je gaf hem het gevoel dat hij zin had in wat je hem kon aanbieden. En dat "mijn vriendin heeft een chateau in de Provence" vond ik prachtig. Daardoor leek het of de rosé uit die wijngaard komt.'

'Die komt van de wijngaard ernaast.' Meg kreeg een kleur. 'Ik geloof dat de wijngaarden ooit wel bij het chateau hoorden, dus helemaal onwaar is het niet.' Ze zuchtte. 'Ik ga de salade maar maken. En ik heb al koude kip, dat heb je goed geraden. Ik zal er wat verse kruiden bij doen voor meer smaak.'

'Wat doe je er nog meer in?'

Omdat hij oprecht geïnteresseerd leek, zei ze. 'O, je weet wel, de gebruikelijke ingrediënten. Wat bleekselderij en ui, druiven, geroosterde amandelen, mayonaise. Je kent het wel.'

'Ik kan de amandelen wel voor je hakken, als je wilt. En rooster je ze onder de grill of in de koekenpan met boter?'

'Onder de grill. Het gerecht is al vrij zwaar.'

Ze liepen samen naar het huis. Toen ze er bijna waren, legde Justin zijn hand op haar arm. 'Meggy...'

Daar schrok ze van. 'Wie heeft gezegd dat je me zo mag noemen? Alleen mijn moeder en mijn beste vriendinnen mogen dat!' Zodra ze het gezegd had, wilde ze dat ze haar mond had gehouden. Tenslotte deed het er niet toe hoe hij haar noemde. Maar ze had het gevoel dat hij te vertrouwelijk werd. Een vertrouwelijkheid die ze niet wilde toelaten omdat het niet kon. Hij was met Laura.

'Neem me niet kwalijk. Ik wilde gewoon... Vergeet het maar, ik zal proberen dat niet meer te doen. Maar Meg, ik wilde je komen waarschuwen. Morgen komt mijn oom Colin hier langs. Hij wil het hotel eens goed in ogenschouw nemen. Hij is er in geen jaren geweest en is er ook niet in geïnteresseerd, maar hij staat wel op het punt de helft van het hotel te erven. Toch hoop ik dat het geld dat uit de erfenis vrijkomt eerlijk gedeeld kan worden, zodat mijn vader het hotel kan houden.'

Meg keek naar hem op. 'Ik weet er natuurlijk niets van, maar denk je niet dat je vader je grootvader had kunnen overreden om het hotel beter te onderhouden als het geld bij hem tegen de plinten klotste?'

Justin gaf een knikje. 'Dat ben ik met je eens. Als er voldoende geld was geweest, dan was de boel beter bijgehouden.'

'En als er geen geld is om de erfenis eerlijk te verdelen tussen de broers?'

'Dan zal het hotel verkocht moeten worden.'

'Je weet wat ik voor Nightingale Woods voel. Het zou vreselijk triest zijn als het verkocht werd.'

'Het zal een groot verschil maken als het met die prachtige beoordeling in de culinaire gids wordt opgenomen. Basil zei dat de prijzen te laag zijn en die zullen flink omhoog moeten als de vraag gaat toenemen. Dat heb jij voor elkaar gekregen, Meggy... Meg,' verbeterde hij zichzelf haastig.

'Nee, niet ik alleen. Ik maak gewoon deel uit van het team.'

'Om de bekende Basil Knott-Dean te citeren: je bent een "bijzonder getalenteerde kok".'

Meg snoof geringschattend. 'Dat geloof je net zomin als ik.'

'Eerlijk gezegd denk ik dat ik het meer geloof dan jij, maar laten we er geen ruzie om maken.' Hij zweeg even. 'Mijn oom wil morgen om half elf langskomen. Komt dat jou goed uit?'

'Waarom moet het mij goed uitkomen?'

Justin aarzelde. Het was alsof hij niet goed wist hoe hij het moest zeggen. 'Ik denk dat je moet weten wat wellicht zijn plannen zijn. Als jij erbij bent en ons rondleidt, krijg je waarschijnlijk een indruk van hem. Ik heb met mijn vader gebeld. Hij probeert zo snel mogelijk terug te komen. Samen met je moeder natuurlijk.'

Er was iets in de manier waarop hij het zei waarvan Megs stekels overeind gingen staan. 'Het lijkt alsof je niet gelukkig bent met het idee dat onze ouders nu blijkbaar een stel zijn.'

'Het maakt me niet ongelukkig, maar ik ken je moeder niet echt, en ik heb het al eerder gezegd: iedereen zou verliefd worden op Nightingale Woods. Misschien is dat wat ze wil: een huis buiten en mijn vader erbij.'

'En zoals ik al eerder heb gezegd, kan ik je verzekeren dat mijn moeder geen geldwolf is. Maar nu het huis waarschijnlijk wordt verkocht, doet het er verder niet toe.' Ze haalde diep adem. 'En nu moet ik een kipsalade gaan maken. Je hoeft me niet te helpen; ik kan zelf amandelen hakken.'

23

De ochtend daarop zouden de gasten vertrekken, maar ze namen er de tijd voor. Gelukkig had Lady Lennox-Stanley een lunchafspraak, dus erg lang zou ze het afscheid niet kunnen uitstellen. Volgens Vanessa, die een dienblad met ontbijt voor haar moeder op kwam halen in de keuken, had haar moeder 'ondanks het feit dat het hotel wat sjofel was, een heel plezierig verblijf gehad'.

'Waarschijnlijk had ik dat niet tegen je moeten zeggen, maar ik vond dat je het maar beter kon weten,' zei Vanessa.

Meg lachte. 'Je moeder kan in mijn ogen niets verkeerds meer doen! Zij bracht Basil Knott-Dean mee en die heeft me een geweldige recensie gegeven. Trouwens, bepaalde gedeeltes van het hotel zijn toch ook nogal sjofel? Maar... heeft je moeder het liefst marmelade met dikke stukjes sinaasappelschil of liever die met dunnere?'

'Dat je twee soorten hebt! Ongelooflijk.'

'Normaal heb ik er maar één, maar we hebben de marmelade bij twee verschillende kennissen van Susan gekocht en de een is preciezer dan de ander. Sommige gasten houden niet van de schilletjes en daarom kiezen ze de grovere soort. Daar kunnen ze de schillen er makkelijker uit vissen.'

'Ik weet helaas niet wat ze lekkerder vindt. Ze komt nooit beneden ontbijten,' zei Vanessa.

'Dan geven we haar twee schaaltjes. Weet je zeker dat je dat blad kunt dragen? Zullen we anders Ted vragen om dat te doen?' Meg glimlachte naar de hulpvaardige jongen die net op dat moment de keuken binnenkwam.

Het vertrek van Russell en Basil was als afscheid nemen van oude vrienden. 'Ik ben natuurlijk weer terug voor je het weet,' zei Russell, die Meg een dikke kus gaf. 'En als deze ouwe makker het niet te druk heeft, dan breng ik hem mee om naar mijn voorstellinkje te komen kijken, aan het eind van de zomer.'

Basil gaf zijn vriend een vriendelijk duwtje tegen diens schouder. 'Jouw "voorstellinkje"? Dat waarin toevallig een van de grootste sterren aan het theaterfirmament een rol speelt?'

'Bedoel je Dame Miriam?'

Basil knikte. 'Als het maar even kan, kom ik natuurlijk.'

'Geweldig,' reageerde Meg zwakjes, in stilte hopend dat het hotel voldoende ruimte zou kunnen bieden aan al die grote namen met hun nog grotere ego's.

Basil en Russell legden allebei een goedgevulde envelop op de receptiebalie. 'Een extraatje voor het personeel,' zei Basil. Omdat hij met Lady Lennox-Stanley was meegekomen, ging hij in de hal op haar zitten wachten.

Niemand keek er echt van op dat Lady Lennox-Stanley, in tegenstelling tot de meeste gasten, een bescheidener fooi gaf dan wat als gebruikelijk werd beschouwd.

Vanessa geneerde zich meteen. 'Ze denkt dat de service in de hotelprijs inbegrepen is. Het personeel doet gewoon het werk waarvoor het betaald wordt en hoort geen extra's te verwachten,' legde ze uit.

'Ze heeft een punt,' antwoordde Meg, die zichzelf altijd oversloeg wanneer ze de fooien verdeelde. 'En de andere gasten zijn heel vrijgevig geweest. Maak je alsjeblieft geen zorgen!'

Net op het moment dat Justin en zijn oom arriveerden, reden de laatste gasten weg. Meg, die toevallig in de hal was om afscheid te nemen, liep het trapje af om hen te begroeten.

Ze kon niet beoordelen of Colin Nightingale jonger of ouder was dan zijn broer Andrew. Hij droeg een leren jack met een kraag van schapenvacht, een geruit Viyella-overhemd, een makkelijke broek en suède schoenen. Hij deed Meg denken aan de mannen op foto's van sigaretten- of sportauto-advertenties. Hij was de personificatie van jovialiteit en kameraadschap.

'Jij bent vast Meg,' zei hij terwijl hij met uitgestrekte hand op haar afliep. 'Colin Nightingale. Ik heb zoveel over je gehoord.'

Meg nam zijn hand aan, en hij wreef erover met zijn andere hand.

'Ik kan niet geloven dat zo'n knap meisje als jij zichzelf de hele dag in de keuken wil opsluiten! Met jouw charme ben je toch veel geschikter voor de receptie, om de gasten in te palmen?'

'Meg vat haar taak als kok heel serieus op,' zei Justin. Hij klonk geïrriteerd.

'En je bent wel erg jong voor een chef,' vervolgde Colin, die nog steeds Megs hand masseerde.

Meg wilde net zeggen dat ze tweeëntwintig was toen het tot haar doordrong dat Colin iets anders bedoelde. 'Ik kan me goed redden,' antwoordde ze, en ze trok met een ruk haar hand terug.

'Meg is bescheiden, oom Colin. Ze doet veel meer dan "zich redden". Basil Knott-Dean heeft haar uitbundig geprezen.'

'O echt?' zei Colin, die de naam blijkbaar kende. 'Je bedoelt die man die zo veel bijdragen levert aan de gids met die restaurants en hotels die er echt toe doen?'

'Ja, die. Dit hotel zal daarin worden opgenomen.'

Colin lachte. 'Goed gedaan! Dat is echt fantastisch!'

Justin wisselde een blik van verstandhouding met Meg. 'Laten we naar binnen gaan.'

‘Ik zal voor koffie zorgen,’ zei ze, blij dat ze even kon ontsnappen.

Met het dienblad met koffie kwam ze terug in de zitkamer, die nog wat rommelig was van de voorafgaande avond. Colin en Justin schenen dat niet te merken. Ze hadden zich geïnstalleerd op de banken bij het raam dat uitkeek over de tuin.

Meg zette het blad neer. ‘Ik heb in de keuken nog wat lekkers voor bij de koffie,’ zei ze, en ze wilde teruggaan naar de plek waar ze zich het meest op haar gemak voelde. Maar Justin legde zijn hand op haar arm.

‘Wil je daarna hier blijven, Meg? Ik kan niet al Colins vragen beantwoorden, en jij vast wel.’

‘Blijf alsjeblieft, lieve meid,’ zei Colin, die haar een glimlach schonk waarmee hij de grootste sterren zou kunnen verleiden, maar niet Meg.

Nadat ze haar baksels had gehaald, ging ze zitten. Ze had drie kopjes op het blad gezet en nam de kop die Justin haar voorhield aan.

Op dat moment kwam Cherry met een kleur van opwinding de kamer binnen. ‘Meg? Sorry, ik wilde jullie niet storen.’

Meg sprong op. ‘Het geeft niet. Heb je me nodig?’ Ze hoopte van harte dat het antwoord bevestigend zou zijn.

‘Ik geloof dat het goed nieuws is,’ zei Justin.

‘Dat denk ik wel,’ antwoordde Cherry. ‘Blijkbaar staat de recensie die Basil doorbelde aan zijn redactie al in de krant en de hele wereld hangt nu aan de telefoon om een kamer te boeken voordat het hotel te bekend wordt.’

‘Je hebt er toch wel aan gedacht om geen boekingen te accepteren tijdens de periode dat het toneelstuk wordt opgevoerd?’ vroeg Meg, die opeens zenuwachtig werd.

Cherry glimlachte geruststellend. ‘Maak je geen zorgen. Die periode heb ik helemaal geblokkeerd. Weet je zeker dat alle kamers bezet zullen worden door theatermensen? We hebben ook het huisje van de kamerheer tot onze beschikking. Dat heeft drie slaapkamers, wat ongebruikelijk is. Denk je dat mijn vader genoeg tijd heeft om daar badkamers in te plaatsen?'

'Ik hoop het. We hebben alle huisjes nodig.' Meg wierp een blik op Justin en zijn oom. Colin keek naar haar alsof ze een soort kind-filmsterretje was en van Justins gezicht viel zoals gewoonlijk niets af te lezen. 'Ik heb nagedacht over de mogelijkheid om een aantal van de stallen die bij de boerderij horen en die niet langer worden gebruikt om te laten bouwen tot gastenverblijven,' legde ze uit. 'Mijn vriendin in de Provence...'

'Die met het kasteel,' vulde Justin aan.

'... heeft stallen verbouwd en dat is een groot succes,' maakte Meg haar zin af terwijl ze Justin verwijtend aankeek. Vertelde ze altijd dat Alexandra een kasteel had? Ook als het niets toevoegde? Daar moest ze op letten.

Colin veerde op. 'Dit klinkt allemaal reuze-interessant. Je hebt voor enorme verbeteringen gezorgd tijdens de afwezigheid van mijn conservatieve broer. Kan ik een rondleiding krijgen als we onze koffie ophebben?'

'Natuurlijk,' antwoordde Meg, die moeilijk iets anders kon zeggen.

Cherry ging terug om de telefoon op te nemen.

'Wie had gedacht dat een vrouw zo veel ondernemingstalent kon hebben, hè, Justin?' zei Colin met een knipoog.

Meg werd zo boos dat ze niet wist hoe ze moest reageren. Zij had ideeën gehad en die kunnen uitvoeren, maar degenen die hadden geholpen om ze te verwezenlijken waren ook vrouwen. Hoe kon die man zo blind en zo dom zijn?

'Deze bladerdeeggebakjes zijn heerlijk,' zei Colin, die er blijkbaar van uitging dat Meg genoot van zijn complimenten.

'Meg is beroemd om haar taarten en cakes,' zei Justin vol overtuiging. 'Ze is een uitstekende patissier, beter dan veel mannelijke patissiers met wie ik heb gewerkt.'

Meg keek naar hem en bloosde. Het leek wel of hij trots op haar was.

Colin was zichtbaar onder de indruk van alle verbeteringen, en tijdens de wandeling door het hotel begon Meg te ontdooien.

'En hier zal *Een midzomernachtdroom* worden opgevoerd,' vertelde ze toen ze in de tuin waren. 'Blijkbaar is het er de perfecte plek voor, een natuurlijk amfitheater. Ambrosine heeft oude foto's gevonden waarop te zien is dat hier blijspelen worden opgevoerd.'

'Hoe moet dat als het regent?'

'Daar zullen maatregelen voor worden getroffen.'

'Weet mijn broer hiervan?'

'Ik hou mijn vader regelmatig op de hoogte van wat er hier gebeurt,' zei Justin. 'Het toneelstuk zal, als alles naar wens verloopt, een goudmijn worden voor het hotel. Met Dame Miriam Twycross als Titania is de kans op een mislukking trouwens heel klein.'

'Nou, dat is allemaal heel bemoedigend,' zei Colin. 'Je hebt wonderen verricht met dit oude gebouw. Het enige wat ons nu nog te doen staat is het hotel laten taxeren. Daarbij zal rekening moeten worden gehouden met een aanzienlijke toename in boekingen.'

De moed zonk Meg in de schoenen. Iedereen had zo hard gewerkt en gezorgd dat er meer bezoekers kwamen, en ondanks het feit dat ze daar aardig in leken te slagen, zag het er nu toch naar uit dat Nightingale Woods verkocht zou worden. Ze zouden allemaal hun baan kwijtraken. Het was bijzonder ontmoedigend allemaal.

'Neem me niet kwalijk,' zei ze. 'Ik moet voor de lunch gaan zorgen.' Er waren geen lunchgasten, maar ze had zin om in haar eentje een potje te huilen.

Meg was nog maar net in de keuken toen Ambrosine binnen kwam wandelen. 'Wat is dat nou, Meg? Dat is niets voor jou. Wat is er aan de hand?'

'Ik ben gewoon moe, denk ik,' zei Meg, en ze snoot haar neus.

Ambrosine boog zich over haar heen zodat ze wel verder moest vertellen. 'En Colin is er, Andrews broer…'

'Ik weet heel goed wie Colin is, lieverd, maar wat hij heeft gedaan om jou aan het huilen te maken weet ik niet.' Ze fronste haar wenkbrauwen. 'Dat zal ik gaan onderzoeken.'

'Nee, alsjeblieft! Niet doen!' zei Meg, maar het was al te laat.

Meg keek haar na en vroeg zich af of ze haar had kunnen tegenhouden. Maar er waren maar weinig mensen die Ambrosine op andere gedachten konden brengen als ze eenmaal iets in haar hoofd had.

Er waren geen hotelgasten die voor de lunch hadden gereserveerd, maar Meg vond dat ze toch iets voor het personeel moest maken. Ze hadden allemaal zo hard gewerkt om het hotel voor de dag van de race op orde te hebben dat ze iets lekkers verdienden.

Terwijl ze wortels aan het snijden was, kwam Justin binnen.

'Colin regelt een makelaar om het hotel te laten taxeren. Ik heb mijn vader gebeld. Ze kunnen pas overmorgen hier zijn. Colin wil dat de makelaar alleen met hem een ronde maakt.'

Meg kreeg een droge mond. Dit was slecht nieuws.

'Hij heeft heel veel mogelijkheden voor expansie gezien, zoals hij het noemt,' vervolgde Justin. 'Toen hij zich realiseerde dat ook de arbeidershuisjes verhuurd kunnen worden, liet hij zich helemaal meeslepen.'

'Maar ik dacht dat hij geen belangstelling had voor het hotel.'

'O, reken maar dat hij belangstelling heeft. Hij wil Nightingale Woods verder ontwikkelen en het dan verkopen. De helft van een veel grotere onderneming zal ook veel meer geld opbrengen.'

Meg schraapte haar keel en snifte, vastbesloten om niet te gaan huilen. Maar ze was moe van de racedag, bleef op het randje van huilen en werd steeds ongeruster. 'Hoe moet het dan met Ambrosine?' vroeg ze met een stem die tot haar ergernis stokte.

'Die zal natuurlijk moeten vertrekken. Colin wil een lift laten installeren, zodat de oude kinderkamers tot gastenverblijven kunnen worden verbouwd.'

'Maar is er geen morele verplichting om Ambrosine onderdak te bieden? Die moet er ooit zijn geweest, anders zou ze nu niet hier zijn.'

Justin haalde zijn schouders op. 'Een of ander wettelijk contract zal er niet zijn. Nee, ga alsjeblieft door met die soep. Die zullen we nodig hebben.' Hij glimlachte spijtig en vriendelijk en opeens wilde Meg... naar hem toe gaan en zijn armen om zich heen voelen. Ze wilde zijn warme lichaam vasthouden en tegen zich aan voelen.

Het drong plotseling tot haar door dat ze verliefd was op hem. Dat was een schok, en toch leek het iets wat ze altijd al had geweten. Ze had zo haar best gedaan om hem op een afstand te houden dat ze nooit had gemerkt hoe de liefde als een wijnrank omhoog was gekropen, zich om haar hart had gewikkeld en niet meer weggesneden kon worden.

24

Meg serveerde een lunch aan haar hulptroepen, maar om zelf niet mee te hoeven eten, beweerde ze dat ze naar haar kamer moest voor een vrouwenaangelegenheid. Toen ze door de hal liep hoorde ze Colin tekeergaan aan de telefoon. De deur stond open en Colin zat op de stoel van de receptie met zijn voeten op het bureau.

'Ik heb dringend iemand nodig. Niet te geloven dat u vandaag en zelfs morgen niemand beschikbaar hebt.'

Meg bleef uit het zicht staan. Ze schaamde zich niet dat ze meeluisterde. Het was even stil omdat iemand aan de andere kant aan het praten was.

'Luistert u eens! Ik wil dat er een discreet iemand komt die het pand voor me kan taxeren, verdomme! De commissie voor een huis als dit kan enorm zijn!'

Weer stilte.

'Dan bel ik een andere makelaar!' riep Colin, en hij smeet de hoorn op de haak.

Meg maakte zich snel uit de voeten. Had ze maar iemand met wie ze erover kon praten. Ze verlangde hartstochtelijk terug naar de tijd dat zij en haar vriendinnen met z'n allen in Alexandra's huis in Londen woonden.

Maar ook Justin was teruggegaan naar zijn hotel in Newton-cum-Hardy, en naar Laura, vermoedelijk. Susan en het andere personeel wilde ze niet lastigvallen met haar zorgen over Colin. Hopelijk zetten Andrew en haar moeder vaart achter hun terugreis.

'Meg, liefje, ik had het je eerder moeten vragen, maar is het goed als ik mijn spullen in Andrews kamer zet? Ik moet hier overnachten.' Met zijn charmantste glimlach op zijn gezicht zijn kwam Colin de keuken binnen.

'O, nee, niet in Andrews kamer,' reageerde Meg haastig. Ze wilde hem niet vertellen dat dat ook haar moeders kamer was. Misschien was hij niet op de hoogte, en ze wilde geen problemen veroorzaken. 'Maar door de week zitten we zelden vol. Ik zal Cherry vragen om je de mooiste kamer te geven die er beschikbaar is. Ha, daar is ze!'

Vermoedelijk had Cherry gezien dat hij naar Meg op zoek ging in de keuken en was ze, als de loyale vriendin die ze was, hem achternagegaan om Meg te redden. Geen van de vrouwen mocht Colin. Ze spraken er niet over, maar ze hadden allemaal ervaring met zijn terloopse aanrakingen en zijn neerbuigende en bazige manier van doen. Dat moesten ze allemaal maar verdragen.

Cherry gaf hem de kamer waarin Basil had gelogeerd. 'Ik heb gezegd dat de hotelrecensent daar had geslapen en hij wist dat die ons een heel goede beoordeling had gegeven. Ik heb ook gezegd dat de bel het niet doet. Anders zou hij ons waarschijnlijk voortdurend de trap op en af laten rennen en we hebben wel iets beters te doen!'

'Heel goed, Cherry! Je doet het geweldig.'

Ze glimlachten bezorgd naar elkaar. 'Laten we hopen dat het geen tijdverspilling is allemaal, omdat het hotel uiteindelijk toch wordt verkocht,' zei Cherry.

'Het is geen tijdverspilling,' zei Meg vastberaden. 'Het zomerseizoen gaan we met vlag en wimpel afronden. We hebben het toneelstuk nog en dan zullen alle beschikbare bedden worden gereserveerd en betaald. De acteurs, het publiek en alle andere mensen hier zullen zich kostelijk vermaken. Het gaat doodvermoeiend worden...'

'... maar we zullen het heerlijk vinden!' maakte Cherry Megs zin af.

'Nou en of!' zei Meg, die wilde dat ze zekerder kon zijn over de toekomst van Nightingale Woods.

Twee dagen later zag Meg tot haar vreugde haar moeder weer. Ze had voor een raam op de bovenverdieping op de uitkijk gestaan en zag de auto over de kronkelige weg komen aanrijden in de ochtendmist. Ze ging bij de deur op haar staan wachten. Het was nog vroeg en er waren een paar gasten voor het ontbijt, maar Susan en Cherry hadden beloofd dat zij voor alles zouden zorgen, zodat Meg haar moeder kon begroeten.

'Je hebt je moeder vast gemist,' had Susan gezegd. 'Er is zoveel gebeurd tijdens haar verblijf en dat van meneer Nightingale in Frankrijk.'

Op de treden naar de hotelingang vielen moeder en dochter elkaar in de armen. Ze waren zo blijven staan als Andrew hen niet met zachte hand naar binnen had geleid. 'Ik weet dat jullie blij zijn om elkaar weer te zien, maar kunnen we misschien eerst naar binnen gaan?'

In de hal zetten Meg en Louise de omhelzing voort. 'Gaat het goed met je, lieverd?' mompelde Louise. 'Dit is niks voor jou.'

'Het gaat prima,' mompelde Meg terug. 'Ik heb het alleen vreselijk druk gehad, dat is alles.' Ze slikte en liet haar moeder los. 'Zal ik eens even koffie of iets anders voor jullie gaan halen. Hebben jullie ontbeten? Hebben jullie goed geslapen op de boot? Was de zee kalm?'

'Koffie zou heerlijk zijn,' zei Andrew. 'Op de boot hebben we croissants en jam gehad, dus ik zeg geen nee tegen iets stevigers. Is er niemand in de salon? Kunnen we het daar krijgen?'

Op het moment dat Meg hun ontbijt binnenbracht, kwam ook Colin de salon binnen. Ze had gehoopt om van haar moeder en Andrew te horen hoe de zaken ervoor stonden, maar nu veranderde ze van gedachten.

'Kun je mij een kopje koffie brengen? O, en ook wat toast? Dank je.'

Terwijl Meg zich omdraaide om weg te gaan, vroeg ze zich af waarom ze zich zo stoorde aan zijn gedrag. Voor gasten zorgen was haar beroep. Ze zou het niet erg moeten vinden als haar iets werd gevraagd.

'Mag ik alsjeblieft een pot thee?' vroeg haar moeder. 'Het is een vreselijk cliché, dat weet ik, maar je kunt in Frankrijk echt geen behoorlijke thee krijgen. En breng alsjeblieft ook een kopje mee voor jezelf.'

Cherry had de koffie al gebracht, en ook de toast voor Colin, dus toen Meg binnenkwam met de thee voor haar moeder en haarzelf, vroeg ze: 'Zullen we dit mee naar boven nemen naar jouw kamer, mama? Dan drinken we de thee daar en kunnen we bijpraten.'

Ze zaten samen aan het tafeltje bij het raam in Andrews kamer. Louise had thee ingeschonken. Ze was aangenaam verrast door de bloemen, het perfect gestreken beddengoed en de mooie, bijpassende linnen handdoeken die jarenlang in een kast hadden gelegen. 'Lieverd,' zei ze terwijl ze haar dochter bestudeerde. 'Gaat het wel goed met je? Je lijkt niet zo kalm als gewoonlijk.'

Meg zuchtte. 'Er is gewoon zoveel om rekening mee te houden, en Colin gedraagt zich alsof hij hier de baas is.'

'Dat is hij niet. Niemand is hier nog de baas. Andrew is de enige die hier iets te zeggen heeft. Maak je geen zorgen.'

'Er is heel wat veranderd. Andrew en jij zijn daarvan op de hoogte, maar Colin doet er heel opgewonden over.'

'Is dat erg?'

'Mam, hoe goed ken je hem?'

'Ik heb hem pas net ontmoet.'

'Hij is vréselijk,' zei Meg. 'Hij is aanrakerig, lijkt alleen maar aan geld te denken en wil dat het hotel getaxeerd wordt zodat hij het kan verkopen.'

'Het kan niet worden verkocht zolang de nalatenschap niet is afgehandeld. Er wordt een derde persoon genoemd in het testament, maar die is onvindbaar. Ik denk dat zo iemand officieel doodverklaard moet worden voordat er iets gebeurt, en dat kan jaren duren.'

Meg nam een slokje thee. Ze voelde zich wat kalmer. 'Weet je het zeker?'

'Behoorlijk zeker. Dit gedoe moet voor jou erg spannend zijn geweest, maar we zijn er weer en ik ben ervan overuigd dat Andrew een oplossing vindt en de situatie aan Colin kan uitleggen.'

'Ik hoop het. Maar los daarvan hebben we het ook wonderbaarlijk druk gehad.'

'Ik hoorde het van Andrew. Er zijn nu dus kamers met badkamer, en je bent al die arbeidershuisjes aan het opknappen. Wie had dat kunnen denken?'

'Alexandra heeft dat in Frankrijk ook gedaan, en vanwege het toneelstuk hebben we behoefte aan alle accommodatie die we kunnen regelen. Natuurlijk hoeft niet iedereen bij ons te logeren, maar al die overnachtingen betekenen wel veel extra inkomsten.'

'Hoe moet het dan met de maaltijden van de gasten in de huisjes?'

'We, Susan en ik, dachten dat we de gasten de maaltijd in het hotel kunnen reserveren. Dat zullen vooral avondmaaltijden zijn of misschien ook een uitgebreide thee, en ontbijten en lunchen kunnen ze in hun accommodatie. We zouden manden met ontbijt kunnen leveren. Geen gebakken eieren met spek, maar croissants, boter, jam, dat soort dingen.'

'O, Meggy, dankzij jou waait er zo'n frisse wind door het hotel! Ik ben blij dat ik je heb gevraagd om te komen.'

'Ik vond het heerlijk om te doen. Ik hoop alleen dat het niet allemaal verkocht gaat worden.'

'Daar hoef je je nu nog niet druk over te maken,' antwoordde Louise opgetogen. 'Zo lang we de derde persoon die in het testament wordt genoemd niet hebben gevonden – en tot nu toe heeft niemand van hem gehoord – kan er niets worden verkocht. En zoals ik al zei, dat kan jaren duren.'

Hoewel dat een opluchting was voor Meg, had ze toch ook een beetje last van haar geweten. 'Maar wat gebeurt er dan met Colin? Is dat wel eerlijk ten opzichte van hem?'

Louise fronste haar wenkbrauwen. 'Ik heb van Andrew begrepen, en dan meer van wat hij niet zei dan van wat hij wel zei, dat Colin en hij niet goed met elkaar kunnen opschieten. Colin is ouder, maar Andrew is de executeur van het testament. Colin is nooit goed geweest met geld. Andrew liet doorschemeren dat hij een gokker is geweest. Waarschijnlijk is dat ook de reden waarom hun vader Andrew de verantwoordelijkheid heeft gegeven. En natuurlijk ook omdat Andrew van het hotel houdt.'

Meg werd opnieuw emotioneel. Ze wist niet hoe ze moest reageren, en daarom zei ze: 'Kom je naar beneden wanneer je klaar bent? De anderen willen je zo graag zien. Zal ik je helpen met uitpakken?'

'Lieverd, ik pak mijn eigen koffer al uit vanaf mijn zesde.'

Meg lachte. 'Ik moest soms koffers uitpakken voor gasten. Weer een toevoeging aan de lijst met dingen waarmee ik ervaring heb.'

'Heel goed. Ga Susan maar zeggen dat ik zo direct beneden kom. Ik heb jullie allemaal gemist.'

Iedereen – met uitzondering van Meg – was het erover eens dat Justin die avond het diner moest verzorgen. Louise drong er bij Meg op aan dat ze een jurk aantrok, en misschien kon ze eens wat mascara en eyeliner opdoen. Zodra Meg had besloten dat ze dat zou doen, merkte ze dat ze ervan opkikkerde. Hoewel de keuken de plek was waar ze zich thuis voelde, was het ook plezierig om eens een jonge vrouw te zijn en geen kookmachine.

Dat probeerde ze zichzelf tenminste wijs te maken, maar eigenlijk voelde het ook wel alsof haar haar privileges waren afgenomen. Tot dan toe was zij de spil geweest waar Nightingale Woods om draaide, en nu Andrew en haar moeder terug waren was ze opeens weer alleen maar de behulpzame dochter van Louise, die even niets te doen had.

Ze besloot een eindje te gaan wandelen in de tuin, want anders moest ze beleefde gesprekjes voeren en daarvoor was ze niet in de stemming. Ze voelde dat ze te veel gehecht was geraakt aan Nightingale Woods en dat ze het werk moest beschouwen als een baan als alle andere, een ervaring die ze kon toevoegen aan haar cv. Maar ze wist dat deze plek altijd meer zou zijn dan dat, en niet uitsluitend omdat ze op onverklaarbare wijze verliefd was geworden op de zoon van de eigenaar. Er was nog een andere oorzaak voor de verbondenheid die ze met alles voelde.

Ze was inmiddels in het gedeelte van de tuin waar het toneelstuk zou worden opgevoerd, achter in het uitgestrekte, ommuurde gedeelte, aan de overzijde van het huis. Misschien was het in het verleden een tennisbaan geweest; de bodem was, hoewel overwoekerd, nog steeds egaal. Achter de muur stond een vijgenboom en de bladeren die er bovenuit kwamen reikten naar de hemel als groene handen. Er stond ook een bankje, waarop ze ging zitten.

Het was een heerlijk plekje. Ze stelde zich voor dat het toneelstuk hier zou worden opgevoerd, tegen de achtergrond van de oude muur. Terwijl ze zich afvroeg waarom de vijgenboom achter de muur stond en niet ervoor, hoorde ze iemand haar naam noemen. Het was Ambrosine.

'Hallo, lieve Meg. Je hebt mijn lievelingsplekje gevonden.'

Meg sprong op. 'Wil jij hier zitten? En wil je liever alleen zijn?'

'Helemaal niet. Ga alsjeblieft weer zitten. Er is plek genoeg voor twee.'

Meg liet zich weer op de bank zakken en Ambrosine kwam naast haar zitten.

Een poosje hadden ze geen van tweeën de behoefte om iets te zeggen. Op een gegeven moment zei Meg: 'Kun je je voorstellen dat hier een toneelstuk zal worden opgevoerd?'

'Ja, ik zie het wel voor me,' antwoordde Ambrosine. 'Dit is de plek waar ik kom om na te denken over dingen die niet logisch zijn, en waarschijnlijk niet mogelijk, maar toch heel aanlokkelijk.'

'Ik ga meestal bij de achterdeur zitten als ik even een pauze nodig heb, maar hier is het nog fijner.'

'Omdat je hier wat verder weg bent van het huis en de kans klein is dat iemand je vindt. Hoewel ik jou wel heb gevonden,' voegde Ambrosine eraan toe.

'Het doet me deugt dat ik gevonden ben.'

'En waaraan zat je te denken, als ik vragen mag?'

'Ik dacht na over… of liever, ik vroeg me af waarom ik me zo verbonden voel met Nightingale Woods. Het is niet mijn ouderlijk huis of zo, en het werk hier zou gewoon een baan moeten zijn. Maar het is meer dan dat.'

'Ik denk dat het huis iets magisch heeft. Het neemt bezit van je,' antwoordde Ambrosine, die helemaal niet verbaasd leek te zijn over wat Meg had gezegd. 'Ik voelde het vanaf het eerste moment dat ik hier binnenstapte. Wanneer je hier in het juiste seizoen komt, hoor je de nachtegalen, wist je dat? Het bos was vroeger natuurlijk veel uitgestrekter, maar de nachtegalen komen nog steeds.'

'Ik zou ze heel graag willen horen.'

'Dit jaar heb je je kans gemist, maar als je hier volgend jaar bent in april of mei, dan lukt het vast een keer. Je hoort ze niet alleen 's nachts, hoor,' ging ze door. 'Maar omdat er 's avonds en 's nachts niet zo veel vogels zijn, kun je ze dan beter horen.' Ze lachte. 'En dat is natuurlijk veel romantischer! Titania heeft het over een nachtegaal in *Een midzomernachtdroom*. Wist je dat? "Philomel, zing melodieus in ons zoete wiegelied."'

Meg schraapte haar keel omdat ze tot haar afgrijzen alweer bijna in tranen was. 'Ik denk niet dat ik hier volgend jaar april nog ben,' zei ze somber.

'Dan moeten we het zo regelen dat je er wel bent,' zei Ambrosine kordaat, na even nagedacht te hebben. 'Maar nu moet ik gaan. Ik heb afgesproken met mijn kolonel en hij is ergerniswekkend punctueel.'

Meg zat die avond naast Andrew aan de tafel in de eetzaal. Justin was in de keuken – haar keuken – om het diner te bereiden. Hij had hun opgedragen aan tafel te gaan, waarna hij het voorgerecht was gaan halen. Susan en Cherry waren naar huis en Meg stond te popelen om te gaan kijken wat Justin aan het uitspoken was. Maar ze moest aan tafel blijven en zich niet verroeren, was haar gezegd.

Andrew en Colin zaten broederlijk te kibbelen over een jeugdherinnering.

'Het is jammer dat Ambrosine er niet bij kan zijn,' zei Louise. 'Ze hoort echt bij de familie.'

Colin keek op. 'O, die oude dame die hier woont? Lief van je om zo over haar te denken, Louise.' Het was duidelijk dat hij er zelf heel anders over dacht en Louises opmerking eerder irritant vond.

'Ze had afgesproken met haar kolonel,' reageerde Meg.

'Denk je dat ze elkaar het hof maken? Of zijn ze alleen maar "goede vrienden"?'

Voordat iemand kon antwoorden ging de deur open en kwam Laura binnen. Ze zag er geweldig uit, dacht Meg. Ze had haar haar opgestoken en had een blosje op haar wangen. Ze droeg een eenvoudige overhemdjurk waarin haar slanke figuur goed tot zijn recht kwam. Toch ontging het Meg niet dat haar armen een beetje pezig waren en haar knieën wat knobbelig.

De twee mannen stonden onmiddellijk hoffelijk op.

'Het spijt me dat ik zo laat ben,' riep ze opgewekt. 'Ik kon niet eerder weg. En? Waar zit ik?'

Meg had de tafel gedekt zonder te weten dat Laura ook zou komen. Ook zij stond op. 'Wil jij hier zitten? Ik zal voor een persoon extra dekken.'

'O nee, ik denk dat Justin erop rekent dat ik naast hem zit!' Ze lachte een tinkelende lach. 'Je weet hoe mannen zijn!'

Colin reageerde op haar kokette blik met een samenzweerderig lachje en Andrew trok nauwelijks merkbaar zijn wenkbrauwen op.

Justin kwam binnen met een dienblad. 'O! Laura? Ben jij er ook?'

'Ja, neem me niet kwalijk dat ik zo laat ben, ik kon niet wegkomen. Ik zal mezelf in dit plekje wurmen, hier naast jou. Meg? Wil je nog een bord en bestek pakken?'

Laura slaagde erin om het zo te laten klinken alsof het haar nog niet was aangeboden, dacht Meg, die naar het dressoir liep. Echt, het was allemaal makkelijker als ze in de keuken stond in plaats van een gast te zijn. Dan wist ze tenminste waar ze aan toe was.

Justin had zonder zichtbare inspanning een eenvoudige maar verrukkelijke maaltijd voor hen bereid. Toen ze naar de zitkamer verhuisden voor de koffie, kwam hij er ook bij zitten. Andrew toverde een fles cognac tevoorschijn en Louise pakte de glazen. Elke keer als Meg wilde opstaan om wat te doen, gebaarde haar moeder dat ze weer moest gaan zitten.

Toen Colin een sigaar opstak, keken Meg en Louise elkaar aan met dezelfde bezorgde blik: hoe moesten ze naderhand de geur uit de gordijnen krijgen?

'Dat was een smakelijke prak,' zei Colin tegen Justin. 'Je kunt aardig koken, begrijp ik?'

Daar klonk Laura's tinkelende lach weer, maar Meg kon aan haar zien dat Colins opmerking haar nerveus maakte. 'Je weet vast wel, Colin – je vindt het toch niet erg dat ik je zo noem? We zijn bijna familie – dat Justin een gerespecteerd kok is? Raoul de Dijon heeft hem geselecteerd voor die positie in zijn restaurant. Hij is niet alleen kok, maar heeft ook de leiding over nog veel meer zaken, dus hij is meer dan een gewoon personeelslid.'

'Het is goed, Laura,' reageerde Justin. Hij keek haar geërgerd aan.

'Ik denk dat mijn oom een grapje maakte. Fijn dat jullie genoten hebben van het eten.'

'Nou, in dat geval...' Ze keek in het rond om zich ervan te verzekeren dat alle aandacht op haar was gericht. '... is dit misschien het juiste moment om iedereen op de hoogte te brengen van ons plan?' Laura verheugde zich duidelijk op het vooruitzicht.

'Eh...' begon Justin, maar Laura negeerde hem.

'Nu het hotel het zoveel beter doet,' begon ze. 'En ik denk dat we allemaal weten hoe dat komt?' Van onder haar knipperende wimpers wierp ze een adorerende blik op Justin. '... hebben we besloten dat het voor ons tijd is om te vertrekken uit Newton-cum-Hardy en de keuken hier over te nemen. Justin kan Raoul nog steeds een handje helpen als het nodig is. Het is heel handig dat de hotels zo dicht bij elkaar liggen.'

Meg staarde haar aan en vroeg zich af waar ze het in hemelsnaam over had.

'Justin zal voornamelijk koken en ik ga de desserts op me nemen. Voor degenen die het nog niet weten...'

En dat was bijna iedereen, dacht Meg.

'Ik heb een opleiding gehad en ben gediplomeerd patissier. Dus dat zal ik voor mijn rekening nemen, en Meg, die lieve Meg, die we allemaal op handen dragen, krijgt een speciale taak. Zij zal de taarten, de scones en sandwiches, en alle andere dingen voor de middagthee maken.'

'Heel leuk plan, lieve Laura,' reageerde Colin. 'Maar heb je gedacht aan de kosten? Nightingale Woods kan zich ternauwernood één kok permitteren, laat staan drie. Zie ik dat goed, Andrew?'

'Ik ben bang van wel. Justin, heb jij een kostenberekening gemaakt voor dit plan?'

Justin keek naar Laura alsof hij niet wist wat hij moest zeggen.

Meg verdroeg het niet langer. Het idee om samen te moeten werken met de man van wie ze hield en zijn bekoorlijke 'gediplomeerde' patissier, was te pijnlijk. 'Luister iedereen, het is goed. Ik heb mijn eigen plannen en ben dus niet beschikbaar om taarten te bakken voor het hotel.'

'O, waarom niet?' vroeg Laura.

'Ik ga naar Frankrijk. Ik ga in een restaurant werken om het vak te leren.'

'Als serveerster?' opperde Colin. 'Spreek je Frans?'

'Niet als serveerster. In de keuken. Ik ga een stage doen, zoals ze dat noemen,' legde Meg uit.

'Wat is een stage?' vroeg Laura. 'Ik begrijp het niet.' Ze was duidelijk van haar stuk gebracht.

'Een jonge kok die meer wil leren, gaat in een professionele keuken werken. Dat heet een stage,' legde Justin uit. 'Ze krijgen meestal niet betaald en werken zich uit de naad. Maar er is geen betere manier om het vak te leren. Als het Meg is gelukt om een chef-kok zover te krijgen dat hij haar aanneemt, dan moet ze dat absoluut gaan doen. Ze heeft enorm veel talent. Dat moet ze niet verspillen door de rest van haar leven jamtaarten te maken.'

'Heb jij een Franse chef-kok zover kunnen krijgen dat hij jou toelaat in zijn keuken?' vroeg Andrew. 'Ik dacht dat de Fransen vreselijk behoudend waren in dat soort dingen.'

'Volgens mij is een restaurantkeuken geen geschikte plek voor een leuk jong ding als jij,' zei Colin. 'Het is er verschrikkelijk, nietwaar, Justin?'

'Meg is een begaafde, ervaren kok. Ze heeft al eerder in professionele keukens gewerkt. Dit is een geweldige kans voor haar, die ze absoluut moet benutten.'

'Maar dat betekent dat ik dus ook alle taarten en cakes moet maken!' hoorde Meg Laura tegen Justin fluisteren.

'Ja,' zei Meg. 'Er wordt niet alleen van je verwacht dat je elke dag een verse jamtaart maakt, maar ook vruchtencakes, gembercakejes, mokkacakes, koffiecakes, chocoladecakes, havermoutkoeken, boterkoekjes en natuurlijk scones.' Meg glimlachte. 'Maar voor een gediplomeerd patissier is dat een koud kunstje!'

Laura fluisterde weer iets achter haar hand tegen Justin, maar nu zachter. 'Dat soort dingen deden we niet in Zwitserland.'

Meg stond op. 'Als jullie me nu willen excuseren? Ik moet gaan inpakken.'

'Wanneer vertrek je, lieverd?' vroeg Louise angstig.

'Morgen, dat is maar het beste.'

Met geheven hoofd liep ze de ruimte uit, maar eenmaal in haar kamer ging ze op haar bed zitten en staarde voor zich uit. Ze was verdoofd door de schok, voelde zich volkomen leeg en te verbijsterd om te huilen.

Niet veel later kwam Louise binnen. Ze had twee bekers warme chocolademelk bij zich en een schaal vol door Meg gemaakte koekjes.

Pas toen ze haar arm om haar dochter heen sloeg, stond Meg zichzelf toe in tranen uit te barsten.

25

Meg moest haar trots nog even inslikken, want ze kon helaas niet zomaar verdwijnen van Nightingale Woods. Ze moest haar reis naar Frankrijk regelen en blijven koken tot Justin het van haar zou overnemen. Hoezeer ze er ook naar verlangde om te vertrekken en de volgende morgen niemand onder ogen te hoeven komen, het hotel aan zijn lot overlaten kon ze ook niet.

Andrew kwam de keuken binnen terwijl ze aan het bedenken was wat ze voor de lunch en het diner zou maken. Het ontbijt leverde geen problemen op, dat konden Susan en Cherry makkelijk voor hun rekening nemen, zeker nu Louise het kantoorwerk weer deed en Cherry in de keuken kon helpen.

'Meg,' begon Andrew. 'Louise zegt dat je echt graag naar Frankrijk wilt. Maar kan ik iets doen om je op andere gedachten te brengen? Je hebt zoveel gedaan voor Nightingale Woods, ik wil echt niet dat je weggaat.'

Meg was geraakt en kreeg een brok in haar keel, hoewel ze dacht na gisteravond geen tranen meer over te hebben. 'Justin is een fantastische kok. Het zal prima uitpakken. En Laura... Ik weet zeker dat ze heerlijke desserts kan maken.'

Andrew fronste zijn wenkbrauwen. 'Laura... hm. Weet jij hoe serieus haar relatie met Justin is?'

Meg slikte. 'Ze zijn zo goed als verloofd, zei Laura tegen me.'

'Aha. Dus dan is het misschien maar beter voor iedereen als jij vertrekt.'

'Ik vertrek voor mijn carrière. Dat is de enige reden! Een andere is er niet.'

Andrew schudde glimlachend zijn hoofd. 'Natuurlijk, misschien ga je daarom, maar ik vraag me af of dat de enige verklaring is waarom Justin er zo op gebrand was dat je naar Frankrijk zou gaan.'

Meg wilde hem dolgraag vragen wat hij bedoelde, maar ze had het gevoel dat ze hem daarvoor niet goed genoeg kende.

Het was vreselijk moeilijk om Susan, Cherry en de anderen te vertellen dat ze wegging. Ze hadden zoveel meegemaakt met zijn allen en waren zo'n goed team geweest.

'Dus mevrouwtje komt hier chique desserts maken?' vroeg Susan. Haar mond was vertrokken tot een streep en ze had haar ogen tot spleetjes geknepen. 'Ik zou wel eens willen weten hoe de gasten daarover denken!'

'Ze zullen het misschien erg op prijs stellen,' probeerde Meg haar gerust te stellen. 'Ze heeft een professionele opleiding gehad, dus...'

'Ze mag dan professioneel opgeleid zijn,' reageerde Susan briesend van verontwaardiging, 'maar ze kan niet met mensen omgaan. Niet zoals jij, Meggy.'

Het gebeurde niet vaak dat Susan haar bij haar koosnaam noemde, en dat betekende dat Susan echt ontdaan was.

'Het spijt me zo, Susan, maar ik kan echt niet blijven. Laura zou me alleen maar cakes en scones laten bakken, en leren koken in een Franse keuken is een heel goede ervaring.'

'Misschien kun je dan daarna terugkomen naar Nightingale Woods!' Van die gedachte fleurde Susan iets op.

Meg schudde glimlachend haar hoofd. Zolang Justin hier was, zou ze niet kunnen terugkeren, en die gedachte stemde haar oneindig triest.

Een poosje later, toen ze met een mok thee was ontsnapt naar haar lievelingsplekje in de tuin, kreeg ze gezelschap van Ambrosine. Ook zij had een mok in haar hand, en ze ging naast Meg zitten.

'Nou, lieverd, ik hoor dat je ons gaat verlaten.'

Meg slaakte een diepe zucht. 'Eigenlijk wil ik niet weg, maar ik heb geen keus. Justin gaat voortaan koken en Laura zal de desserts maken. Ze is er voor opgeleid en ze zijn praktisch verloofd. De keuken is te klein voor ons allebei.'

'Louise vertelde me dat Laura je hier wilde houden om taarten en cakes te bakken.'

Meg snoof geringschattend. 'Blijkbaar is dat het enige wat ik kan.'

'Het kan zijn dat Laura zich daar niet zeker over voelt,' opperde Ambrosine.

'Dan nog wil ik niet blijven. In een Franse restaurantkeuken werken is enorm goed voor mijn ontwikkeling.' Ze zweeg omdat ze even een steek van angst voelde. Waar begon ze aan? 'Maar het zal heel lastig worden.'

'Als iemand het kan, ben jij het. Maar Nightingale Woods zal je missen.'

'En ik zal Nightingale Woods nog meer missen, Ambrosine. Ik vond het heerlijk hier. Ja, het was soms heel zwaar, maar de beloning was groot. Het was een voorrecht om op zo'n mooie plek als deze te werken, met zulke fantastische mensen om me heen.' Meg glimlachte verlegen naar Ambrosine. 'Zoals jij bijvoorbeeld.'

Ambrosine lachte. 'Rare meid! En denk eraan, hè, wat het lot voor je in petto heeft kun je niet ontlopen, dus kop op!'

Het lukte Meg om te reageren met een lach. 'Ik zal mijn best doen.'

Die middag belde ze Alexandra om te vertellen dat ze snel weg wilde van Nightingale Woods.

Alexandra was bemoedigend snel van begrip en Meg hoefde haar niet in detail uit te leggen wat er aan de hand was.

‘Maak je geen zorgen. David is in Londen om zijn brocante aan de Engelsen te slijten. Ik zal contact met hem opnemen en hem vragen je te bellen. Je kunt met hem meerijden naar Frankrijk. Hij heeft nu een grote oude Peugeot en het wordt vast gezellig.’ Ze liet even een stilte vallen. ‘Het zal heerlijk zijn om je hier te hebben. Ik kan bijna niet wachten!’

26

Pas toen ze een eind op weg waren naar de Provence in Davids enorme Peugeot-stationwagen begon Meg te ontspannen.

'De laatste keer dat ik naar het zuiden van de Provence ging, reisde ik met de trein. Dat was op weg naar Alexandra's bruiloft. Ik was een beetje zenuwachtig omdat ik haar bruiloftstaart zou maken.'

'Je hebt toen die fantastische croquembouche gemaakt. Ik herinner me nog hoe goed die was gelukt,' reageerde David. 'Wat een dag was dat!'

Als Meg terugdacht aan die glorieuze dag vol Franse levensvreugde, met vrienden en lekker eten en drinken in overvloed, kreeg ze een brok in haar keel. Ze dacht niet dat zij ooit zo'n trouwdag zou beleven, nu ze verliefd was op Justin. Hij behoorde toe aan Laura, hoewel ze nog niet officieel verloofd waren.

'Gaat het wel goed met je, meid?' vroeg David met een snelle blik op Meg.

'Prima. Ik had een stofje in mijn ogen. En ik ben bang dat ik niet genoeg kleren heb meegebracht.' Ze dacht er te laat aan dat je het beter bij één leugentje kunt houden als je van plan bent te gaan liegen. Anders wek je achterdocht.

David klopte haar op haar knie. Blijkbaar doorzag hij haar poging om te doen alsof ze geen verdriet had.

'Maak je daar maar geen zorgen over. Alexandra neemt je wel mee naar de markt voor alles wat je nodig hebt.'

'Ik heb mijn werkkleding, dat is het allerbelangrijkste,' zei Meg. Ze keek uit het raam. 'Heerlijk om weer in Frankrijk te zijn. Het is hier zo anders dan in Dorset.' Ze zuchtte diep.

'Je bent moe,' concludeerde David. 'Waarom probeer je niet wat te slapen?'

Meg voelde dat slapen niet zou lukken, maar als ze haar ogen dichtdeed, hoefde ze niet te praten. David was dan wel een rustgevende persoonlijkheid, maar hij maakte zich zorgen over haar en het kostte haar moeite om haar gebroken hart te verbergen. Als ze eenmaal bij Alexandra was, zou het er allemaal wel uit komen, maar nu wilde ze gewoon doen alsof er niets aan de hand was.

Toch dommelde ze een beetje weg, en toen David parkeerde bij een restaurantje in een kleine provinciestad, was ze echt toe aan de lunch.

'Hier is het altijd erg goed,' zei David. 'Voel je je al een beetje beter?'

'Ja. Een stuk beter eigenlijk.' Toen ze aan tafel zaten en hun *plat du jour* was besteld, zei ze: 'Het is niet goed dat ik jou alleen maar laat rijden. Ik zal straks de beurt van je overnemen.'

Hij wimpelde haar aanbod weg. 'Ik heb deze route al zo vaak gereden sinds ik in Frankrijk woon. De auto weet de weg zonder mij. Ik hoef alleen maar de motor te starten en de goede richting aan te wijzen. Op een bepaalde plek doe ik een dutje van een uur en dan ga ik weer verder.'

Meg moest lachen. 'Je vindt het heerlijk om in Frankrijk te wonen, hè?'

'Nou en of!' Hij brak een stuk brood af en stak het in zijn mond. Toen hij zijn mond leeg had ging hij verder. 'Denk jij erover om ook hier te blijven?'

Ze haalde haar schouders op. 'Dat zou kunnen. Als ik mijn stage overleef en een baan vindt. Tenslotte is de wereld mijn oester, zei Shakespeare al.'

'Heel jammer dat het geen oesterseizoen is. Je hebt me op een idee gebracht.'

Meg lachte en gaf hem een speels tikje op zijn arm. 'David toch!'

'Ik weet het. Nou, tast toe. Dit is je laatste maaltijd voor onze bestemming.'

Eindelijk reed de grote oude auto de oprit naar het kasteel op. Meg zag Alexandra al in de deuropening staan. Naast haar stonden een grote hond, twee katten en twee tieners. Meg herinnerde zich de kinderen van de bruiloft en verheugde zich erop hen over een paar tellen te kunnen begroeten.

'Welkom!' riep Alexandra toen de auto voor het kasteel was geparkeerd en Meg uitstapte. Ze sloeg haar armen om Meg heen. 'We vinden het allemaal zo leuk dat je er bent! Stéphie is bezig de tafel buiten te versieren. Ik wijs je de badkamer en daarna gaan we met zijn allen iets drinken in de tuin.'

De tafel in de tuin was beeldschoon. Meg vroeg zich af of de decorontwerpers van *Een midzomernachtdroom* ook in staat waren zoiets moois te maken. Stéphie, Alexandra's jongste stiefdochter, had een slinger gevlochten van zwaar geurende jasmijn, kamperfoelie en rozen en die langs en om de borden, glazen en karaffen op tafel gedrapeerd.

David, die al een glas wijn in zijn hand had, stond naast Maxime, een heel knappe man die ze had ontmoet op Alexandra's bruiloft. In het gezelschap van Antoine en Maxime werd Meg een beetje verlegen. Ze vond de twee zwierige, extraverte Fransen echte mannen van de wereld. Maar door de wijn, het eten en de vriendelijkheid waarmee iedereen haar behandelde, ontspande ze al snel.

'Heb je echt genoeg gegeten?' vroeg Alexandra. 'Wil je nog wat kaas?'

'Ik wil al die kazen graag proberen wanneer ik niet zo vol zit en minder moe ben,' antwoordde Meg.

Alexandra stond op van tafel. 'Kom, ik zal je je slaapkamer laten zien. Je hoeft toch niet morgen al te beginnen in het restaurant?'

'Nee, ik hoop het niet. Ik geloof dat ik maandag word verwacht.' Meg keek naar Antoine. Hij knikte.

'Dan heb je het hele weekend om te ontspannen,' besloot Alexandra.

'Ja,' beaamde Antoine. 'En na vanavond spreken we alleen nog maar Frans tegen Meg, zodat ze alvast went. Pierre – de chef-kok – vond dat ook een goed idee.'

'Gelukkig zijn een heleboel termen in de keuken Frans, dus die ken ik al.'

'Maak je geen zorgen,' zei David. 'Het zal je prima afgaan, zoals ik al heel vaak heb gezegd.'

Toch ging Meg zich van die gemeende bemoedigende woorden niet echt beter voelen.

Antoine had een kleine auto op de kop getikt, die Meg mocht gebruiken zodat ze vervoer had naar en van het restaurant. De volgende morgen maakten Alexandra en zij een proefrit naar het stadje en vonden een plek waar ze kon parkeren.

'Het is een makkelijke rit en er zal 's ochtends om zeven uur niet veel verkeer zijn,' merkte Alexandra op.

'Ja. Wat ontzettend aardig dat Antoine een auto voor me heeft gevonden. Ik moet wel achter een internationaal rijbewijs aan.'

'Daar helpt Antoine je mee.'

'En lief van je dat je ervoor hebt gezorgd dat ik genoeg witte koksjassen en broeken heb, en sjaaltjes. Die dingen had ik in Londen niet. In de restaurants waar ik heb gewerkt, hoefde je die niet te dragen.'

'Pierre, de chef-kok, heeft erg traditionele opvattingen, geloof ik.

Maar maak je geen zorgen, hij heeft strikte instructies: hij mag je niet aan het huilen maken.' Alexandra zweeg even. 'Weet je al hoelang je in het restaurant gaat werken?'

'Vermoedelijk tot Pierre genoeg van me heeft, tenzij hij me in zijn team opneemt. We zullen het wel zien.' Meg glimlachte dapper, maar ze wist dat ze maandag zou staan trillen op haar benen.

Hoewel het nog maar zeven uur in de ochtend was, liepen er die maandagmorgen in het stadje al mensen op straat, op weg naar de bakker voor vers brood. Uit het café op de hoek kwam een heerlijke koffiegeur, en Meg was in de verleiding om er nog een te nemen voor ze aan haar werkdag begon. Maar Alexandra was heel vroeg opgestaan om koffie voor haar te zetten, dus ze had eigenlijk al voldoende koffie gedronken.

Als afgesproken klopte ze aan op de zijdeur van het restaurant, die na een paar zenuwslopende seconden werd geopend. Daar stond Pierre, de eigenaar die haar verwelkomde in een stortvloed van Frans waar ze niets van begreep. Een paar woorden kon ze er wel uit pikken: *jolie*, dat 'leuk' betekende, en *très très jeune*, dat 'heel jong' betekende, wist ze.

Laten we hopen dat hij wat door de vingers ziet, als hij me leuk en erg jong vindt, dacht ze terwijl ze achter Pierre aan liep door de smalle gang naar de keuken.

Gek genoeg voelde Meg zich in die keuken meteen thuis. Ze was in veel restaurantkeukens geweest en ze waren allemaal anders, maar ook hetzelfde. Er leek altijd een heel lange jongeman met pukkeltjes en een opvallende adamsappel rond te lopen die het niet erg vond dat zijn collega's hem lomp behandelden. Er was ook altijd een wat oudere man die door iedereen met veel respect werd behandeld, en dan was er natuurlijk de chef-kok.

Er heerste een kalme sfeer in de keuken, maar toen ze binnenkwam richtten alle ogen zich op haar en begon iedereen te praten. Ze was blij dat ze nog niet zo veel Frans begreep. Gelukkig had madame Wilson erop gestaan dat haar leerlingen Franse culinaire termen gebruikten. Die zou ze wel moeten herkennen, ook al werden ze uitgesproken met een sterk Provençaals accent.

Wat haar het meest dwarszat, was dat ze haar eigen messen niet had. Dat was verteld aan Pierre en hij had weliswaar beloofd haar een set te lenen, maar het maakte geen erg professionele indruk, vond ze. Ze had dan wel in serieuze restaurantkeukens gewerkt, maar altijd als lid van een team dat ingehuurd was om desserts te maken voor speciale evenementen. Een vast lid van een keukenbrigade was ze nooit geweest.

Tijdens het weekend had Meg in het kasteel alle messen van Alexandra zo scherp geslepen dat ze met één lange haal een tomaat doormidden had kunnen snijden. Ze had ook van alles gehakt, gefileerd of heel fijn gesneden om maar bezig te zijn en niet aan Nightingale Woods te hoeven denken. Maar ze kon er niets aan doen dat ze zich toch afvroeg of ze het allemaal wel zouden redden zonder haar. Waarschijnlijk liep het allemaal vlekkeloos.

Pierre zette haar achter een snijplank en zei in het Engels: 'Wacht hier. Ik zal een stel messen voor je halen.'

Tijdens Pierres afwezigheid werd er naar Meg gestaard en was er allerlei commentaar, maar ze bleef strak voor zich uit kijken in de hoop dat ze niet bloosde, maar blij dat ze niet verstond wat ze over haar zeiden.

'*Et voilà.*' Pierre legde een etui met messen voor haar op het aanrecht. 'Wees voorzichtig! Deze messen zijn scherp.'

'*Oui, chef,*' antwoordde Meg.

Vervolgens zette hij een krat aardappelen naast haar neer. 'Was en schil deze aardappelen en maak er dan even grote balletjes van. Groter dan een knikker, maar kleiner dan een golfbal.'

'Oui, chef,' zei ze weer.

Toen Pierre zei 'maak er balletjes van', had ze gehoopt dat hij haar zou laten zien dat daar een trucje voor was. Maar het was de bedoeling dat ze die balletjes sneed met een mes, realiseerde ze zich. Gelukkig hoefde ze die niet te maken met een meloenschep. Zo had ze het geleerd bij madame Wilson, maar daardoor kreeg je blaren op je hand als je er heel veel moest maken.

Ze verwachtte dat ze afgesnauwd en gejend zou worden, want ze wist dat dat vrij normaal was in keukens, maar ze ontdekte dat de sfeer best wel vriendelijk was. De lange jongen met de puistjes liet haar zien waar ze de aardappelen kon wassen en later, toen ze die aan het snijden was en de restjes bewaarde voor de soep, bracht hij haar een mok koffie. Ze glimlachte dankbaar en zei in haar beste Franse '*merci*'. Gelukkig zag ze toen dat ze niet de enige was die soms bloosde.

Ze had pijn in haar rug, het gevoel dat haar voeten niet meer bij haar lichaam hoorden en haar handen functioneerden op de automatische piloot. Dat was nog voor de lunchdrukte.

Ze had peterselie gewassen en gedroogd en toen de blaadjes van de steeltjes geplukt en op haar kop gekregen omdat ze de blaadjes had gekneusd. Ook was haar voorgedaan hoe ze met zo min mogelijk snijden een chiffonade kon maken die toch heel fijn gesneden peterselie opleverde. Ze had tijmblaadjes geplukt, want takjes waren uit den boze. En ze had dragon gehakt voor een traditionele bearnaisesaus, die ze helemaal zelf zou hebben gemaakt als ze nog in haar hotel was geweest.

Het voordeel van zo hard werken onder uitdagende omstandigheden was dat ze – althans in theorie – niet aan Justin zou hoeven denken of aan alles wat ze had achtergelaten. Het harde werken hielp inderdaad. Tegen de tijd dat Pierre het mes uit haar hand nam, haar naar de plek leidde waar ze haar spullen had gelaten en de deur uit duwde, waren haar hersens een soort draaimolen waarin alles wat ze die dag had gedaan ronddraaide. Er was nauwelijks tijd geweest om aan het verleden te denken.

Alexandra stond buiten op haar te wachten met een van de mensen die op het landgoed werkten. 'Ik breng je naar huis, en Bruno zal je auto terugrijden.'

Meg was vreselijk opgelucht dat ze niet zelf hoefde te rijden. Bij vergissing ging ze achter het stuur zitten, maar toen liet ze zich met een zucht op de passagiersstoel zakken.

'Ik ben zo ontzettend moe,' zei ze. 'Hoe ga ik dat in vredesnaam morgen doen?'

'Een warm bad, een goede maaltijd, een heleboel wijn en dan meteen naar bed. Ik weet zeker dat je eraan zult wennen.' Alexandra lachte. 'Ik spreek natuurlijk niet uit ervaring, maar het kan vast geen kwaad!'

27

Alexandra had gelijk. Meg wende eraan. De ene slopende dag volgde op de andere, maar langzamerhand kreeg ze interessantere taken en het heen en weer rijden naar het restaurant vond ze niet moeilijk meer. Ze raakte gewend aan de temperatuur in de keuken, wat betekende dat ze langs haar rug lopend zweet normaal was gaan vinden. Aan het eind van de dag deden haar voeten nog steeds pijn, maar de volgende ochtend voelden ze weer normaal.

En ze realiseerde zich dat ze ieders lievelingetje was geworden. Ze waren allemaal dol op haar, plaagden haar, flirtten met haar en gaven haar het gevoel dat ze op haar plek was. Nog altijd was ze het manusje-van-alles en nog altijd kreeg ze ook de vervelende, tijdrovende klusjes waar ze zo goed in was, maar ze werd gewaardeerd.

Met Quatorze Juillet, de nationale feestdag waarop de bestorming van de Bastille op 14 juli 1789 werd herdacht, had iedereen in de keuken het zo druk dat Meg opeens bezig was met dingen die ze een paar weken daarvoor niet had mogen doen.

Toen de nood aan de man kwam, had ze haar hulp aangeboden aan de patissier, en toen die erachter kwam dat ze snel en trefzeker een spuitzak kon hanteren legde hij beslag op haar.

Later beklaagde Pierre zich dat zijn commis van hem was afgepikt.

Maar inmiddels was Megs Frans een stuk beter. Ze antwoordde dat ze alleen maar zijn assistent-commis was en dus nauwelijks meetelde, wat veel gelach opleverde.

Toen ze eindelijk thuis was, had ze twaalf uur in de keuken gestaan. Ze had soezen gemaakt, eclairs, taartbodempjes, *crème pâtissière* en honderden kleine, tijdrovende baksels gevuld en versierd. Ze realiseerde zich dat ze al die dingen wel eens voor Nightingale Woods had gemaakt, maar dan drie keer zo langzaam. Tegen niemand zei ze dat ze al heel veel van dit soort gebak had gemaakt, ze ging gewoon stug door en deed haar werk.

Pierre had aangekondigd dat hij het restaurant na deze heroïsche inspanningen vier dagen sloot, en Meg ging naar huis om te slapen.

Het lukte haar om door te slapen tot acht uur de volgende ochtend, maar toen was ze klaarwakker. Dus stond ze op en ging naar beneden voor een kop koffie. Alexandra begroette haar enthousiast.

'Het is tijd voor ontbijt, dat weet ik, maar kun je het even alleen met koffie doen?'

Alexandra keek een beetje schuldig en toen ze een auto hoorde, raakte Meg plotseling in paniek.

'Je hebt toch niets geks gedaan, Justin uitgenodigd of zo, hè? Je weet dat hij zo ongeveer verloofd is met Laura? Dat heb ik je verteld! En ik wil hem nooit meer zien. Ik ga me verstoppen...'

Alexandra hief bezwerend haar hand. 'Maak je niet druk, Meg. Dat zou ik je nooit aandoen. Kom maar kijken wie daar is. Ik weet zeker dat je blij zult zijn.'

Alexandra nam haar mee naar de voordeur en deed die open. Meg zag haar moeder, die lachend de trap op kwam, gevolgd door Andrew.

'O, Meg, lieverd!' Louise nam haar dochter in haar armen. 'Ik verwachtte dat je in het restaurant zou zijn en dat we nog de hele dag zouden moeten wachten tot we je zouden zien!'

Meg kon eerst geen woord uitbrengen, zo blij was ze. 'De chef heeft het restaurant vier dagen gesloten na Quatorze Juillet,' zei ze ten slotte. 'Wat heerlijk om jullie te zien!'

'We hebben ontbijt meegebracht.' Andrew hield een aantal papieren zakken omhoog. 'Ik mis de *boulangeries* echt, hoewel ik Susans zelfgebakken brood natuurlijk ook heel lekker vind.'

'O, fantastisch, dank je wel. Kom mee naar de keuken, dan zet ik koffie, of zullen we buiten ontbijten?' stelde Alexandra voor.

'Goed idee, zo hou je de croissantkruimels buiten de deur,' zei Andrew.

Terwijl Meg buiten borden op tafel zette, doken Antoine en Stéphie op. Antoine was al vroeg aan het werk gegaan en Stéphie verklaarde dat ze hem had geholpen.

'Ik weet niet hoe ik het ga redden als mijn assistent weer naar school moet,' zei hij nadat hij Louise en Andrew had begroet.

Pas toen iedereen iets had gegeten, stelde Meg de vraag die haar op de lippen brandde.

'Zijn jullie hier voor vakantie? Waarom heb je me niets verteld?'

'We zijn niet met vakantie, hoewel Alexandra en Antoine er heel lief op hebben aangedrongen dat we een paar dagen blijven.'

'Je moeder wil je wat vertellen, en ze wordt er helemaal verlegen van,' legde Andrew uit.

'We zijn verloofd. ' Louise stak haar hand op. Aan haar ringvinger droeg ze een beeldige ring. 'Dat wilden we je persoonlijk komen vertellen. De bruiloft is in september, op Nightingale Woods. Kom je dan naar huis?'

Meg was oprecht blij, maar onwillekeurig vroeg ze zich af hoe Justin op dit nieuws had gereageerd. En wilde ze wel terug naar Nightingale Woods? Ze liet niets merken. Haar moeder zag er zo gelukkig uit, en Andrew trouwens ook.

'O, mam!' zei ze, en ze viel haar moeder om haar hals. 'Natuurlijk kom ik.'

Louise gaf Meg weer een knuffel. 'Ik ben zo opgelucht. Ik wist niet hoe je zou reageren op het bericht dat je oude moeder weer ging trouwen.'

'Nou, ik had het alleen vreselijk gevonden als het niet met Andrew was geweest!' Ze schonk hem een warme glimlach. 'Ik ben echt opgetogen.'

Na nog veel meer geknuffel en felicitaties zei Meg: 'Ik zou heel graag jullie bruidstaart maken, als jullie dat willen tenminste.'

'Ik kan me niets fijners voorstellen,' reageerde Louise.

'Ze heeft de onze ook gemaakt,' zei Alexandra. 'De allerverrukkelijkste croquembouche.'

'O, dat is een Franse traditie,' vulde Meg snel aan. 'Jullie geven waarschijnlijk de voorkeur aan een taart met vruchtencake.'

'Die croquembouche was een van de beste die ik ooit heb gegeten,' zei Antoine. 'Toen ik dat aan Pierre vertelde, vond hij het goed dat je bij hem in het restaurant een stage kwam doen.'

'Maar moet Laura die eigenlijk niet maken?' vroeg Meg, deels ook omdat ze zonder er rechtstreeks naar te vragen wilde weten hoe die het deed op Nightingale Woods. 'Ze is een gediplomeerd patissier.'

'In mijn oren klinkt croquembouche heerlijk en anders,' zei Andrew. 'En ik denk dat ik namens ons allebei spreek als ik zeg dat ik graag wil dat jij die maakt, Meg.'

Meg bloosde. Ze raakte alweer geëmotioneerd.

'Meg,' begon Alexandra, 'als jij eens met Louise naar boven ging om te kijken of de kamer in orde is en ze alles heeft wat nodig is? Dan kunnen jullie meteen wat moeder-dochternieuwtjes uitwisselen.'

'O, dolgraag,' zei Louise.

Meg pakte haar bij de hand. 'Kom, mam. Welke kamer, Lexi?'

'Die met de muurschildering. Dat is de mooiste. En de badkamer is er pal naast.'

Niet lang daarna zaten Louise en Meg samen op het bed. 'Er zijn twee dingen die ik heel graag wil weten,' zei Meg.

'Brand maar los.'

Meg besloot te beginnen met de makkelijkste vraag, die waar ze gevoelsmatig niet bij betrokken was. 'Is het Andrew al gelukt om te ontdekken wie de derde persoon in het testament is?'

'Nee! Het is een volstrekt raadsel. Colin en Andrew kunnen geen enkel spoor van haar vinden. Ze hebben oproepen geplaatst in plaatselijke Franse kranten, omdat ze dachten dat het zinloos zou zijn om in Engelse kranten te zoeken naar iemand met een Franse naam, maar dat heeft niets opgeleverd! Colin is aan het onderzoeken hoelang ze verplicht zijn naspeuring te doen naar deze Française van wie ik de naam telkens vergeet, voordat haar aandeel aan hem en Andrew ten deel valt.'

'Dat lijkt me nogal frustrerend voor iedereen. Moppert Colin daar erg over?'

'Nogal, maar dat duurt even en daarna is hij weer een en al charme.' Louise zuchtte. 'Ik zou alleen willen dat hij van Cherry en Sally afbleef. Hij geeft ze voortdurend klopjes. Ik heb hem erover aangesproken, maar dat was behoorlijk ongemakkelijk.'

'Dat kan ik me voorstellen, arme mama! Ik denk dat je het makkelijker vindt om schooljongens aan te spreken als het om dat soort dingen gaat.'

Louise lachte even. 'Eerlijk gezegd heb ik het op min of meer dezelfde wijze gebracht als ik zou doen bij twaalfjarigen die zich onbehoorlijk gedragen tegenover de secretaresse van het schoolhoofd. Maar ik vond het vreselijk om te doen.'

'En hoe gaat het verder? Hoe staan de zaken ervoor op Nightingale Woods?'

'Wat je eigenlijk wilt weten is hoe Laura het doet?' Louise glimlachte naar haar dochter.

'Ja, inderdaad, ik ben heel nieuwsgierig. Misschien niet erg netjes van me.'

'Maar wel begrijpelijk, en ik kan je vertellen dat ze niet erg populair is.'

'Waarom niet?' vroeg Meg, hoewel ze het antwoord al wist.

'Dat kun je vast wel raden. Om te beginnen is ze erg bazig. Ze denkt dat ze iedereen kan vertellen hoe ze hun werk moeten doen, ook mij. In het andere hotel was ze een soort receptioniste, dus dat maakt haar blijkbaar een expert.'

Het was duidelijk dat Louise er behoorlijk genoeg van had.

'Probeert ze ook de baas te spelen over Susan?'

'Dat heeft ze geprobeerd, maar die gaf geen sjoege. Daar kun je je wel iets bij voorstellen. En omdat het haar niet lukte om Susan te laten doen wat zij wilde, probeerde ze haar te laten ontslaan! Ik heb er met Andrew over gesproken voordat Laura de kans had en hem uitgelegd wat een nachtmerrie het was zonder Susan, de eerste keer dat hij in Frankrijk zat.' Ze haalde diep adem. 'Maar, hoe is het met jou, lieve Meggy?'

'O, met mij gaat het prima. Ik red me redelijk goed in het restaurant. Iedereen is erg aardig tegen me, in aanmerking genomen dat ik Engels ben, de allerlaagste in rang, en dan ook nog zo jong.' Voordat haar moeder iets kon vragen ging ze snel door. 'Maar hoe zijn Laura's desserts?'

'Die zijn goed, maar ze is zó traag. Het lukt haar niet om de dessertwagen goed gevuld te houden. Ik heb al een paar keer moeten bijspringen met mijn eigen triflerecept.'

'Dat zonder vruchtengelei, met verse frambozen?' Meg was zelf dol op deze versie van het traditionele Engelse nagerecht.

'Ja, die. Die is zo klaar! Ik gebruik zelfs niet altijd custard. Dan spatel ik gewoon slagroom over de cake en een jam- en fruitmengsel. Door de geschaafde amandelen ziet het er altijd goed uit.'

'Ik ben er dol op!'

'Maar het ergste is dat het Laura is gelukt om iedereen ervan te overtuigen dat het toneelstuk een slecht idee is. Dat is afgezegd.'

'Wat? Wie heeft het afgezegd? Russell of Laura?'

'Laura gaf ons de indruk dat zij het was.'

Meg kromp in elkaar. Dit was echt een klap. 'Wat ontzettend jammer. En als je bedenkt hoeveel klandizie het zou hebben opgeleverd! Ongelooflijk dat dit heeft kunnen gebeuren.'

'Ik weet het. Maar Laura heeft iedereen de oren van het hoofd gezeurd, tot het makkelijker was om maar toe te geven.' Louise zuchtte diep. 'We hebben het heel druk door de bespreking in de krant en de publicatie in de gids. De extra drukte was Laura's voornaamste argument.'

Op dat moment werd er geklopt. Het was Stéphie. 'Lexi zegt dat het wel vroeg is, maar niet te vroeg voor een glas champagne. We drinken het in de tuin.'

'O, dank je, Stéphie,' zei Louise. 'Champagne, wat een uitstekend idee! En het is tenslotte al bijna elf uur.'

Ze troffen Alexandra, Antoine en Andrew aan in de tuin, nippend aan een glas champagne.

'En, Meg?' begon Andrew. 'Wat zijn je plannen? Wat ga je doen als je straks klaar bent met je stage in het restaurant?'

Meg aarzelde.

'Je bent altijd welkom op Nightingale Woods,' vervolgde Andrew.

'Ja,' beaamde Louise. 'De gasten vragen nog steeds naar je, en Susan, Cherry en Ambrosine missen je verschrikkelijk, hoewel Justin natuurlijk een erg goede chef is.'

'Ik weet het eigenlijk nog niet,' zei Meg. Ze had nog geen echte plannen. Het werk in de keuken vroeg zoveel van haar dat ze alleen maar haar best deed om de dag tot een goed einde te brengen en geen rampen te veroorzaken.

'Ik moet jullie zeggen,' merkte Antoine op, 'dat mijn oude vriend Pierre, die Meg aannam om mij een plezier te doen...'

'Wat heel aardig van hem was,' onderbrak Meg hem.

'... mij uit de grond van zijn hart heeft bedankt. Meg is een geweldige aanwinst voor zijn keuken. Ik vermoed dat hij haar een baan gaat aanbieden.'

‘Lieve hemel!’ reageerde Meg. ‘Ik heb nooit gedacht dat het zover kon komen.’

‘Wat spannend,’ riep Alexandra, die verrukt in haar handen klapte. ‘Je kunt hier bij ons wonen, of in een van de vrijkomende gîtes.’

‘Of ik zou een appartementje kunnen zoeken in de stad,’ zei Meg. ‘Dan kan ik ’s ochtends een half uur langer in bed blijven liggen.’

‘Zou je in Frankrijk willen blijven?’ vroeg Louise verrast.

‘Dat vind je toch niet erg, hoop ik?’ Ze had het meer tegen zichzelf dan tegen haar moeder.

‘Natuurlijk niet, lieverd! Jij moet je leven inrichten zoals jij het wilt.’ Louise glimlachte en gaf Andrew een kneepje in zijn hand. ‘Ik heb nu een fantastische man naast me.’

‘En ik heb jou,’ zei Andrew, die haar liefdevol aankeek.

‘En wij zouden het heerlijk vinden als je bij ons blijft, Meg,’ zei Alexandra. ‘Of in de buurt, als je niet hier bij ons woont. En David zal ook heel blij zijn, dat weet ik.’

‘Ik was even vergeten dat David hier dichtbij woont,’ zei Louise. ‘In dat geval heb ik er helemaal vrede mee als je hier gaat wonen. We kunnen natuurlijk vaak op bezoek komen.’

Omdat iedereen zo enthousiast was over het idee dat ze in Frankrijk zou blijven, veronderstelde Meg dat het wel een goed plan moest zijn. Toch lag haar hart bij een plaatsje in Dorset, waar je in de lente de nachtegalen kon horen.

‘Als je maar terugkomt voor de bruiloft,’ zei Andrew. ‘Plaatsvervangers worden niet geaccepteerd.’

28

Meg en Alexandra besloten dat Meg beter op het kasteel kon blijven logeren zolang ze geen baan aangeboden had gekregen. Meg stond eigenlijk ook niet te springen om op zichzelf te gaan wonen. Ze hield van het gezin en het gezin scheen ook van haar te houden. Elke ochtend vertrok ze in haar auto en elke avond als ze terugkwam was ze blij aan het eind van de oprijlaan het kasteel te zien dat haar verwelkomde.

Op een dag vroeg in augustus kwam Pierre de keuken binnen terwijl zij en de anderen daar aan het opruimen waren na de lunch. Hij liep op Meg af en gebaarde met zijn hoofd naar het restaurant. '*P'tite*, er is daar iemand voor je.'

Die iemand was Justin, en hij zag er vreselijk uit. Meg kreeg een droge mond. Hij had vast slecht nieuws, maar hij zei niets toen hij haar zag.

'Is er iets? Met mijn moeder? Ambrosine?'

'Allemaal in topvorm. Kunnen we praten?'

Pierre, die getuige was van de ontmoeting, knikte. 'Dat is een verliefde man. Ga maar luisteren wat hij te zeggen heeft, p'tite.'

Meg keek haar baas aan op een manier die nog net aanvaardbaar was, in de hoop over te brengen dat hij het bij het verkeerde eind had. 'Hiernaast is een café. Daar kunnen we wel naartoe,' zei ze tegen Justin.

Ze vonden een tafeltje buiten en bestelden twee koffie en een glas cognac voor Justin. 'Drink dat op en vertel me dan rustig wat er aan de hand is. Je ziet er vreselijk uit.'

Hij nam een slok van zijn koffie en begon toen te lachen. 'Jij niet, hè? Allesbehalve!'

Plotseling realiseerde ze zich hoe ze eruit moest zien met haar witte kapje en haar koksjas. Ze trok het kapje van haar hoofd en haar haar viel langs haar gezicht. Het moest nodig geknipt worden, maar ze had geen tijd gehad. Ze wist ook dat ze een gezonde bruine kleur had gekregen, hoewel ze op dit moment vast een rood gezicht had. Ze streek een haarlok uit haar ogen en duwde die achter haar oor.

'Waarom ben je hier, Justin? Er moet wel iets ergs zijn als je dat hele eind bent komen rijden.'

Hij haalde diep adem, keek haar doordringend aan, maar zei nog steeds niets.

'Is er iets gebeurd op Nightingale Woods? Vertel het me alsjeblieft, want nu denk ik dat het afgebrand is.' Dat leek opeens de meest voor de hand liggende verklaring. 'O god...'

'Dat is het niet. Het is niets levensbedreigends.'

'Wat is het dan?'

Hij ademde zwaar uit. 'Nightingale Woods, dat op een dag voor een deel van mij zal zijn, is niet meer hetzelfde zonder jou.'

'O nee?' Dit had ze niet verwacht en haar adem stokte.

'Nee. Het loopt niet meer zoals toen jij nog in de keuken stond.'

'Dat vind ik moeilijk te geloven. Jij bent een professionele kok. Ik was alleen maar een... handige amateur.'

'Een restaurant als dit,' en hij wees naar het restaurant naast het caféterras, 'zou geen genoegen nemen met een handige amateur. Ik heb het opgezocht. Het heeft een heel goede reputatie.'

Ze ging rechtop zitten. 'Dat heeft het zeker. Ik ben er trots op dat ik daar in de keuken werk.' Ze nam nog een slok koffie zodat ze tijd had om na te denken over wat ze zou zeggen.

Justin pakte de hand die net nog een koffiekop had vastgehouden. 'Meggy, ik ben helemaal hiernaartoe gekomen... om met je te praten, om je te vertellen dat we je nodig hebben op Nightingale Woods!'

Er klopte iets niet. 'Mijn moeder en Andrew waren nog niet zo lang geleden hier...'

Terwijl ze daaraan terugdacht, herinnerde Meg zich de opmerking van haar moeder dat Laura het niet zo goed deed. Meg had toen aangenomen dat ze gewoon haar draai nog niet had gevonden, en dat alles inmiddels wel op rolletjes zou lopen.

'Nee, tja... Toen ze jou bezochten ging het allemaal nog wel, maar sindsdien is de situatie een stuk slechter geworden.'

Ze probeerde zich los te maken, maar haar hand zat nog steeds gevangen onder zijn veel grotere. Ze slikte moeizaam; ze wist niet wat ze moest zeggen.

Hij schraapte zijn keel. 'Oppervlakkig gezien gaat het allemaal goed, maar de gasten zijn niet enthousiast. Ze schrijven halfhartige dingen in het gastenboek en we verliezen boekingen. En dat Laura het toneelstuk heeft afgezegd, is natuurlijk een grote misser.' Hij zweeg even. 'Kort en goed, wat het hotel bijzonder maakte ontbreekt.'

'Maar Laura kan het toch wel weer rechtzetten en ervoor zorgen dat alles goed werkt en de gasten weer blij zijn?'

'Laura werkt niet meer op Nightingale Woods. Het was niet haar soort hotel, vond ze. Ze maakte heel goede macarons, maar daar deed ze de hele dag over. Het is haar ook nooit gelukt om die typisch Engelse desserts te maken waar iedereen zo dol op is. En hoewel ze goedgeorganiseerd was, had ze geen...' Hij zocht naar het woord. '... hart voor het hotel.'

Wat voelde Justin hierbij? Hij liet niets merken. 'Maar jullie waren zo goed als verloofd!'

Justin zuchtte. 'Alleen maar in haar fantasie. We waren inderdaad een poosje een stel, maar we maakten het al vrij snel nadat ze naar Nightingale Woods kwam uit. Ze vond het niet fijn om zich te begraven op het platteland, zoals ze zei. Het boterde niet tussen haar en Ambrosine...'

'Speelde dat een rol?' vroeg Meg zacht.

'Ja,' antwoordde Justin beslist. 'Jazeker. Ambrosine symboliseert het karakter van Nightingale Woods. Ze is charmant en een beetje excentriek, maar ze weet heel goed wat ze wil en kan soms wat veeleisend zijn.' Hij zuchtte. 'Laura snapte dat charmante en excentrieke niet. Ze zat er niet mee om de gasten biscuits van de groothandel in plastic verpakking te presenteren, in plaats van de zelfgebakken koekjes waar jij altijd voor zorgde.'

'Aandacht voor de details maakt een wereld van verschil,' zei Meg terwijl ze aan Nightingale Woods dacht en aan al het werk en alle moeite die iedereen had gedaan om er een bijzondere plek van te maken.

Het maakte haar boos en verdrietig dat al die inspanningen teniet waren gedaan.

Justin liet haar hand los alsof hij was vergeten dat hij die vasthield. 'Het is vervelend dat ik je dat hier kom vertellen terwijl je aan het werk bent, dat weet ik. Maar ik moest het je laten weten. Dat je niet op de hoogte zou zijn voelde op de een of andere manier helemaal verkeerd.'

Hij keek haar zo gespannen aan dat ze haar blik moest afwenden. Hier zat ze nu, in een Frans café, vlak na de lunch. Een paar minuten geleden stond ze nog werkbladen schoon te boenen. Wat een vreemde situatie. Ze schudde haar hoofd om haar gedachten weer op een rijtje te krijgen. 'Toch weet ik nog steeds niet waarom je hier bent.'

Hij stak zijn hand op naar de ober die in hun buurt rondhing, gefascineerd door de jonge vrouw in kokskleding en de man die eruitzag alsof hij de hele nacht had gereisd.

'Een cognac voor *mademoiselle*, alstublieft,' zei hij in het Frans.

Toen die was gebracht, nam Meg een slokje in de hoop dat ze daardoor wat beter raad zou weten met haar gevoelens. Ondanks het slechte nieuws over haar geliefde hotel was ze belachelijk blij om hem te zien. Daardoor wist ze niet wat ze moest denken of zeggen.

'Ik zou je nooit durven vragen om dit allemaal op te geven, Meggy.' Justin gebaarde om zich heen, naar het levendige stadje en het restaurant. 'Het was al heel lang een wens van je om deze stage te doen, dat weet ik. Dit is belangrijk voor je. Maar zie je jezelf ooit terugkomen naar Nightingale Woods?'

Hoewel het een slecht idee was om cognac te drinken als je helder moest zijn, nam ze toch nog een slokje. Was Justin ondanks het feit dat hij eruitzag alsof hij een nacht niet had geslapen echt helemaal hiernaartoe gekomen om haar te vragen of ze terug wilde komen naar het hotel? En als ze terugging, wat dan? Als hij haar alleen maar terug wilde in de keuken om Nightingale Woods weer een hart te geven, was dat dan genoeg voor haar? Kon ze daar zijn zonder hem?

'Daar zou ik over moeten nadenken.' Ze keek hem aan. 'Waar logeer je?'

'Op de heenweg heb ik Alexandra gebeld. Dus ik slaap daar, op het kasteel. Vind je dat vervelend?'

Meg schudde haar hoofd. 'Ben je naar Frankrijk gekomen op je motor?'

'Nee, ik ben met de auto, voor het geval ik je zou kunnen overreden om mee terug te komen.'

Ze moest even slikken en keek toen op haar horloge. 'Ik moet weer aan het werk.'

'Dat begrijp ik. Maar, Meg, kunnen we elkaar later nog zien?'

Meg zuchtte. 'Natuurlijk.' Misschien had ze aan het eind van haar werkdag bedacht wat ze moest. Dan had ze kunnen nadenken over de vraag of ze een nieuw bestaan in Frankrijk ging opgeven voor een klein hotel in Dorset. Eén ding wist ze zeker: als Justin daar ook zou zijn en haar niet alleen terug wilde omdat ze een goede kok was, dan zou ze meteen gaan. Maar wat voelde hij voor haar?

'En, p'tite,' zei Pierre, die blijkbaar belangstellend op haar terugkomst had gewacht. 'Heeft de jongeman je ten huwelijk gevraagd? En ben je nu verloofd?'

'Nee! Helemaal niet. Hij wilde gewoon praten over het hotel waar ik hiervoor werkte. Hij zegt dat het niet goed gaat en heeft me gevraagd of ik terugkom.'

Dat vond Pierre bijzonder grappig. 'Hij kwam dat hele eind hiernaartoe uit Engeland om je te vragen of je terugkomt naar een klein hotel op het platteland? Hebben ze geen goede koks in Engeland?'

'Natuurlijk hebben ze die! Justin is zelf een uitstekende kok.'

Hij gebaarde met zijn arm alsof hij wilde zeggen dat Meg ontzettend traag van begrip was. '*Exactement!* Hij bedoelde niet dat je terug moet komen om te koken. Hij houdt van je!'

'Welnee. Ik vraag me soms zelfs af of hij me wel mag.'

'*Voilà*, dat is het bewijs. Hij is hiernaartoe gekomen omdat hij van je houdt. Je moet *immédiatement* naar huis!'

Meg bleef lang op het werk hangen, zodat Justin de tijd had om naar het kasteel te rijden en zich te installeren. Vervolgens deed ze wat Pierre haar had gezegd en reed naar huis. Ze had nooit geweten dat hij zo'n romantische inborst had.

Maar tijdens de terugrit zat ze zich te verbijten. Justin hield niet van wachten en misschien verlangde hij al een besluit terwijl ze daar nog niet aan toe was. Aan de andere kant, de Justin die naar het restaurant was gekomen, gedroeg zich heel anders dan de man die op zijn motor was komen aanrijden toen ze pas op Nightingale Woods was.

Alexandra had haar zien aankomen en stond buiten op haar te wachten. 'Je bent vroeg. Wat heerlijk! Antoine laat Justin de boerderij zien en de gebouwen die we verhuren. Kom mee, dan gaan we in de tuin zitten met een glas wijn. Ik wil alles weten.'

'Ik wil eerst even mijn handen wassen. Daarna vertel ik je wat ik weet,' antwoordde Meg.

'Ik zal een glas rosé voor je in laten schenken,' reageerde Alexandra, die blijkbaar op spannend nieuws hoopte.

Meg realiseerde zich terwijl ze haar handen waste dat ze eigenlijk niets wist en er niets van begreep.

Toen ze zich bij haar vriendin voegde, stonden er al een karaf rosé en een bord met charcuterie op de grote houten tafel. Alexandra wist dat Meg nooit veel at in het restaurant.

'En?' vroeg ze, nadat Meg een paar slokjes van haar wijn had genomen en wat salami had gegeten.

Meg antwoordde niet meteen, maar Alexandra hield vol. 'Justin vertelde ons dat hij probeert jou te overreden om terug te komen naar het hotel. Maar dat kan niet het enige zijn, toch? Heeft hij gezegd dat hij van je houdt?'

'Nee, natuurlijk niet! Pierre is ervan overtuigd dat hij dat bedoelde. Maar hij heeft alleen gezegd dat het hotel niet meer hetzelfde is zonder mij. Laura – zijn vriendin – is vertrokken uit Nightingale Woods, en ik denk dat ze niet alleen het hotel maar ook hem heeft verlaten. En nu wil het hotel me terug.' Ze stak een olijf in haar mond. 'Ik bedoel, het hotel draait, Justin kookt, mijn moeder en Andrew doen de receptie en het kantoorwerk, maar blijkbaar hebben ze mij ook nog nodig.'

Alexandra knikte nadenkend. 'Er zit absoluut meer achter. Het zou krankzinnig zijn om dat hele eind te rijden om jou te vragen terug te komen als hij ook gewoon had kunnen bellen. Maar weet je al wat je gaat doen?'

'Nog niet. Het gaat goed in het restaurant. Pierre vertrouwt me nu en hij leert me dingen.'

'Dus? Als je niet om Justin gaf, zou je besluiten om hier te blijven en verder te leren.'

Meg zuchtte. 'Ik moet in elk geval terug voor mijn moeders bruiloft in september. Dat zou een logisch tijdstip zijn om terug te keren.'

'Kun je zo lang wachten? Wil je dat?'

'Ik weet het niet, Lexi,' fluisterde Meg omdat ze Antoine, Justin en Stéphie hoorde naderen.

Niet lang daarna zaten ze met z'n allen buiten onder de pergola rosé te drinken en salami te eten.

'Hartelijk dank voor de rondleiding, Antoine,' zei Justin. 'Het was heel inspirerend om te zien van hoeveel gebouwen jullie accommodatie hebben kunnen maken. We doen het niet helemaal hetzelfde op Nightingale Woods, want de gasten zorgen voor hun eigen eten en drinken. We hopen dat ze wel af en toe naar het hotel komen voor een maaltijd. Maar we hebben nog meer kamers nodig om voldoende winst te maken.' Hij keek naar Meg. 'Maar het gaat echt een stuk beter met het hotel dankzij Meg.'

Meg bloosde. 'Er kwam een heleboel geluk aan te pas,' protesteerde ze. 'David was bevriend met Russell, die een toneelstuk wilde opvoeren in de tuin. En Nessa's moeder, Lady Lennox-Stanley, door ons ook wel mevrouw Muggenzifter genoemd, maakte kennis met Basil Knott-Dean, de restaurantcriticus en nam hem mee naar het hotel.' Ze dacht weer terug aan die tijd. 'Ik kan nog steeds niet geloven dat die verschrikkelijke vrouw de schoonmoeder van Lizzie is.'

Iedereen lachte om het gezicht dat ze trok.

'Maar jij was het die ervoor zorgde dat de gasten zich welkom voelden, en jij kookte voor hen de heerlijke maaltijden waarvan ze zo genoten,' zei Alexandra met een kritisch opgetrokken wenkbrauw, want ze wilde niet dat Meg de lof die Justin haar net had toegezwaaid weer wegwuifde.

'Nou...'

'Natuurlijk was dat Megs verdienste,' zei Justin op besliste toon.

'Nu we het erover hebben. Is dit de avondmaaltijd of een borrelhapje?' informeerde Antoine.

‘Een borrelhapje. David en Maxime komen eten,’ antwoordde Alexandra. ‘En ik geloof dat de oudere kinderen vriendjes meebrengen.’

‘O, leuk!’ riep Stéphie.

‘Ik zal je helpen…’ begon Meg.

‘Geen denken aan,’ reageerde Alexandra beslist. ‘Jij gaat uitrusten. Je hebt gewerkt.’

‘Laat mij je dan helpen,’ zei Justin. ‘Ik heb niet de hele dag in de keuken gestaan, zoals Meg.’

Alexandra dacht na. ‘Maar jij hebt een lange reis achter de rug. Van twee dagen zelfs.’

Hij haalde zijn schouders op.

‘Hoe ben je hier gekomen, Justin?’ vroeg Antoine.

‘Ik heb in Southampton de veerboot genomen en ben door de Auvergne gereden, maar ik heb onderweg ergens overnacht en ik voel me fit genoeg om voor een stel mensen te koken.’

Alexandra knikte. ‘In dat geval zou dat heel fijn zijn. Maar voor jou is het siëstatijd, Meg.’

Meg begreep Alexandra’s code: ze moest gaan liggen en nadenken over haar toekomst.

Maar eenmaal in haar koele kamer met de gesloten luiken viel Meg tot haar verrassing in slaap. Ze had alleen maar haar voeten wat rust willen geven en over dingen willen peinzen, maar ze was ingedommeld. Het was al na zessen toen Stéphie haar kamer binnenkwam.

‘Wakker worden! We eten buiten. Ik heb Justin geholpen. Henri en Félicité hebben allebei vrienden meegenomen, en David en Maxime kunnen er elk ogenblik zijn. Iedereen drinkt crémant, dat is geen champagne.’

‘Ik hoef me alleen maar te verkleden,’ zei Meg. ‘Ik ben zo klaar, dat beloof ik.’

‘Doe je make-up op?’ informeerde Stéphie, die blijkbaar vond dat haar taak er nog niet op zat.

'Ik gebruik niet zo vaak make-up.'

'Lexi ook niet, alleen af en toe. Je kunt wel wat van haar lenen hoor, als je dat wilt.'

Meg dacht even na. 'Ik laat de make-up maar zitten.' Daar was het te laat voor. Justin had haar al te vaak zonder gezien. 'Maar denk je dat Lexi het erg vindt als ik een beetje parfum van haar leen? Dat zou ik wel graag willen.'

'Bien-être is haar lievelingsparfum, maar papa zegt dat het geen echt parfum is omdat het in zo'n grote fles zit. Ik denk dat je wat van haar Miss Dior moet gebruiken. Dat is mijn favoriet.'

'Als jij dat het beste vindt. En als ik dat heb opgedaan, ga je dan samen met mij naar beneden?'

'Natuurlijk.' Stéphie fronste haar wenkbrauwen. 'Vind je het eng? Wij zijn het maar, hoor. Ik heb ontdekt dat Lexi het ook eng vond toen ze voor het eerst bij ons was als kindermeisje. Maar dat was helemaal niet aan haar te merken.'

'Lexi is erg dapper. Ik niet.'

'Ik denk dat jij op een andere manier dapper bent,' zei Stéphie. 'Ik ga parfum voor je halen.'

Als Alexandra Meg had willen duidelijk maken dat de Provence de plek was waar je moest zijn, dan had ze dat niet beter kunnen doen. Aan de takken van de bomen hingen jampotten met theelichtjes en ook op de met een kleed gedekte tafel stonden kaarsen.

Een eindje verderop zat Henri gitaar te spelen. Om hem heen zaten wat tieners hun eigen feestje te vieren.

Dichter bij de eettafel stond een klein tafeltje en daar zaten David, Maxime en Antoine wijn te drinken en te kletsen. Het zwakke aroma van Gauloises-sigaretten mengde zich met de geuren van de avond. Hier en daar stonden schaaltjes met noten en olijven. Het tafereel deed Meg denken aan een foto in een tijdschrift: mooie mensen in een perfecte setting, met een kasteel als achtergrond. Ze vroeg zich af of ze iets dergelijks tot stand kon brengen op Nightingale Woods en bedacht toen dat ze misschien niet terug zou gaan.

Alexandra dook op uit de keuken met in elke hand een grote schaal met daarop een enorme quiche, gedecoreerd met een rand van slabladeren. '*À table!*' riep ze, en ze zette de schalen neer.

Justin kwam achter haar aan met karaffen wijn en een mes waarmee hij de quiches in punten sneed.

David hielp door de borden met daarop een punt quiche neer te zetten, en de anderen kwamen ook aan tafel.

Hoewel Meg haar best had gedaan om het te voorkomen, belandde ze uiteindelijk toch naast Justin. Maar hij gedroeg zich voorbeeldig en glimlachte vriendelijk naar haar. Het was een beetje ongemakkelijk, maar ze kon moeilijk haar beklag doen. Ze beantwoordde zijn glimlach, maar wist dat ze er niet ontspannen uitzag. Allebei waren ze niet gewend om deel uit te maken van een gezelschap en zich tegenover elkaar normaal te gedragen, en dat was meteen een waarschuwing, dacht Meg: samen zijn was niets voor hen. Maar toen Justin opstond om het hoofdgerecht te gaan halen, kon ze niet ergens anders gaan zitten, want dat zou raar zijn.

Nadat hij iedereen had voorzien van kip, gegarneerd met uitjes, tomaat en artisjokken, draaide hij zich naar haar toe. Blijkbaar wilde hij iets tegen haar zeggen.

Meg was hem voor. 'Wat is dit leuk, hè, eten onder de bomen, de kaarsen, de lange tafel, met z'n allen bij elkaar?'

'Inderdaad. Heel Frans. We zouden zoiets ook bij ons hotel kunnen doen. Maar we hebben natuurlijk niet vaak zulk goed weer.'

Meg slikte moeizaam. Dat was precies waaraan zij dacht. 'Maar wanneer het wel goed weer is – en we hebben wel eens hittegolven in Engeland – dan zouden we een paar tafels buiten kunnen zetten, met daarop theelichtjes in jampotten, zoals Alexandra heeft gedaan.' Te laat realiseerde Meg zich dat ze iets neutraals had moeten antwoorden, of helemaal niets. Ze had nog niet besloten wat ze zou doen. Als ze over het hotel sprak, dacht Justin misschien dat ze dat al wel had gedaan.

'We zouden een pergola kunnen maken en die met rozen laten begroeien – Ambrosine zou dat vast fijn vinden. Zo'n pergola moet dan breed genoeg zijn, zodat mensen niet met hun kleren aan de doorns blijven hangen. Dat zou pas romantisch zijn.'

'Ik dacht dat je niets met romantiek had?' zei Meg verbaasd.

'Ik ben veranderd,' bekende hij. 'Mensen kunnen veranderen.'

'Ik ga het dessert halen,' kondigde Alexandra aan. 'Nee, blijf zitten, Justin. Ik red me wel.'

Antoine kwam overeind. 'Ik zal je helpen.'

'Ik wil ook helpen,' zei Stéphie.

'Nou, Meg,' begon David. 'Het lijkt erop dat je een moeilijke beslissing moet nemen. Engeland of Frankrijk? Ik heb voor Frankrijk gekozen, maar ik woonde in Londen, en dat lijkt minder ver weg.' Hij keek naar Maxime, die tegenover hem zat. 'En ik had een andere reden.'

'Dorset lijkt inderdaad heel ver weg,' beaamde Justin. 'Frankrijk is zo'n groot land.'

'Je hebt een lange reis moeten maken,' zei Meg, die zich plotseling schuldig voelde.

'Allemaal voor jou,' zei Justin glimlachend. 'Daaraan kun je zien wat ik allemaal overheb voor Nightingale Woods. Voor het hotel wil ik alleen maar het beste.'

'Weet je zeker dat dat het enige is, vriend?' informeerde David.

Meg kreeg prompt een kleur en op dat moment had ze David wel kunnen vermoorden.

Over de wijze waarop ze dat ging doen hoefde ze gelukkig niet na te denken, want Stéphie kwam naar buiten rennen.

'Er is telefoon uit Engeland voor jou, Justin.'

'Neem nog wat wijn,' zei David, en hij vulde Megs glas bij terwijl Justin naar het kasteel liep. 'Lieverd, hij is duidelijk verliefd op je. Je moet besluiten of je hem wilt of niet.'

‘Daar moet je niet zo zakelijk over doen, David,’ wees Maxime hem terecht. ‘Dat is geen makkelijke beslissing. Misschien wil ze hem wel, maar wil ze ook in Frankrijk blijven.’

Tot Megs grote opluchting besloten Henri en Félicité op dat moment dat ze platen wilden gaan draaien en dansen in de oranjerie, zodat de aandacht niet langer op haar was gericht. Er moest toestemming worden gevraagd aan Antoine, die Alexandra aan het helpen was met het dessert. Félicité ging naar binnen en kwam niet lang daarna glimlachend weer naar buiten. De tieners stonden allemaal op van tafel.

‘Ik geloof dat ik gewoon van deze heerlijke avond wil genieten zonder beslissingen te hoeven nemen,’ zei Meg, die even de tijd had gehad om over haar antwoord na te denken.

Maxime glimlachte naar haar. ‘Goed besluit, Meg.’

Alexandra en Antoine kwamen naar buiten met het nagerecht op dienbladen. ‘*Chérie*,’ zei Antoine tegen Stéphie. ‘Wil jij zo lief zijn om aan je broer en je zus en hun vrienden te zeggen dat het dessert op tafel staat? Ze mogen het ook komen ophalen en meenemen naar de oranjerie.’

‘Wie is er aan de telefoon?’ vroeg Meg aan Alexandra, die in de patisserie van het stadje gekochte taart en desserts op tafel zette.

‘Ik geloof dat het Justins vader is, maar irritant genoeg kun je vanuit de keuken niet meeluisteren.’

‘Waar zou het in vredesnaam over gaan?’

‘Dat horen we vast snel genoeg. Kijk eens naar al dat lekkers. Misschien heb ik een beetje te veel gekocht, maar het zag er allemaal zo verleidelijk uit.’

‘Maak je geen zorgen, chérie,’ zei Antoine, ‘ik kan je verzekeren dat de kinderen geen kruimel over zullen laten.’

‘Dan kunnen we beter snel beslissen waar we zelf zin in hebben,’ merkte Maxime op. ‘Maar jij hoeft niet snel te zijn met jóúw beslissing, hoor, Meg.’

Meg had al de helft van haar verrukkelijke frambozenmousse op toen Justin weer opdook. Hij kwam recht op haar af.

'Meggy? Het gaat om Ambrosine. Ze heeft een ongeluk gehad... Nee, maak je geen zorgen, ze is niet dood. Ze heeft haar heup gebroken. Maar... ze ligt in het ziekenhuis en vraagt naar jou.'

'Dan moet ik naar haar toe.' Meg stond op. Haar knieën leken plotseling te knikken.

'Nou, als je het zeker weet,' reageerde Justin. 'Het is een lange reis. We kunnen morgenochtend vroeg vertrekken en zo ver mogelijk zien te komen. Ik had de boot voor de terugreis al geboekt, maar dat kan ik veranderen. Overmorgen zijn we dan terug in Engeland. Er is me verteld dat het goed gaat met Ambrosine.' Hij aarzelde even. 'We hoeven ons waarschijnlijk niet te haas...'

'Jawel.' Voor één keer was Meg heel zeker. 'We moeten zo snel mogelijk naar haar toe.' Ze draaide zich om naar Antoine. 'Wil jij aan Pierre uitleggen wat er is gebeurd? En dat het me spijt dat ik niet meer terugkom in het restaurant?'

Al snel ging het gesprek over de snelste route door Frankrijk. Maxime nam Meg apart. 'Het lijkt erop dat je weet wat je doet. Gek genoeg worden de moeilijkste beslissingen vaak vóór ons genomen.'

Meg gaf geen antwoord. Maxime leek over veel meer wijsheid te beschikken dan je op basis van zijn jeugdige, knappe voorkomen zou vermoeden. Misschien kwam dat doordat hij jurist was.

29

Toen er eindelijk op haar deur werd geklopt, klonk dat zo zacht dat Meg het niet zou hebben gehoord als ze er niet op had liggen wachten. Het was heel vroeg in de ochtend.

'Heb ik je wakker gemaakt?' fluisterde Justin toen Meg de deur opende.

'Vanaf twee uur vannacht werd ik elk uur wakker. En ik ben al helemaal klaar. Laten we gaan! Ik hoop alleen dat we Milou niet wakker maken, anders gaat hij blaffen.'

'Dat geeft niet. *En avant!*'

De dag brak net aan en het was nog koel buiten. Later zou de temperatuur stijgen en werd het heet, maar nu was het heerlijk. In het eerste zonlicht leek het kasteel wel van goud en hoewel ze haast hadden, moest Meg toch nog een laatste blik werpen op de plek waar ze zo warm verwelkomd was door Alexandra, Antoine en hun kinderen.

'Zal ik het eerste stuk rijden?' vroeg Meg. 'Ik heb het juiste rijbewijs en de bevoegdheid om in Frankrijk te rijden, maar ik weet niet of ik verzekerd ben als ik in jouw auto rijd. Dus ik kan beter achter het stuur zitten als er weinig kans is dat we worden gecontroleerd.'

Justin moest dit even tot zich laten doordringen en knikte toen. 'Dat klinkt verstandig, hoewel ik toch graag zou willen benadrukken dat vrouwen niet achter het stuur van een auto horen.' Hij glimlachte naar haar, zodat ze wist dat het grappig bedoeld was. 'Het is een lange rit voor één persoon, ook al doen we er twee dagen over.'

'Precies.'

Tijdens het rijden spraken ze weinig. De morgen was prachtig en al snel reden ze door golvende paarse velden vol lavendel die zo ver reikten als het oog kon zien. De geur die door de geopende autoramen kwam was bijna bedwelmend.

'Hierdoor ga je naar een sportauto verlangen,' zei Justin.

'Inderdaad, hoewel we onze bestemming er niet sneller door zouden bereiken, vermoed ik.'

'Denk aan de wind in je haar…'

'… dat daardoor een soort touw wordt,' maakte Meg zijn zin lachend af. Als ze niet zo in spanning had gezeten om Ambrosine, zou ze hebben genoten van deze reis met Justin. Misschien twijfelde ze nog steeds over haar gevoelens, maar de omgeving was beeldschoon, de weg verlaten en ze vond het heerlijk om in Justins auto met de krachtige motor te rijden. Het was bijna paradijselijk.

'Hadden we maar niet zo'n haast,' zei Justin, alsof hij haar gedachten kon lezen. 'We kunnen ergens stoppen, op ons gemak lunchen en een siësta houden voordat we verdergaan.'

'Een siësta zullen we waarschijnlijk wel nodig hebben, Ik heb niet veel geslapen en zal straks wel moe zijn. Maar het is hier zo prachtig.'

'Ja, hè? Antoine vertelde me dat Napoleon erop heeft aangedrongen dat deze mooie populieren werden geplant, zodat zijn troepen schaduw zouden hebben. Helaas rijden mensen er nogal eens tegenaan als ze dronken of moe zijn.'

'Nou, laten we er dan maar voor zorgen dat ons dat niet overkomt. Ik wilde dat je het me niet had verteld!'

Ze stopten in een dorp en kochten wat ze nodig hadden om te

picknicken: baguettes, boter, ham en tomaten. Ze vonden een rustig plekje en Justin smeerde de baguettes.

'Op een dag neem ik je mee naar Parijs en dan bestellen we *jambon-beurre* bij een winkeltje waar ze uitsluitend die broodjes verkopen. Soms doen ze er een augurkje bij.'

Haar hart maakte een sprongetje bij de gedachte dat Justin haar mee wilde nemen naar Parijs. Om haar opwinding te verbergen at ze eerst langzaam haar mond leeg. 'Ham en boter is een heerlijke combinatie. Ken je Parijs goed?'

'Ik ben er een poos in opleiding geweest.' Hij reikte haar de fles Perrier aan. 'We zijn wel klaar met eten, hè? Ik denk dat we een half uur een dutje moeten doen, want het wordt warm.'

Ondanks haar vermoeidheid had Meg niet het idee dat ze zou kunnen ontspannen en slapen op haar warme plek in de auto. Maar op de een of andere manier vielen haar ogen toch dicht en sliep ze tot Justin haar wakker maakte.

'We moeten verder. Ik zal nu rijden.'

Meg knikte en trok haar tegen haar rug plakkende katoenen blouse los.

Ze hadden besloten Parijs links te laten liggen, en toen het tijd werd om te stoppen voor de nacht, gingen ze op zoek naar een hotelletje. Maar de meeste waren of gesloten of zaten vol. De baas van het laatste hotel waar ze informeerden gaf Justin het adres van zijn tante, die een kleine *chambre d'hôte* had.

'Het ligt een klein eindje buiten het stadje,' zei Justin terwijl hij de kaart bestudeerde die hij over de motorkap had uitgespreid.

'Als we een bed hebben en een dak boven ons hoofd, vind ik het best,' antwoordde Meg. 'Ik heb gewoon geen zin om in de auto te slapen.'

'Je mag van me verwachten dat ik goed voor je zorg,' zei Justin. Zijn toon was scherper dan noodzakelijk, vond ze. Het was maar een luchtige opmerking van haar geweest.

Eindelijk vonden ze het adres. Maar de tante had maar één kamer. Justin keek Meg vragend aan. 'Het is prima,' zei ze glimlachend. Ze was bang dat het anders zou uitdraaien op slapen in de auto. Een echt bed was daarmee vergeleken een luxe, en ze had het gevoel dat ze het feit dat ze dat ging delen maar even moest negeren.

'Wilt u iets eten?' vroeg madame.

'Heel graag,' antwoordden Meg en Justin tegelijk.

Toen ze in de ruime, schone en comfortabele kamer waren, zei Justin: 'We hadden ook op zoek kunnen gaan naar een fantastisch klein restaurant uit de Michelingids, maar de kans was ook aanwezig dat we het niet hadden gevonden.'

'Ik ben het helemaal met je eens. Dan hadden we misschien nog kilometers moeten rijden en ik ben zo moe dat het vooruitzicht om wat te eten en daarna meteen in bed te ploffen te verleidelijk is, ook al zal het eten eenvoudig zijn.'

'Slapen is het enige wat er gaat gebeuren in dit bed,' zei Justin nadrukkelijk. 'Je moet je absoluut veilig voelen. Als je liever wilt dat ik in de stoel ga slapen...'

'Dat zou belachelijk zijn,' reageerde Meg. 'Maar nu ga ik me een beetje opfrissen. Zullen we beneden afspreken?'

Ze had haar nachtpon op het bed gelegd en probeerde een kam door haar haar te halen. Justins opmerking dat ze veilig zou zijn, gaf haar een spijtig gevoel. Eigenlijk wist ze niet of ze zich nog wel veilig *wílde* voelen. Natuurlijk was ze nog erg jong, maar was het zo slecht om je maagdelijkheid kwijt te raken aan de man van wie je hield? Of was dat het recept voor een gebroken hart?

In de eetzaal waren ze de enige twee gasten, en zonder veel te praten aten ze de eenvoudige maaltijd en dronken rode wijn van een wijngaard uit de omgeving. Meg was blij dat ze geen gesprek hoefde te voeren. Ze hoefden niet te praten om maar wat te zeggen te hebben.

'Dit is erg lekker,' merkte Justin op nadat ze al een aantal minuten in stilte van de langzaam gegaarde lamsbout hadden gegeten.

‘In Frankrijk eet je bijna altijd goed, hè?’ reageerde Meg. ‘We zouden dit thuis ook kunnen maken, met lamsvlees uit Dorset.’

‘Het heeft denk ik heel lang staan stoven, en de aardappelen zijn later aan het stoofvocht toegevoegd.’

Meg nam een slokje wijn en lachte. ‘Het is toch niet te geloven. Hier zitten we, tijdens een spoedterugtocht naar Engeland, en wat doen we? Proberen te achterhalen hoe het lamsvlees is bereid.’

Justin haalde glimlachend zijn schouders op. ‘Het is ons vak. We denken altijd aan eten.’

Meg keek naar de man die tegenover haar zat en realiseerde zich dat ze eigenlijk niet meer proefde wat ze at.

En al die tijd leek het steeds warmer te worden in de kleine eetkamer. Madame kwam hun borden weghalen en vertelde dat er onweer in de lucht zat. ‘Dat zal wat verkoeling geven,’ zei ze. ‘Het kan hier heel warm worden in de zomer.’

Meg hield niet van onweer. Ze beschouwde zichzelf als een verstandig en volwassen mens, maar de kinderlijke angst voor onweer was ze nooit kwijtgeraakt. De vrees voor een enorm onweer plus de warmte in de kamer zorgden ervoor dat ze maar de helft van haar bosbessentaart weg kon krijgen.

‘Het is eigenlijk ook te warm om te eten,’ zei ze. ‘Maar ik weet dat ik er op een dag, als ik echt hongerig ben, spijt van zal hebben dat ik dit niet heb opgegeten.’

‘Een onweer zal de lucht klaren.’

‘Dat denk ik ook,’ zei Meg, in stilte hopend dat het onweer zou overdrijven.

Justin keek haar met een serieuze blik aan. ‘Heb je al besloten wat je gaat doen? Kom je terug naar Nightingale Woods? Of ligt je hart in Frankrijk?’ Hij glimlachte. Misschien was hij er zich van bewust hoe lastig die vraag was. ‘Ik bedoel natuurlijk wanneer Ambrosine weer hersteld is.’

‘Ik hoop echt dat het weer goed komt met haar,’ zei Meg omdat ze niet wist hoe ze op zijn vraag moest reageren. 'Ik ben erg aan haar gehecht. Het is alsof ze mijn oma is.'

Justin keek haar nog steeds ernstig aan. 'Je hebt mijn vraag niet beantwoord.'

Meg maakte een afweging. Frankrijk had haar verwelkomd toen haar hart gebroken was. Haar stage had al haar tijd en energie opgeslorpt zodat ze geen tijd had gehad om te piekeren. 'Ik heb het fantastisch gevonden, maar nee, mijn hart ligt niet hier.'

'Ik weet zeker dat iedereen op Nightingale Woods door het dolle heen zal zijn.'

Meg glimlachte, blij dat het ongemakkelijke moment voorbij was. Wat de voornaamste reden was waarom haar hart niet in Frankrijk lag, vertelde ze hem niet.

'En waar ligt je hart dan wel?' vroeg Justin, die blijkbaar weer haar gedachten las, zoals zo vaak.

Precies op dat moment zag Meg het weerlichten in de verte en viel ze bijna van haar stoel van schrik.

'Gaat het goed met je?' vroeg Justin bezorgd.

'Ja hoor, ik schrok alleen, dat is alles.' Meg zou nooit tegen iemand zeggen dat ze bang was voor onweer, en al helemaal niet tegen Justin. 'Maar ik geloof dat ik genoeg verbenalikeur heb gedronken.'

Hij knikte. 'Ik zal gaan afrekenen.'

Een paar minuten later was hij terug en stak zijn hand uit. 'Laten we naar bed gaan.'

Heel even voelde Meg een steek in haar maag, maar nadat ze hem die woorden had horen zeggen verdween haar angst als bij toverslag. Natuurlijk wist ze heel goed dat hij alleen maar bedoelde dat ze gingen slapen, niets meer en niets minder. Maar de hitte, de wijn en de hele dag dicht bij hem zijn deden haar verlangen naar iets meer dan een kuise nacht in haar witte katoenen nachtpon tussen Franse linnen lakens.

'Laten we dat maar doen. Het was een lange dag en we hebben er nog een voor de boeg.' Ze zei maar niet dat ze misschien wakker zou schrikken van het onweer. Maar als het ging onweren zou ze doodsbang in bed liggen en proberen te doen alsof het alleen maar het lawaai was dat haar uit haar slaap hield.

Hoewel Meg haar uiterste best deed om een kalme indruk te maken en een houding had alsof het delen van de slaapkamer de gewoonste zaak van de wereld was, stonden haar zenuwen strakgespannen.

'In Frankrijk maken ze zich niet zo druk over badkamers als wij in Engeland doen, of tenminste op Nightingale Woods,' zei ze opgewekt toen ze terugkwam in de kamer na een bezoek aan die ruimte. 'Mevrouw Muggenzifter zou een toeval krijgen als ze een eind door de gang moest lopen voor de badkamer, en nog verder voor de wc.'

'Vind je dat niet vervelend?'

'Natuurlijk niet.' Even stelde Meg zich voor dat ze die nacht opstond omdat ze naar de wc moest en dat het buiten donderde en bliksemde. Dan moest ze die lange gang door terwijl ze elk moment getroffen kon worden door de bliksem. 'Niets aan de hand. Het is er erg schoon. Waar maak jij je zorgen over?'

'Wil je dat echt weten? Over het feit dat we samen in een bed liggen.'

'Vanaf het moment dat madame zei dat ze maar één kamer had, vermoedde ik al dat er ook maar één bed was. Maar het is een vrij groot bed, vind je ook niet?' Ze klonk erg kalm, dacht ze, en ze was trots op zichzelf.

'En? Raam open voor koelte? Of dicht tegen de muggen?'

'Laten we het raam openhouden, maar de luiken sluiten, dan kunnen de muggen minder makkelijk naar binnen.' En dan zie ik het misschien niet bliksemen, dacht ze.

'Stap er maar in dan,' zei Justin.

Ze ging liggen, trok het laken op tot onder haar kin en deed haar ogen stijf dicht tegen de bliksemflitsen. Slapen zou haar niet lukken, dat was zeker. Ze voelde dat hij naast haar in bed kwam. Aan de ene kant wilde ze wanhopig graag dat hij haar zou kussen, maar aan de andere kant wilde ze haar bewustzijn verliezen en morgenochtend wakker worden zonder iets gemerkt te hebben van een eventueel onweer dat die nacht was losgebarsten.

'Snurk je?' vroeg ze om de spanning te breken.

Justin lachte zacht. 'Daar zul je nog wel achter komen!'

Meg lachte ook, maar ze durfde geen vin te verroeren en voelde zich als een lijk dat op een tafel lag in een mortuarium. Ze dacht dat ze de warmte van zijn lijf voelde, maar het kon ook haar verbeelding zijn.

Ze probeerde diep en kalm adem te halen, want dan zou ze uiteindelijk wel in slaap vallen, zei ze tegen zichzelf. Hoe gespannen ze ook was, ze zou niet de hele nacht wakker blijven.

Aan Justins ademhaling hoorde ze dat hij ook wakker lag, klaarwakker.

Tenslotte werd ze toch slaperig en misschien zou ze echt in slaap zijn gevallen als er op dat moment niet een oorverdovende donderslag had geklonken en de hele kamer verlicht werd door een bliksemflits.

Ze gilde en schoot overeind.

'Wat is er?' Justin kwam ook overeind. Ook hij was geschrokken. 'Gaat het?'

'Ik ben zo bang voor onweer,' bekende ze met een ingehouden snik.

Nog voor ze uitgesproken was, had hij zijn arm al om haar heen geslagen.

Dat hij haar vasthield en ze zijn warme huid kon voelen, kalmeerde haar. Ze legde haar hoofd tegen zijn naakte borst en hoorde zijn hart geruststellend traag kloppen. En ook al was het heet, zijn warmte was troostend. Ze sloot haar ogen.

Eerst hield hij haar alleen maar vast en toen streelde hij zachtjes haar rug. Er ontsnapte haar een geluidje en opeens was zijn mond op de hare en kuste hij haar alsof hij nooit meer zou stoppen. Dat wilde ze ook niet.

Maar hij deed het toch. Hij hijgde een beetje. 'Meg! Liefje. We moeten verstandig zijn. Is dit wat je wilt? Je moet het zeker weten.'

'Ja,' antwoordde Meg, want ze wist het zeker. Alle gevolgen zou ze onder ogen zien. Op dit moment stond ze op het punt om de liefde te gaan bedrijven met de man die al zo lang bezit had genomen van haar hart en haar ziel. Het was goed.

Die nacht donderde en bliksemde het buiten niet meer, maar binnen woedde een storm van passie.

Voor het krieken van de dag slopen ze het huis uit. Ze wilden madame niet wakker maken, omdat die er waarschijnlijk op zou aandringen dat ze het ontbijt aten waarvoor ze hadden betaald. Het dichtslaan van de autoportieren klonk heel luid, maar er bewoog niets. Ze waren weer op weg en zouden hun best doen om die avond de veerboot te halen.

Meg wilde niet praten over de afgelopen nacht, hoewel ze bijna aan niets anders kon denken. Haar lichaam bewaarde de herinnering aan wat er was gebeurd en ze wist dat het voor altijd in haar hart stond gegrift. Ze had geen spijt.

Door nauwelijks te stoppen en zo hard mogelijk te rijden – ze wisselden elkaar nog steeds af en Meg maakte zich geen zorgen meer over de verzekering – haalden ze op het nippertje de laatste boot naar Engeland.

Nadat het ze was gelukt kaartjes te bemachtigen en aan boord waren gestapt, besloten ze naar de bar te gaan.

'We hebben het gehaald. Ik vind dat we dat moeten vieren,' zei Meg.

'Goed idee. Waar heb je zin in? Wil je een borrel voordat we gaan eten?'

'Ja. Ik hoef me vanavond tenminste geen zorgen te maken over in aantocht zijnde onweersbuien.' Het drong tot haar door wat ze had gezegd en meteen voelde ze zich opgelaten.

'Meg...' Justin stak zijn hand uit.

'Het is goed, Justin,' zei ze zo opgewekt mogelijk. 'Meer dan goed zelfs. Ik wil nu alleen zeker weten dat Ambrosine in orde is. Ik weet niet waarom ze naar mij heeft gevraagd, maar dat zal ze me vertellen. Ik denk dat het over de bloemen voor haar begrafenis gaat. Ze is nogal kieskeurig.'

Justin lachte, maar liet haar hand niet los terwijl hij twee glazen brandy bestelde.

Hun hut had twee smalle eenpersoonsbedden en toen ze er om half tien in stapten, dacht Meg alleen nog maar aan slapen.

En dat deed ze.

30

Omdat ze bij de laatsten waren geweest die aan boord gingen, konden ze er vrij snel af. Om half acht op een zonnige zomerochtend gingen ze weer op weg.

'Tenzij je nu vergaat van de honger,' zei Justin, 'stel ik voor dat we naar het ziekenhuis rijden en daar ergens in de buurt ontbijten. Als we het zo doen, kunnen we rustig eten totdat ze ons toelaten bij Ambrosine. Het zal nog geen bezoekuur zijn, maar misschien mag je eerder bij haar omdat ze naar jou heeft gevraagd.'

'Ik verga inderdaad van de honger, maar ik vind het niet erg om te wachten,' antwoordde Meg. 'Voor mijn gevoel duurden de afgelopen achtenveertig uur zo ongeveer een jaar. Het is vreemd om terug te zijn in Engeland. Alsof Frankrijk een droom was!'

'Maar wel een fijne, hoop ik.' Justin bleef zijn blik op de weg houden.

'Een heel fijne.'

Meg had goed geslapen en de tijd gehad om na te denken over wat er tussen hen was gebeurd. Daardoor zag ze niet langer op tegen het gesprek dat ze zeker moesten gaan voeren. Ze hield van Justin, daarover twijfelde ze niet langer. En als ze dacht aan de zorg en de tederheid waarmee hij haar had bemind, dan wist ze vrij zeker dat hij ook van haar hield. In Frankrijk had iedereen beweerd dat dat zo was, maar hij had het nu aan haar duidelijk gemaakt en dat had ze nodig gehad. Laura had in de veronderstelling verkeerd dat ze met Justin verloofd was, maar dat was niet zo. Meg wilde niet dezelfde vergissing begaan, maar nu zou ze zich eerst concentreren op Ambrosine.

Ze stonden in een café waar de condens van de ramen af droop en de atmosfeer zwaar was van de sigarettenrook.

'De thee is hier waarschijnlijk erg sterk, het spek heel zout en ik stel me voor dat het ontbijt wordt geserveerd met dik besmeerde boterhammen,' zei Justin terwijl hij Meg naar een tafeltje leidde.

Ze bestelden een uitgebreid ontbijt, met geroosterd brood en gebakken bonen. Als hongerige wolven vielen ze aan op het eten en het bleef gedurende de hele maaltijd stil.

'Dat was heerlijk!' zei Meg toen ze klaar was. 'Zullen we in het hotel ook gebakken bonen gaan serveren bij het ontbijt? Grapje,' zei ze er snel achteraan. 'Ik denk niet dat mevrouw Muggenzifter dat op prijs zou stellen.'

De eigenaar van het café kwam naar hun tafeltje. 'Moet er meer thee komen? Brood? Iets anders?'

Meg schudde van nee. 'Maar het was verrukkelijk, hartelijk dank!'

De man was duidelijk niet gewend dat hij zo uitbundig bedankt werd. En toen Justin vroeg of Meg daar mocht blijven zitten terwijl hij in het ziekenhuis ging vragen of ze een familielid mochten bezoeken, vond hij dat prima.

'Ik zal je toch nog wat thee brengen,' zei hij. 'Voor het geval je van gedachten verandert.'

Toen Justin terugkwam, was Meg niet verbaasd dat ze meteen naar Ambrosine toe mochten, ook al had haar afdeling een strenge hoofdzuster en duurde het nog een paar uur voor het bezoekuur begon.

Meg was evenmin verbaasd dat ze door een verpleegkundige met een naamkaartje waarop ZUSTER JUDY ELLWOOD stond, naar een aparte kleine afdeling werden geloodst. Blijkbaar werd Ambrosine met de nodige zorg omringd. Ze had een privékamer waarvan het grote raam uitzicht bood op de tuin.

'Lieverd!' zei ze toen Meg en Justin naar haar toe kwamen. Meg had een grote bos bloemen bij zich die ze op de kop had getikt bij een groenteman die zijn zaak net opende, en Justin hield een doos bonbons in zijn handen die hij had gekocht op de boot. 'Wat lief van jullie om te komen!'

'We zijn nogal smoezelig van de overtocht,' zei Meg terwijl ze de bloemen neerlegde en haar vriendin een zoen op haar wang gaf.

Ondanks de enthousiaste manier waarop ze hen had begroet, zag Ambrosine er klein en breekbaar uit in het ziekenhuisbed. Meg raakte opeens ontroerd nu ze haar zo zag liggen. Een gebroken heup was een serieuze aangelegenheid en Ambrosine zou waarschijnlijk wel herstellen, maar Meg realiseerde zich dat ze oud was en niet het eeuwige leven had. De gedachte haar kwijt te raken deed haar pijn aan het hart.

'Ik ga iemand zoeken die me een vaas kan bezorgen voor de bloemen,' zei Justin vanuit de deuropening. Blijkbaar wilde hij Meg en Ambrosine de gelegenheid geven om met elkaar te praten.

'Nee, kom terug, lieve Justin. Ik wil met Meg praten, maar ik denk dat jij ook moet horen wat ik te zeggen heb.' Ze bestudeerde Meg, die een stoel bij het bed had getrokken. 'Ik heb altijd gedacht dat jullie bij elkaar hoorden, dus hij mag nu ook wel horen waar hij later toch wel achter zal komen.'

Meg bloosde. 'Alles wat je me in vertrouwen hebt verteld, blijft voor altijd een geheim.'

Ambrosine maakte een wegwerpgebaar. 'Ik ben te oud voor geheimen, daarom heb ik je gevraagd om te komen. Alles maakt deel uit van de geschiedenis, en de geschiedenis mag niet vergeten worden, anders sterft die en daarmee ook de mensen die de geschiedenis hebben geschreven.' Ze wenkte Justin. 'Ga zitten, lieve jongen, en luister. O, misschien moet je eerst die doos bonbons openmaken. Ik geloof dat ik er wel een lust.'

Toen de doos open was en Ambrosine zichzelf had opgepept met een stuk of wat bonbons, begon ze te vertellen.

'Jullie moeten weten dat ik niet altijd in Engeland heb gewoond. Tijdens de oorlog woonde ik in Frankrijk. Ik was getrouwd met een Fransman die een heel onplezierig heerschap bleek te zijn. Natuurlijk moest ik met zijn slechte karakter zien te leven – ik had geen andere keus – dus ik probeerde hem zoveel mogelijk op afstand te houden. Maar toen de Duitsers het land binnenvielen besloot mijn man met hen te collaboreren en werd het allemaal nog een beetje ingewikkelder.'

'Dat kan ik me voorstellen,' zei Meg verbijsterd. Ze liet wat Ambrosine allemaal had moeten doorstaan de revue passeren.

'Ik moest in mijn huis Duitse officieren ontvangen en aardig tegen ze doen, al moet ik eerlijk zeggen dat ze niet allemaal vervelend waren.' Ze zuchtte melancholiek, alsof ze zich iets herinnerde.

'Mag ik vragen wat de naam was van je echtgenoot?' vroeg Justin.

'Hij was een graaf. Guillaume Fauré-Dubois,' antwoordde Ambrosine. 'Dat hij een zwijn was, daar kwam ik natuurlijk pas achter nadat ik met hem was getrouwd.'

Meg zag aan een kleine verandering in Justins gezichtsuitdrukking dat die naam hem iets zei. 'Ga door,' drong hij aan.

'In mijn eigen vriendenkring van voor de oorlog bleek een aantal mensen uit het verzet te zitten.' Ze zweeg even. 'Het duurde een hele tijd voordat ze me vertrouwden – Guillaume was immers eigenaar van een fabriek die beton maakte voor de Duitsers – maar uiteindelijk wendden ze zich tot mij om hen te helpen.'

'Wat heb je gedaan?' vroeg Meg, nadat Ambrosine wat water had gedronken en nog een bonbon had weggewerkt.

Ambrosine haalde diep adem, alsof ze op het punt stond iets ingewikkelds uit te gaan leggen. 'Heb je wel eens gehoord van de SOE, de Special Operations Executive?'

'Nee,' antwoordde Meg.

'Waren dat niet mensen die in Frankrijk werden gedropt om te spioneren en het verzet te helpen?'

'Min of meer. De meesten van hen verstuurden met behulp van een zender alle informatie over de Duitsers die ze konden achterhalen naar Londen. Die zenders maakten hen erg kwetsbaar. De Duitsers konden hen daardoor binnen een half uur opsporen. Het was gevaarlijk om er een te bezitten.' Ambrosine stopte even met praten, verzonken in het verleden.

Meg schraapte haar keel. Wat was Ambrosine enorm dapper geweest.

'We woonden in Nantes, in een heel groot huis. Er waren verschillende zolders, kelders, personeelsverblijven, maar we hadden weinig personeel. Er was veel ruimte. Omdat we echter de grotere kamers aan de Duitsers beschikbaar stelden voor vergaderingen, diners voor hen gaven en in het algemeen erg aardig tegen hen waren' – ze lachte kort – 'doorzochten ze het huis nooit!'

'Ik kan me niet voorstellen hoe afschuwelijk het moet zijn geweest om in bezet Frankrijk te leven,' zei Meg.

'Dat was het. Maar ik was in staat een aantal Britse mannen en vrouwen te verbergen die moesten onderduiken. Hun zendapparatuur verstopte ik achter het dakbeschot. Waar het maar kon, verborg ik Britse spionnen. De moeilijkheid was dat ik ze ook verborgen moest houden voor mijn man. Hij kwam eigenlijk nooit op de zolders, in de kelders of in de buitengebouwen, maar het was toch een risico.'

Ambrosine draaide zich opeens naar Justin. 'Een van de spionnen – hij had de leiding – was jouw grootvader, Justin. Ik denk niet dat je dat weet, want we werden getraind om te zwijgen over onze bezigheden.'

'Maar lukte het om je man weg te houden bij de mensen en de zendapparatuur die je verborg?' vroeg Meg.

'Een poos wel, ja, maar uiteindelijk kwam hij erachter. Toen ik ontdekte dat hij het wist, werd ik opgepikt door de laatste groep SOE'ers die naar Engeland terugkeerde. De rest van de oorlog heb ik in een kantine gewerkt en gelogeerd bij een oude schoolvriendin.

Gelukkig had ik wat eigen geld, en toen ik op een gegeven moment hoorde dat Guillaume was omgekomen, ben ik hertrouwd. Helaas stierf mijn tweede man al vrij snel. En weer later, ik had toen bijna geen geld meer, zocht Teddy, jouw grootvader, en een van de jongens die ik had helpen ontsnappen, contact met me. Je grootvader vroeg of ik op Nightingale Woods wilde komen wonen. Ik kende hem niet echt goed. De mensen bleven nooit erg lang bij ons. Hoe hij me gevonden had wist ik niet, maar ik ging kijken op Nightingale Woods. Het was er erg fijn en ik heb zijn uitnodiging dankbaar aanvaard.' Ze vouwde haar handen en maakte zo duidelijk dat haar verhaal uit was.

'Dat is een indrukwekkend verhaal, Ambrosine,' zei Meg. 'Dank je wel dat je het ons hebt verteld.'

Ze haalde haar schouders op. 'Het is tijd dat dit soort verhalen meer bekendheid krijgt, vind ik. Toen ik mijn heup brak, realiseerde ik me dat de dingen die ik heb gedaan in de oorlog, met mij zullen worden begraven. Ik wilde het aan iemand vertellen en voor mij was jij de aangewezen persoon. Je houdt net zoveel van Nightingale Woods als ik en daarom leek het logisch.'

Meg moest slikken. 'Wil je dat we het geheimhouden?' vroeg ze, hoewel ze wist dat ze dat heel moeilijk zou vinden.

'Absoluut niet! Geheimen bewaren is erg vermoeiend, lieverd.'

'Ben je erg moe?' vroeg Justin.

'Op mijn leeftijd ben je altijd moe. Waarom vraag je dat?'

'Omdat ik iets kan toevoegen aan je verhaal, iets wat je waarschijnlijk niet weet. Maar ik kan het ook morgen vertellen, als je dat liever hebt.'

'Lieve jongen, het heeft ook geen zin om de krant van morgen voor me te bestellen, want morgen zou ik er wel eens niet meer kunnen zijn om die te lezen.' Ze was weer haar oude zelf. 'Vertel op!'

'Je weet misschien dat mijn vader op zoek is naar een mysterieuze Française en dat tot nu toe niemand haar naam heeft herkend? Nee? Hij zoekt haar omdat mijn grootvader aan haar, aan jou dus, een derde van het hotel heeft nagelaten in zijn testament.'

Meg staarde Justin verbijsterd aan. 'Dus Ambrosine is de gezochte derde persoon?'

Justin knikte. 'Madame Fauré-Dubois.'

'Hemeltjelief!' zei Ambrosine. 'Wat ontzettend merkwaardig! Waarom zou hij dat hebben gedaan?'

'Het is helemaal niet merkwaardig. Mijn grootvader wilde dat je de rest van je leven een thuis had. Hij heeft daarover een brief geschreven. Die zat tussen de papieren. Niemand begreep wat die betekende omdat niemand wist over wie hij het had.'

'Maar hij wist dat ik was hertrouwd.'

'Ik heb van mijn vader begrepen dat mijn grootvader tegen het eind van zijn leven wat verward werd. Ik veronderstel dat hij je het langst heeft gekend als de vrouw die getrouwd was met graaf Fauré-Dubois.'

'Dat moet de verklaring zijn. Mijn tweede huwelijk heeft maar heel kort geduurd.' Ambrosine gaapte en huiverde tegelijk. 'Ik geloof dat ik nu moet rusten. Vinden jullie het erg…'

'Natuurlijk niet!' Meg en Justin stonden op. Ambrosine had haar ogen gesloten en Meg ging naar haar toe en gaf haar een kus op haar wang. Die was nat van tranen.

Meg en Justin verlieten het ziekenhuis en reden naar het stadscentrum, waar ze een plek vonden om te parkeren. Ze waren het erover eens dat ze tijd nodig hadden om na te denken voor ze naar Nightingale Woods reden.

'Is het te vroeg voor een borrel?' vroeg Justin met een blik op zijn horloge. 'De pubs zijn nu open. Ik wil er graag even over praten en het laten bezinken. Dit kwam nogal als een schok allemaal.'

'Dat ben ik helemaal met je eens,' reageerde Meg. 'Er zijn veel mensen die fantastische dingen hebben gedaan in de oorlog, maar stel je voor dat je zit te dineren met nazi's terwijl er geheim agenten op je zolder ondergedoken zijn. Wat een lef!'

'Maar als er iemand was die dat kon, dan was het Ambrosine,' zei Justin.

Ze naderden een tearoom vol dames die halverwege de ochtend blijkbaar even moesten pauzeren van het winkelen. 'Wat vind je hiervan?'

Hij schudde van nee. 'Ik weet een pub waar we ongestoord kunnen praten. Ik wil niet afgeluisterd kunnen worden.'

In The King's Head hing de karakteristieke lucht van verschaald bier en sigarettenrook die je altijd ruikt in pubs die net open zijn. Het voelde er kil en ongastvrij. Justin zocht een tafeltje uit en haalde iets te drinken. Heel even miste Meg de Franse cafés waar het nu al vol zou zitten en naar verse koffie zou ruiken. Maar ze waren niet hier voor de sfeer, maar om te praten over wat Ambrosine had gedaan voordat ze een excentrieke oude dame werd die als vaste gast in een klein hotel op het platteland verbleef.

'Ik ben zo ontroerd dat ze ons heeft uitgekozen om haar verhaal aan te vertellen,' zei Meg terwijl ze een slokje van haar limoensap nam.

'Ze wilde het aan jou vertellen. Ik was toevallig in de buurt,' reageerde Justin.

'Dat was maar goed ook. Ik zou niet hebben geweten dat zij de derde persoon uit het testament was.'

'Gek dat ze het zelf ook niet wist.'

Meg haalde haar schouders op. 'Ze heeft het testament niet gezien en niemand vermoedde dat ze ooit was getrouwd met een Franse graaf.'

'Eén ding is zeker: mijn oom Colin zal niet blij zijn dat Ambrosine de derde persoon is.'

'Waarom niet? Hij weet al een poosje dat het hotel onder drie mensen moet worden verdeeld.'

'Dat heeft hij niet geaccepteerd,' antwoordde Justin, die ook limoensap dronk. 'Waarschijnlijk hoopte hij dat de raadselachtige vrouw doodverklaard kon worden, en hij kan het ook niet goed vinden met Ambrosine. Bovendien zal hij zich zorgen maken over wie haar deel erft als ze het tijdelijke voor het eeuwige verwisselt. Dat kan een lievelingsneef zijn, of een kattenopvang.'

Ondanks alles moest Meg lachen. 'Ik hoop echt dat het een kattenopvang is, hoewel ik het natuurlijk jammer vind voor de eventuele neef. Maar het was wel een schok om Ambrosine in dat grote witte bed te zien liggen. Ze zag er zo breekbaar uit. Ik ben eraan gewend om haar door de tuin te zien banjeren met een mand aan haar arm en een gekke hoed op haar hoofd, als iemand uit een toneelstuk.'

'Heb een bepaald stuk op het oog?'

Meg schudde haar hoofd. 'Gewoon zo een waarin mensen voortdurend door de openslaande deuren in en uit lopen en ondertussen over croquet praten.'

Justin glimlachte. 'Vind je het goed als we iedereen bij elkaar roepen om uit te leggen wie ze is en dan het nieuws vertellen? Het is tenslotte jouw verhaal.'

'Maar jij ontdekte dat zij recht heeft op een deel van het hotel,' viel Meg hem in de rede. 'En ik ben het met je eens. Het is het beste als iedereen het nieuws op hetzelfde moment hoort.' Ze dacht even na. 'Ik denk dat ze ons nog niet de helft heeft verteld van wat ze allemaal heeft meegemaakt.'

'Dat denk ik ook.' Hij keek haar doordringend aan. 'En wij zullen moeten praten over wat er in Frankrijk tussen ons is gebeurd.'

‘Dat weet ik. Maar niet vandaag, alsjeblieft.’

Ondanks de liefdevolle manier waarop hij in Frankrijk met haar was omgegaan, had hij nog steeds niet gezegd dat hij van haar hield. Dat hij met haar naar bed was geweest, wilde nog niet zeggen dat dat zo was. En nu was ze toch weer bang voor een afwijzing. Dat hij zou zeggen dat hij haar een heel lieve meid vond en dat ze op een dag een man tegen het lijf zou lopen die haar heel gelukkig zou maken. En hoewel hij haar erg aantrekkelijk vond, was hij die man niet. Ze kon het hem bijna horen zeggen met die warme, lage stem van hem.

31

De hartelijke ontvangst in Nightingale Woods ontroerde Meg zeer. Blijkbaar had iemand hen zien aankomen, want iedereen stond op de traptreden voor de ingang om hen te verwelkomen. Louise, Andrew, Susan, Bob en Cherry, ze stonden er allemaal en zwaaiden enthousiast toen de auto voor de deur stilhield. Sally kwam tevoorschijn met een bos bloemen, die ze aan Meg gaf zodra die op de eerste tree stond.

'Wat ontzettend lief van jullie om ons met z'n allen te komen begroeten,' zei Meg.

'Nightingale Woods heeft je gemist, meisje,' antwoordde Susan bars. 'We zijn allemaal heel blij dat je terug bent.'

Meg mocht Sally en Cherry een knuffel geven, maar Susan vond blijkbaar dat ze genoeg had gezegd en trok zich terug in de keuken. Toch zag Meg aan haar dat ze opgetogen was. Susans echtgenoot Bob knikte naar Meg. 'De tuin staat vol met kruiden, Meg, daar heb ik voor gezorgd.'

Meg wist dat Bob tegenwoordig meer bezig was met timmer- en loodgieterswerk. Dat hij ook nog tijd had gemaakt om de kruidentuin bij te houden raakte haar.

'Hoe is het met Ambrosine?' vroeg Louise, toen Meg, Andrew en

Justin zich hadden geïnstalleerd in een zonnig hoekje van de bibliotheek.

'Ik denk dat het heel redelijk met haar gaat,' zei Meg voorzichtig.

'En weet je nu waarom ze speciaal naar jou heeft gevraagd?' polste Andrew. 'Ik weet dat ze erg op je gesteld is, maar we waren een beetje verrast dat ze zo nadrukkelijk naar jou vroeg.'

'Weet je, pap,' begon Justin. 'Het is denk ik beter als we wachten tot oom Colin er is, zodat we iedereen tegelijk op de hoogte kunnen stellen. Het is nogal een lang verhaal.'

Dat verraste Andrew. 'O! Weet je het zeker?'

'Als jullie hem de komende dagen niet verwachten, dan vertellen we het jullie nu,' antwoordde Justin toegeeflijk, 'maar anders...'

'Hij komt vanmiddag. Hij hoopt nog steeds op een hogere taxatie.'

'In dat geval ga ik uitpakken en me opfrissen,' zei Meg. 'Ik voel me groezelig.'

'Ik ook,' zei Justin.

'Oké. Susan serveert de lunch om half twee,' zei Andrew.

'Zal ik je komen helpen?' bood Louise haar dochter aan.

Meg knikte glimlachend. Ze wist heel goed dat haar moeder haar niet wilde helpen met het uitpakken van haar kleine koffer, maar haar wilde uithoren over haar relatie met Justin.

'En?' vroeg Louise, nadat Meg had gedoucht en haar haar had gewassen. 'Iedereen in het hotel is ervan overtuigd dat Justin stapelverliefd op je is. Maar is dat ook zo?'

Meg pakte de enige jurk die in haar kast hing en legde die op het bed. 'Dat weet ik niet helemaal zeker.'

'Maar je zegt geen "nee, absoluut niet, nog in geen honderd jaar",' constateerde Louise verheugd.

'Nee, dat zeg ik niet.'

Meg keek haar moeder onderzoekend aan. Die leek te wachten op meer nieuws. Had ze dat? Ze wist vrij zeker dat haar moeder niet geschokt zou zijn als ze vertelde dat Justin en zij met elkaar naar bed waren geweest. Maar ze zou het waarschijnlijk niet goedkeuren als ze wist dat ze elkaar geen beloftes hadden gedaan. Toch moest ze iets zeggen.

'Ik weet het niet, mam,' begon ze terwijl ze haar haar droogwreef met een handdoek. Ze was van plan haar verhaal iets aan te passen. 'Op de terugweg uit de Provence moesten we een kamer delen...'

'En een bed?'

'Dat zou prima zijn gegaan, als het niet was gaan onweren.'

Louise glimlachte. 'O, lieverd. Ben je nog steeds bang voor onweer?'

Meg knikte, en al haar goede voornemens om haar moeder te behoeden voor de waarheid verdwenen. 'Ja, en ik gilde. Hij nam me in zijn armen en van het een kwam het ander.' Ze zuchtte.

'Dat gedeelte verliep tenminste goed, aan je gezicht te zien,' zei Louise rustig.

'Ja.'

'En daarna?'

'We werden helemaal in beslag genomen door Ambrosine en haar verhaal. Dat is zo verbazingwekkend. Maar we hebben gezegd dat we het iedereen tegelijk willen vertellen...'

'Vertel het me nu dan, lieverd, of tenminste een deel ervan. Ik verdraag het niet om te moeten wachten op Colin. Hij doet zo moeilijk en gedraagt zich heel onplezierig.'

Als vanzelf rolde het verhaal dat Ambrosine hun had verteld eruit. Het lukte haar om Justins aandeel, dat Ambrosine de derde persoon uit het testament was, weg te laten. Dat was het lastigste deel van het verhaal.

'Wat een verhaal!' zei Louise. 'Het verklaart een heleboel. Ik heb nooit precies geweten waarom ze in het hotel woonde, hoewel ze natuurlijk een aanwinst was en is.'

'Dat is ze, hè? Ik hoop alleen dat Colin er ook zo tegenaan kijkt.'

'Waarom is het belangrijk wat hij vindt?'

'Je moet nog even geduld hebben, mam. Binnenkort hoor je alles.'

Colin arriveerde na zijn zoveelste bezoek aan weer een andere makelaar en volgens Justin was er tijd voor een snelle bijeenkomst voordat de dinerdrukte begon. Er waren niet heel veel gasten, de maaltijd was eenvoudig en Susan en Cherry waren prima in staat om alles zelf te regelen.

Waarschijnlijk rekende Justin op moeilijkheden, want hij schonk de sherryglazen flink vol. Tegen Meg zei hij dat hij het zijn vader al had verteld, maar Colin moest niet het gevoel krijgen dat hij de laatste was die het nieuws te horen kreeg. Hij was al gepikeerd genoeg over alles, daar moesten geen familiegeheimen bij komen.

Andrew en Louise zaten naast elkaar; hun handen raakten elkaar bijna, alsof ze die elk moment konden vastpakken.

'En? Waarom zitten we hier?' vroeg Colin. 'Ik heb geen tijd voor gedoe.' Hij keek op zijn horloge, alsof hij duidelijk wilde maken dat hij het drukker had dan de andere aanwezigen.

'Het duurt niet lang,' zei Justin.

'Dat hoop ik,' reageerde Meg. 'Ik heb Susan de leiding gegeven over het diner.' Susan was blij dat Meg er weer was; Meg had al gemerkt dat Susans zelfvertrouwen was afgenomen. Kwam dat door Laura? Susan kookte zonder poespas, maar wat ze op tafel zette was erg goed. Het zag er niet chic uit, maar dat wilde niet zeggen dat het minder lekker was. Met haar opmerking wilde ze ook verhullen dat ze al wist wat Justin ging zeggen.

'Jullie weten dat Ambrosine naar Meg vroeg, toen ze in het ziekenhuis lag?'

Colin mompelde iets wat onverstaanbaar was en waarschijnlijk een tikje beledigend.

'Toen we haar bezochten in het ziekenhuis, stond Ambrosine erop dat ik ook bleef. Ze heeft ons toen haar verhaal verteld. Wat ze in de oorlog had gedaan, had ze veel te lang geheimgehouden, zei ze, en ze wilde dat het eindelijk in de openbaarheid kwam.'

Justin vertelde dat Ambrosine, omdat ze getrouwd was met een collaborateur, nazi's moest ontvangen en amuseren, maar tegelijkertijd leden van de Special Operations Executive en hun apparatuur verborg.

Nadat iedereen verrast en vol bewondering had gereageerd, ging Justin verder. 'Mijn grootvader was een van de mensen die ze heeft gered, en na de oorlog heeft hij moeite gedaan om haar op te sporen en ervoor te zorgen dat het goed met haar ging. Ze was hertrouwd en er was niets aan de hand, totdat ze voor de tweede keer weduwe werd en zonder geld kwam te zitten. Toen heeft hij haar aangeboden om voor de rest van haar leven in het hotel te komen wonen.'

'Heel mooi,' zei Colin. 'Kunnen we nu gaan?'

'Nog niet,' antwoordde Justin. 'Er was iets waarvan ze niet op de hoogte was en dat ik haar kon vertellen. En dat ik nu jullie ga vertellen.'

Colin zuchtte overdreven. 'Kom dan maar op, en liefst vlug, als het kan.'

'Ambrosine vertelde ons hoe ze heette toen ze nog met haar eerste man was getrouwd, en ik herkende die naam. Ambrosine is de geheimzinnige gravin Fauré-Dubois. Zij is de derde persoon in het testament. Dat is fantastisch nieuws, want het betekent dat we nu alles kunnen afhandelen en officieel maken.'

Colin zag er niet uit als iemand die net fantastisch nieuws had gehoord. 'Wat? Die oude vrouw is eigenaar van een deel van het hotel? Dat is schandalig! Ze is geen familie! Ze is gewoon zomaar een oud wijf...'

'Dat het leven van onze vader heeft gered!' zei Andrew.

Maar Colin wilde er niets van weten. 'Nee, dit kan niet zomaar. Ik stap naar een advocaat. Ik ga het testament aanvechten!' Hij kwam overeind.

‘Waar ga je naartoe?’ vroeg Andrew

‘Dat gaat je niets aan.’ Boos haastte Colin zich de kamer uit en hij liet de anderen, die hij met zijn irritatie had opgezadeld, achter.

Justin rolde met zijn ogen. ‘Ik denk dat ik maar beter achter hem aan kan gaan.’

Toen hij terugkwam, vroeg hij aan Meg of hij haar even kon spreken.

‘Is alles in orde?’ vroeg ze. ‘Je bleef zo lang weg.’

‘Niets aan de hand met Colin. Die zat alleen maar wat te mopperen. Maar er lag een bericht voor me in het kantoortje, van iemand die een appartement van me huurt in Londen. Ik moet er onmiddellijk naartoe. Het spijt me, Meggy. Ik vind het vreselijk dat ik je nu alleen moet laten, maar de wc van die man is kapotgegaan en lekt. Als het probleem niet snel wordt verholpen, kost me dat de plafonds van drie andere appartementen. Om de een of andere reden kan hij geen loodgieter vinden. Ik kom zo snel mogelijk terug.’

Hij nam haar in zijn armen, kuste haar en hield haar vast alsof hij haar nooit meer wilde loslaten.

Het deed Meg verdriet dat hij wegging, maar ze was ook blij en opgelucht. Hij zou haar toch niet zo hebben gekust als hij niet echt van haar hield?

De volgende morgen raapte Meg al haar moed bij elkaar en belde Russell. Zo tactvol mogelijk vroeg ze hem of het misschien mogelijk was om het toneelstuk toch op te voeren in de tuin van het hotel en of er iets was wat ze kon doen om zijn besluit positief te beïnvloeden.

‘Het kwam door dat vreselijke mens, die Laura!’ zei Russell, die blijkbaar een heleboel opgepotte frustratie kwijt moest. ‘Ze weigerde ook maar iets te doen om ons onder te brengen en zei op elk verzoek alleen maar nee. Ik kon niet anders dan de voorstelling afgelasten, maar we waren allemaal vreselijk teleurgesteld.’

‘Het spijt me verschrikkelijk, Russell, wat vervelend!’ zei Meg, heimelijk opgelucht dat dit de reden was. ‘Als ik je vertel dat Laura er niet meer is – in het hotel, bedoel ik, ze is niet dood – en beloof dat we alles zullen doen wat in ons vermogen ligt om aan je wensen te voldoen, kan ik je dan op andere gedachten brengen?'

Er viel een lange, zorgwekkende stilte, gevolgd door een diepe zucht. 'We zouden jullie vast kunnen plakken aan het eind van het seizoen. We zullen maar een paar repetities nodig hebben, want we kennen het stuk zo langzamerhand van voor tot achter. Maar ik weet hoeveel moeite je doet voor je gasten, dus het zou ons een eer zijn. Ik moet alleen overleggen met Dame Miriam. Het kan zijn dat ze een andere afspraak heeft, of gewoon moe is.'

'Je weet niet hoe blij je me maakt, Russell! We kijken er ontzettend naar uit om jullie hier te hebben!'

Meg legde de hoorn op de haak, trots dat *Een midzomernachtdroom* toch zou worden opgevoerd op Nightingale Woods. Op een holletje ging ze op zoek naar Louise en Andrew om hun het goede nieuws te vertellen.

32

De volgende morgen stond Meg voor het eerst sinds maanden weer in de keuken van Nightingale Woods. Dat voelde vreemd, maar tegelijkertijd ook heel vertrouwd. Op een bepaalde manier was het alsof ze nooit weg was geweest, en toch voelde ze zich ook een volledig ander persoon. De laatste keer dat ze in deze keuken stond, had ze een grondige hekel gehad aan Justin en nu hield ze van hem. En hoewel ze het niet helemaal zeker wist, dacht ze dat hij ook van haar hield.

'Het is net een roman,' zei ze hardop in zichzelf, tot verbazing van Susan, die net de keuken binnenkwam.

'Wat is net een roman, lieve Meg? Moet ik ergens op letten?'

'Nee,' antwoordde Meg snel. 'Ik dacht net hoe anders deze keuken is dan de keuken waarin ik heb gewerkt in Frankrijk. Hier is het fijn en rustig. In de Franse keuken was het lawaaierig, heet en heel druk.'

Susan wierp haar een zijdelingse blik toe. 'Dan ben je zeker blij dat je terug bent in de beschaving?'

Meg lachte. 'Nou en of!'

Toch werd het in het hotel opeens net zo druk als in de Franse keuken. Iedereen (behalve Colin, aan wie niets werd gevraagd) was het erover eens dat Ambrosine niet langer op zolder kon blijven wonen. Er waren veel te veel trappen. Ze besloten dat het de kleine kamer op de begane grond moest worden, die had openslaande deuren naar de tuin, en ernaast was ruimte voor een badkamer. Louise en Meg waren er zeker van dat het er, ondanks het feit dat de kamer klein was, gezellig kon worden gemaakt voor Ambrosine. Louise nam het herinrichten voor haar rekening. Bob, met een potlood achter zijn oor, kwam de ruimte bekijken en bedacht een plan voor de badkamer.

Er waren twee redenen waarom Meg nog niet volmaakt gelukkig was. (Het razend druk hebben en op het randje van overwerkt zijn, vond ze fijn.) De eerste was Justins afwezigheid. Hij belde haar af en toe, maar dan konden ze niet echt vertrouwelijk praten omdat er of bij hem of bij haar altijd wel iemand in de buurt was.

De andere reden was Ambrosine, die weliswaar vooruitging, maar heel langzaam. Meg bezocht haar zo vaak ze kon en nam dan bloemen mee uit de tuin, lekkere hapjes uit de keuken en zo veel mogelijk nieuwtjes. Ambrosine wist dat Justin weg was, maar ook zij was natuurlijk niet in staat om hem sneller te laten terugkomen.

Eindelijk was het zover. Ambrosine werd genezen verklaard. Over drie dagen mocht ze naar huis. Meg was erbij toen de dokter dat meedeelde, en ze gaf haar vriendin een knuffel. 'Ik ben zo benieuwd wat je van je nieuwe kamer zult vinden, Ambrosine. Zelf vind ik hem heel mooi!'

Na haar bezoek haastte Meg zich naar Nightingale Woods om Louise op de hoogte te brengen, zodat ze de laatste dingen voor de kamer konden regelen. Gelukkig waren er geen gasten voor de middagthee en hadden Meg en haar moeder de tijd om de puntjes op de i te zetten. Ze waren net aan het overleggen of het bed naast de tuindeuren moest komen of een eindje verder de kamer in, toen Cherry binnenkwam.

'Meg? Russell is aan de telefoon. Hij wil je spreken.'

Meg schrok. Dat ging vast over het toneelstuk. 'Heeft hij gezegd waarover?'

Cherry schudde haar hoofd. 'Maar mensen die bellen hebben vaak slecht nieuws, is mijn ervaring.'

Meg ging op weg naar de telefoon, in de hoop dat Cherry het bij het verkeerde eind had.

'Het spijt me echt, lieve Meg,' zei Russell. 'Maar we kunnen je niet aan het eind van het seizoen vastplakken zoals ik dacht. Dame Miriam heeft een vakantie geboekt.'

'O, nee! Wat jammer. Iedereen zal vreselijk teleurgesteld zijn.'

'Alle hoop is nog niet verloren. We kunnen je nog wel inpassen, maar dat wordt dan aanstaande zaterdag en dat is al over vijf dagen. Het is snel en waarschijnlijk té snel. Als het doorgaat, zouden we op donderdag naar Nightingale Woods komen.'

Meg hapte naar adem. Dat was op dezelfde dag dat Ambrosine uit het ziekenhuis kwam, maar daar hoefden de acteurs en de theatermensen geen last van te hebben. Er was ook geen tijd om met iedereen te overleggen. Er waren maar drie dagen om alles te regelen en ze kon het zich niet permitteren om twee daarvan te verspillen met nadenken over de vraag of het hotel het wel aankon.

Ze haalde diep adem. 'Oké, dan wordt het aanstaande zaterdag. Maar het is te laat om nog publiciteit te organiseren voor het toneelstuk. Dat spijt me. Het zou doodzonde zijn als iedereen heel veel moeite doet om het op de planken te krijgen en er niemand komt kijken.'

Russell lachte. 'Maak je daar maar geen zorgen over. We hebben een verzendlijst. Er zijn mensen die er uren reizen voor overhebben om Dame Miriam te zien. We sturen vandaag nog uitnodigingen uit. Aan bezette stoelen hebben we nooit gebrek.'

'Dat is fantastisch, Russell. Dank je wel dat je ons er nog tussen hebt weten te krijgen.'

'We wilden het echt graag. Dus tot snel! We zien elkaar in de loop van donderdagmiddag.'

Meg ging het nieuws aan Louise en Andrew vertellen.

‘Dat betekent dus dat Ambrosine thuiskomt op de dag dat het theatergezelschap hier arriveert?’ zei Louise.

‘Ik ben bang van wel. Ik had geen keus. Anders komen ze helemaal niet,’ zei Meg op verontschuldigende toon. ‘Het leek me dat we de kans dat het hotel voor een paar nachten volgeboekt is niet konden laten lopen.’ Ze zweeg even. ‘Maar ik kan hem natuurlijk terugbellen en zeggen dat het ons niet lukt.’

‘Nee, nee,’ zei Andrew, ‘Nightingale Woods zal zich niet laten kennen. We kunnen Ambrosine ’s ochtends installeren in haar nieuwe kamer.’

‘Ik heb nog ergens een lijst waarop staat hoeveel kamers Russells gezelschap nodig heeft,’ zei Louise. ‘Dat zijn er veel. En hoewel ze het speciale tarief krijgen dat ik al voordat de voorstelling werd afgezegd met ze had afgesproken, brengt dit een mooi bedrag op. De maaltijden komen er ook nog bij.’

‘Hebben we genoeg echt goede slaapkamers?’ vroeg Meg.

‘Als we die nu niet hebben, dan hebben we ze donderdag wel,’ antwoordde Louise opgewekt. ‘We moeten gewoon allemaal extra hard ons best doen.’

33

Tegelijkertijd een hotel runnen en toezicht houden op een verbouwing had zo zijn eigen problemen, dacht Meg. Maar niets was onmogelijk als je het maar echt wilde. Op donderdag was het hotel klaar om een stuk of twintig gasten te ontvangen en stond Ambrosines kamer er prachtig bij. Meg was extra vroeg opgestaan om voorbereidingen te treffen voor het eten en te beginnen met bakken. Het was alleen jammer dat het regende. Ze deed een schietgebedje in de hoop dat het droog zou zijn op de dag van de opvoering.

De voorgaande avond had Justin haar gebeld en het was hun gelukt om een lang, ongestoord gesprek te voeren. Hij had haar verteld dat hij de lekkende wc had kunnen repareren, maar dat hij tijdens zijn verblijf in Londen op problemen was gestuit bij de andere appartementen die hij blijkbaar bezat. Hij zou zijn best doen om naar Nightingale Woods te komen en Ambrosine te begroeten, ook al zou hij niet lang kunnen blijven. Het was heerlijk om met hem te hebben kunnen praten, dacht Meg, ook al ging het gesprek voornamelijk over stucwerk, bakstenen en de onmogelijkheid om de diverse werklieden op tijd te laten opdraven.

‘Gelukkig hebben wij Susan,’ had Meg gezegd. ‘Iedereen die hier werkt is op de een of andere manier familie van haar en daardoor durft niemand er met de pet naar te gooien.’

Daar had Justin om moeten lachen. Vervolgens was er een ongemakkelijke stilte gevallen waarin ze geen van beiden hun gevoelens hadden uitgesproken. Toen had hij ‘Dag, lieve Meggy’ gezegd en was Megs hart overgelopen van liefde.

Nu stond ze varkensescalopes plat te slaan (lekker, en makkelijk te bereiden) en kwam Louise de keuken binnen.

‘Vandaag is de grote dag!’ zei haar moeder opgetogen. ‘Ik zie dat je al een eind op weg bent. Thee?’

Meg had al drie koppen gedronken, maar ze sloeg het aanbod niet af.

‘Vertel me nog een keer het plan voor vandaag,’ zei Louise nadat ze thee had ingeschonken voor iedereen, want ook Susan en Cherry waren inmiddels gearriveerd.

‘Om negen uur ga ik Ambrosine ophalen,’ zei Meg. ‘Dan hebben we hier een kort welkomstfeestje. Justin probeert erbij te zijn, maar hij moet uit Londen komen en ik weet niet of het hem gaat lukken zo vroeg hier te zijn.’

‘Hij komt wel,’ zei Susan geruststellend. ‘Wedden dat hij hier op tijd is, op die luidruchtige motorfiets van hem?’

Meg glimlachte dankbaar naar haar. ‘Het geeft niet als hij iets later is. Ik heb koffiecake gebakken, dat is Ambrosines favoriet. Als ze geïnstalleerd is en zich op haar gemak voelt, kunnen we ons gaan concentreren op het theatergezelschap.’

‘Colin is er al,’ zei Louise. ‘Hij kwam gisteravond laat aan, toen jij al naar bed was, Meg.’

Susan maakte een afkeurend geluid. ‘We konden erop rekenen dat hij hier zou zijn op het moment dat we zijn kamer hadden kunnen gebruiken voor een van de acteurs.’

Meg wist dat Louise het daar helemaal mee eens was, maar ze antwoordde: 'Nightingale Woods is ook van hem. Hij heeft het recht om hier te zijn.'

Susans gezicht sprak boekdelen. Niemand vond Colin aardig.

Meteen na het ontbijt ging ze Ambrosine ophalen. In het ziekenhuis kregen ze eerst instructies over haar medicatie, wat een eeuwigheid in beslag leek te nemen. Maar uiteindelijk was het zover en zat Ambrosine veilig voorin in Andrews auto. Meg, die achter het stuur zat, voelde zich behoorlijk verantwoordelijk. Ze had liever gehad dat Andrew of haar moeder deze taak op zich had genomen, maar Ambrosine wilde dat zij haar kwam halen, en dus deed Meg dat.

'Wat lief van je dat je me komt halen,' zei Ambrosine terwijl ze het stadje uit reden.

'En het is lief van jou dat je me vertrouwt achter het stuur van Andrews auto. Ik ben gewend aan de Mini, die prima is voor de smalle landweggetjes.'

'Ik heb volledig vertrouwen in jou en je capaciteiten. Jij kunt alles waar je je zinnen op hebt gezet.'

Meg moest lachen. 'Als ik denk aan wat jij allemaal hebt gedaan in je leven… Niets van wat ik doe of heb gedaan is daarmee te vergelijken.'

'We krijgen allemaal een taak in het leven, lieverd. En jij vervult die van jou heel goed.' Ambrosine gaf haar een klopje op haar knie. 'Als we er straks zijn, wil ik graag iedereen even bij elkaar roepen. Ik moet ook naar bed, dat weet ik, maar voor ik dat doe, wil ik wat vertellen.'

Meg stond op het punt om Ambrosine te zeggen dat ze vandaag niemand iets hoefde te vertellen omdat daar nog genoeg tijd voor zou zijn als ze eenmaal geïnstalleerd was en zich beter voelde. Maar ze hield haar mond. Ambrosine wist wat ze wilde en zou zich niet op andere gedachten laten brengen. Bovendien, als de theatralen (iedereen noemde de mensen van het theatergezelschap nu zo) er waren, dan zouden ze elke minuut nodig hebben.

'Dat kunnen we vast wel organiseren,' zei Meg. 'Justin hoopt je ook te kunnen begroeten, maar hij moet uit Londen komen, dus hij zal vroeg zijn opgestaan.'

'Als hij heeft gezegd dat hij komt, dan zal hij er zijn. Ik weet dat hij wel eens wat bazig en dominant kan zijn, maar het is een heel goede man.'

Meg lachte. 'Een béétje bazig en dominant? Zeg maar gerust behoorlijk.'

Ambrosine begon ook te lachen. 'Maar je hebt hem om je vinger gewonden, als je dat maar weet.'

Ze stonden allemaal op hen te wachten op het bordes voor de ingang: Andrew, Louise, Susan, Bob en Cherry. Er werden knuffels uitgedeeld, een paar steelse traantjes geplengd en koffers naar binnen gedragen, maar na een poosje nestelde Ambrosine zich behaaglijk op een plekje in de salon.

'Weet je zeker dat je niet meteen naar je kamer wilt?' vroeg Louise niet voor de eerste keer.

'Heel zeker. Pas wanneer ik heb gezegd wat ik op mijn hart heb, zal ik me terugtrekken in mijn kamer.' Ze klonk zo beslist dat niemand twijfelde aan haar voornemen.

Binnen de kortste keren zaten ze allemaal bij elkaar. Alleen Justin ontbrak. Hoewel Meg hem niet echt verwachtte en zich had neergelegd bij zijn afwezigheid, voelde ze zich toch teleurgesteld.

Colin was de laatste die kwam opdraven. Hij ging naast Meg zitten (op de stoel die ze bestemd had voor Justin) en vroeg aan niemand in het bijzonder: 'Waar is Justin?'

'Hij is in Londen,' antwoordde Meg, voor zich uit kijkend.

'O,' reageerde Colin. 'Waarschijnlijk zit hij bij die Laura. Dat was een leuke meid.'

Meg klemde haar kaken op elkaar en zweeg.

En toen, net nadat Andrew de glazen had gevuld met sherry en

Louise koffie had ingeschonken en cake had rondgedeeld, hoorde Meg het bekende geluid van een brullende motor.

Een paar minuten later kwam Justin binnen. In zijn zwarte leren pak zag hij er bijzonder vervaarlijk en sexy uit. Hij liep naar Meg, trok haar overeind uit haar stoel, sloeg zijn armen om haar heen en kuste haar tot ze duizelig werd.

'Nou, dat verdient wel een applausje,' zei Andrew grinnikend.

Ook Ambrosine kon haar plezier niet verbergen. 'Ga zitten, Justin. Ik heb iets te zeggen en ik heb niet veel energie. Over precies vijf minuten moet ik een dutje gaan doen.'

'We luisteren, Ambrosine,' zei Justin, die met Meg naast zich op een bank was gaan zitten. Meg was zo gelukkig dat ze vergat zich opgelaten te voelen omdat hij haar had gekust waar iedereen bij was. Haar been raakte licht het zijne (hoewel ze wist dat hij niets kon voelen door zijn motorpak) en stiekem verheugde ze zich al op de avond na het toneelstuk, als ze hem kon uitnodigen op haar kamer in het appartementje.

'... en omdat mijn naam "de onsterfelijke" betekent, en ik dus altijd zal blijven leven,' hoorde ze Ambrosine zeggen toen ze zich eindelijk weer op de bijeenkomst kon concentreren, 'heb ik besloten,' Ambrosine keek naar Colin om er zeker van te zijn dat hij haar bedoeling zou begrijpen, 'mijn deel van Nightingale Woods te schenken aan Meg.'

'O!' riep Louise. 'Wat ontzettend lief!'

Omdat ze aan het begin afgeleid was geweest en Ambrosines verhaal niet helemaal had gevolgd, wist Meg niet zeker of ze haar goed had begrepen. Wilde Ambrosine haar deel van het hotel aan háár schenken?'

'Neem me niet kwalijk, Ambrosine. Vind je het erg om dat nog een keer te zeggen?'

Dat deed Ambrosine, en ze voegde er nog iets aan toe. 'Meg, lieverd, ik weet niet aan wie ik mijn deel beter kan geven. Jij houdt van

Nightingale Woods en je zorgt er goed voor. Hier kun je je dromen waarmaken.'

Meg moest opeens haar keel schrapen. Ze wilde niet gaan huilen in het bijzijn van iedereen, maar ze was diep ontroerd door Ambrosines woorden.

'Wacht eens even! Iemand die geen lid is van de familie geeft een deel van dit waardevolle gebouw weg aan een willekeurige meid die toevallig in het hotel werkt?' begon Colin. 'Schandalig! Ik weet trouwens niet eens waarom Ambrosine überhaupt in het testament was opgenomen!'

'Ik dacht dat ik je dat had uitgelegd,' zei Andrew geïrriteerd. 'Zonder Ambrosine zou deze familie niet eens bestaan. Onze vader zou de oorlog niet hebben overleefd.'

'Ik heb nooit geweten wat onze vader in de oorlog heeft gedaan,' zei Colin, enigszins terugkrabbelend.

'Omdat hij ons er nooit over heeft verteld,' zei Andrew.

'Wij kregen ingeprent dat we niemand iets mochten vertellen,' legde Ambrosine uit. 'Voor jullie vader gold dat des te meer. Hij had een geheimhoudingsplicht. Daarvoor had hij een document ondertekend. Ik was maar een amateur.'

'Ambrosine heeft ons verteld over haar oorlogstijd toen we in het ziekenhuis bij haar waren.' Justin keek Colin aan. 'Maar om het nog eens te herhalen: ze is ongelooflijk moedig geweest en heeft SOE-mensen geholpen, Special Operations Executive-leden, voornamelijk mensen die informatie verzamelden en saboteurs ontmaskerden.'

Ambrosine leunde naar voren in haar fauteuil. 'Andrew, jullie vader – ik kende hem als Teddy,' ze knikte naar Colin, 'was heel waardevol voor de SOE omdat hij een groot deel van zijn kindertijd in Frankrijk had doorgebracht. Hij sprak accentloos Frans en door zijn werk in de mijnen had hij kennis van explosieven. Dat kwam heel goed van pas, kan ik jullie verzekeren.'

Dat was vast een understatement, en ondanks de ernst van Ambrosines verhaal kon Meg een glimlach niet onderdrukken.

'Jullie zijn allebei ontzettend dapper geweest, mijn grootvader en jij,' zei Justin. Hij wendde zich tot Colin. 'En ik hoop dat je nu begrijpt waarom hij wilde dat Ambrosine voor de rest van haar leven een dak boven haar hoofd zou hebben.'

'Ik veronderstel van wel,' antwoordde Colin zuur. 'Maar ik vind nog steeds dat Ambrosine haar deel van het hotel niet zou mogen weggeven aan... aan...' Hij zocht naar haar naam. 'Aan Meg. Ik weet zeker dat dat niet legitiem is.'

'Het zal allemaal legitiem zijn als het is geregeld,' zei Ambrosine stellig. 'De zoon van de kolonel is jurist en hij adviseert me.'

'Ik vind het een heel mooi plan, Ambrosine,' zei Justin.

'En ik ook,' voegde Andrew eraan toe. Hij glimlachte vol genegenheid naar Ambrosine.

'Maar ik zal het aanvechten!' riep Colin hoofdschuddend. 'Ik ga niet luisteren naar de ideeën van een tiener.'

'Ze is tweeëntwintig!' zei Louise.

'Dat is nog altijd heel jong,' reageerde Colin.

'Colin,' onderbrak Justin hem. 'Luister eens even naar mij. Wil je jouw aandeel in het hotel verkopen?'

'Wat een stomme vraag. Natuurlijk wil ik dat, maar dat kan alleen als iedereen het erover eens is dat die verdomde tent verkocht moet worden. Ik zit eraan vast. Dat is ook de reden waarom ik het een belachelijk plan vind.'

Hij wierp een boze blik in de richting van Ambrosine, die het alleen maar amusant leek te vinden.

'Lieve Colin,' zei ze. 'Je zou het nog minder leuk hebben gevonden om naar de ideeën van een oude vrouw te moeten luisteren. Meg weet tenminste waar ze het over heeft.'

'Als ik je zou uitkopen,' ging Justin door, 'dan zou je Nightingale Woods achter je kunnen laten en...'

'Dan kom je voortaan terug als gast,' vulde Louise aan, die bang was dat Justin iets zou gaan zeggen wat weer irritatie opwekte.

Colin luisterde nu naar Justin. 'Kun jij je het veroorloven om mij uit te kopen?'

'We moeten het hotel laten taxeren...' begon Justin.

'O, dat heb ik al laten doen. De waarde is bij benadering...'

Hij noemde een indrukwekkend bedrag.

Justin knikte. 'Als mijn eigen taxateur ongeveer op hetzelfde bedrag uitkomt, dan kan ik je zeker uitkopen.'

'Waar haal je in hemelsnaam dat bedrag vandaan?' vroeg Colin.

Meg voelde zich er ongemakkelijk bij dat Justin zijn financiën in een kamer vol mensen moest bespreken. Louise dacht er blijkbaar hetzelfde over, want ze stond op. 'Dit is een privéaangelegenheid.'

'Het geeft niet,' reageerde Justin. 'Jullie mogen het allemaal horen. Het is geen onredelijke vraag. Ik kom op eerlijke wijze aan het geld en ik kan het me veroorloven om Colin uit te kopen.' Hij zweeg even en merkte dat iedereen naar hem keek.

'Nou...' vroeg Colin.

'Toen ik pas begon als kok, heb ik een goedkoop appartement gekocht in een arme wijk van Londen. In de loop van de tijd is dat een heel goede wijk geworden, maar al voor die tijd heb ik het hele huis gekocht én dat ernaast. Dat kon omdat ik geluk heb gehad en flinke bonussen kreeg. Onlangs heb ik de huizen verkocht en daardoor heb ik genoeg geld om jou uit te kopen.'

'Heel goed, Justin,' zei Andrew. 'Ik wist dat je die appartementen had, maar dat ze zo in waarde waren gestegen, wist ik niet.'

'Maar, Justin...' begon Meg.

Hij knikte haar bemoedigend toe. 'Het is goed. Oorspronkelijk was ik van plan om een restaurant in Londen te kopen, maar ik ben er inmiddels achter dat ik al mijn dromen kan waarmaken op Nightingale Woods.'

'Dat maakt me zo gelukkig!' zei Ambrosine. 'Met twee jonge mensen die om het hotel geven is het voortbestaan ervan verzekerd.'

Meg bloosde weer omdat ze zich realiseerde dat Ambrosine een toekomst had voorzien waarin Justin en zij een paar waren. Daarom was ze blij dat Susan binnenkwam en 'Er komen gasten aan!' riep.

Ze liep naar Ambrosine en zei: 'Ik kan je nooit genoeg bedanken.'

'Dat je bent wie je bent, is voor mij genoeg,' zei Ambrosine, en ze gaf haar een klopje op haar hand. 'En nu denk ik dat ik even moet gaan liggen.'

34

Louise en Andrew hielpen Ambrosine zich te installeren in haar nieuwe kamer, zodat Meg naar de receptie kon gaan. Daar wachtte haar een grote verrassing. David en Vanessa stonden in de hal, die ze geen van beiden had verwacht.

'Ik heb Russell gesmeekt om mij voor deze gelegenheid op te nemen in zijn team en hoera, dat heeft hij gedaan,' zei David, en hij kuste Meg op haar wang. 'Alexandra en de rest van de familie komen als ze het redden, maar je hoeft geen kamers voor hen te reserveren, heeft ze gezegd. Ze redden zich wel.'

'En ik heb mijn bruiloft afgezegd en ben weggelopen van huis,' zei Vanessa. Ze glimlachte, maar aan haar gezicht was te zien dat ze nog niet zo lang geleden had gehuild.

'Ik heb haar net buiten de stad aangetroffen,' legde David uit. 'Ze zat zonder benzine.' Hij keek Meg veelbetekenend aan en die begreep dat Vanessa behoorlijk van streek was.

'Het is een grote verrassing om jullie hier te hebben,' zei ze, en ze gaf Vanessa een langdurige knuffel. 'Maar ik weet nog niet waar ik jullie ga onderbrengen.' Ze dacht even na. 'Jij kunt natuurlijk bij mij in het appartement logeren, Nessa.' Dat leverde even een steekje van spijt op omdat ze haar droom over een avond met Justin nu in rook op zag gaan, maar ze had geen keus.

'Ik slaap desnoods onder de vleugel,' zei David. 'Dat heb ik al eerder gedaan.'

Meg lachte. 'Daar kan ik me niets bij voorstellen, maar ik herinner me net dat Ambrosines oude kamer natuurlijk vrij is. O, daar is mijn moeder.'

'David! Vanessa? Alles in orde met je?' vroeg ze aan Vanessa.

'Ik heb mijn bruiloft afgezegd,' antwoordde Vanessa, nu met een door tranen verstikte stem. 'Ik verdroeg het niet meer, die hele organisatie, de cadeaus, al die mensen die me vertelden wat ik moest doen. Zelf had ik geen enkele inbreng. Dus ik moest het wel afzeggen en...' Ze slikte haar tranen weg. 'Dat betekende dat ik Simon moest schrijven en...' Het bleef een poosje stil. Toen schraapte ze vastberaden haar keel. 'Ik geloof dat het nu uit is tussen ons.'

'Ach, arme lieverd!' zei Louise. 'Kom mee naar de keuken, dan zet ik een kop thee voor je.'

Op dat moment kwamen Justin en Colin de hal binnen. Vlak achter hen volgde een tevreden ogende Andrew.

'David! Hallo!' zei Justin.

'Ik ben een soort onkruid,' zei David. 'Ik steek telkens de kop weer op. Hopelijk vind je het niet erg.'

'Integendeel!' zei Justin. Hij draaide zich om naar Meg. 'Het spijt me verschrikkelijk, lieveling, ik kan niet langer blijven vandaag. Maar ik kom zo snel mogelijk terug en dan help ik je met koken.'

'Ben je er morgen?' vroeg Meg, die zich bewust was van haar smekende toon.

Hij knikte. 'Dat hoop ik van harte,' zei hij terwijl hij haar kuste. 'Er komt een dag waarop we niet de hele tijd afscheid van elkaar hoeven nemen.'

Meg slaagde erin te lachen en keek hem na toen hij vertrok.

David floot zachtjes. 'Ik geloof dat jullie nu echt een stel zijn.'

'Dat denk ik wel.' Meg twijfelde. Zou ze David vertellen dat Ambrosine haar een derde deel van het hotel wilde schenken? Ze besloot het niet te doen. Voorlopig was het trouwens nog niet zover en dan moest ze veel te veel uitleggen.

'Ik zal je in de keuken helpen voor zover ik dat kan,' bood David aan.

'Dat is heel attent van je, maar je bent hier voor het toneelstuk en het is maar voor een paar dagen. Nu ga ik even kijken hoe het met Vanessa is.'

Maar voordat ze weg kon gaan dook Cherry op uit het kantoortje. Ze was bijna net zo blij om David te zien als Meg. 'Hebben jullie gehoord dat Dame Miriam in een huisje wil logeren in plaats van in het hotel?' vroeg ze nadat ze elkaar hadden begroet.

'Russell heeft het me al verteld,' zei Davis. 'Blijkbaar heeft ze haar zinnen gezet op een lief klein huisje in het bos.'

Meg knikte. 'Dat kan. We hebben het huisje van de kamerheer zo goed mogelijk opgeknapt. Mijn moeder heeft er al haar talent en energie op kunnen uitleven en het is heel gezellig geworden. Maar als Dame Miriam van gedachten verandert als ze het ziet, dan is dat geen probleem. We zijn erop voorbereid. Onze beste kamers zien er nu prachtig uit, maar we hebben er niet heel veel.' Ze dacht even na en vroeg toen wat zachter: 'Zal ik Lizzie bellen dat Nessa veilig en wel hier is?'

David knikte. 'Maar ik doe het wel, als je het goedvindt. Jij hebt het zo druk. Hugo kan het dan uitleggen aan zijn ouders.'

Meg huiverde bij de gedachte dat zij had moeten praten met Lady Lennox-Stanley en haar tirannieke echtgenoot. Geen wonder dat Vanessa was weggelopen!

'Cherry? Als Lizzie, Vanessa's schoonzus, komt logeren... Neem van mij aan dat het een schat is. Ze is getrouwd met Vanessa's broer, die ook heel aardig is. Geen van tweeën lijken ze op hun afschuwelijke ouders. Nou ja, je kent Lady Lennox-Stanley...'

'Ja, dus?' onderbrak Cherry haar, die waarschijnlijk wilde weten waar Meg op uit was.

‘Hebben we dan ruimte voor hen? Ik denk dat alleen Lizzie en haar dochtertje komen, om Vanessa te troosten.’

Cherry dacht na. ‘We hebben de zolderkamers nog. Ik had gedacht daar je vriendin uit Frankrijk onder te brengen als het haar lukt om te komen…’

‘Perfect! Lizzie en Alexandra – de gravin – waren mijn huisgenootjes in Londen.’ Ze telde in gedachten even het aantal kamers. ‘Dus er is een bed voor iedereen?’

‘Alexandra’s oudste stiefkinderen zijn tieners,’ merkte David op. ‘Zij kunnen worden ondergebracht bij het productieteam in de grote padvinderstent op het veld. Dat zullen ze prachtig vinden! Maak je geen zorgen, Meggy. Het zal allemaal prima verlopen.’

Cherry glimlachte. ‘Er zijn vier slaapkamers op zolder, met een badkamer in de buurt en prachtig uitzicht door het raam, als het tenminste niet regent.’

‘Het klaart later op de dag op,’ zei Meg, die wilde dat ze zich daar wat zekerder over kon voelen. ‘Bob vertelde me dat. Boerenwijsheid of zo. Weet jij hoe laat Russell komt?’ vroeg ze aan David. ‘We hebben elkaar een aantal keren gesproken aan de telefoon, maar ik heb nooit een precieze tijd uit hem kunnen krijgen. En Dame Miriam? Weet je dat?’

David schudde zijn hoofd. ‘Ze zullen niet tegelijkertijd komen en reken maar op halverwege de middag.’

‘We hebben een koude schotel voorbereid voor de lunch, dus die kan op elk moment worden geserveerd.’

David knikte. ‘Ik ga Susan begroeten.’

Cherry keek Meg aan. ‘Die David toch. Hij komt zomaar uit de lucht vallen, maar zodra hij er is, gaan we op hem leunen.’

Meg lachte. ‘En hij komt altijd op het juiste moment en met de juiste oplossing.’

‘Meg,’ begon Louise terwijl ze hardgekookte eieren doormidden aan het snijden waren voor de koude schotel. ‘Als jij Nessa nou eens meenam naar jouw appartement om zich een beetje op te knappen.'

'Haar koffer ligt in mijn auto,' zei David, die net binnenkwam. 'Maar het is maar een kleintje.'

Uit zijn opmerking leidde Meg af dat Vanessa niet genoeg kleren bij zich had. Zelf had Meg ook niet zo veel kleren, dus waarschijnlijk zouden ze Louises garderobe moeten plunderen.

Nadat ze Vanessa's bagage – eigenlijk alleen een beautycase – hadden gepakt, gingen ze naar Megs appartementje. 'Het is een prima plek, verwacht alleen niets luxueus,' zei ze terwijl ze er door de motregen naartoe liepen. 'Er is een douche, maar je moet eronder heen en weer lopen om de druppels op te vangen.'

'Maak je geen zorgen,' zei Vanessa, die wat op leek te knappen. 'Op kostschool moesten we ons met een washandje wassen. Eén keer in de week mochten we in bad. En ik kom uit een deftige familie, dus ik ben gewend aan een spartaans bestaan.'

Meg lachte. Toen ze Vanessa voor het eerst ontmoette op de kleine kookschool in Londen, had ze het idee dat ze net als de andere meisjes was, deftig en een beetje arrogant. Maar ze was er al snel achter gekomen dat ze vreselijk kon lachen met Vanessa en dat die in het begin alleen maar wat verlegen was geweest.

Nadat Megs onderkomen was geïnspecteerd en 'dik in orde' was bevonden door Vanessa, vroeg Meg: 'Wil je me vertellen waarom je de bruiloft hebt afgezegd? Of wil je er niet over praten?'

'Ik heb het meeste al aan Louise verteld. Je hebt zo'n lieve moeder. Dat is een familietrekje, hè? De bruiloft werd me gewoon te veel en mijn ouders gedragen zich afschuwelijk tegen me. Ik ga nooit meer terug naar huis.' Ze glimlachte, maar Meg voelde dat ze het meende.

'Maar hoe zit het dan met Simon? Hou je niet meer van hem?' Dat leek Meg op de een of andere manier heel onwaarschijnlijk.

Vanessa schudde haar hoofd. 'Ik weet niet meer wat ik voor hem voel. Ik probeer me voor te stellen dat ik te horen krijg dat hij ernstig ziek is of zoiets, maar dan voel ik gewoon niks. Slecht van me, hè?

Maar het lijkt wel of ik me alleen maar nóg akeliger kan voelen en dat ik verder geen gevoel meer heb.' Ze glimlachte weer, om de indruk te wekken dat het grappig bedoeld was, maar dat was het duidelijk niet.

'Hoe reageerde hij toen hij hoorde dat je de bruiloft hebt afgezegd? Was hij er kapot van?'

Vanessa haalde berustend haar schouders op. 'Dat weet ik niet. Ik heb hem een brief geschreven en daarna heb ik niets meer van hem gehoord.'

Meg wist niet wat ze ervan moest denken en besloot van onderwerp te veranderen. 'Je weet toch dat je moeder hiernaartoe komt voor het toneelstuk, hè? Het is verplaatst, maar Russell heeft zijn best gedaan om te zorgen dat ze toch kan komen.' Vanessa knikte. 'Ik verstop me wel ergens zolang ze er is.' Ze fronste haar wenkbrauwen. 'Weet je dat het heel bevrijdend is om te bedenken dat ik mijn humeurige vader en snobistische moeder nooit meer hoef te verdragen?'

Meg vond dat ze niet tegen Vanessa kon zeggen dat haar omschrijving van haar ouders klopte, maar ze was het gloeiend met haar eens. 'Kom, ik zal je even laten zien waar Dame Miriam gaat logeren, als ze tenminste niet van gedachten verandert en toch in het hotel wil slapen. Ik geloof dat het bijna droog is. Zullen we gaan?' Het huisje lag op loopafstand. Ze hoefden alleen het stalerf over te steken. Het was een van de grootste huisjes dat voor het personeel was gebouwd en had ooit onderdak geboden aan de kamerheer en twee van zijn ondergeschikten.

'Wat vind je ervan?' vroeg Meg, die Vanessa via de achterdeur naar de grootste kamer had meegevoerd.

'Lieve hemel!' Vanessa klapte in haar handen. 'Wat prachtig!'

Meg was in haar sas. 'Mijn moeder heeft haar best gedaan om er iets moois van te maken, naar de juiste stoffen en spullen gezocht zodat alles bij elkaar past. Het is hier nu gezellig en comfortabel.'

'En de badkamer?'

'Er zijn boven drie vrij grote kamers. Bob – je weet wel, Susans man –heeft twee daarvan iets kleiner gemaakt om ruimte te creëren voor een badkamer. Die is niet groot, maar alles zit erop en eraan.'

'Die wil ik zo ook nog wel even zien.'

Vanessa bekeek de slaapkamer. Die was voorzien van een groot, comfortabel bed, een kleine garderobekast en een kaptafeltje met een antieke toilettafelset, die bestond uit blaadjes, schaaltjes en kandelaars. In de vensterbank stonden een bij elkaar passende waskom en lampetkan. Op het bed lag een sprei van verbleekte katoen, en de nieuwe gordijnen en kussens hadden een rand van dezelfde verbleekte katoen.

'Wat ziet het er allemaal mooi uit!'

'Het toneelstuk zou eigenlijk al eerder worden opgevoerd, dus was Ambrosine, voor haar val, al op zoek gegaan naar bruikbare spullen en vond een stel beddenspreien in een kast in de kinderkamer. Deze is de beste. Hij is natuurlijk behoorlijk verbleekt, en kwetsbaar, maar nog altijd mooi. De toilettafelset en de waskom en lampetkan stonden in een hoekje op zolder. Maar Ambrosine wist natuurlijk waar alles te vinden was.'

'Ik wed dat Dame Miriam het prachtig zal vinden.'

Meg glimlachte schouderophalend. 'Ik had liever gezien dat Dame Miriam de voorkeur had gegeven aan het hoofdgebouw, omdat we haar daar veel makkelijker van maaltijden hadden kunnen voorzien. Maar haar wil is wet.'

'Hoe doen jullie dat nu dan met de maaltijden?'

'Iemand zal haar manden met eten brengen, als een soort Roodkapje.'

'Maar dat is toch geweldig?' zei Vanessa lachend. 'Ouderwets, maar volmaakt.'

'Ambrosine zal de lampetkan vullen met bloemen, als ze ertoe in staat is. Ik breng de kan naar haar kamer, zodat ze het zittend kan doen. Dame Miriam kan elk moment hier zijn. Zullen we nog even snel een kijkje nemen in de badkamer? Dan kan ik zeggen dat ik die gecontroleerd heb, als Russell ernaar vraagt.'

Het bad was klein. Er stond een opstapje voor. 'O, dit is ook al weer zo schattig,' zei Vanessa.

'De badkamers in het hotel zelf zijn beter, maar dat het Bob gelukt is om er hier ook een te maken, is wel erg knap. Ik vraag me wel af hoe het personeel zich vroeger moest wassen. Vermoedelijk in teilen die gevuld werden met water uit kannen. O ja, er is ook nog een wc in de tuin.'

'Zijn de andere huisjes net zo mooi?'

'Niet echt. Dit was een speciaal project van mijn moeder. Als ze er de tijd voor had gehad, dan had ze die andere ook aangepakt.'

Er verscheen een bezorgd trekje op Vanessa's gezicht. 'Je moeder vertelde me dat Andrew en zij gaan trouwen. Hoe voel jij je daaronder? Vind je het niet een beetje vreemd?'

'Ik ben al helemaal gewend aan het idee. En ik vind het geweldig. Het is voor het eerst dat mijn moeder zo dol is op iemand. Een huwelijk zal heel goed voor haar zijn, denk ik.' Meg dacht aan het leven dat ze leidden voordat haar moeder op Nightingale Woods ging werken. 'Ik heb me altijd verantwoordelijk voor haar gevoeld. Niet dat ik elke dag voor haar moest zorgen, maar ik wilde zo graag dat ze een plek voor zichzelf had, niet weer een baan met kost en inwoning.'

Ze hoorde wat ze had gezegd en lachte. 'Natuurlijk woont ze hier ook voor haar baan, maar ze heeft nu ook wat te zeggen. Niemand kan haar ontslaan of zomaar wegsturen. Ze zal nooit meer dakloos zijn.' Meg zweeg omdat het tot haar doordrong dat hetzelfde voor haar gold: ze stond op het punt om voor een derde deel eigenaar te worden van Nightingale Woods.

Een uur later kwam er een mooie rode Mini aanrijden door de motregen. Hij stopte voor het hotel en er stapte een jongeman uit die heel aantrekkelijk zou zijn als hij niet zo'n rood aangelopen hoofd had en een opgewonden indruk maakte.

'Dame Miriam komt er zo aan,' kondigde hij gespannen aan toen hij bij de receptie stond. 'Ze wordt gereden door een chauffeur. Ik ben hier om haar accommodatie te controleren.'

'Wil je misschien eerst een glas water?' vroeg Meg, die hem had zien aankomen en de hal in was gelopen om hem te begroeten.

'Dat zou te gek zijn. Ik ben Inigo' Hij klokte het water dat Meg hem bracht in één keer weg. 'Mag ik zien waar jullie de bloem van de Londense theaterwereld gaan onderbrengen?'

Meg lachte. Ze was onmiddellijk weg van deze jongeman. 'Ons is verteld dat ze een huisje voor zichzelf wilde en dat hebben we voor haar. Ik hoop dat het haar aanstaat, maar wij, het hotelpersoneel bedoel ik, denken dat een van de luxueuzere kamers in het hotel geschikter voor haar zou zijn.'

'Waarschijnlijk heb je gelijk, maar ze heeft haar zinnen gezet op iets landelijks dat bij het toneelstuk past. Laten we gaan kijken.'

Toen Inigo het huisje zag, ontspande hij. 'Ik denk echt dat ze zich hier op haar gemak zal voelen,' zei hij, nadat hij alle kamers had geïnspecteerd. 'Het zou kunnen dat ze mij in de andere slaapkamer wil hebben, voor het geval ze 's nachts iets nodig heeft.' Hij slaakte een zucht. 'Zorgen voor een van misschien wel de grootste actrices van deze eeuw is een grote eer, maar het is ook uitputtend, eerlijk gezegd.'

'Is ze lastig?' vroeg Meg, die blij was dat het huisje waar iedereen en vooral haar moeder zo hard aan had gewerkt in de smaak viel.

'Helemaal niet. Maar omdat ze zo vriendelijk is, denken we allemaal dat we in de gaten moeten houden of ze krijgt wat ze echt wil en niet alleen maar ja zegt om niet moeilijk te doen. Maar denk je dat ik ergens een broodje of zo kan krijgen voor ze arriveert?'

Ze liepen terug en gingen naar de keuken. Susan, die altijd erg toegeeflijk was tegenover jongemannen, bleek duidelijk gecharmeerd van Inigo.

'We hebben kipsalade. Daar heb ik een heel goed recept voor, zodat de kip niet uitdroogt,' zei Meg.

'Ik kan een sandwich met kip voor je maken, als je wilt,' zei Susan, hoewel ze wist dat de salade speciaal voor Dame Miriam was bereid.

'Er is ook lokaal gevangen krab, die hebben we in huis gehaald voor onze speciale gasten,' zei Meg, maar kipsalade was ook prima, wist ze, omdat er meer dan genoeg was. 'We hebben geprobeerd kreeft te krijgen, maar die was er helaas niet.'

'En we hebben ham van onze dorpsslager.' Susan probeerde nog steeds de knappe jongeman aan het eten te krijgen. 'Hij is gespecialiseerd in varkensvlees. Heel lekker. Nou, wat wil je op je sandwich?'

Inigo antwoordde dat het allemaal heerlijk klonk en koos voor ham. Hij had al twee dikke sandwiches naar binnen gewerkt toen ze een auto hoorden. Hij vloog de keuken uit om Dame Miriam te ontvangen.

Iedereen liep achter hem aan, want niemand wilde de aankomst van deze beroemde gast missen.

Meg had altijd een bepaald ideaalbeeld gehad van beroemde toneelspeelsters, en ze keek gespannen toe terwijl Inigo Dame Miriam uit de auto hielp.

De actrice leek op iemand die uit een schilderij van Renoir was gestapt, maar dan op ware grootte. Ze zag er prachtig uit in haar jurk met bijpassende jas en met haar grote, gedecoreerde hoed op. Als ze glimlachte leek het of de zon doorbrak. Meg kon zich haar helemaal voorstellen in de rol van Titania.

Inigo pakte de enorme handtas, die duidelijk te groot en te zwaar was voor Dame Miriam zelf. Hij en de chauffeur begeleidden haar de trappen op naar de ingang van het hotel. Toen ze dichterbij kwam werden de lijnen in haar gezicht, en dus haar ware leeftijd, meer zichtbaar.

'Lieverds, wat is het hier hemels,' kondigde ze aan toen ze in de foyer stond. 'Ik dacht dat Russell overdreef toen hij zei hoe fijn het hier was, maar nu zie ik dat hij de waarheid sprak!'

Meg kwam naar voren en wenste dat haar moeder er was. Waar had die zich in hemelsnaam verstopt? 'Goedemiddag, Dame Miriam, ik ben Meg. Het is een grote eer om u hier te hebben.' Meg had geen speech voorbereid en nu had ze daar spijt van.

'Lief kind, het is altijd heerlijk om met Russell te werken en ik hou ontzettend van *Een midzomernachtdroom*. Inigo, schat, kun je me mijn tas aangeven?' Ze rommelde in haar tas en haalde een kanten zakdoekje tevoorschijn. 'Ik weet dat het onnozel is, maar sinds ik in *Het belang van ernst* heb gespeeld, moet ik altijd een tas bij me hebben die zo groot is dat er een baby in past. Gelukkig is deze lieve jongen er om die voor me te dragen.'

'U logeert in een schattig huisje,' zei Inigo. 'Wilt u het zien?'

'Misschien eerst een kop thee om bij te komen?' opperde Dame Miriam. 'Als het niet te veel moeite is?'

'Natuurlijk niet,' antwoordde Meg, die uit haar ooghoek zag dat Susan naar de keuken snelde. 'Mag ik voorstellen dat we de thee in de salon serveren?' Ze leidde haar charmante gast naar een stoel en tafel in de erker.

Ambrosine kwam binnen. Ze zag er na haar dutje een stuk beter uit. 'Dame Miriam? Ik moet gewoon even tegen u zeggen dat ik u net na de oorlog heb gezien als Viola... Dat was zo fantastisch! Ik ging er helemaal in op.'

Omdat Inigo ook al in de salon was, kon Meg zich verontschuldigen. Dame Miriam had verheugd gereageerd op Ambrosines herinnering van haar Viola, zodat Meg zich met een gerust hart kon concentreren op de lekkernijen die pasten bij een grote actrice.

'Ze wil graag thee,' zei Meg tegen Susan. 'Omdat ze zo popperig is, heb ik het idee dat ze alleen maar poppenhapjes kan eten.' Ze legde wat kleine meringues en eclairs op een schaal.

Susan had korstloze sandwiches gemaakt met verschillende soorten beleg en die in smalle repen gesneden, zodat ze makkelijk te eten waren. 'Die Inigo zal alles wat overblijft opeten, let maar op. Jongens van die leeftijd hebben altijd honger.'

Meg zette melk, suiker, de theepot en drie theekoppen op een dienblad, voor het geval er nog iemand zou aanschuiven en liep naar de salon. Susan kwam achter haar aan met een etagère waarop zo veel lekkers lag dat iemand er voor drie maaltijden genoeg aan zou hebben.

Toen Meg een paar minuten later terugkwam met nog meer heet water, zaten Ambrosine en Dame Miriam te kletsen als goede vriendinnen. Het bleek dat ze gemeenschappelijke kennissen hadden en veel raakvlakken.

'Wat heerlijk voor Dame Miriam dat ze iemand heeft om mee te praten over haar gloriedagen,' merkte Inigo op. Hij was even naar de keuken gekomen om te zeggen dat er verder niets nodig was. 'Ze kunnen geweldig met elkaar overweg!'

'Ik hoop maar dat Ambrosine niet al te moe wordt,' zei Meg tegen Susan toen ze weer alleen waren.

'Ze is taai,' antwoordde Susan. 'Maar vertel eens, Meg. Klopt het gerucht dat ze haar deel van Nightingale Woods aan jou wil schenken?'

Hoe was het in hemelsnaam mogelijk dat Susan dat wist, vroeg Meg zich af. Ze had het absoluut aan niemand verteld, niet eens aan haar vriendinnen. Ze zuchtte. Personeelsleden, vooral die als Susan, leken altijd en overal van op de hoogte te zijn.

35

Meg zat de volgende ochtend bij Louise in het kantoortje. Ze wilde in de buurt van de telefoon zijn, voor het geval Justin zou bellen. Hoewel er voortdurend wat te doen was, kon ze alleen maar aan hem denken. Toch ging ze niet naar buiten toen ze een auto op de oprit hoorde. Het was het ronkende geluid van een motor waar ze op wachtte.

Maar toen ze een bekende stem hoorde, haastte ze zich naar de hal.

'Lizzie!' riep ze verheugd, en ze omhelsde haar vriendin zo stevig dat die bijna stikte. Daarna bukte ze zich om het kleine meisje te begroeten dat zich achter haar moeder verstopte, geschrokken van de enthousiaste begroeting. 'Dag Letty,' zei Meg vriendelijk. 'Je weet vast niet meer wie ik ben, maar je moeder en ik zijn heel goede vriendinnen.'

Letty knikte braaf, maar bleef zich stevig vasthouden aan haar moeders been. Meg wendde zich weer tot haar vriendin. 'Je herinnert je misschien mijn moeder, Louise?'

Louise was een stuk kalmer achter haar dochter aan gelopen. 'Ik herinner me jou in elk geval wel, Lizzie. We hebben elkaar ontmoet in Londen.'

Nadat haar moeder en Lizzie elkaar hadden begroet, kon Meg de vraag stellen die haar op de lippen brandde. 'Hoe kan het dat je hier nu al bent? We hebben gisteren pas rooksignalen gestuurd.'

Lizzie lachte. 'Dat weet ik, maar dit is een noodgeval. Het was belangrijk om snel in actie te komen, dacht ik, met al dat gedoe in de familie. Bovendien wilde ik uit de buurt zijn van alle bonje die is ontstaan nu het huwelijk van het jaar niet doorgaat. Ik ben gebracht door de chauffeur van de familie. Hugo heeft dat geregeld. Zijn ouders zijn niet op de hoogte, dat leek ons beter. Als de chauffeur maar op tijd terug is om mijn schoonmoeder hiernaartoe te brengen...'

'Mevrouw Muggenzifter,' zei Meg tegen Susan en Cherry, die ook waren komen opdraven. 'Voelde je je niet verplicht om samen met haar te komen en de chauffeur een rit te besparen?'

Lizzie schudde haar hoofd. 'Het is uitgesloten dat ze samen met een klein kind in een auto gaat zitten, dat zijn haar letterlijke woorden. En trouwens, ik weet dat Nessa haar niet wil zien. Waar is ze? Gaat het goed met haar?'

'Ze is boven,' antwoordde Louise. 'Ze kijkt of ze in mijn kast iets kan vinden wat geschikt is om aan te trekken, omdat ze nauwelijks kleren bij zich heeft.'

'Mijn moeder heeft veel meer jurken en rokken dan ik,' legde Meg uit.

'Ik geloof dat ik precies op tijd ben gearriveerd,' constateerde Lizzie verheugd. 'Ik heb mijn naaimachine bij me. Het is een elektrische.'

Louise lachte. 'Dat had je niet moeten vertellen.' Ze stak haar hand uit naar het kleine meisje, dat haar moeder nu losliet. 'Kom je mee, Letty?'

Letty knikte en pakte Louises hand.

'Ik kom ook,' zei Meg. Cherry zou haar wel komen halen als Justin zou bellen terwijl ze boven was.

Nadat Lizzie en Vanessa elkaar half lachend, half huilend hadden begroet, wilde Louise weer terug naar het kantoortje. 'Zal ik Letty meenemen naar de keuken voor iets te drinken en te knabbelen?'

'Graag,' zei Lizzie. 'Als ze mee wil, tenminste.'

Louise ging op haar hurken voor Letty zitten. 'Heb je zin om iets te drinken? Je hebt vast dorst na die lange reis in de auto.'

Letty dacht na. Misschien had ze een beetje dorst.

'Kom maar met mij mee naar de keuken,' ging Louise verder. 'Dan gaan we melk of limonade voor je zoeken. En misschien lust je ook wel iets te eten?'

Lizzie, Meg en Vanessa zagen verbaasd dat Letty Louises hand pakte en blij met haar meeging.

'Wat heerlijk,' zei Lizzie. 'Ze kan een beetje verlegen zijn in het gezelschap van wat oudere vrouwen. Mijn schoonmoeder is natuurlijk iemand om bang voor te zijn en mijn eigen moeder doet te veel haar best en wil voortdurend knuffelen en zoenen. Letty is een lief kind en wil wel genegenheid tonen, maar ze moet meestal wennen aan mensen. Je moeder heeft blijkbaar precies de goede toon gevonden.'

'Ik moet bekennen dat we een bijnaam hebben voor je schoonmoeder,' zei Meg. 'Mevrouw Muggenzifter.'

Lizzie lachte. 'De namen die wij haar geven zijn helaas een stuk minder vriendelijk.'

'Maar we hebben dankzij haar wel veel nieuwe gasten gekregen, dus we zijn haar ook dankbaar. Nessa, heb je al iets gevonden wat je aan wilt?'

'Je moeder heeft me een paar heel leuke jurken laten zien, maar ze zijn een beetje lang.'

'En daar heb je mij voor nodig,' zei Lizzie. 'Laat eens zien...' Ze liet Vanessa de jurken van Louise aantrekken en zette haar op een stoel zodat ze de zomen kon spelden. Meg keek toe en legde intussen uit waar Letty en zij zouden slapen.

'Alle kamers op de bovenste verdieping waren vroeger bestemd voor de kinderen en hun kindermeisjes. Er zitten tralies voor de ramen, dus ik hoop dat je daardoor niet het gevoel krijgt dat je in een gevangenis bent.'

'Herinner je je nog dat rampzalige weekend van Hugo's feest, toen we allemaal in de oude kinderkamers sliepen?' vroeg Lizzie. 'Die kamers waren enorm groot.'

'Deze zijn niet zó groot, maar nog altijd best ruim.' Meg keek op haar horloge. Ze begon zenuwachtig te worden. Stel je voor dat Cherry niet hard genoeg zou roepen als Justin belde.

Lizzie had blijkbaar door dat Meg onrustig was. 'Blijf nog heel even, Meggy,' zei ze met een mond vol spelden. 'Ik vermoed dat jij in geen eeuwen een nieuwe jurk voor jezelf hebt gekocht.' Ze gebaarde naar een vrij grote koffer en een katoenen kledingzak, die door een van de personeelsleden naar boven waren gebracht.

Meg keek achterdochtig naar haar vriendins bagage. 'Mijn moeder heeft me een paar leuke dingen gegeven...'

'En ik heb iets voor je gemaakt. Ik kende je maten, maar tenzij je enorm bent aangekomen...' Lizzie was klaar met het spelden van de zomen en opende de koffer. 'Kijk eens!'

Ze hield een jurk omhoog met een hoge taille, een ronde hals en nauwsluitende mouwen met ruches aan de ellebogen. 'Trek die eens aan. Het moet een Dolly Rocker voorstellen, echt helemaal de trend.'

'O, wat is die leuk,' zei Vanessa.

Meg besloot niet meer aan Justin te denken en de jurk aan te trekken.

Hij paste perfect. 'Jeetje, ik voel me heel... modern,' zei Meg. 'De laatste keer dat ik iets kocht, was op de markt in Frankrijk, toen ik bij Alexandra was.' Ze zuchtte. 'Dat lijkt nu wel een eeuw geleden.'

'Dat geloof ik,' antwoordde Vanessa, die deze ochtend weer wat vrolijker was.

Lizzie was nog niet klaar met haar bijdragen aan Megs garderobe. 'Ik heb ook deze gemaakt.' Ze liep naar de kledingzak, trok de rits open en haalde er een jurk uit. 'Ik had materiaal over van een jurk die ik voor mijn vriendin Patsy heb gemaakt. Ze hoefde het niet terug en stond erop dat ik er nog iets van maakte.'

Het was een jurk van licht goudbrokaat met een donkerblauw fluwelen lijfje. De rok, die vlak onder de buste begon had een A-lijn. Het was een feestjurk die niet zou misstaan op een bal.

'Hij is prachtig, Lizzie,' zei Meg. 'Maar wanneer zou ik zoiets moeten dragen?' Ze vond het onaardig om te zeggen, maar het was nou eenmaal zo.

'David vertelde me dat er na de voorstelling een feest is,' antwoordde Lizzie.

'Maar dan ben ik aan het werk. Misschien kan Nessa de jurk aan?'

'Trek nou eens aan. Gun mij de voldoening om te zien dat hij je goed staat.'

'Ik leen wel iets van je moeder,' zei Vanessa. 'Kom, laat me je helpen...'

Meg voelde zich iemand anders in de prachtige jurk. Hij was erg stijlvol en ze leek langer, slanker en heel elegant.

'Ik lijk helemaal niet op mezelf,' zei ze terwijl ze zichzelf bekeek in de spiegel op de kastdeur. Onwillekeurig vroeg ze zich af wat Justin ervan zou vinden.

'Je ziet er prachtig uit,' zei Lizzie. 'Ik had al voor me gezien hoe de jurk je zou staan. Het schenkt me veel voldoening dat mijn ontwerp zo goed uitpakt. Patsy zal ook verheugd zijn. Ik moet eraan denken dat ik een foto neem. Ik heb Hugo's toestel geleend.'

'Het is heel spannend om er zo anders uit te zien,' zei Meg, die haar ogen niet kon afhouden van de elegante vrouw in de spiegel die een beetje op haar leek.

'Zullen we het aan je moeder laten zien? En aan David?' vroeg Lizzie.

Meg aarzelde. 'Ik ga in deze jurk niet door het hotel lopen. Stel je voor dat iemand me ziet.'

Lizzie glimlachte hoofdschuddend en zuchtte. 'Echt Meg, waarom zou je het erg vinden als iemand in de gaten krijgt hoe mooi je eruit kunt zien?'

'Ik behoor tot het personeel, Lizzie.'

'En uit wat ik heb gehoord, maak ik op dat je bijna familie bent. Trouwens, ook personeel mag er af en toe mooi uitzien.'

Was dit het goede moment om Lizzie en Vanessa te vertellen over Ambrosines schenking? Nee, dacht Meg. Ze zou wachten tot alles ondertekend en dus definitief was.

Meg gaf Lizzie een knuffel. 'Heel erg bedankt dat je de jurken voor me hebt gemaakt. Ik vind ze beeldschoon.'

'Beloof je me dat je de mooiste aantrekt naar het feest?' Lizzie gaf niet op.

'Ik beloof het. Maar mama en David zullen tot die tijd moeten wachten om me erin te zien. We zijn volgeboekt voor het diner.'

'En Justin?' vroeg Vanessa.

'Die zal ook moeten wachten.'

Er viel een korte stilte.

'En hoe zit het met Simon?' vroeg Lizzie aan Vanessa.

Vanessa schudde alleen maar haar hoofd en liep met vochtig wordende ogen de kamer uit.

'Ze houdt van hem, denk je ook niet?' zei Lizzie.

Meg was het met haar eens. 'Dat denk ik ook. Herinner je je nog dat ze op jouw bruiloft vertelde dat ze als klein meisje al verliefd op hem was?'

'Simon moet het weten. Konden we maar een manier bedenken om het hem te vertellen.'

36

Net toen Meg, Lizzie, Letty en Louise vanuit de keuken de hal in liepen, kwam Dame Miriam door de voordeur binnen, als gewoonlijk in gezelschap van Inigo en haar enorme handtas.

'En wie hebben we daar? Een elfje?' zei ze tegen Letty. 'Lieverd, wat ben jij een schatje. Is dit je moeder?'

Lizzie begon te blozen en Louise stelde hen voor.

'Ik sta erop dat dit kleintje meedoet in de voorstelling!' zei Dame Miriam. 'Ze kan een van mijn hovelingen zijn.'

'Ik denk niet dat ze tekst uit haar hoofd kan leren,' zei Lizzie aarzelend.

'Ze hoeft er alleen maar schattig uit te zien en dat lukt haar wel,' antwoordde Dame Miriam. 'Ik vraag me af of we nog een elfenpakje voor haar kunnen krijgen.'

'Mijn vriendin Lizzie kan geweldig naaien…' begon Meg.

'En ze is hier als tweede kleedster,' zei David, die achter Dame Miriam binnen was gekomen.

Dame Miriam ging op haar hurken voor Letty zitten. 'Doe je mee in het toneelstuk, lieverd? Dan mag je een heel mooie jurk aan en met de andere elfjes over het toneel dansen. Vind je dat leuk?'

Daar dacht Letty even over na. Ja, dat zou ze leuk vinden.

'Dat is dan geregeld,' zei Dame Miriam. 'Meg, je moet naar het theater gaan kijken. Het is bijna klaar voor morgen en ik heb nog nooit een mooiere plek gehad om op te treden! Echt magisch.' Ze zweeg even. 'Inigo, lieverd...'

Meg werd door Susan en Cherry de keuken uit gejaagd en deed wat Dame Miriam had gezegd. Bovendien stond haar geliefde bankje op een plek die uitkeek op het natuurlijke amfitheater. Daar wilde ze even gaan zitten om na te denken, en natuurlijk wilde ze ook zien wat de 'theatralen' hadden uitgespookt. Maar waar was Justin? Waarom had hij niet gebeld?

Toen ze eenmaal op haar favoriete plek zat, verdwenen alle gedachten aan Justin. Het was alsof haar lievelingsplek was overgebracht naar sprookjesland. Haar bank stond in een met rozen, jasmijn en geurende clematis begroeide alkoof van waaruit de tuin kon worden bewonderd. Het rook er hemels.

Waar eerder alleen maar een leeg stuk land was, begroeid met wilde grassoorten en langs de randen wat bomen, was nu een open plek in een bos, omzoomd door bomen. Als Meg beter keek, zag ze dat het een podium was met geschilderde coulissen die versmolten met de achtergrond. Aan de hemel hing een grote maan en aan onzichtbare draden hingen overal piepkleine lichtjes die aan vuurvliegjes deden denken, zodat de hemel gevuld was met sterren. Op de grond stonden enorme geschilderde struiken, waar de acteurs achter vandaan konden komen. Nog meer geschilderde planten, paddenstoelen en rotsen zorgden ervoor dat het toneel er bijna echt en zelfs een tikje griezelig uitzag.

Voor het podium stonden rijen stoelen, en nu Meg beter keek zag ze dat er een enorm zeil over het geheel was gespannen, als een soort circustent. Dat was wat ze had aangezien voor een sterrenhemel en het moest bedoeld zijn voor het geval het weer ging regenen.

Ondanks het geluid van getimmer en de af en toe geschreeuwde aanwijzingen die erop duidden dat het hier om een toneel in aanbouw ging, was het betoverend.

'Mooi, hè?' zei een jongeman, die deel uit leek te maken van het team toneelbouwers. 'Het mooiste wat we ooit hebben gemaakt, vind ik zelf.'

'Ik kan mijn ogen niet geloven,' zei Meg. 'Ik kom hier bijna elke dag, maar het ziet eruit alsof het er altijd heeft gestaan.'

'Dank je wel! Dame Miriam was er ook weg van en daar zijn we erg blij mee. Volgens mij kunnen we hier voortaan elk jaar wel optreden, als je dat zou willen.'

'Dat zou fantastisch zijn. Maar het is natuurlijk niet aan mij om daarover te beslissen.'

'Jij bent toch Meg? Het opperhoofd? Inigo zegt dat het eten hier ook het beste is.'

'Nou, dank je wel!' reageerde Meg verheugd. Toen de jongeman ervandoor ging om iets aan te passen wat volgens hem niet klopte, zat ze nog steeds te glimlachen.

'En, wie is die jongeman met wie ik je net zag kletsen?' hoorde ze een geamuseerde mannenstem zeggen.

'Justin!' Meg vloog hem in de armen.

Het duurde een poos voordat ze vonden dat ze elkaar genoeg hadden gekust. Eindelijk lieten ze elkaar los.

'O, Meggy, wat heb ik je gemist. Ik vermoedde al dat ik je hier zou vinden. Gelukkig had ik het bij het rechte eind.'

'Zo lang zit ik hier nog niet.' Meg vergat even hoe moeilijk ze het had gehad met hun kortstondige scheiding. 'Maar waar ben je geweest? Wat heb je gedaan?'

'Vooral jou missen,' zei hij, en het leek alsof hij op het punt stond haar weer te kussen.

Meg giechelde. Ze was zo gelukkig dat het haar bijna de adem benam. 'En in je vrije tijd?'

'Het een en het ander, dit en dat, maar dat is nu allemaal geregeld.'

'Ben je echt in staat om Colin uit te kopen uit Nightingale Woods? En belangrijker nog: wil je dat wel? Je hebt toch altijd je eigen restaurant willen hebben?'

'Ja, dat kan ik, en ja, ik heb altijd mijn eigen restaurant gewild, maar dat heb ik nu hier. Tegenwoordig hoef je niet meer in Londen te zitten om een succesvol restaurant te hebben. Samen kunnen we heel ver komen, ik als chef-kok en jij als patissier.'

Ze kuchte en slikte om te verbergen dat ze helemaal week werd van zijn woorden, en nog verliefder.

Hij trok haar op zijn knie en ze legde haar hoofd tegen zijn schouder. Hij had zijn motorpak nog aan en rook naar benzine en stof. Om de een of andere reden vond ze dat erg sexy. Toen belandde ze weer met een klap in de werkelijkheid. 'O hemel, het eten!'

'Ik weet zeker dat alles onder controle is,' zei Justin in haar oor, zonder haar los te laten.

'Maar ik moet gaan kijken of alles goed verloopt, dat weet je ook wel, Justin.'

Hij zuchtte. Ze gleed van zijn schoot en hand in hand wandelden ze terug naar het hotel.

37

De volgende ochtend vroeg liep Meg met een dienblad met thee en geroosterd brood naar de personeelseetkamer. Een paar dagen geleden was dat nog een voorraadkamer geweest. Vanessa, Lizzie en Letty zaten er al. Het was zaterdag, de dag van de uitvoering.

'Dit is net als toen we bij elkaar woonden in Alexandra's huis in Londen,' zei Lizzie terwijl ze haar dochter een stuk geroosterd brood met marmite gaf.

'Een beetje wel, ja,' beaamde Vanessa, en ze nam een slok thee. 'Alleen was ik toen niet als de dood voor wat er zou gebeuren als mijn moeder opdook.'

'Ze weet dat je hier bent,' troostte Lizzie haar. 'Maar je hoeft haar niet in de deuropening op te wachten en te begroeten wanneer ze bij het hotel arriveert.'

'Je hoeft haar zelfs helemaal niet te begroeten, als je dat niet wilt,' zei Meg. 'Er zijn een heleboel uitstekende verstopplekken in Nightingale Woods.'

'Waarom wil Nessa zich verstoppen?' vroeg Letty.

De drie jonge vrouwen wisselden blikken van verstandhouding.

'Is oma boos op je, Nessa? Ik kan je wel helpen met verstoppen,' bood Letty aan, die nog een geroosterde boterham pakte.

‘Dank je wel, schatje. Dat is erg lief van je.’

‘Maar ik kan je niet helpen als het toneelstuk begint, want ik ben een elfje,’ vervolgde Letty.

‘Ja, dat ben je,’ zei Lizzie. ‘En ik moet opschieten met je elfenpakje.’

‘Krijg ik vleugels?’ vroeg Letty.

Meg zag dat Lizzies gezicht een lichtelijk gepijnigde uitdrukking kreeg bij het idee dat ze niet alleen een jurk maar ook nog vleugels zou moeten maken. ‘Ik geloof niet dat Titania – dat is de koningin van de elfen – vleugels heeft, dus dan mag jij ze ook niet hebben,’ zei ze. ‘Het zou niet netjes zijn als jij iets hebt wat zij niet heeft.’

Letty’s gezicht betrok even, maar ze vrolijkte alweer op toen Louise een paar tellen later binnenkwam.

‘Wat zijn jullie vroeg op,’ zei Louise. ‘Konden jullie niet slapen?’

‘Ik ben vroeg opgestaan omdat ik veel moet regelen in verband met de opvoering,’ zei Meg. ‘Waarschijnlijk heb ik Nessa wakker gemaakt.’

‘Ik kon toch niet slapen,’ reageerde Vanessa.

‘En ik ben vroeg omdat Letty wakker werd,’ zei Lizzie.

Louise knikte begrijpend. ‘Ik ben bang dat ik geen leuk nieuws heb. Gisteravond belde Alexandra. Ze heeft problemen met haar auto en is waarschijnlijk niet op tijd voor het toneelstuk. Maar ze komt zo snel mogelijk, in elk geval binnen een paar dagen.’

‘O,’ reageerde Meg teleurgesteld.

‘Wat jammer,’ zei Lizzie. ‘Dat betekent dat ik haar misschien niet zal zien.’

‘Ze komt vast wel thuis bij je langs,’ zei Meg.

‘Ja, natuurlijk,’ antwoordde Lizzie.

‘Goed, dan ga ik nu meer thee zetten voor jullie,’ zei Louise. ‘En daarna gaan Letty en ik bloemen plukken voor Ambrosine. Kan dat als je je ochtendjas en pantoffels nog aanhebt, of wil je kleren aan?’

Lizzie stond op het punt wat te zeggen, maar haar dochter was haar voor. ‘Ja hoor, dat kan heel goed!’

Toen de bloemenploeg was vertrokken, op zoek naar emmers en scharen, zei Lizzie: 'Ik hou heel veel van mijn dochter, maar werd ze maar niet zo vroeg wakker, vooral nu niet. Ik ben weer in verwachting.'

'O, Lizzie!' riep Meg verrast. 'Wat fantastisch.'

'Ja, we zijn dolblij, maar ik ben voortdurend moe.'

'Lukt het je dan wel om kleedster te zijn? En dat elfenpakje voor Letty, wordt dat niet te veel? Zo veel tijd heb je niet.'

'Dat heb ik zo af. Ik heb van het gezelschap een heel mooi stukje kristalkleurige organza gekregen. Dat hoef ik niet eens te zomen. Ze wordt een echt elfje.'

'En we weten allemaal hoe die eruitzien,' zei Meg.

'Natuurlijk weten we dat!' antwoordde Lizzie. 'Ik geloof dat Louise de thee vergeten is. Zal ik nog wat maken?'

'Jij blijft zitten,' zei Meg streng. 'Ik ga theezetten. En willen jullie roerei? Dat kan ik voor ons maken. Justin heeft beloofd dat hij samen met Susan het ontbijt zal doen.'

'Hij is erg knap, hè?' zei Lizzie.

Meg bloosde. 'Best wel,' mompelde ze.

'Hij is een spetter,' zei Vanessa. 'Bijna net zo knap als...' Ze maakte haar zin niet af.

'Simon,' zei Lizzie zacht.

'Ik heb het verpest, hè? Hij zal nooit meer met me praten. Waarschijnlijk haat hij me nu. Volgens mama komt het er zo ongeveer op neer dat ik hem voor het altaar heb laten staan.'

'Dat is niet waar,' zei Meg streng. 'En zet dat voor vandaag maar uit je hoofd. Ga gewoon genieten van de dag en van je werk als Davids assistent.'

'Hoor ik daar mijn naam?' vroeg David, die gekleed in een vrolijk gekleurde ochtendjas binnenkwam.

'Dat klopt,' bevestigde Meg. 'Blijven jullie allemaal hier, dan ga ik ontbijt voor jullie maken en voor meer thee zorgen.'

Justin was al bezig in de keuken toen Meg binnenkwam. Nadat hij

Meg had begroet, een bezigheid die nogal wat tijd in beslag nam, beloofde hij dat hij de roereieren zou maken en ze naar de personeelseetkamer zou brengen.

Hoewel het nog maar iets na zevenen was, begonnen ook de acteurs die in het hotel logeerden de eetkamer binnen te druppelen. Inigo kwam Dame Miriams ontbijt ophalen, en David, die achter zijn bord roerei en geroosterd brood zat, kondigde plechtig aan dat de grote dag was aangebroken!

Justin en Meg hadden samen de lunchdienst gedraaid, en ze realiseerde zich weer dat ze een goed team vormden. Eigenlijk was dat vanaf het grote banket al duidelijk geweest, hoewel ze toen nauwelijks met elkaar hadden gesproken.

Ze kusten elkaar innig, waarna Meg op weg ging naar het kantoortje om te kijken hoe de zaken daar liepen.

Meg kwam Vanessa tegen in de hal en stond op het punt iets tegen haar te zeggen toen ze geluiden hoorden die maar één ding konden betekenen: Lady Lennox-Stanley kwam eraan en kon elk moment door de voordeur binnenkomen.

Ze vluchtten het kantoortje in en verstopten zich hysterisch giechelend achter het bureau. 'Ze is er,' siste Meg tegen een verbaasde Louise. 'Mevrouw Muggenzifter. Ze staat vast al in de hal!'

'Ik moet uit haar buurt blijven. Ze vermoordt me,' zei Vanessa. Ze giechelde niet meer en zocht steun bij de prullenbak.

'Dan kan ik maar beter naar haar toe gaan,' besloot Louise, en ze liep de hal in om haar te begroeten. Vanessa's moeder was tenslotte een van Nightingale Woods belangrijkste gasten.

Toen de kust vrij was en Lady Lennox-Stanley was begeleid naar de Gele kamer ('onlangs gerenoveerd, met eigen badkamer en fraai uitzicht over de tuinen en de daarachter gelegen heuvels van Dorset', volgens de brochure) kwamen Meg en Vanessa achter het bureau vandaan en streken hun kleren glad.

'Ik zal intussen kantoorwerk voor je doen,' zei Vanessa. 'Dan voel ik me niet zo stom als ik me hier verberg.'

'Ik dacht dat je David ging helpen?'

'Daar heb ik het eerder al met hem over gehad, maar hij had eigenlijk niet veel voor me te doen. Ik wil gewoon uit de buurt van mijn moeder blijven. Ik wil geen toestanden, hoewel ik weet dat een scène onvermijdelijk is.'

Meg wierp een blik op haar vriendin, die alweer bijna in tranen was, en toen op het bureau. Ze pakte het handgeschreven menu dat Justin en zij een paar dagen daarvoor hadden opgesteld en gaf dat aan Vanessa.

'Kun je dit drie keer uittypen, alsjeblieft? We kunnen geen carbonpapier gebruiken en Dame Miriam moet een eigen exemplaar hebben.'

'Natuurlijk kan ik dat. Ik heb de tekst voor de brochures toch ook getypt?'

Meg glimlachte en wreef haar vriendin bemoedigend over haar arm, blij dat Vanessa niet vroeg voor wie het derde menu was. Dat derde exemplaar had ze bedacht omdat ze bang was dat het uittypen anders niet genoeg tijd in beslag zou nemen.

Vanessa draaide dik papier in de typemachine en begon Justins slordige handschrift te ontcijferen. Dat leek haar te kalmeren, zodat Meg al snel het gevoel had dat ze haar alleen kon laten om naar de keuken te gaan en te kijken hoe het met de voorbereidingen voor het diner ging.

Maar Justin was onverbiddelijk: 'Ik laat jou de desserts maken, niemand kan dat beter, maar daarna verdwijn je uit de keuken.'

'O, Justin, je weet zelf hoe druk het is! We hebben een vroege en een latere shift voor het diner, dan het feest...'

'Dat wordt gecaterd door mijn oude hotel.'

Dat wist Meg, maar daar hield ze nu even geen rekening mee. 'Maar Susan en jij hebben zoveel te doen.'

Justin fronste zijn wenkbrauwen en legde zijn handen op haar schouders. 'Je hebt recht op vrije tijd, Meggy. Zonder jou was dit allemaal nooit tot stand gekomen. Als iemand het verdient om naar het toneelstuk te kijken als een normale toeschouwer, dan ben jij het.'

Hoewel ze niet helemaal zeker wist of ze wel zo gelukkig was met de situatie, liet Meg zich de keuken uit sturen, maar niet voordat ze nog een serie verrukkelijke zoetigheden had mogen bereiden voor de dessertwagen.

Lizzie had blijkbaar op de loer gelegen. 'Kom mee! Jij gaat de jurk aantrekken die ik voor je heb gemaakt.'

'Moet ik die aan naar het toneelstuk? We zitten in de tuin. De jurk is daar toch zeker veel te elegant voor?'

'David heeft me verteld dat het publiek zich behoorlijk opdoft voor vergelijkbare gelegenheden,' zei Lizzie. 'Ze beschouwen het als een soort Glyndebourne, vooral omdat Dame Miriam in het stuk meespeelt.'

'Echt?'

Lizzie knikte. 'En het feest begint meteen daarna.'

Vanessa dook op uit het kantoortje. 'Ga je Meg helpen met kleden? Mag ik meekomen?'

'Als je het niet erg vindt, heb ik liever dat je naar boven gaat en Letty ophaalt,' zei Lizzie. 'Je kunt de trap aan de achterkant nemen. Letty is nu bij Megs moeder, maar die heeft het al druk genoeg. En zou je dan straks Letty naar de acteurs kunnen brengen? Dat zou heel lief van je zijn. Je moeder is naar boven om zich te verkleden. Je loopt geen gevaar.'

Gewoonlijk was Lizzie niet zo bazig, wist Meg, maar nu maakte ze een behoorlijk gedecideerde indruk. Dat vond Vanessa blijkbaar ook, want die begaf zich zonder tegensputteren naar de achterste trap.

'Ik ben heel goed in staat om mezelf aan te kleden, hoor,' zei Meg even later tegen Lizzie terwijl ze met haar meeliep naar haar appartement.

'Weet ik, maar ik wilde je even alleen spreken. Ik heb een bericht gehad van Hugo.'

‘O, heeft hij gebeld? Nessa was in het kantoortje...’

Lizzie schudde haar hoofd. ‘Hij heeft een boodschap meegegeven aan de chauffeur van mevrouw Muggenzifter. Hugo en Vanessa kennen de chauffeur al hun hele leven en hij heeft hen vaak uit een lastig parket gered.’

Meg knikte. ‘Handig. Maar je kunt me toch vertellen wat hij heeft gezegd? Dan hoef je niet helemaal mee naar boven.’

Ze stonden aan de voet van de brandtrap die naar het appartement leidde.

‘Nee, ik ga met je mee. Misschien moet ik nog even iets veranderen, en ik wil zeker weten dat je niet per ongeluk in je koksklerenop pad gaat. En mijn vingers jeuken om een schaar in je haar te zetten.’

Meg gaf een gilletje. ‘Ben je nu ook al kapster?’

Lizzie lachte. ‘Ja hoor!’

Toen Meg even later gedoucht en wel in haar ondergoed op het bed zat, met een handdoek om haar schouders, legde Lizzie uit wat het plan was.

‘Je weet toch dat Simon de beste vriend van Hugo is, hè?’ vroeg ze terwijl ze Megs haar knipte.

‘Natuurlijk. Simon was Hugo’s getuige,’ antwoordde Meg een beetje gepikeerd.

‘Sorry. Volgens mij tast mijn zwangerschap mijn hersens aan. Maar goed, Hugo brengt Simon mee naar het toneelstuk.’

‘Echt? Maar dat is fantastisch! Nessa zal zo blij zijn. Als ze tenminste niet bezwijkt van de schok.’

‘Ja, maar het probleem is dat Hugo niet weet hoe laat ze er precies zullen zijn. Ik heb het al aan David verteld, en die heeft beloofd dat hij goede plaatsen zal reserveren, buiten het zicht van mijn schoonmoeder. Hij zorgt ervoor dat Nessa tussen jou en hem in komt te zitten. Op het moment dat Hugo en Simon opduiken, kunnen jullie wegglippen en komt Simon naast Nessa te zitten.’

‘Oké. Het klinkt wat ingewikkeld.’

'Dat lijkt maar zo. Het ligt waarschijnlijk aan de manier waarop ik het uitleg. Maar goed, als ze pas aankomen als het feest in volle gang is, dan gaan ze eerst naar jou op zoek. Je mag Nessa dus geen moment uit het oog verliezen. Het is mogelijk dat ze vroeg weg wil om haar moeder te ontlopen – iets wat we natuurlijk allemaal proberen – en omdat ze ongelukkig is.'

Lizzie leek het allemaal prachtig te vinden. 'Simon was zo opgelucht dat hij iets van Hugo hoorde. Hij is er helemaal kapot van dat Nessa de bruiloft heeft afgeblazen. Hij dacht dat hij iets verkeerd had gedaan.'

Meg dacht aan Justin. Als hij niet bij het toneelstuk kon zijn omdat hij het te druk had, zou ze naar hem toe willen zodra hij op het feest verscheen. 'Ik zal mijn best doen om Nessa in de gaten te houden,' beloofde ze schoorvoetend.

Lizzie realiseerde zich blijkbaar wat ze van Meg vroeg. 'Ik zou de geliefden dolgraag zelf weer bij elkaar brengen, maar ik moet Letty opvangen zodra ze klaar is met haar elfjesrol. Ze zal moe zijn en ik wil niet dat ze een driftbui krijgt. Al helemaal niet in aanwezigheid van haar grootmoeder. Stel je Lady Lennox-Stanleys gezicht voor als ze haar enige kleinkind krijsend en met gebalde vuisten in de modder op de grond ziet liggen.'

Meg grinnikte. 'Misschien herkent ze dan wel iets in Letty. Maar het is prima, hoor. Ik vind het echt niet erg om een oogje op Nessa te houden.'

Een paar minuten later veegde Lizzie de losse haren van Megs gezicht met een zakdoekje. 'Wat vind je ervan?' vroeg ze. Ze had Megs haar geknipt en gekamd en hield nu de spiegel op die Meg zorgvuldig had gemeden.

'Wie is dat?' vroeg Meg verbaasd terwijl ze zichzelf bekeek. Er was niet eens zoveel af, maar opeens leken haar ogen veel groter en vielen haar jukbeenderen op. 'Ik zie eruit alsof ik… ik weet niet. Alsof ik niet op het platteland woon.'

Lizzie lachte. 'Dat vat ik op als een compliment. Maar ik ben blij dat ik een kleermakersschaar heb, anders had ik net als Alexandra vroeger de keukenschaar moeten gebruiken.'

'Ik vrees dat ze dat nog steeds doet.'

'Echt? En dat voor een gravin,' zei Lizzie lachend. 'Zo jammer dat ze vertraging heeft.'

'Ja, hè! Maar ze komt, al zal het misschien niet vandaag zijn.' Meg staarde nog steeds naar haar spiegelbeeld. 'Ik kan niet geloven dat ik dat ben.'

'Een goed geknipte pony doet wonderen. Je ziet er geweldig uit. Nu nog wat make-up?'

'Ik doe niet vaak...' begon Meg.

'Je hebt ook niet veel nodig. Alleen een beetje mascara...'

'Ik voel me echt als Assepoester,' zei Meg terwijl ze over de binnenplaats liepen. 'Het ene moment werk ik in de keuken, het volgende ben ik omgetoverd en mag ik naar het bal.'

'Poe,' zei Lizzie. 'Ik heb wel iets meer moeten doen dan zwaaien met een toverstokje boven een stel witte muizen en een pompoen. Maar ik ben supertevreden over het resultaat.'

'En magie of niet, ik moet toch even controleren of alles goed gaat in de keuken. Iemand kan mijn schwarzwalder wel verpest hebben.'

Het was een smoesje. Ze wilde alleen Justin even zien. Maar tot haar teleurstelling was hij niet in de keuken. Toen ze Susan naar hem vroeg, wist die van niks. Ze reageerde bovendien zo ongeïnteresseerd dat Meg haar er bijna van verdacht dat ze meer wist dan ze toegaf.

Haar taart was nog steeds een chocola-en-slagroomcreatie om van te watertanden en daar moest ze het mee doen.

Net toen ze op het punt stonden om Vanessa te gaan zoeken op zolder, kwam die met Louise het kantoortje uit. Ze hadden allebei een lange jurk aan en een gestyled kapsel.

'Letty is bij Inigo,' zei Vanessa. 'Net toen we ons klaar wilden gaan maken, dook hij als door de hemel gezonden op en nam haar mee. Ik geloof dat Letty van plan is met hem te trouwen.'

'Ik vind het prima,' zei Lizzie. 'Jullie zien er trouwens prachtig uit. Maar nu moet ik het kleinste elfje van de voorstelling in haar pakje gaan helpen.'

'O, lieverd!' riep Louise verheugd terwijl ze Meg bewonderend opnam. 'Wat zie je er mooi uit!'

Op dat moment kwam David de trap af. Hij zag er heel knap en acteurachtig uit in zijn smoking. Toen hij Meg in het oog kreeg, bleef hij op een tree staan. 'Meggy, je ziet er echt schitterend uit.'

Meg bloosde. 'Dat is helemaal Lizzies verdienste, deze nieuwe jurk en het nieuwe kapsel.'

'En jij,' David wendde zich tot Vanessa, 'ziet er al even beeldschoon uit. Wat een mooie jurk, en je roomblanke huid komt zo prachtig uit tegen dat zwarte fluwelen lint met medaillon.'

'De jurk is van mij,' zei Louise. 'Maar het medaillon is van Nessa. Het lint heb ik haar net gegeven.'

'Jemig, Ness, je ziet eruit als een prinses,' complimenteerde Meg haar.

'Jullie zien er allebei prinsesselijk uit,' zei David. Hij haakte zijn armen door die van zijn gezelschapsdames. '*Ladies?* Zullen we ons naar de voorstelling begeven?'

38

Inigo had voor hen drie stoelen aan het eind van een rij vrijgehouden. Meg zorgde ervoor dat ze op de hoek zat.

'Het is echt alsof je wordt meegevoerd naar een sprookjesland,' zei Vanessa tegen David. 'Ik ben me al de hele dag aan het verstoppen voor mijn moeder, dus ik zie dit voor het eerst.' Ze keek bewonderend om zich heen. 'Het is betoverend.'

'Gelukkig is het gestopt met regenen en een prachtige avond geworden. Dat maakt het nog mooier,' antwoordde David. 'Door de regen lijkt de geur van de rozen en de bloemen van de vijgenboom sterker. Het ruikt hier als de parfumafdeling van Harrods.'

'Nog veel lekkerder,' zei Meg. 'Ik ben zo benieuwd naar Letty. Lizzie had haar elfenpakje in exact vijf minuten klaar.'

'Het is vast makkelijker als je met een heel klein elfje te maken hebt,' zei David lachend.

'Ik vraag me af waar mijn moeder zit. Wil jij eens om je heen kijken, Meg?'

Meg keek speurend naar het publiek en zag Lady Lennox-Stanley zitten naast Basil Knott-Dean. Ze zag er verbazingwekkend tevreden uit voor iemand die er kapot van moest zijn dat haar dochter het huwelijk van het jaar op de valreep had afgezegd.

'Ze zit twee rijen voor ons, in het midden,' rapporteerde Meg. 'Mocht ze je zien, dan heb je tijd genoeg om je uit de voeten te maken.'

Vanessa moest lachen.

'En nu stil zijn, kinderen, het toneelstuk gaat zo beginnen,' zei David.

Er klonk muziek en toen werd het gordijn met behulp van lange touwen die aan de boomtakken waren vastgemaakt opgehaald.

In het begin was Megs hoofd nog te vol om zich te kunnen laten meevoeren door het stuk. Maar toen Dame Miriam opkwam als Titania, raakte ze helemaal in de ban van het schouwspel.

De dame van zekere leeftijd met de grote handtas om wie iedereen heen draafde om te zorgen dat het haar aan niets ontbrak, was verdwenen. Daarvoor in de plaats was een beeldschone, krachtige elfenkoningin gekomen. Met bewonderenswaardige beheersing voerde ze het bevel over haar elfen (dus ook over de kleine Letty, die eruitzag alsof ze zo uit een sprookje was gestapt) en ten slotte ook over Oberon, haar echtgenoot.

Maar alle acteurs waren fantastisch. Niet alleen Meg maar het voltallige publiek klapte de handen stuk. Er was maar één teleurstelling: Simon en Hugo waren er nog niet, en Meg had te doen met Vanessa.

Toen de toneelknechten, van top tot teen in het zwart, het geïmproviseerde theater begonnen om te bouwen tot feestruimte, waren er nog steeds mensen die 'bravo' en 'toegift' riepen. Het toneel en de plek waar het publiek had gezeten, veranderden nu in een met platen afgedekte dansvloer en een podium voor een band. Opeens waren er overal lichtjes. Ze hingen aan de takken van de bomen en rond de steunpalen van de canvas overkapping. Meg snapte dat de lichtjes er al eerder hadden gehangen en net waren aangedaan, maar voor haar had het eruitgezien alsof Tinkelbel uit *Peter Pan* was overgevlogen met haar toverstokje en de omgeving had betoverd.

Iedereen was in een opperbeste stemming. Er werd gedanst en

champagne gedronken. Mensen hieven het glas naar elkaar en stonden te praten in groepjes.

'Het theaterseizoen loopt op zijn einde,' legde David uit. 'Iedereen is blij en opgelucht dat alles weer voorspoedig is verlopen en er bijna op zit. Niemand zal zich misdragen of een kater hebben. Het is gewoon feest. Bijna alle acteurs kunnen een instrument bespelen,' ging hij verder. 'En wanneer ze met een productie door het land reizen, proberen ze het gezelschap zo klein mogelijk te houden. Maar voor dit feest heeft Russell een echte band ingehuurd.'

'Wat jammer toch dat Alexandra dit allemaal moet missen,' zei Meg. 'Dat blijf ik maar zeggen, ik weet het.'

'Je weet nooit hoe een koe een haas vangt, Meggy,' antwoordde hij. 'Maar waar is Nessa gebleven?'

Iets verderop zagen ze haar dansen met Inigo en de kleine Letty. Vanessa scheen vergeten te zijn dat ze uit het zicht van haar moeder wilde blijven.

'Ze heeft het naar haar zin,' constateerde Meg blij.

'O, o,' zei David gealarmeerd. 'Wie komt daar aangesneld? O, lieve hemel!'

Meg rende naar voren om Vanessa zo nodig te kunnen redden. Ze was precies op tijd om er getuige van te zijn dat een lange, donkere vreemdeling zijn armen om Vanessa heen sloeg en haar innig kuste.

'Wat is hier in vredesnaam aan de hand?' galmde Lady Lennox-Stanley, die plotseling naast het stel stond. Ze was duidelijk woedend.

'Ik doe een beroep op mijn bruid,' zei Simon. 'En als ze me nog steeds wil, dan lopen we samen weg. Mijn lieve Vanessa, wil je nog steeds met me trouwen?'

'O, Simon, dat is het enige wat ik wil! Maar het vooruitzicht van die enorme trouwerij kon ik niet langer verdragen.'

Lady Lennox-Stanley stond er met open mond bij. Ten slotte vroeg ze aan niemand in het bijzonder: 'Als jullie toch gaan trouwen, betekent dat dan dat we al die cadeaus niet terug hoeven te sturen?'

Dolgelukkig dat haar vriendin herenigd was met de liefde van haar leven, wilde Meg zich omdraaien naar David, maar in plaats daarvan kreeg ze een knuffel van Alexandra.

'Lexi! Je hebt het gehaald! Heb je het toneelstuk gezien?'

'Helaas niet, maar ik was precies op tijd voor de belangrijkste scène. Wat is Simon geweldig, hè? En heel fijn voor Nessa. Er samen vandoor gaan is veel romantischer dan zo'n grote societybruiloft!'

Ook Antoine, Alexandra's echtgenoot, dook op. 'Hallo, Meg. Mag ik zeggen dat je er vanavond bijzonder charmant uitziet?' Hij kuste haar op beide wangen.

Meg slaakte een zucht van tevredenheid. 'Zijn de kinderen er ook?'

Antoine knikte. 'Ze lopen ergens rond, maar wat belangrijker is: waar is Justin?'

Megs gezicht betrok. 'Waarschijnlijk staat hij nog in de keuken. Maar even serieus.' Ze hoopte dat ze niet te bedroefd klonk en te happig om van onderwerp te veranderen. 'Weten jullie echt niet waar de kinderen zijn?'

'Niets aan de hand. Ze werden meegevoerd door een stel leuke jonge mensen. Blijkbaar werken die hier als toneelknechten, acteurs en muzikanten. Ze gingen maar wat graag mee.'

'Volgend jaar kan Henri bij de band,' zei Alexandra, 'en Félicité kan natuurlijk decors schilderen. Maar Stéphie is misschien nog wat jong voor een vakantiebaantje. Hoewel ze behoorlijk teleurgesteld zal zijn als ze in haar eentje bij ons thuis moet blijven.'

Antoine haalde zijn schouders op. 'Misschien wel. Meg mag ik deze dans van je?'

Meg schudde haar hoofd. 'Dank je, maar nee. Ik heb nog zoveel te doen. Bovendien wil je het liefst met je vrouw dansen.'

Meg wist dat ze daar gelijk in had gehad toen ze de twee over de dansvloer zag zwieren. Hun bewegingen sloten perfect op elkaar aan, en het was te zien dat ze nog steeds erg verliefd waren. Ze keek om zich heen, op zoek naar David, zodat ze die overpeinzing met hem kon delen, maar hij was verdwenen.

Inigo stond er wel. 'Ik moet van David zeggen dat hij door Dame Miriam is ontboden en dat je hem gerust gezelschap kunt komen houden.' Hij keek Meg aan. 'Je hebt zeker geen zin in een rondje over de dansvloer met mij, hè? Dan loop je wel het risico dat ik op je tenen trap.'

Meg lachte. 'Niet echt. Maar daar staat een heel mooi meisje. Ik weet zeker dat je haar niet op haar tenen zult trappen.'

Meg kreeg Ambrosine in het oog. De kolonel en zij zaten aan een tafeltje en bekeken het feestgedruis. Ze zagen er heel tevreden uit. Meg haastte zich naar hen toe. 'Ambrosine! Hoe gaat het met je? Je maakt je toch niet te druk, hè?'

Ambrosine maakte een wegwuifgebaar. 'De kolonel laat me geen stap zetten zonder hem en ik vermaak me uitstekend. We sparen onze energie zodat we straks nog met bezieling een tango kunnen dansen.'

Meg hapte naar adem, maar realiseerde zich algauw dat ze geplaagd werd. Ze bleef een poosje bij Ambrosine en haar amant naar het feest staan kijken, omdat ze niet goed wist wat ze anders moest doen. Misschien moest ze toch Justin maar gaan zoeken?

Ze zag David. Hij zat bij Dame Miriam, die in een kring van bewonderaars hof hield, nog steeds op en top een koningin, zij het niet langer in haar kostuum van elfenkoningin.

De band zette 'Some Enchanted Evening' in en Dame Miriam draaide zich naar David toe.

'Ze vraagt hem ten dans,' zei Ambrosine. 'Ik wed dat hij heel goed kan dansen.'

Ze keken toe terwijl de lange David de tengere actrice de dansvloer op leidde. De twee vormden een bijzonder mooi paar. Dame Miriam zag er heel gelukkig uit en Meg wist dat David zich enorm amuseerde.

'Hij is een 'eel knappe man, *non*?' zei een man met een Frans accent.

‘Maxime!’ riep Meg verheugd. ‘Ben je met Alexandra meegereden?’

‘Nee, we zijn ieder met onze eigen auto. Die van Antoine zat nogal vol.’ Hij gaf Meg een kus op beide wangen, en Meg stelde hem voor.

‘*Enchanté, madame*,’ zei hij tegen Ambrosine, en hij kuste haar hand.

Ambrosine sprak hem aan in het Frans en stelde de kolonel voor. Ook de kolonel sprak tot Megs verrassing vloeiend Frans. Ze excuseerde zich en liet het gezellig babbelende drietal alleen.

Het was heerlijk voor David dat Maxime er was. Die twee zouden elkaar wel vinden.

Opeens sloeg de vermoeidheid toe. Justin was nergens te bekennen en ze voelde zich verdrietig en alleen. Wat had die nieuwe jurk voor zin als Justin haar er niet in zag? Blijkbaar had hij het druk en zouden ze elkaar morgen weer zien, maar ze had nu behoefte aan zijn gezelschap. Haar voeten deden pijn en Vanessa zou vanavond niet meer in haar appartement slapen, dus hij had de nacht bij haar kunnen doorbrengen. Dat was een deprimerende gedachte. Ze kreeg een brok in haar keel en voelde tranen prikken. Ze moest zich vermannen, anders zou ze uit zelfmedelijden in een hoopje ellende veranderen.

Er kwam iemand aanrennen, want ze hoorde snelle voetstappen achter zich. Het was Justin. ‘Daar ben je!’ riep hij enigszins buiten adem.

‘Ja.’ Ze probeerde te glimlachen en hoopte maar dat haar tranen niet zouden verraden dat ze zich in de steek gelaten voelde.

‘Ik heb overal naar je gezocht, maar het is zo druk dat het me nogal wat tijd heeft gekost.’ Hij fronste zijn wenkbrauwen? ‘Gaat het wel goed met je?’

‘Ja hoor. Ik ben alleen een beetje moe, dat is alles.’

‘Hopelijk niet al te moe, want ik wil even een wandelingetje met je maken.’

‘Je hoeft nergens naartoe. Vanessa en Simon zijn ervandoor om te gaan trouwen en er is niemand in mijn appartement,' had ze willen zeggen. Maar ze kon het niet. Het klonk te vrijpostig. Ze hield van hem en wist zeker dat hij ook van haar hield, maar hem min of meer uitnodigen om met haar naar bed te gaan, daar voelde ze zich niet prettig bij.

Hij stak zijn hand uit. 'Als je echt te moe bent, haal ik mijn motor, dan kun je achterop. Maar dat is nogal lawaaierig.'

Opeens moest ze lachen en verdwenen haar angst en onzekerheid. 'Net als vroeger, achter op de fiets?'

'Ik had ook kunnen zeggen dat je op de bijrijdersplek mag, maar dat klinkt zo kil.'

Hij keek haar aan op een manier waardoor Meg zich tegelijkertijd veilig en begeerd voelde.

Hij stak zijn hand weer uit. 'Kom mee.'

39

Op het moment dat Justin haar hand pakte, keerden de betovering en de schoonheid van de avond weer helemaal terug. Meg was niet langer een vermoeide patissier aan het eind van een lange werkdag. Ze was een jonge vrouw die op een prachtige zomeravond naast de man liep van wie ze hield.

'Is het ver?' vroeg ze na korte tijd. Ze zag dat het pad verderop te smal werd om nog hand in hand te kunnen lopen en hoewel het volle maan was, drong het licht nauwelijks door de bomen.

'Valt wel mee.' Hij trok haar dichter tegen zich aan. 'Ik heb een zaklamp bij me, maar zo direct hebben we meer licht.'

Ze gingen een bocht om en stonden opeens voor een klein huis. Uit alle ramen stroomde een warm licht.

'Lieve hemel! Waarom wist ik niet van het bestaan van deze betoverende plek?' vroeg Meg nieuwsgierig.

'Het is het huis van de jachtopziener,' antwoordde Justin. 'Het is te ver van het hotel om toevallig tegenaan te lopen.' Hij lachte. 'En dat is maar goed ook, anders had je er vast een gastenverblijf van gemaakt. Een huisje midden in het bos, zoals in *Hans en Grietje*. Maar hier kun je gerust naar binnen. Kom maar mee, de deur is niet op slot.'

Ze stapte een kamer binnen die gevuld was met licht. Er leken overal kaarsen te staan en in de haard brandde een vuur.

'Ik moest eerst alles aansteken en je dan snel gaan halen voordat het vuur uit kon gaan.'

'Maar het is zomer,' zei Meg.

'Ja, maar deze oude huisjes zijn vaak vochtig en dat ruik je. Bovendien ben ik dol op vuurtjes in de zomer, anders heb je een vest nodig, en het zou zonde zijn om een vest aan te trekken over die mooie jurk, Meggy.'

'Volgens mij heb ik niet eens een vest. Ik heb er al eens een moeten lenen van mijn moeder.'

'Dat wist ik dus. Daarom heb ik de haard aangestoken. Kom, laten we bij het vuur gaan zitten. Eigenlijk hoort hier zo'n houten pubbank te staan, maar die zijn zo oncomfortabel. Deze sofa daarentegen zit heerlijk. Ik schuif hem dichterbij.'

Meg stak haar handen uit om ze te warmen aan het vuur. 'Het is helemaal niet koud buiten, maar een haardvuur is heerlijk. Dit huisje doet me denken aan dat van Lizzie.'

'Is dat iets positiefs?' vroeg Justin, die een beetje gespannen leek.

'Dat is heel positief,' antwoordde Meg, en ze glimlachte naar hem. 'Waarom kom je niet naast me zitten?'

'Eerst muziek.' Hij liep naar een tafel met een opwind-grammofoon. 'Er is geen elektriciteit in dit huis en ik had geen tijd om dat nog te regelen. Daarom heb ik in een rommelwinkel deze opwindbare grammofoon gekocht en een stapeltje 78 toerenplaten.'

Niet lang daarna vulden nogal krasserige jazzgeluiden het huis.

'Ons eigen privéfeest,' zei Meg, die met de minuut meer ontspande.

'Ik heb ook iets te eten voor ons. Van een chef mag je verwachten dat eten deel uitmaakt van een door hem gepland romantisch avondje.'

Meg vond het inderdaad romantisch, maar zei dat niet hardop. 'Een viergangenmaaltijd?' opperde ze in plaats daarvan.

'Dat helaas niet. Heb je trek? Heb je eigenlijk wel iets gegeten vanavond?'

Overdag had Meg er niet zo op gelet, maar nu herinnerde ze zich dat dat niet het geval was. 'Ik heb ontzettende trek.'

'Het is maar een picknick, hoor, maar Susan heeft me geholpen, dus er is genoeg.'

Justin verdween in de keuken en kwam weer tevoorschijn met een mand. Snel trok hij een klein tafeltje bij de bank en zette de picknickmand erop. Daarna dook hij weer de keuken in en kwam terug met een fles champagne en twee glazen. Pas toen hij een nieuwe plaat had opgezet en de glazen had gevuld, ging hij zitten.

'Hebben we iets te vieren?' vroeg Meg, wijzend op de champagne.

'Dat hoop ik,' antwoordde Justin. Hij leek steeds zenuwachtiger te worden. Verdwenen waren zijn gebruikelijke zelfvertrouwen en vlotte manier van doen.

'En? Wat is het? Wat wil je vieren? Het toneelstuk? Nightingale Woods?'

'O, Meg. Het is niks voor jou om zo traag van begrip te zijn. Ik ga je vragen of je met me wilt trouwen. De champagne is om onze verloving te vieren.'

Er verscheen een brede glimlach op Megs gezicht en haar hart zwol van geluk. 'Dus als je me echt gaat vragen om met je te trouwen en ik zeg nee, dan krijg ik geen champagne?' vroeg ze plechtig, maar inwendig gloeiend van vreugde.

Hij knikte. Tot haar opluchting liet hij zich niet op een knie zakken. Hij bleef gewoon naast haar zitten, pakte haar hand en vroeg: 'Wil je met me trouwen, Meggy?'

Ze haalde diep adem. 'Natuurlijk wil ik dat.'

'Gelukkig. Daar was ik helemaal niet zeker van. Ik kan soms een humeurige, lastige je-weet-wel zijn.'

Ze lachte, maar sprak het niet tegen.

Hij nam haar in zijn armen en ze kusten elkaar. De muziek was allang afgelopen toen ze elkaar eindelijk loslieten.

'Als we nu niet van die champagne drinken, schuimt hij niet meer,' zei Meg, een tikje buiten adem van geluk.

'Dat laten we niet gebeuren,' antwoordde Justin, en hij gaf haar een glas aan. 'Op ons!'

'Op ons, en op Nightingale Woods. Mag ik nu een plaat uitzoeken?' vroeg Meg.

'Natuurlijk. Dan pak ik het eten uit.'

Meg doorzocht de stapel met oude platen en zette toen 'A Nightingale Sang in Berkeley Square' op. Ze liep terug naar de sofa en zag dat daarvoor nu een salontafeltje stond opgesteld met daarop een uitgebreide picknick. Op een van de borden lagen met glanzende aardbeien gevulde taartjes.

'Die heb ik gemaakt,' zei ze verbaasd. 'Ze zijn voor de dessertwagen.'

'Het beste is niet goed genoeg voor mijn lieftallige verloofde,' reageerde Justin en hij overhandigde haar een bord met kipsalade.

'Ik geloof dat ik deze ook herken,' zei ze, en ze nam een hap. 'De salade die ik speciaal voor Dame Miriam heb gemaakt.'

'Zoals ik al zei, het beste is niet goed genoeg.'

Ze zaten al een poosje te eten toen Justin vroeg: 'Vind je dit een leuk huisje?'

'Ik ben er weg van. Het is fantastisch.'

Hij keek haar een beetje vreemd aan.

'Waarom vraag je dat?'

'Omdat het van jou is. Ik heb het gekocht uit de erfenis en nu staat het op jouw naam, tenminste zodra al het juridische gedoe is afgerond.'

Meg wist niet wat ze moest zeggen. 'Maar Justin, binnenkort bezit ik een derde van Nightingale Woods. Dan hoef ik dit toch niet te hebben?'

Hij leek moed te verzamelen om iets lastigs te zeggen. 'Ik weet dat je een deel van het hotel krijgt, maar ik kan me voorstellen dat je een huis wilt dat niet bij het bedrijf hoort. Een plek waar we ons kunnen terugtrekken als we even afstand willen nemen van ons werk.'

Meg slikte haar ontroering weg. 'O, Justin. Ik ben sprakeloos.'

'Je hoeft niks te zeggen. Nog één plaatje en dan neem ik je mee naar boven, naar bed.'

Een paar tellen later vulden de klanken van 'Some Enchanted Evening' het kleine huis. Justin trok Meg overeind, nam haar in zijn armen en danste met haar tot de muziek was afgelopen. 'Ik hou van je, kleine Meg. Ik denk al vanaf het moment dat ik je aantrof in de keuken, zo dapper, zo onverschrokken, zo absoluut aanbiddelijk.'

'Ik hou ook van jou.' Ze nam zijn hand en voerde hem mee naar de trap.

Dankwoord

Mijn boeken zijn niet louter het product van mijn verbeelding. Ik vergelijk een boek met een stenen boog. De auteur is dan misschien wel de sluitsteen, maar zonder al die anderen die deze steen op zijn plaats houden, zou de boog instorten. Er zullen altijd mensen zijn die ik vergeet te bedanken, maar ik ga mijn best doen!

Als eerste bedank ik Selina Walker, mijn uitgever, voor haar niet-aflatende steun en aandacht, en haar enorm behulpzame assistent, Charlotte Osment.

Dank ook aan Laurie Ip Fung Chun, mijn hoofdredacteur, en aan Richenda Todd, tekstredacteur aan wie niets ontgaat. Zonder haar zou ik een modderfiguur slaan. Zij behoedt me voor grote fouten.

Bedankt schrijfmaatjes Jo Thomas, AJ Pearce, Judy Astley, Milly Johnson, Bernardine Kennedy, Catherine Jones, Janie Millman, Sarah Steele, Kate Riordan, Mandy Robotham, en dan heb ik ze niet eens allemaal genoemd.

Bedankt Bill Hamilton en het hele team bij A.M. Heath, omdat jullie respectievelijk de beste agent en het beste agentschap zijn.

Dank ook aan de genieën bij Sales en Marketing: Sarah Ridley, Hope Butler, Claire Simmonds, Evie Kettlewell, Mat Watterson en Lindsey Tan. Jullie zijn geweldig!

Ook dank aan het PR-team: Charlotte Bush, Klara Zak en iedereen bij EdPR.

Bedankt Meredith Benson en de anderen van het audioteam.

Bedankt ook creatievelingen, voor al die mooie covers die jullie voor me maken. Ik noem vooral Ceara Elliot, die ongelooflijk werk aflevert.

Bedankt Helen Wynn-Smith en Annie Peacock van het productieteam. Dankzij jullie toeziend oog loopt alles gesmeerd.

Bedankt hotel Burleigh Court, voor al jullie informatie over landhuishotels.